KNAUR

Über den Autor:
Ivo Pala ist Thriller- und Fantasy-Schriftsteller, Drehbuchautor und Dramaturg für Film und Fernsehen. Um die Stimmung der See, die in der Serie eine wichtige Rolle spielt, besser einfangen zu können, ist er für seine Arbeit an der »Dark World Saga« von Berlin an die Küste gezogen.

IVO PALA

SCHWARZER HORIZONT

DARK WORLD SAGA 1

ROMAN

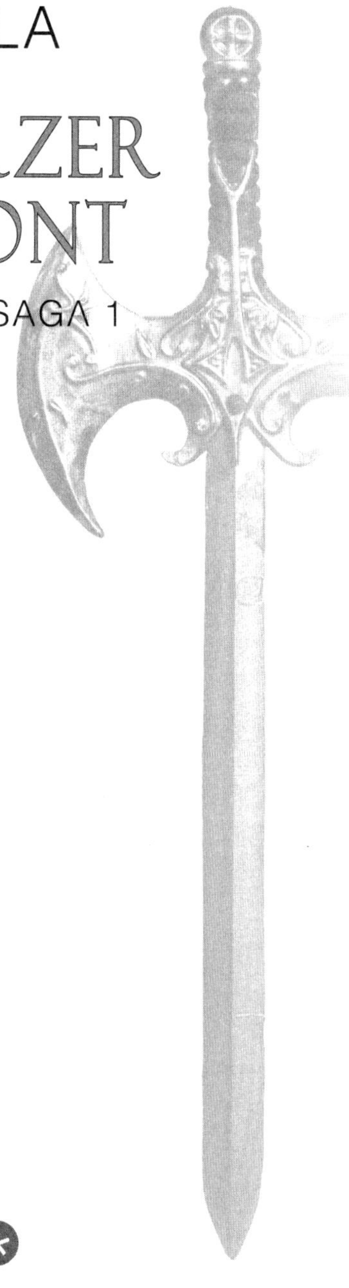

KNAUR

Besuchen Sie uns im Internet:
www.knaur.de
www.facebook.com/KnaurFantasy/

FSC
www.fsc.org
MIX
Papier aus verantwortungsvollen Quellen
FSC® C083411

Originalausgabe Oktober 2016
Knaur Taschenbuch

Ein Imprint der Verlagsgruppe
Droemer Knaur GmbH & Co. KG, München

Umschlaggestaltung: Guter Punkt Agentur für Gestaltung
Umschlagabbildung: Lorenz Hideyoshi Ruwwe, Berlin;
Mark William Penny/shutterstock
Illustration: Mark William Penny/shutterstock
Satz: Adobe InDesign im Verlag
Druck und Bindung: CPI books GmbH, Leck
ISBN 978-3-426-51915-8

2 4 5 3 1

Für Franziska
in Liebe und in tiefer Dankbarkeit
für einen zauberhaften Tanz zwischen den Welten

Sie sagen, solange jeden Morgen die Sonne aufgeht,
besteht Hoffnung. Hoffnung, dass alles wieder gut wird,
ganz egal wie schlimm es auch kommen mag.
Was aber, wenn sie nie wieder aufgeht, die Sonne?
Was, wenn es dunkel bleibt … für immer …

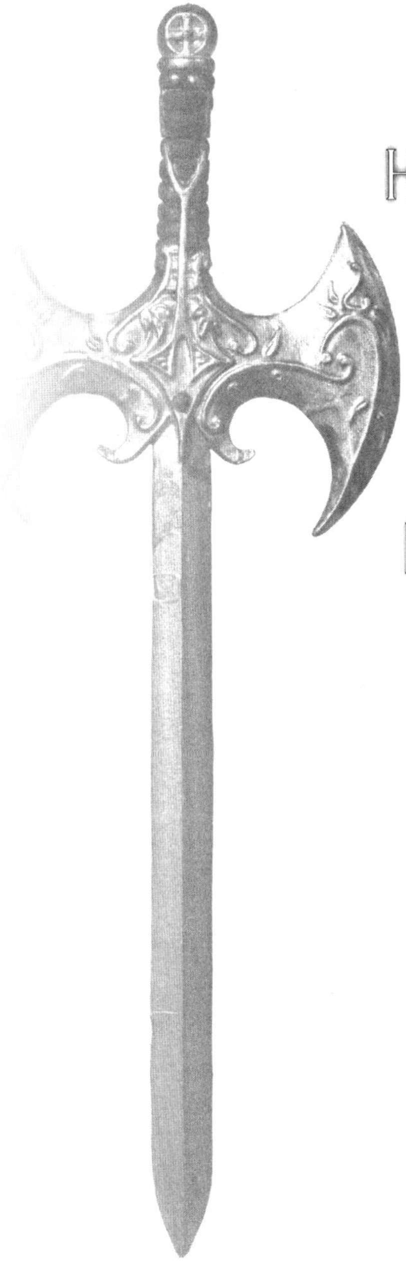

HERAUS
AUS DEM
DUNKEL ...
INS HERZ
DER
FINSTERNIS

RAYMO

Hochland von Calda

Dunkelheit. Eiseskälte. Vom Frost zerfressene Baumriesen. Abgestorbenes Unterholz, spitz und scharf wie Speere. Unheilvolle Stille. Der Moment, in dem man spürt, dass etwas nicht stimmt.

Raymo machte sich auf den Tod gefasst. Die nächsten Momente würden entscheiden, ob es sein eigener wäre. Etwas oder jemand lauerte im dichten, weiten Wald. Etwas, das ebenso auf der Jagd war wie er selbst. In diesen Zeiten der Not, in denen Tageslicht nur noch eine längst verblasste Erinnerung war, jagte jeder alles … und alles jeden.

Raymo reagierte eilig, aber nicht hastig. Ohne das Unterholz vor ihm aus den Augen zu lassen, biss er in die Spitze seines an den Nähten zerschlissenen Schafslederfäustlings und zog ihn sich von den vor Kälte starren Fingern. Er ballte die Hand mehrere Male hintereinander schnell zur Faust. Die Durchblutung musste in Schwung gebracht werden. Dabei griff er mit einer langsamen Bewegung nach dem Köcher an seiner Hüfte, um einen der fast drei Fuß langen Pfeile herauszuangeln. Die gefrorenen Gänsefedern stachen ihm tief in die Fingerspitzen. Raymo ignorierte es.

Es war schwer bis unmöglich, in den ihn umgebenden Schatten etwas zu erkennen, aber Raymo wusste, dass er sich auf seine Instinkte verlassen konnte: Er war nicht länger der Jäger, er war der Gejagte.

Seit nunmehr zwei Jahren war die Welt in anhaltender Dunkelheit gefangen. Seit dem Tag des Weltendonners, der das ganze Land erschüttert und ihm ein neues Gesicht gegeben hatte. Ein finsteres Gesicht, ein hässliches, ein sterbendes. Von einem Moment auf den anderen war damals die Sonne verschwunden, hinter einer dicken, tiefhängenden Decke aus Aschewolken. Von da an war es unaufhörlich kälter geworden. Woche für Woche, Monat für Monat. Inzwischen herrschte hier im Hochland von Calda auch im Sommer tiefer Winter. Doch anders als in den zurückliegenden Wintern von Raymos Kindheit waren Schnee und Eis nicht länger weiß. Sie – wie auch der Himmel – waren schmutzig grau wie der Schiefer der Berge des Nordens.

Während Raymo den Pfeil auf die Sehne des gegen die Kälte mit Seehundtran eingefetteten Eibenbogens legte, lauschte er in die unheilvolle Stille hinein. Alles, was er hörte, war der schneller gewordene Schlag seines eigenen Herzens. Er konzentrierte sich darauf, langsamer und tiefer zu atmen, und sog die eisige Luft, so tief es seine Lungen zuließen, durch die Nase ein, um zu wittern.

Gleich darauf verzog er das Gesicht. Es roch ganz schwach süßlich. Nach Verwesung.

Ripper?

Ripper rochen nach Verwesung. Zumindest erzählte man sich das an den Lagerfeuern der Stämme. Ammenmärchen, um kleine Kinder zu erschrecken, wusste Raymo, damit sie nicht alleine in die uralten, gefährlichen Wälder Caldas gingen.

Trotz des Ekels, den die süßlich verdorbene Witterung in Raymo hervorrief, hatte sie etwas Verlockendes. Er hatte seit Tagen nichts gegessen außer Wurzeln und Baumrinde. In seinen Eingeweiden wütete der Hunger wie eine verletzte Schlange. Es wäre bei Weitem nicht das erste Mal, dass Raymo sich von Aas ernährte. Die Kadaver verendeter Tiere standen schon lange auf dem Speiseplan der Hochländer. Überleben war alles.

Aus dem Augenwinkel heraus sah Raymo eine Bewegung in den Schatten. Vielleicht auch nur den Schatten einer Bewegung. Er wandte den Kopf in die Richtung, doch da war nichts. Spielten ihm seine Sinne einen Streich? Konnte er sich wirklich noch auf seine Instinkte verlassen? Hunger kann Seltsames mit einem anstellen. Raymo durfte nicht zulassen, dass er ihn die lauernde Bedrohung vergessen ließ. Aber was, wenn er sie sich nur einbildete? Wenn es gar keine Bedrohung gab, sondern nur ein verendetes Tier ganz in der Nähe?

Der Duft nach Verwesung wurde zunehmend stärker – und immer verlockender. Raymo fühlte, wie ihm das Wasser im Mund zusammenlief, und verfluchte sich dafür.

Vorsicht ist der bessere Teil der Tapferkeit, ermahnte er sich. Wo es Kadaver gibt, gibt es auch Raubtiere – oder Aasfresser. Zu viele Jäger seines Stammes waren in den vergangenen Wochen nicht mehr aus den Wäldern zurückgekehrt. Er entschied sich dafür, sich zurückzuziehen. Er würde sein Jagdglück woanders versuchen.

Mit beinahe schon zäher Langsamkeit setzte er sich rückwärts in Bewegung. Seine Schritte knirschten alarmierend laut im harschigen Schnee. Er hielt den Blick weiter nach vorn gerichtet auf die Stelle, wo er die Bewegung gesehen oder zu sehen geglaubt hatte, und lauschte dabei nach hinten, um sicherzustellen, dass ihn von dort nichts oder niemand überraschte.

Die Stille hatte etwas Lebendiges; so als würde sie ihn umzingeln. Raymos Anspannung wuchs mit jedem Herzschlag. Seine Nerven waren zum Zerreißen gespannt. Wachsamkeit und aufsteigende Furcht rangen miteinander. Die Angst war das einfachere Gefühl. Sie legte sich um seine Brust wie eine eisige Faust und drohte ihn zu lähmen. Er wusste, dass er das nicht zulassen durfte, wenn er die nächsten Minuten überleben wollte.

Renn!, riet eine Stimme in seinem Kopf. *Jetzt! So schnell du nur kannst!*

Einer Bedrohung den Rücken zukehren?, fragte eine zweite zweifelnd. *Das ist nur eine gute Idee, wenn du schnell sterben willst. Bleib stehen und stell dich wie ein Mann!*

Raymo merkte, dass er den Bogen in seiner Linken so verkrampft gepackt hatte, dass ihm die Finger schmerzten. Er lockerte den Griff.

Der Schatten bewegte sich wieder. Diesmal gab es keinen Zweifel. Das Ding war nur zehn Meter entfernt. Es schälte sich aus der Dunkelheit und nahm dabei mehr und mehr Gestalt an. Es war riesig.

Raymo musste nicht erst warten, bis er es noch deutlicher sehen konnte, ehe er wusste, was es war, das sich da auf ihn zubewegte:

Ein Bär! Der größte, den Raymo je gesehen hatte.

Das zottige Fell der Bestie war an den Spitzen mit schmutzigem Eis bedeckt. Schnauze und Klauen, von denen jede so lang war wie Raymos Jagddolch, waren verklebt mit einer Schmiere aus Eingeweiden und altem Blut. Der warme Atem dampfte in kräftigen Stößen im Zwielicht. Die für den gewaltigen Leib überraschend kleinen Augen fixierten Raymo, und wenn auch der Kopf, der fast so groß war wie Raymos ganzer Oberkörper, mit jedem Schritt, den der Bär machte, hin und her schwankte, ließen sie nicht einen Moment von Raymo ab.

Raymo wusste, die einzige Chance, einen Bären dieser Größe mit Pfeil und Bogen zu töten, war, ihn in genau eines dieser kleinen Augen zu treffen. Ein Schuss, der selbst bei bestem Wetter und strahlendem Sonnenschein fast unmöglich zu bewerkstelligen war. Jetzt, in dieser Dunkelheit und mit steifgefrorenen Händen und Fingern …

Versuchen musste er es.

Während er den Bogen in Anschlag brachte, verlagerte er sein Gewicht auf beide Füße, um einen so festen und vor allem ruhigen Stand wie möglich zu haben, und zielte über den Schaft seines Pfeiles auf das linke Auge.

Der Bär hielt mitten in der Bewegung inne. Raymo hatte das Gefühl, dass das Tier ihn fast schon neugierig betrachtete, so als würde es sich fragen, was der kleine Mensch jetzt wohl vorhatte. Einen tiefen, aber ruhigen Atemzug lang gab Raymo sich der Hoffnung hin, womöglich doch ins Schwarze treffen zu können.

Er zog die Sehne so weit zurück, dass ihm von der Anstrengung die kältesteife Schulter schmerzte. Der Pfeil musste mit aller Kraft geschossen werden, wenn er den Bären mit einem Schuss fällen sollte. Und das musste er. Falls Raymo ihn nur verletzte, würde er sich in waidwunder Wildheit auf ihn stürzen. Allein mit einem einzigen Schlag seiner Tatze könnte er Raymo mühelos den Kopf von den Schultern trennen, und seine Klauen waren so scharf, dass selbst wenn sie ihn nur an Brust, Seite oder Bauch streifen sollten, sie Raymo dennoch ausweiden würden wie Schlachtvieh.

Der Bär zeigte keinerlei Anzeichen dafür, dass er fürchtete, was der Mensch da in den Händen hielt. Entweder war er noch nie einem Jäger mit Pfeil und Bogen begegnet oder er wusste, dass ihm die Waffe wegen seines dichten Fells, der dicken Haut und der festen Muskeln nichts anhaben konnte.

Raymo ließ den Pfeil los. In der absoluten Stille klang die schnellende Sehne so laut wie der Knall einer Peitsche. Der Pfeil schoss kerzengerade auf das Auge des Bären zu, und Raymos Mundwinkel verzogen sich zu einem triumphierenden Lächeln. Heute Nacht würde er speisen wie ein Fürst. Bärenfleisch war eine Delikatesse; ganz besonders das fettige Fleisch ihrer Tatzen.

Im Bruchteil eines Herzschlags, ehe der Pfeil sein Ziel finden konnte, drehte der Bär den Kopf zur Seite. Ganz leicht nur, aber es war genug. Das Geschoss verfehlte, rutschte am Schädel des Bären ab, zerfetzte die Spitze seines Ohres und verschwand weit hinten in der Dunkelheit. Der Bär brüllte schmerzerfüllt auf.

Raymo zögerte nicht einen Augenblick. Er ließ den Bogen in den Schnee fallen, wirbelte herum und sprintete los. Schon im nächsten Moment hörte er die schnellen, schweren und weit ausholenden Schritte hinter sich. Er verwarf den Gedanken, Schutz auf einem Baum zu suchen. Der Bär würde ihm nachklettern und ihn aus den Ästen pflücken wie einen reifen Apfel.

Raymo warf sich nach links, kurvte halb um einen der vielen Stämme und hechtete dann nach rechts zum nächsten. Wieder und wieder schlug er Haken, hörte den Bär hinter sich ausrutschen und mit wütendem Knurren in die neue Richtung wechseln. Gehetzt suchte Raymo in der Dunkelheit nach Stellen, wo die Bäume dicht standen, wählte die engsten Passagen und Unterholz und Gestrüpp, das gerade so hoch war, dass er noch darüber hinwegsetzen konnte. Zweige peitschten ihm ins Gesicht, schlugen blutige Striemen. Dornen zerrissen das dicke Schweinsleder seiner Jacke und Hose.

Sein Herz schlug so schnell und hart, dass es in seinen Ohren trommelte, und sein keuchender Atem stieß Wolken in die Luft. Die Kälte biss ihm in Rachen und Lungen, und die Augen tränten vom Frost.

Er durfte nicht einen Moment innehalten. Kaum hatte er ein paar Meter Vorsprung erkämpft, holte der Bär auch schon wieder auf. Das Hin und Her ließ Raymo die Orientierung verlieren, und bald wusste er nicht mehr, wo er war. Als Jäger kannte er sich gut aus in den Wäldern, aber hier erschien ihm nichts mehr vertraut. Seine Muskeln begannen zu krampfen, und immer öfter rutschte er auf Schnee und gefrorenem Moos aus. Das knurrende Keuchen des Bären war jetzt ganz dicht hinter ihm.

Vor sich sah Raymo eine hohe Hecke. Früher einmal Brombeeren, jetzt kahl vom Frost. Dornen so lang wie ein halber Finger. Raymo sammelte all seine Kraft und rannte, so schnell er konnte, darauf zu. Sie war zu hoch, um darüber zu springen – aber genau darin bestand seine Chance. Im Lauf riss er seine

Jacke auf, zog sie aus, und wenige Schritte ehe er die Hecke erreichte, schleuderte er sie hoch und nach vorne. Sie landete auf halber Höhe der Hecke. Raymo holte Schwung und sprang, so fest er konnte, hinterher. Er landete auf der Jacke, die ihn davor bewahrte, sich in den Dornen zu verfangen. Von hier aus hechtete er über den Rest des Gestrüpps hinweg … und dahinter direkt über den Rand einer steilen Böschung.

Raymo versuchte noch, sich festzuhalten, doch der Schwung war zu groß. Mit einem wütenden Fluch auf den vor Kälte aufgeplatzten Lippen stürzte er sich überschlagend über zehn Meter tief den Steilhang hinunter – und knallte auf das dreckige Eis eines zugefrorenen Sees.

Der Aufprall war so hart, dass er sich nicht sicher war, ob das fürchterliche Krachen von der Eisdecke kam oder von seinen eigenen Knochen. Der Schmerz war auf jeden Fall derart heftig, dass ihm augenblicklich schwarz vor Augen wurde. Er schmeckte Blut. Das war das Letzte, was er wahrnahm, dann verlor er das Bewusstsein.

Mit einem Mal war Raymo in einer anderen Welt; in der Welt, wie sie war, vor der Katastrophe. Er war auf Wolfshöhe, der Burg seines Vaters Llugh Ten Mayne und dessen Väter vor ihm, der Burg seines Hochlandklans – und es war helllichter Tag. Ein ganz besonderer Tag. Der Tag von Raymos Vermählung; der Hochzeit mit Kaecee, der jüngsten Tochter des Unterdrückers aus Twyddyn im Süden. Die Verbindung sollte endlich Frieden schaffen zwischen den beiden Völkern. Raymo hatte ihr widerstrebend zugestimmt, um das nun schon Jahrzehnte anhaltende Blutvergießen zu beenden. Die Alternative wäre der völlige Untergang seines Volkes gewesen.

Die bevorstehende Hochzeit war nicht das Einzige, was diesen Tag besonders machte. Es war zugleich der Tag des Weltendonners. Die Oberhäupter der umliegenden Klans und ihre Familien und Vertrauten hatten sich aus allen Teilen des Hochlands versammelt, ebenso zahlreiche Aristokraten aus

Twyddyn – Letztere ohne Familien, dafür aber mit einer demonstrativ hohen Zahl an Leibgarden, um deutlich zu machen, wer inzwischen die wahren Herren in Calda waren.

Wolfshöhe war geschmückt wie schon seit der Hochzeit Llugh Ten Maynes nicht mehr; Jahre vor der Geburt Raymos. Fahnen auf den klobigen Türmen und Wehrgängen, bunte Zelte auf dem Burgplatz und den gerodeten Feldern vor der Festung. Die der Klans aus Leder und Fellen, die der Adligen aus Twyddyn aus fein gewebtem Leinen. Schausteller und Gaukler, Musikanten und Tänzerinnen. Speisekammern und Weinkeller waren bis zum letzten Regal und Fass geleert worden, um aufzutischen und Hunderte hungriger und durstiger Mäuler zu bewirten – in Erinnerung an all das, was es damals noch zu essen gab, lief Raymo das Wasser im Mund zusammen. Es gab Turniere mit Lanzen und Schwertern, Ringkämpfe, tanzende Bären und Hunde, Falkenbeiz und Artisten – darunter Jongleure und Messerwerfer, Trapezkünstler und Seiltänzer.

Kaecees Vater, Arl Duard ak Aeton, hatte die Kosten für all das übernommen – kein zu hoher Preis für die Herrschaft über den Norden. Ein weiterer Feldzug gegen die Klans hätte ihn wesentlich mehr gekostet.

Die eigentliche Zeremonie sollte im Heiligen Hain auf der Spitze der Klippennadel stattfinden, die Wolfshöhe ihren Namen verliehen hatte; einige hundert Meter südlich der Burg, hoch über dem schmalen Meerarm, der das Herz Caldas mit der See im Osten verband.

Es kam nie dazu! Raymo sah ihn wieder vor sich, den Moment, in dem sich alles veränderte. Die ganze Gesellschaft hatte sich auf der Lichtung des den alten Göttern geweihten Waldes versammelt. Zwei Halbkreise. Links die Klans des Hochlands, rechts die Fürsten aus Twyddyn. In der Mitte ein freier Gang hin zum Schatten unter der frei stehenden Dra'Sul, der uralten Eibe, die der Legende nach schon hier auf der Klippe gestanden hatte, als die ersten Menschen sich in Calda ansiedelten; Flüchtlinge eines verheerenden Krieges weit im Südosten, eines Krieges am Anfang der Zeit.

Dort unter der Dra'Sul hatte Kaecee, die Raymo heute zum ersten Mal zu Gesicht bekommen sollte, und mit ihr zusammen die Priesterinnen und Priester und die beiden Familien darauf gewartet, dass Raymo alter Sitte gemäß als Erbe des Landes und fleischgewordener Geist des Neuanfangs zu ihnen geführt wurde von seiner Mutter Rytta, der obersten Schamanin des Klans.

Die beiden hatten den Weg schweigend zurückgelegt. Raymo hatte seine Mutter nie ernster gesehen. So ernst, dass das strahlende Weiß ihres Kapuzenumhangs grau wirkte und die Edelsteine, die sie ins an den Schläfen schon leicht ergraute Haar geflochten hatte, trotz der hochstehenden Sonne stumpf und blind. Er wusste, sie ging die Verbindung mit den Räubern aus dem Süden ebenso widerstrebend ein wie er selbst, aber auch sie hatte sich dem Leben ihres Volkes zuliebe dem Heiratshandel gebeugt.

Tote leben nicht in Freiheit, hatte sie gesagt, als Raymo sie um ihren Rat gebeten hatte, *aber eure Kinder und Kindeskinder vielleicht*. Das hatte den Ausschlag gegeben, der Ehe mit Kaecee ak Aeton zuzustimmen.

Schon vom inneren Rand der Lichtung aus konnte Raymo die Prinzessin aus Twyddyn sehen, wie sie neben ihrem Vater im Schatten der Dra'Sul stand, vom Scheitel bis zu den Füßen gehüllt in weite dunkelrote Schleier aus einem Stoff so zart und fein, wie Raymo ihn noch nie gesehen hatte.

Raymo würde niemals erfahren, wie sie darunter aussah.

Sooft er später auch an diesen Augenblick zurückdenken würde, er war niemals ganz sicher, ob er den gewaltigen Donner zuerst gehört oder vorher gefühlt hatte. Es war ein so lauter Schlag, dass Raymo noch Stunden später nahezu taub war. Er kam von Norden, von hinter Raymo und seiner Mutter. Die Erschütterung im Boden war so stark, dass sie beide von den Füßen gerissen wurden. Sehr viel schlimmer aber erging es denen, die vor ihnen auf der weit in die Luft herausragenden Klippe standen.

Das Beben brach den Felsen auf. Das Bersten des uralten Gesteins war beinahe noch einmal so laut wie der Donner selbst. Im nächsten Augenblick war die Klippennadel nicht mehr da, und mit ihr in der Tiefe verschwunden waren die Dra'Sul, Kaecee, ihr Vater, Raymos Vater, die Oberhäupter der Hochlandklans und sämtliche Adlige Twyddyns, die Calda unter ihr Joch gezwungen hatten.

Raymos Mutter war zuerst wieder auf den Füßen. Ihr Gesicht war aschfahl und von einem Schmerz verzerrt, der nichts zu tun hatte mit den Schrammen an ihrem Körper, die sie sich beim Sturz zugezogen hatte. Der Blick ihrer ungläubig weit aufgerissenen Augen war in die gähnende Leere gerichtet – auf den Ort, an dem eben noch ihr Mann gestanden hatte. Raymo sah, dass sie schrie. Er konnte nicht hören, was, aber er konnte den Namen von ihren Lippen lesen: »Llugh!«

Noch ehe er reagieren konnte, war sie schon losgerannt. Er rappelte sich auf, sprintete ihr hinterher. Fast hätte er sie noch erreicht. Er streckte seinen Arm aus; die Fingerspitzen berührten ihren im Lauf wehenden Umhang. Doch gerade als er zufassen wollte, sprang sie. Raymo musste sich nach hinten werfen, um nicht selbst vom Schwung seines Laufs über die neue Kante der Klippe geschleudert zu werden. Auf allen vieren krabbelte er zum Rand, merkte erst jetzt, dass seine Wangen nass waren von Tränen, dass er am ganzen Leib zitterte. Er blickte hinab in die Tiefe, wo das Wasser auf einer Fläche von mehreren hundert Metern noch brodelte von dem Geröll, dem halben Wald und all den Menschen, die gerade ihr schreckliches Ende gefunden hatten.

Er spürte plötzlich, dass seine Kiefer schmerzten, so weit hatte er den Mund aufgerissen zu einem verzweifelten Schrei, den er selbst nicht hören konnte. Er wusste nicht, wie lange er dort so kauerte, aber als er endlich den tränennassen Blick vom inzwischen wieder ruhigen Wasser des Meerarms löste, wogten die ersten schwarzgrauen Wolken von Norden her über den Himmel.

Seitdem hatte Raymo die Sonne nicht mehr gesehen.

Plötzlich hörte Raymo wieder, und mit einem Mal waren die Bilder dieses schicksalhaften Tages verschwunden. Es war dunkel. Noch dunkler als sonst. Raymo merkte, dass das daran lag, dass er die Augen geschlossen hatte – und dann wurde ihm bewusst, was es war, das er da hörte. Es war ein wütendes Brüllen. Und es war ganz nah.

Er öffnete die Augen und fand sich auf dem Eis eines Sees liegend wieder. Sein ganzer Leib schmerzte, und nicht nur in seinem Mund war Blut. Ihm war kalt, entsetzlich kalt. Er vermisste seine Jacke und erinnerte sich schwerfällig daran, dass er sie über eine Brombeerhecke geworfen hatte, um darüberzuspringen. Plötzlich wusste er auch wieder, wovor er geflohen war – und woher das Brüllen stammte, das ihn aus der Bewusstlosigkeit geweckt hatte.

Gegen die Schmerzen in seinem Nacken ankämpfend, wandte er den Kopf. Sein Blick war noch verschleiert, aber der gewaltige Bär war nicht zu übersehen. Er stand oben am Rand des Abhangs und befreite sich gerade von den letzten Dornenranken, durch die er sich gekämpft hatte. Sein dichtes Fell war an mehreren Stellen tief eingerissen und von seinem eigenen Blut verklebt. Auch die Schnauze war voller frischer Wunden. Der Blick seiner kleinen schwarzen Augen war nun weit mehr als animalisch, die Bestie hatte die Grenze von wütendem Hunger und scharfem Schmerz hin zum Wahnsinn überschritten. Der Bär riss das Maul weit auf und brüllte ein weiteres Mal. Roter Speichel flog ihm in dicken Tropfenfetzen von den Lefzen.

Raymo erkannte, dass ihn nach dem Kampf durch die Hecke der Abhang nicht aufhalten würde, und rappelte sich eilig auf. Alles tat ihm weh, aber es schien nichts gebrochen. Das Eis knirschte verdächtig unter seinen Robbenfellstiefeln. Er sah sich um. Der See bot keinerlei Deckung – und er war viel zu groß, als dass Raymo den Bären würde abhängen können. Es gab keine andere Wahl mehr: Raymo musste sich ihm stellen.

Er zog das Jagdmesser aus dem Gürtel und machte ein paar Schritte zurück. Vielleicht hatte er ja Glück, und der Bär würde dort, wo Raymos Sturz das Eis angeknackst hatte, einbrechen und im See ertrinken. Vielleicht könnte Raymo dann ja sogar noch etwas von seinem Kadaver retten und sich endlich wieder einmal satt essen. Der Gedanke war irrsinnig, aber er gab Raymo Kraft.

Soweit es ging, suchte er auf dem schlüpfrigen Eis sicheren Stand und schloss die Faust fest um den Hirschhorngriff seines Messers.

Trotz des Wahnsinns, in den Hunger und Schmerz den Bär getrieben hatten, tastete er mit seiner riesigen Tatze zögerlich den Rand des Steilhangs ab. Er suchte nach einer geeigneten Stelle. Gerade schien er sie gefunden zu haben und mit dem Abstieg beginnen zu wollen, da sah Raymo, wie sich in der Hecke links hinter der Bestie etwas bewegte. Ein Knistern, ein Rascheln. Gleich darauf auch rechts hinter dem Bären. In der Luft lag plötzlich wieder der süßfaulige Gestank von Verwesung. Alarmiert hielt der Bär inne und hob den riesigen Kopf. In dem Moment hörte Raymo ein Kreischen. Es war ein wildes Kreischen, gierig, ungezügelt – und so hoch, dass es Raymo in den Ohren wehtat.

Der Bär wollte fliehen, doch ehe er sich auch nur einen weiteren Schritt in Bewegung setzen konnte, wurde er von irgendetwas in dem Gestrüpp gepackt, brüllte auf. Das Kreischen wurde lauter – es kam nun aus mehreren Kehlen.

Raymo wollte seinen Augen nicht trauen, als er sah, dass der gewaltige Bär mit einem Ruck in die Dornen zurückgezogen wurde; so als würde er nicht mehr wiegen als eine Kinderpuppe aus Stroh.

Raymo sah noch den überraschten Blick des Bären … wie er vergeblich versuchte, sich dagegen zu wehren, in die Hecke geschleppt zu werden. Dann hörte Raymo, wie das tiefe Brüllen des Bären sich in einem einzigen Moment verwandelte in ein verzweifelt heulendes Fiepsen. Panisch, mitleiderregend. Es dauerte nur wenige Herzschläge lang, dann erstarb es, und Raymo hörte außer dem Rascheln des Gebüschs nur noch ein gefräßiges, nasses Schmatzen, das Reißen von Fleisch und das Brechen von Knochen.

In dem Moment wurde es Raymo so klar wie nie zuvor: Wenn er leben wollte, musste er das Hochland verlassen.

Er machte auf dem Absatz kehrt und begann zu rennen.

LIZIA

Hofgut »Cassias Hain«

Lizia starrte wie gebannt auf das Fischmesser in ihrer Hand. Wie leicht es doch in den weichen Bauch der Forelle glitt. Frisch vom Schleifstein. Rasiermesserscharf. Wenn sie sich nur trauen würde. Der Schmerz wäre ein kurzer, sagte man immer, und er würde alle anderen beenden. Für immer. Ein Ausweg aus einer ausweglosen Situation.

Das kalte Blut des Fisches lief ihr über die schlanken, mit kleinen Schnitten von der ewigen Küchenarbeit übersäten Finger und machte den Griff nach den Innereien noch schlüpfriger. Lizia packte geübt zu, wie mit einer Adlerklaue, und riss sie heraus, mit Kraft und dennoch vorsichtig, um sie nicht zu zerstören. Sie musste sich in Acht nehmen. Sie durfte weder den Fisch noch dessen Leber verderben, sonst würde es wieder Prügel geben. Kaum ein Tag, an dem es keine gab.

Im Vergleich zu Wild und Weidetieren gab es trotz der mittlerweile schon so lange anhaltenden Dunkelheit noch relativ viel Fisch hier in den Seen im Norden Twyddyns an der Grenze zu Calda. Fische und das, wovon sie sich ernährten, schienen nicht so sehr auf das Licht der Sonne angewiesen zu sein wie die Tiere und Pflanzen zu Land. Doch sie von unter den Woche für Woche dicker werdenden Eisdecken herauszufangen, war so aufwendig, dass sie fast so kostbar waren wie Gold.

Lizia legte die ausgenommene Forelle beiseite zu den anderen auf ein Holztablett auf der Steinbank neben ihr und löste die Leber mit geübtem Schnitt von den restlichen Innereien. Diese warf sie in einen Trog; sie waren Futter für die wenigen Hunde und Schweine, die es auf dem Hofgut noch gab. Die Leber aber ließ sie in einen flachen Holzbottich zwischen ihren nackten Füßen fallen. Sie würde sie später auskochen zu Tran für die Lampen der Gemächer Mayras, Arl Stu ak Wards kleiner Tochter. »Mayra hat nun mal Angst im Dunkeln«, hatte Mordomo Veigh Burrell Lizia einmal mitsamt einer Maulschelle als Antwort gegeben, als Lizia von ihm wissen wollte, warum man die Leber nicht besser der hungernden Dienerschaft zu essen gebe. Als hätten alle anderen keine Angst vor der Dunkelheit.

Ganz so als wäre sie so unvorsichtig gewesen, das Gedachte laut auszusprechen, erhielt Lizia unvermittelt einen Tritt in die Rippen. So hart, dass er sie seitlich von der Steinbank stieß. Gerade rechtzeitig drehte Lizia sich wenigstens noch so weit ab, dass sie nicht das Tablett mit den ausgenommenen Fischen mit sich riss. Das hätte alles nur noch viel schlimmer gemacht.

»Wie oft muss ich dir noch sagen, dass du dir die Hände abspülen sollst, ehe du einen neuen Fisch anfasst? Du schmierst sonst das Blut auf das saubere Fleisch!« Es war der Mordomo, Veigh Burrell, der Oberste der Diener, die Stimme so rau wie sein ungepflegtes Äußeres und vom selbstgebrannten Fusel so verzerrt wie sein allzeit sadistisches Grinsen. Er trat noch einmal zu, Lizia ins Kreuz.

Sie biss die Zähne zusammen, um einen Schrei zu unterdrücken. Sie wusste, dass er sich daran weidete, und je mehr man schrie, desto länger spielte er sein brutales Spiel.

»Steh auf, du wertloses Stück!«, rief er, beugte sich zu Lizia hinab und packte sie an der linken ihrer erst seit einem halben Jahr sprossenden Brüste. Er hatte absichtlich am Arm vorbeigegriffen. Seitdem sie angefangen hatte, zur Frau zu werden, nutzte er jede Gelegenheit, sie zu begrapschen. Seine groben Finger fanden durch das dicke Leinen hindurch ihren Nippel und kniffen ihn hart, während er sie daran in die Höhe zog. Der Schmerz war so groß, dass Lizia sich beeilte, von selbst wieder auf die Füße zu kommen, um ihn zu mildern.

Der Mordomo überragte sie um gut zwei Köpfe und beugte sich mit gehässigem Blick zu ihr hinab, so dicht, dass seine Stirn fast die ihre berührte und sein stinkender Atem Lizia ins Gesicht schlug.

Er drehte den Nippel noch ein Stück fester. »Schon von Anfang an, als er dich als Waisenkind hierher auf das Gut gebracht hat, habe ich dem Arl gesagt, du taugst zu nichts«, zischte er. »So zart und zerbrechlich, wie du bist! Und das war, als es die Sonne noch gab. Als das Leben noch ein leichtes war und der Überfluss groß. Jetzt aber bist du nur ein Maul zu viel, das gestopft werden muss.«

Er hielt inne, ganz so als wäre ihm gerade eine Idee gekommen.

Lizia machte sich erst gar nicht die Mühe, sich bei den übrigen Küchenmägden und Köchen nach Hilfe umzusehen. Sie wusste aus Erfahrung nur zu gut, dass sich niemand dem Mordomo in den Weg stellen würde. Außer dem Arl selbst und vielleicht noch der kleinen Mayra wagte das keiner auf dem gesamten Hof, nicht einmal der Stallmeister oder der Hauptmann der Leibgarde, Rykk Lormant. Jeder kannte die Geschichten, was mit denen passierte, die dem einstmaligen Gladiator aus den Kampfgruben Dunuums in die Quere kamen. Das Moor im Süden war voll von namenlosen Gräbern. Männer, Frauen, Kinder – dem Mordomo waren sie alle gleich, und man munkelte, Arl ak Ward habe ihn gerade wegen seiner Grausamkeit und Gefährlichkeit in seine Dienste genommen. Ein großer Haushalt regiert sich leichter mit Schrecken als mit Güte.

Ohne ihre vor Schmerz brennende Brust loszulassen, fasste er Lizia mit der anderen Hand an die Wange. Seine schwielige Haut war rau wie die Borke eines Baums.

»Ja, ich denke, ich weiß, wie wir dein Mäulchen stopfen«, knurrte er, und seine Augen nahmen einen ekelerregend gierigen Glanz an. »Alt genug bist du ja jetzt langsam. Und es wird dich deinen Platz lehren. Heute Nacht reite ich dich zu.«

Obwohl Lizia schon immer gewusst hatte, dass dieser Tag früher oder später kommen würde, drohten ihr nun die Beine zu versagen. Sie riss sich zusammen, um ihre Angst ebenso wenig zu zeigen wie ihren Schmerz. Von den Mädchen vor ihr wusste sie, dass Veigh Burrell am schnellsten das Interesse verlor, wenn man bei allem, was er mit einem anstellte, so gleichgültig tat wie nur möglich.

»Mach die Fische sauber«, sagte er, »und danach bringst du Lady Mayra ihre Vesper. Dicke Milch mit Rübensirup wie jeden Nachmittag. Anschließend gehst du an den See, dich waschen. Nimm eine Axt mit, das Eis ist dick. Wenn du fertig bist, kommst du in den Stall. Hast du verstanden?«

Lizia biss die Zähne fest aufeinander und nickte.

Als er die Küche verlassen hatte, setzte Lizia sich wieder auf die Bank, um ihre Arbeit zu Ende zu bringen. Erst jetzt fing sie an, am ganzen Leib zu zittern. So stark, dass sie das Messer kaum noch halten konnte – und wieder glänzte die scharfe Klinge verlockend. Mit der freien Hand berührte Lizia die Seite ihrer Kehle, fühlte den Puls.

Ein Schnitt nur … tief und entschlossen … und alles ist vorüber.

Mit einem Mal saß Taty neben ihr, die älteste der Küchenmägde. Trotz der anhaltenden Hungersnot so feist, aber auch so gütig wie an jenem Tag vor vielen Jahren, an dem Lizia als kleines Kind hierher auf das Gut Arl ak Wards gebracht worden war. Mit einer sanften Bewegung nahm sie Lizia das Messer aus der Hand.

»Ich kümmere mich um die Fische, Kleines«, sagte sie mit der ihr eigenen einfühlsamen Stimme. »Du gehst und machst die Milch und den Sirup fertig für unsere kleine Lady. Bring ihr außerdem noch ein Schälchen Apfelmus mit nach oben. Du weißt, das hebt ihre Stimmung und vielleicht kann sie dir helfen. Veigh Burrell wird dir nichts antun, wenn Mayra dich unter ihren persönlichen Schutz stellt.«

Für einen Moment keimte Hoffnung in Lizia auf. Lady Mayra hatte drei »Hofdamen«, wie sie sie großspurig nannte. Die Töchter von Landadligen aus Twyddyn. Ihr Leben unter der Fuchtel der verzogenen Göre war alles andere als ein Zuckerschlecken, aber sie waren wenigstens tabu für den Mordomo. Vielleicht könnte Lizia die vierte werden.

Sie merkte, wie vergeblich diese Hoffnung war, und seufzte. »Ich bin eine Waise, Taty. Nicht von adligem Blut. Mayra wird sich nicht dazu herablassen, sich meiner anzunehmen.«

»Wer kann das schon vorher wissen?« Taty zuckte mit den massigen Schultern, während sie einen der Fische mit einer geschickten Bewegung aufschlitzte und die Eingeweide herauszog. »Den Versuch ist es allemal wert. Ihre Familie hat dir schon einmal Gnade erwiesen, als sie dich nach der Blutnacht von Dunuum mit hierher gebracht hat.«

Lizia hatte schon lange niemanden mehr von der *Blutnacht* sprechen gehört. Sie war verbotenes Thema hier auf dem Gutshof. Alles, was Lizia wusste, war, dass Twyddyns jetzige Königin, Rielle, die erste ihres Namens, in jener Nacht vor zwölf Jahren in einem blutigen Staatsstreich die Macht an sich gerissen hatte.

Rielle hatte ihren eigenen Bruder, den Kindkönig Edwn, ermordet und seinen Thron bestiegen. In einer einzigen Nacht hatten ihre Schergen, die mittlerweile natürlich alle dem Hochadel angehörten, den Palast abgeriegelt und die Königstreuen gemetzelt wie Lämmer zum Frühlingsfest. Man erzählte sich, Rielle habe ihren kleinen Bruder sogar eigenhändig getötet – sein gekröntes Kinderhaupt durchstochen mit der silbernen Gabel, mit der sie ihm wie jeden Abend das Nachtmahl fütterte. Tagelang danach war die Dienerschaft damit beschäftigt gewesen, die Leichen zu entsorgen und das Blut von Wänden und Böden zu schrubben. Einzig Edwns Gemach soll auf Rielles Geheiß hin so gelassen worden sein, wie es war; glaubt man dem Klatsch des einfachen Volkes, sitzt die von den Jahren mumifizierte Leiche des Jungen noch heute an dem von Spinnweben bedeckten Tisch neben seinem prunkvollen, längst von Holzwürmern zerfressenen Bettchen.

Arl Stu ak Ward war in jener Zeit Regent gewesen im Namen Edwns; sein und auch Rielles Onkel mütterlicherseits. Er und seine Tochter Mayra, die damals gerade einmal ein Säugling war, lebten heute nur noch, weil sie sich in jener schrecklichen Nacht nicht im Palast aufhielten, sondern auf dem Land bei Freunden.

Arl ak Wards Gemahlin Cassia, die Schwester von Rielles verstorbenem Vater Qwntynn, dem früheren König, war wegen einer Unpässlichkeit im Palast geblieben – und zählte zu den königstreuen Gemeuchelten.

Arl Stu ak Ward war von Rielle nach ihrer Krönung vor die Wahl gestellt worden: das Schwert des Scharfrichters oder ewige Verbannung in den Norden, in das Grenzland zwischen Twyddyn und Calda. Ein schon vor dem Weltendonner karges, unfreundliches Land. Arl Stu ak Ward hatte die Verbannung gewählt und jeglichem Anspruch auf den Thron für sich und alle seine Nachkommen für immer abgeschworen.

All das wusste Lizia nur aus Erzählungen. Sie hatte keine Erinnerung an die Zeit vor ihrem Leben hier oben im Norden. Sie wusste nicht einmal, wie alt sie war. Dass sie gerade im

Begriff war, zur Frau zu werden, war kein Anhaltspunkt. Taty nannte sie immer »Spätentwickler«. Es mochte also durchaus sein, dass sie schon fünfzehn oder sechzehn war. Umso merkwürdiger, dass der Teil ihrer Kindheit, den sie in Dunuum verbracht hatte, wie ausgelöscht war. Es war, als hätte irgendetwas einen schwarzen Schleier über die verlorenen Jahre gelegt, den Lizia einfach nicht durchdringen konnte, sosehr sie sich früher auch darum bemüht hatte. Aber das war ebenfalls schon lange Vergangenheit. Heute war es ihr völlig egal. Es änderte ohnehin nichts. Von allen Dienern und Arbeitskräften hier war sie die niedrigste. Die für die Drecksarbeiten, die kein anderer machen wollte.

»Beeil dich«, sagte Taty. »Du weißt, wie schnell die Kleine hysterisch wird, wenn sie auf ihr Essen warten muss.«

Lizia wischte sich mit dem saubersten Fleck ihrer Schürze das Blut von den Händen und ging hinüber zur Anrichte bei der Tür, um das Tablett fertig zu machen.

»Kann ich bitte eine Kerze haben, Taty?«, fragte sie.

Taty schüttelte mit einem bedauernden Lächeln den Kopf. »Die Kerzen sind für die Herrschaften reserviert. Wo kämen wir denn da hin, wenn sie auch uns armen Dienern ein wenig Licht gestatten würden?«

Lizia unterdrückte einen Seufzer, nahm das Tablett mit Lady Mayras Vesper und machte sich auf den Weg in den Wohnturm.

Dass ihre Augen seit dem Weltendonner gelernt hatten, im allgegenwärtigen Dämmerlicht wenigstens einigermaßen zu sehen, war auf der ersten Etappe keine Hilfe. Als Sicherheitsmaßnahme gegen Überfälle von Räubern, plündernd umherziehenden Klans aus dem nahen Hochland und Menschen in Not, waren in den unteren beiden Stockwerken des Turms sämtliche Fenster zugemauert worden. Jeden einzelnen von ihnen zählend, tastete Lizia sich Schritt für Schritt durch die Dunkelheit; die nackten Füße nah am Boden, um nicht versehentlich über unsichtbare Hindernisse zu stolpern. Den freien Arm seitlich von sich gestreckt, befühlte sie mit den Fingern die Wand zur Orientierung.

Der Duft der Dickmilch und des Sirups stieg ihr in die Nase und ließ ihr das Wasser im Mund zusammenlaufen. So heftig, dass sie schlucken musste. Noch schlimmer aber war der Apfelbrei. Er roch zwar schon ein wenig schimmlig und angegoren, aber dennoch so verführerisch, dass sie sich zwingen musste, nicht wenigstens mit einer Fingerspitze einzutauchen und davon zu naschen. Es war Jahre her, dass sie das letzte Mal einen Apfel geschmeckt hatte. Unvorstellbar, wie frei verfügbar sie früher einmal waren. Die Felder des Gutes, so karg sie auch schon vor dem Weltendonner gewesen sein mochten, waren so voll von Apfelbäumen, dass sie sogar die Schweine damit gefüttert hatten. Jetzt gab es keine Äpfel mehr – und auch kaum noch Schweine.

Lizia hörte das Tippeln der kleinen, krallenbewehrten Füße schon von Weitem. Auch die Ratten hatten die Vesper gerochen. Sie beschleunigte ihre Schritte. Wie die Menschen des Landes hatte der anhaltende Hunger die Ratten zu noch größeren Räubern gemacht. Lizia wusste, wenn sie sie erwischten, würden sie nicht haltmachen bei dem Essen auf dem Tablett.

Sie wünschte sich Schuhe, aber ebenso sehr hätte sie sich auch einen eigenen Palast in Dunuum wünschen können. Die Katastrophe hatte die Menschen in ihrer Not nicht näher zusammenrücken lassen; sie hatte die Kluft zwischen Arm und Reich nur noch größer gemacht. Arme Menschen besaßen keine Schuhe, nicht einmal bei dieser Kälte.

Als sie das erste borstige Fell an ihrer nackten Haut spürte, trat Lizia so fest zu, wie sie nur konnte. Etwas flog durch die Luft, das panische Quietschen abrupt durch ein nasses Klatschen an der Steinwand unterbrochen. Die anderen Ratten – inzwischen mehr als zwei Dutzend, wie Lizia hören konnte – huschten gierig zu dem frischen Kadaver ihres Artgenossen. Zunächst einmal wollten sie sich die leichtere Beute sichern.

Lizia nutzte die Gelegenheit und rannte los. Wenn sie sich nicht verzählt hatte, waren es noch sechzig Schritte bis zur Tür zu den Treppen. Schon nach wenigen Atemzügen wurde das Rascheln, Tippeln und Quieken hinter ihr wieder lauter. Die Ratten hatten nicht lange gebraucht für ihre kleine Mahlzeit.

Nach fünfzig Schritten überwand Lizia sich dazu, ihr Tempo zu verringern, um nicht versehentlich gegen die Wand zu laufen. Sie tastete mit der freien Hand nach der Tür. An dieser Stelle war es jedes einzelne Mal ihr größter Albtraum, dass jemand auf der anderen Seite den Riegel vorgelegt haben mochte.

Sie fühlte die ersten scharfen Zähne an ihrer Ferse und zugleich mit den Fingern das Holz der Tür. Sie riss so fest am Griff, dass die Tür sofort nachgab und der Schwung ihr beinah das Tablett aus der Hand gerissen hätte. Eine schnelle Drehung später wischte sie die vorderste Ratte mit dem Fuß in den Gang zurück, zog die Tür hinter sich wieder zu und war in Sicherheit.

Für einen Moment lehnte sie sich mit dem Rücken gegen die rissigen Bohlen, schloss die Augen und verschnaufte. Wenn die Wachen den Vorderaufgang des Wohnturms frei von Ratten und beleuchtet halten konnten, warum nicht auch den Aufgang für die Dienstboten? Lizia machte sich nichts vor, sie kannte die Antwort: Dienstboten waren in diesen Zeiten das billigste Gut überhaupt. Offiziell war die Sklaverei in Twyddyn schon seit mehr als hundert Jahren abgeschafft, aber fast jeder war bereit, zu tun, was auch immer von ihm verlangt wurde, solange er dafür ein Dach über dem Kopf hatte und die Mauern des Gutshofs als Schutz vor den Plünderern, den Kannibalen … und auch den Rippern.

Lizia glaubte nicht an die Ripper, aber dass es hier oben im Norden Kannibalen gab, daran glaubte sie. Es war nicht schwer, sich vorzustellen, wozu Menschen bereit waren, um dem Hungertod zu entgehen. Es gab sogar Gerüchte, dass selbst Mordomo Veigh Burrell das Fleisch von Menschen aß. Nur so war es zu erklären, dass er stets bei Kräften war. Bugo, der Stallbursche, der Lizia manchmal dabei half, die Sickergruben unter den Aborterkern der Herrschaften zu leeren, hatte ihr einmal erzählt, dass er den Mordomo heimlich dabei beobachtet hatte, wie er sich nachts vom Hof in das Lager einiger Obdachloser schlich, die vergeblich Schutz auf dem Gut gesucht hatten, und ihnen Wolldecken anbot, im Tausch dafür, dass sie einen der ihren opferten und sein Fleisch mit ihm teilten.

Lizia schüttelte sich und stieg die Wendeltreppe nach oben. Bei der Vorstellung war ihr sogar der Appetit auf das Apfelmus vergangen. Weiter oben wurde es endlich ein bisschen heller, und dann erreichte sie das zweite Stockwerk. Hier war der Gang mit Kerzen beleuchtet. Zwei Wachen patrouillierten vor den Gemächern Arl ak Wards und Mayras. Es waren Gek und Aiosh, die Söhne von Hauptmann Rykk Lormant. Die beiden hatten immer den sichersten Dienst, hier oben im Warmen und Trockenen, wo außer den Herrschaften und den Dienern niemand sein durfte.

Gek und Aiosh standen dem Mordomo in Sachen Grausamkeit nicht besonders nach. Sie waren sich ihrer Stellung nur zu bewusst und nutzten sie aus, wo immer sie konnten. Gek war so groß und so massig wie ein Bulle, aber der Gefährlichere der beiden war der kleine und sehnige Aiosh; was ihm an der Kraft seines jüngeren Bruders fehlte, machte er leicht durch Heimtücke wieder wett. Lizia wusste, dass er Dolche in beiden Stiefeln trug – und sogar einen kleinen unter dem Ärmel seines Kettenhemds.

»Oh, wen haben wir denn da?«, fragte Aiosh mit einem Grinsen, das so kalt war, dass Lizia eine Gänsehaut über den Rücken lief. Er baute sich vor Lizia auf und steckte den Daumen in den Apfelbrei. »Wir haben gehört, Burrell wird dich heute einreiten.« Nachrichten reisten schnell hier oben in der Einsamkeit der Grenzlande.

»Wird ja auch höchste Zeit.« Er nahm den Daumen in den Mund und lutschte ihn schmatzend ab. »Darauf warte ich schon eine ganze Weile. Wenn's nicht so ein Getue wäre, hätt ich's schon längst selbst erledigt. Soll ruhig der Mordomo die ganze

Arbeit machen. Ich nehm dich dann, wenn du erst mal weißt, wie's geht.« Er zwinkerte ihr zu und tauchte den Daumen noch einmal in die Schüssel. »Vielleicht schon morgen. Ich glaub, du lernst schnell.«

Gek gluckste, als hätte sein Bruder einen besonders guten Witz gemacht, und Lizia musste kämpfen, nicht zu würgen. Sie wünschte sich, sie wäre hässlich oder entstellt. Die hässlichen und entstellten Mädchen wurden von den Männern des Guts zwar auch ganz nach Belieben benutzt, aber bei Weitem nicht so häufig wie die anderen. Dafür lebten sie aber auch meistens nicht so lange, weil sie niemanden hatten, der sich um sie kümmerte. Lizia war sich noch immer nicht schlüssig, welches der Schicksale das bessere war.

»Trödle nicht länger«, sagte Aiosh und machte ihr endlich den Weg frei. »Lady Mayra wartet.« Er kicherte. »Und Burrell ganz sicher auch.«

Gek ging voraus und klopfte an die Tür zu Mayras Suite. Geöffnet wurde ihm von Javri, der jüngsten der drei Hofdamen der Tochter des Arl. Sie war klein und knabenhaft, ihr dunkles Haar kurz und kraus.

»Lady Mayras Vesper«, avisierte Aiosh, und Javri signalisierte Lizia mit einem herablassenden Nicken, dass sie eintreten durfte.

Das Gemach war so hell, dass es Lizia schon in den Augen schmerzte. Kerzen und Öllampen überall. Die kleine Mayra stand vor einer Staffelei und malte. Das Talent dazu habe sie von ihrer Mutter geerbt, wurde der Arl nie müde zu betonen, mögen die Götter ihrer Seele gnädig sein. Lizia kannte die Bilder der verstorbenen Frau Arl ak Wards, sie hingen überall im Wohnturm. Es waren wunderschöne Gemälde voller Licht und Schönheit. Mayras Gekrakel hatte mit diesen Kunstwerken nicht das Geringste gemein. In den meisten Fällen konnte man nicht einmal erkennen, was es überhaupt darstellen sollte. Aber natürlich wagte niemand, ihr das zu sagen. Zumindest nicht ins Gesicht. Auch jetzt standen ihre beiden anderen Hofdamen, Ziana und Lele, neben ihr und lobten ihre Pinselführung und die Auswahl des Motivs in den allerhöchsten Tönen.

An jedem anderen Tag hätte Lizia sich beeilt, das Tablett auf das Buffet an der Wand zu stellen und die Gemächer der kleinen Lady so schnell wie möglich wieder zu verlassen, aber heute war nicht jeder andere Tag. Heute ging es darum, Mayras Gunst zu gewinnen.

»Ganz entzückend«, sagte Lizia daher leise mit Blick auf das im Entstehen begriffene Gemälde. »Hervorragend.«

Die anderen Hofdamen verstummten augenblicklich und sahen sie an, als hätte sie laut gerülpst.

Mayra hielt mitten in der Bewegung inne und drehte sich langsam zu Lizia um.

»Wie bitte?«, fragte sie und zog dabei herausfordernd eine Augenbraue nach oben.

Lizia schlug den Blick nieder und machte einen höflichen Knicks. »Verzeiht, Mylady. Das ist mir so rausgerutscht. Die Schönheit des Bilds hat mich dermaßen überwältigt, dass ich das Verbot, in Eurer Gegenwart zu sprechen, für einen Moment vergessen habe. Bitte vergebt mir.«

Mayra fixierte sie misstrauisch. Die kleine Lady trug eines der umgeschneiderten Kleider ihrer Mutter. Goldbrokat mit Taft, bestickt mit fleischfarbenen Perlen weit aus dem Westen der Schwarzen See, wo vor Kurzem ein neuer Kontinent entdeckt worden war: Kutera.

»Wenn es dir so gut gefällt, Dienerin«, sagte Mayra mit ihrer kindlich hohen Stimme, »kannst du mir sicher sagen, was es darstellt.«

»Mit Verlaub, aber das sieht man doch auf den ersten Blick«, log Lizia und fluchte stumm in sich hinein. Sie hatte nicht die leiseste Ahnung. Sie hatte noch nicht einmal genau hingesehen – und holte das jetzt eilig nach. Sie erkannte einen gelben Fleck, der in etwa die Form eines Hühnereis hatte.

»Die Sonne«, riet Lizia laut.

Mayra kräuselte spöttisch die Nase. »Das sieht ja wohl jeder«, sagte sie. »Aber wo?«

Da waren noch graue Würfel und Blöcke – mit viel Vorstellungskraft als Häuser zu erkennen. Und ein blauer Strich.

»Dunuum natürlich«, beeilte Lizia sich zu sagen. Es war kein Geheimnis, dass Mayra den Norden abgrundtief hasste, und sie würde kein Bild malen von dem Ort, den sie hasste. Sie würde eines malen von dem Ort, nach dem sie sich sehnte: eines von der Hauptstadt Twyddyns. Somit konnte Lizia sich auch denken, was der blaue Strich bedeuten sollte. »Der Fluss Rahn am Fuß der Palastmauer.«

Mayra klatschte vor Begeisterung in die kleinen, blassen Hände – ganz so wie wenn ihr Schoßhündchen einen besonders putzigen Trick vorgeführt hätte … bevor es etwa vor einem halben Jahr auf mysteriöse Weise spurlos verschwunden war. Lizia war sich sicher, dass es auf der Speisekarte des Mordomos gelandet war oder auch auf der von Gek und Aiosh.

»Das hat sie gut gemacht, die Dienerin, findet Ihr nicht?«, fragte sie ihre Hofdamen, aber Lizia gefiel die Art nicht, mit der sie dabei lächelte. Es war trotz der zur Schau getragenen Begeisterung kalt und lauernd.

»Ja, ganz reizend«, antwortete Ziana, die Älteste der drei.

»Vielleicht ist Eure Kunst noch nicht erlesen genug, Lady Mayra, wenn sogar schon der Pöbel sie versteht«, spöttelte Javri.

»Wahre Kunst wie die Eure berührt selbst das einfachste Herz«, widersprach Lele.

Mayra grinste höhnisch und trat an Lizia heran. »Menschen niederer Stände haben kein Herz. Sie existieren bloß, uns zu Diensten zu sein.« Mayra reichte Lizia gerade einmal bis zur Brust, aber sie baute sich vor ihr auf, als wäre sie mindestens einen Kopf größer. »Hast du gedacht, es wäre so einfach, dich bei mir einzuschmeicheln? Ich habe schon drei Speichelleckerinnen.« Sie deutete mit einer herablassenden Geste auf ihre Hofdamen. »Anders als du sind sie von edler Herkunft.«

Lizia konnte nicht fassen, dass ihr Spiel durchschaut war, noch ehe sie überhaupt angefangen hatte, es zu spielen.

»Schau nicht so erschüttert«, sagte Mayra. »Meinst du etwa, ich wüsste nicht, warum du hier bist? Glaubst du wirklich, ich hätte noch nicht davon gehört, was der Mordomo mit dir heute Nacht vorhat?«

»Ihr wisst …?«, begann Lizia.

Mayra schnitt ihr das Wort ab. »Weißt du, die meisten Menschen glauben, dass das, was uns Adlige von euch Pöbel unterscheidet, die Macht ist, die wir in unseren Händen halten. Unser Wohlstand, unsere Soldaten. Doch das ist falsch. Macht ist nur die Konsequenz. Nur das Resultat. Ihr wahrer Ursprung sind Informationen. Sie zu besitzen oder nicht, entscheidet zwischen Kontrolle und Hilflosigkeit. Und der Unterschied zwischen meiner Klasse und der deinen, Dienerin, ist, wie man mit diesen Informationen umgeht, wie man sie zum eigenen Vorteil nutzt.«

Lizia war sich nicht sicher, ob Mayra wusste, wovon sie da sprach, oder ob sie nur etwas nachplapperte, was sie von ihrem Vater gehört hatte. Auf jeden Fall hatte sie keine Ahnung, worauf die kleine Lady hinauswollte.

»Siehst du, so wie jetzt«, fuhr Mayra fort. »Schon als du durch die Tür tratst, wusste ich, warum du hier bist. Also wusste ich auch, dass du versuchen würdest, meine Gunst zu gewinnen. Entsprechend war klar, dass du dabei nicht mein Interesse im Auge hattest, sondern nur dein eigenes.«

»Aber Mylady«, beeilte Lizia sich zu sagen. »Ich könnte euch wirklich ganz hervorragend dienen. Ich …«

»Oh, das wirst du«, unterbrach Mayra sie erneut. »Zur Unterhaltung. Der ganze Hof wird heute Abend zugegen sein, wenn der Mordomo dich zur Frau macht. Das wird ein ganz vorzügliches Vergnügen. Ein solches Schauspiel hebt die Laune der Meute ganz enorm. Ich habe gehört, in Dunuum gibt es sogar extra Theater, in denen diese Art der Unterhaltung gegen gutes Geld feilgeboten wird.«

Lizia hörte kaum noch, was Mayra sagte. Der Schock war ihr in die Glieder gefahren wie ein Blitz. Es war, als hätte ihr jemand mit einem großen Hammer zuerst zwischen die Augen und dann in den Bauch geschlagen. Ihre Hände zitterten und ihre Beine wurden weich.

Mayra feixte. »Du wolltest mir doch dienen. Mit deiner kleinen Vorstellung tust du das. Sie verschafft mir die Gunst meiner Untergebenen und demonstriert euch zugleich eure eigene Machtlosigkeit.«

Mayra drehte sich um, stellte sich wieder vor die Staffellage, nahm den Pinsel zur Hand und malte einen dunklen Fleck auf das Ei, das die Sonne darstellen sollte. »So geht man mit Informationen um, und seien sie zunächst noch so klein und unwichtig. Du kannst dich entfernen. Geh dich waschen.«

Lizia nahm die Welt plötzlich nur noch wie durch einen Nebel wahr. Verschwommen waren die höhnischen Blicke der Hofdamen, die sie auf ihrem Weg nach draußen begleiteten, gedämpft das spöttische Gelächter von Gek und Aiosh auf dem Gang. Willenlos ließ sie sich zum vorderen Treppenhaus führen – das für sie eigentlich verboten war.

»Wir wollen doch nicht, dass Rattenbisse an deinem Körper die Aufführung verderben«, erklärte Aiosh mit hämischem Glucksen.

Lizia schlurfte die Stufen nach unten, ging in den Stall, um sich eine Axt zu holen. Bugo, der Stallbursche, war da, sagte etwas. Lizia hörte nicht zu. Sie sah die Traurigkeit in seinem Gesicht, das Mitgefühl, aber auch die Hilflosigkeit. Nichts davon spielte eine Rolle.

Sie trug die Axt hinunter zum gefrorenen See und legte sie am Ufer nieder. Direkt neben der lebensgroßen Statue von Cassia, die über den See hinweg mit moosblinden Augen sehnsuchtsvoll in Richtung Dunuum blickte, wo sie in Wahrheit begraben lag.

Lizia wischte sich die Tränen mit dem Handrücken ab und zog die Nase hoch, ehe sie begann, sich auszuziehen. So zerschlissen und schmutzig ihr Umhang, die Tunika und ihr Rock auch waren, sie hängte sie ordentlich neben der Statue über die Zweige eines kältestarren Busches, ehe sie die Axt wieder aufnahm und auf das Eis schritt.

Lizia ging weiter auf den See hinaus, als es zum Waschen nötig war. Sehr viel weiter. Dorthin, wo das Wasser unter dem Eis tief war. Tief genug. Sie drehte sich um und schaute den Hügel hinauf zu den Mauern des Hofguts. Zum Turm der Herrschaften. Der kalte Wind streifte ihr durchs Haar und über die Haut. Sie fühlte die Kälte nicht. Sie fühlte nichts mehr.

Sie hob die Axt in die Höhe und schlug mit aller Kraft zu.

Es krachte, laut und hallend. Als wenn eine Mauer einstürzte.

Lizia spürte das Beben unter ihren nackten Fußsohlen. Nur für einen, vielleicht zwei Herzschläge lang. Dann brach sie ein.

Das eisige Wasser schlug über ihr zusammen, und sie sank in die Tiefe.

Ein Ausweg aus der Ausweglosigkeit.

ASH

Kloster »Sonnengarten«

Ebenso wie das Kloster verdienten auch die Speisekammern unten im Gewölbe schon lange nicht mehr ihren Namen. In den alten Holzregalen und den rußgeschwärzten Steinnischen waren selbst die Spinnweben leer. Einzig im hintersten Keller waren noch einige wenige Konserven übrig. Sie waren die eiserne Reserve. Niemand wusste, wie es weitergehen würde, wenn auch sie aufgebraucht waren.

»Der Viergesichtige soll mich gleich jetzt und hier holen, wenn ich auch nur noch einen einzigen Tag saure Gurken fressen muss«, sagte der ältere der beiden Mönche in dem niedrigen Gang. Seine Kutte war anders als die braune seines beinahe noch jugendlichen Begleiters schmutzig grau, früher einmal weiß. Dass der Stoff auch feiner war und dünner, war bei der herrschenden Kälte ein Ärgernis. Der Alte hielt die Kerze in der Hand und leuchtete den Weg.

»Du sollst den Namen des Herrn nicht schmähen, steht in den Schriften, Vater Baol!«, flüsterte der Jüngere warnend und schaute sich ängstlich in den sie umgebenden Schatten um, ganz so als würde er schon im nächsten Moment die strafende Hand seines Gottes spüren für die Lästerung des Ordensführers. Er trug einen leeren Korb am Arm.

»Habe ich etwa seinen Namen gesagt, du neunmalkluger Grünschnabel?«, sagte Vater Baol mit einem zahnlosen Lächeln und winkte ab. »Außerdem, Ash, wenn du unseren Gott erst einmal so lange kennst wie ich, dann darfst du ihm auch mal die Meinung sagen. Schließlich gibt er sich zurzeit ja nicht besonders viel Mühe, über uns zu wachen, so wie es die Schriften versprechen, nicht wahr?«

»Es ist unsere Pflicht, unserem Gott zu dienen, nicht umgekehrt«, stellte Ash klar.

Vater Baol lachte herzhaft. »Du wirst einen würdigen Nachfolger abgeben, wenn die Zeit gekommen ist und ich einmal nicht mehr bin, Ash. Und wer weiß, wenn das Wetter nicht bald besser wird, dauert das vielleicht nicht mehr lange.«

»Sprecht bitte nicht von solchen Dingen, Vater«, bat Ash. »Ihr werdet noch lange unter uns weilen, ehe Ihr auf dem geflügelten Pferd zu Svanto in seine Jaromsburg einreitet.«

»Na, das will ich doch nun wahrlich nicht hoffen«, antwortete der Alte feixend. »In der Jaromsburg gibt es Wein aus goldenen Hörnern, Ash. Weißt du, wie lange es her ist, dass ich den letzten anständigen Tropfen getrunken habe? Pfeif auf die goldenen Hörner! Den Wein will ich, verflucht noch eins. Und zu essen gibt es dort in Hülle und Fülle die erlesensten Speisen – und nicht bloß saure Gurken! Ich wäre schon mit einem Kanten frischem Brot zufrieden. Glaub mir, mein Junge, ich kann es gar nicht abwarten, bis er mich zu sich holt.«

Ash beeilte sich, das heilige Zeichen zu machen, um den Zorn Svantos zu besänftigen. Dazu tippte er mit dem Zeige- und dem Mittelfinger seiner rechten Hand an den Hinterkopf, die linke Schläfe, dann die rechte und schließlich an die Stirn zwischen seine Augenbrauen.

»Alles Leben ist heilig, Vater«, sagte er im Brustton der Überzeugung. »Es geringzuachten, ist eine Sünde.«

»Beruhige dich, Sohn«, sagte der Abt. »Ich habe ja auch nicht gesagt, dass ich es mir nehmen werde, dieses ach so heilige Leben. Ich wäre bloß gewiss nicht allzu traurig, wenn es so bald wie möglich ganz von selbst endet.«

»Irgendwann wird die Sonne wieder scheinen«, sagte Ash mit größerer Zuversicht, als er tatsächlich spürte. »Und dann wird alles wieder sein, wie es einmal war. Die Bauern werden wieder Vieh haben und Früchte des Feldes, und sie werden sich wieder um uns kümmern können für den geistigen Beistand und die medizinische Versorgung, die wir ihnen angedeihen lassen. Und unsere eigenen kleinen Äcker werden wir auch wieder bebauen können, und es wird Pastinaken geben und Äpfel, Korn und Kohl …«

»Und Wein«, unterbrach ihn Vater Baol. »Auf jeden Fall Wein! Oh, lass uns hoffen und beten, dass du recht hast, Ash.«

Sie hatten das Ende des Ganges erreicht. Die verschlossene Tür vor ihnen war niedrig und speckig schwarz vom Ruß der Fackeln und Kerzen, die im Laufe der Jahrhunderte hier unten gebrannt hatten. Vater Baol holte einen alten, dicken Schlüssel aus der Tasche seiner Kutte und sperrte sie auf. Der Raum dahinter war nicht sehr viel höher als die Tür, und die beiden Mönche mussten sich bücken, um ihn zu betreten.

»Bis dahin«, sagte der Abt und leuchtete die Regale ab, »müssen wohl saure Gurken reichen.« Mit der Kerze in der Hand entzündete er eine kleine Tranfunzel auf einem Tisch an der Wand. Vor ihnen standen noch etwa drei Dutzend Einmachgläser. Alle mit demselben Inhalt. Vater Baol seufzte, und Ash begann, zehn der Gläser in seinen Korb zu zählen. »Na ja, wenn ich die Augen zumache, schmeckt wenigstens der Essig wie besonders saurer Wein.«

Das war der Moment, in dem das Schreien begann!

Es waren Schreie, wie Ash sie noch nie zuvor gehört hatte. Schrill. Panisch. Obwohl sie aus menschlichen Kehlen stammten, animalisch. Entsetzlich.

Dutzende von Schreien. Sie kamen zusammen mit dem Lärm von Kampf von oben vom Kloster über dem Gewölbe. Dass sie überhaupt bis hierher herunterdrangen, machte deutlich, wie laut sie sein mussten. Es waren die Schreie seiner Brüder, wusste Ash sofort.

Eilig sah Ash sich um. Da war nichts, was man als Waffe hätte verwenden können. Er stellte hastig den Korb auf den Boden und trat mit seinen nackten Füßen eine morsche Regalstrebe los. Sie war zu dick für seine Hand, aber sie musste reichen.

»Was hast du vor?«, fragte Vater Baol, während er selbst zur Tür eilte.

»Das sind Seewölfe. Sie greifen uns wieder an. Wir müssen uns verteidigen!«

Vater Baol schüttelte den Kopf. »Die Seewölfe dringen nie bis ins Kloster vor. Sie belagern unsere Mauern, bis wir ihnen Tribut zahlen. Aber auch sie wissen, dass es bei uns nun schon lange nichts mehr zu holen gibt.«

»Ganz gleich, wer die Angreifer sind, wir müssen unseren Brüdern helfen.«

»Du wartest hier!«, sagte der Abt und nahm Ash die Bohle aus den Händen. »Und du machst keinen Mucks, hast du mich verstanden?«

»Aber …«

»Kein Aber, Junge! Du bleibst hier. Und du kommst erst wieder heraus, wenn alles still ist.«

Als Ash dennoch Anstalten machte, ihm zu folgen, stieß Vater Baol ihn zurück. Der alte Mann war sehr viel stärker, als man annehmen mochte. Sein Blick war entschlossen. »Ich habe deiner Großmutter auf dem Sterbebett geschworen, dass dir kein Leid geschieht, Grünschnabel, und ich werde diesen Schwur halten.«

Noch ehe Ash reagieren konnte, schritt Vater Baol durch die niedrige Tür und zog sie hinter sich zu. Ash sprang hinzu und riss an dem Griff. Zu spät. Sie bewegte sich kein Stück. Vater Baol hatte sie verriegelt.

Ash trat dagegen, aber die alten Bretter waren mehr als eine Handbreit dick und gaben kein bisschen nach. Ash wollte schreien vor Wut. Doch wer auch immer das Kloster angreifen mochte, durfte nicht gewarnt werden, dass sich noch jemand im Keller aufhielt. Ash nahm den Griff in beide Hände, stemmte sich mit dem rechten Fuß gegen die Wand neben dem Türschloss und zog mit aller Kraft. Das alte Holz und das Metall des Schlosses knirschten und knarrten, aber darüber hinaus geschah nichts. Ash hatte das Gefühl, als würden die Muskeln in seinen Armen und in seinem Rücken gleich reißen, und der Puls hämmerte ihm in den Schläfen, so schnell und hart, dass Ash befürchtete, ihm müsste gleich der Kopf platzen vor Anstrengung. Doch die Tür gab nicht nach.

Das dicke Holz dämmte die Schreie von oben geringfügig, aber auch wenn sie jetzt leiser klangen, waren sie kein bisschen weniger entsetzlich. Irgendjemand überfiel seine Brüder nicht nur – sie wurden ermordet, abgeschlachtet.

Ash biss jetzt die Zähne so hart aufeinander, dass die Kiefer schmerzten, doch so fest er auch zog, er hatte keinen Erfolg. Trotz der Kälte, die hier unten im Keller anders als vor der Zeit des Weltendonners nicht ganz so groß war wie an der Oberfläche, brach ihm der Schweiß aus und rann ihm von der Stirn in die Augen. Doch erst als er das Brennen nicht mehr ertrug, wischte er ihn mit dem Ärmel seiner Kutte ab. Seine Glieder zitterten, und Ash zwang sich dazu, sich zu beruhigen. Es musste einen Weg nach draußen geben, er musste ihn nur finden.

Er sah sich das Schloss genauer an. Irgendwie musste er es aufkriegen.

Denk nach!, ermahnte er sich und schaute sich im Licht der Tranfunzel in dem kleinen Keller um. Schließlich fiel sein Blick auf die Stelle des Regals, wo er die Bohle herausgetreten hatte, und er sah etwas matt blinken. Er nahm die Öllampe vom Tisch und beleuchtete die Stelle.

Ein Nagel! Etwa so groß wie ein Finger. Nur da, wo er im Holz gesteckt hatte, war er noch frei von Rost. Ash stellte das Licht auf den Boden, griff den Nagel mit beiden Händen und zerrte daran. Er drehte ihn hin und her, bog ihn vor und zurück, bis seine Finger bluteten, und schließlich bekam er ihn frei.

Ash wischte das Blut an der Kutte ab und trat mit dem Nagel in der Hand zur Tür. Er presste die Spitze gegen die Steinmauer und lehnte sich mit aller Kraft dagegen, bis das Metall endlich nachgab und einen kleinen rechten Winkel formte.

Er führte den Haken in das Schlüsselloch und tastete nach dem Mechanismus. Erst als er fühlte, dass der Nagel griff, drehte er ihn. Er rutschte zweimal ab, aber beim dritten Versuch klickte das Schloss hörbar, und mit einer weiteren Drehung bewegte sich auch der Riegel. Die Tür war offen.

Erst jetzt merkte Ash, dass das Schreien aufgehört hatte. Alles war still.

Totenstill.

Mit der Stille kam die Angst. Sie kroch Ash in die Glieder, bis hinein ins Mark, und für einen Moment war er unfähig, sich zu rühren. Er wollte, aber er konnte nicht. Er war wie gelähmt. Ash wusste sich nicht anders zu helfen und presste sich die Spitze des Nagels in die Handfläche; so fest, dass der Schmerz die Angst vertrieb – und mit ihr auch die Lähmung. Schnell trat Ash eine zweite Bohle aus dem Regal, nahm die Öllampe vom Boden auf und rannte aus dem Raum.

Es war, als würde die Stille durch sein Atmen und das Klatschen seiner nackten Füße auf den Steinen noch mächtiger werden, noch beklemmender. Ash zwang sich dazu, langsamer zu gehen, um sich durch das Geräusch seiner Schritte nicht zu verraten.

Er erreichte das Ende des Ganges und die schmale, steile Treppe, die aus dem Gewölbe hinauf in die Wirtschaftsräume des Klosters führte. Hier hielt er ein paar Herzschläge lang inne, um zu lauschen, aber nach wie vor war nicht das Geringste zu hören. Sein Puls raste, und er schickte ein Stoßgebet zu Svanto, auf dass er ihn und seine Brüder beschützen möge.

»Hab keine Angst, Ash Hanson«, sagte plötzlich eine Stimme, und Ash zuckte zusammen. Die Stimme war wie ein Flüstern und dennoch tief und eindringlich. Ash hatte sie noch nie gehört, dessen war er sich sicher. Er sah sich um, um herauszufinden, woher sie kam. »Dir wird nichts geschehen.«

Ash konnte niemanden sehen. »Wer bist du?«, fragte er leise.

»Du weißt, wer ich bin, Ash Hanson«, antwortete die Stimme, und Ash hatte plötzlich das Gefühl, dass sie von nirgendwo anders herkommen konnte als aus seinem eigenen Kopf. »Du hast mich eben gerufen und um Schutz gebeten.«

Ash wollte es nicht glauben, aber er hatte keine andere Erklärung. »Gott?«

»Hast du denn jemand anderen gerufen?«, fragte die Stimme, und Ash hatte das Gefühl, dass sie amüsiert lächelte.

Ash fiel auf die Knie und machte das heilige Zeichen. »Nein, mein Herr, verzeiht! Bitte helft meinen Brüdern und mir in dieser schweren Stunde. Helft uns gegen die Angreifer.«

»Ich werde *dir* helfen, Ash Hanson«, antwortete die Stimme. »Dir allein. Denn dir allein ist eine heilige Mission bestimmt.«

»Aber Herr, die anderen …«

»Die anderen sind bereits tot«, unterbrach ihn die Stimme.

»Alle?«

»Alle. Du kannst ihr Schicksal teilen, wenn du willst, oder du kannst tun, was ich dir sage, und leben. Bist du bereit, mir zu gehorchen und das Werkzeug meines Willens zu sein?«

Ash wusste nicht, was ihn mehr schockierte: dass sein Gott mit ihm sprach, er für eine heilige Mission auserkoren war oder dass alle seine Brüder tot waren. Vor allem aber wusste er nicht, was davon er glauben sollte.

Ich habe den Verstand verloren, dachte er. *Ich rede ganz bestimmt nur mit mir selbst.*

»Nein, mein Sohn«, widersprach die Stimme. »Ich bin es, der zu dir redet. Doch du bist ein Mensch, und ihr Menschen seid von Natur aus ungläubig. Zweifler. Ich nehme an, du brauchst Beweise.«

»Herr … ich …« Ash wusste nicht, was er sagen sollte. Falls er nicht verrückt geworden war vor Angst, lief er gerade Gefahr, seinen Gott zu erzürnen.

»Keine Sorge, Ash Hanson. Ich zürne dir nicht. Nun komm, ich will dir beweisen, dass ich die Wahrheit spreche. Ich will deine Schritte lenken und dich sicher von diesem Ort des Schreckens fortbringen. Steh auf!«

Ash zögerte. »Warum ich? Ich bin ein Niemand.«

»Ja, das bist du. Aber das werde ich ändern. Schon bald wird die ganze Welt deinen Namen kennen. Denn du wirst den Menschen die Sonne zurückbringen, Ash.«

»Was?!«

»Willst du durch deine Zweifel verantwortlich dafür sein, dass die Dunkelheit ewig währt? Ewiges Dunkel, nur weil du deine Pflicht nicht erfüllt und deinem Gott nicht gehorcht hast? Willst du die Schuld daran tragen?«

»Natürlich nicht.«

»Dann erhebe dich endlich und folge mir.«

Er sollte den Menschen die Sonne zurückbringen? Jetzt war Ash beinahe vollkommen sicher, dass er den Verstand verloren hatte. Aber eben nur beinahe. Was, wenn er sich irrte? Was, wenn die Stimme wirklich die seines Gottes war? Andererseits, was hatte er zu verlieren? Gott hin oder her, Ash konnte nicht ewig hier unten im Keller bleiben.

»So ist es, mein Sohn«, sagte die Stimme. »Vertraue auf mich und lebe und werde durch mich zum Streiter für die Welt. Ich habe dir Beweise versprochen. In wenigen Momenten wirst du die ersten haben – auch wenn ich sicher bin, dass sie dir nicht gefallen werden.«

»Beweise?«

»Erhebe dich und geh nach oben. Dort wirst du Vater Baol wiedersehen. Gleich in der Küche.«

Ash stand auf. »Was meinst du mit, es wird mir nicht gefallen?«

»Langsam verliere ich die Geduld, mein Sohn. Tu, was ich dir sage, oder ich lasse dich hier allein und die Welt in Dunkelheit.«

Ash überwand sich und begann mit dem Aufstieg, Schritte schwer wie Blei. Das grobe Holz der Bohle in seiner Rechten drückte auf die Wunden, die er sich beim Herausziehen des Nagels und beim Zustechen zugefügt hatte.

»Du wirst keine Waffe brauchen«, sagte die Stimme.

Ash behielt die Bohle trotzdem in der Hand. Wenn du nicht sicher bist, ob du verrückt bist oder von deinem Gott auserkoren, kann eine Waffe nicht schaden. Ash war in den Docks von Dunuum aufgewachsen und wusste sich, wenn es darauf ankam, seiner Haut durchaus zu wehren.

Oben angekommen, hielt er an der Türschwelle inne und horchte. *Nichts*, dachte er zuerst, aber dann merkte er, dass er doch etwas hörte. Ein leises, nasses Schmatzen, begleitet von einem irgendwie zufrieden klingenden Grunzen. Das Geräusch war beinahe noch schlimmer als die Schreie zuvor. Sollten die Ammenmärchen tatsächlich wahr sein?

»Sie sind wahr«, sagte die Stimme in seinem Kopf.

»Das kann nicht sein«, flüsterte Ash.

»Tritt hinaus und überzeug dich selbst.«

Ash hatte, was man sich erzählte, immer für Hirngespinste gehalten, aber wer war er, das zu beurteilen? Schließlich hatte er sein Leben der Anbetung eines Gottes mit vier Gesichtern geweiht – und sprach nun auch noch mit ihm. Wo war die Grenze zwischen Glaube und Aberglaube? Zwischen Erhabenem und Irrsinn? Es gab nur einen Weg, das herauszufinden. Den Weg nach draußen.

In geduckter Haltung betrat Ash die Küche, und wie die Stimme es ihm vorausgesagt hatte, sah er dort von hinter einem Mauervorsprung hervor Vater Baol.

Der alte Mann lag auf der anderen Seite des Raums am Boden. Seine Augen blickten Ash direkt entgegen. Sie waren weit aufgerissen, aber in ihnen war nicht länger auch nur der kleinste Funke Leben. Doch Panik konnte Ash in ihnen lesen, grenzenlose, entsetzte Panik. Der Mund des Abtes stand weit offen, und Blut sickerte daraus hervor über sein stoppeliges, hageres Kinn. Es war, als wäre alle Farbe aus seinem Gesicht gewichen. Mit der Rechten, die wie zu einer Kralle verkrampft war, hielt er noch immer die Regalbohle umklammert. Die Kerze lag am Boden, der Docht brannte flackernd in einer Lache aus flüssigem Wachs.

Obwohl Vater Baol noch nicht länger als eine, vielleicht zwei Minuten tot sein konnte, war die Luft der Küche schwanger vom süßfauligen Gestank nach Verwesung.

Doch das Schlimmste, das Ash sah, war nicht der tote Abt oder die Tatsache, dass seine vergilbte Kutte zerrissen und der Brustkorb darunter aufgebrochen war wie ein geplatzter Kürbis … das Schlimmste war die Kreatur, die neben ihm auf den Steinfliesen kauerte … wie sie mit ihren langen, klauenartigen Fingern Vater Baols Organe herausriss und sie gierig fraß. Schmatzend, grunzend.

Die Kreatur, die neben seiner Leiche hockte und sich daran nährte, sah entfernt aus wie ein Mensch. Sie war nackt – und schrecklich abgemagert. Rippen und Knochen stachen ihr durch die dunkelgraue, ledrige Haut. Sie hatte nicht ein einziges Haar, was sie seltsamerweise noch abstoßender und obszöner erscheinen ließ als die Eingeweide, die aus ihrem schmatzenden Mund heraushingen und das in der Kälte dampfende Blut, das ihr über Kinn und Bauch floss. Die Zähne waren spitz und scharf, und die Augen in den tiefen, dunklen Höhlen leuchteten in einem finsteren, schmutzigen Rot.

Ripper, dachte Ash voller Entsetzen.

»Kreaturen aus längst vergessenen Zeiten«, bestätigte die Stimme in seinem Kopf. »In der ewigen Dunkelheit wiedergeboren«

Dämonen?

»Nein. Durchaus irdische Wesen, aber älter als das Geschlecht der Menschen. Sehr, sehr viel älter. Nun sind sie wiedergekehrt, um sich die Welt zurückzuholen. Und nur du kannst es verhindern.«

Wie?

»Ich sagte es bereits: Du bringst die Sonne wieder. Aber zunächst musst du von hier weg.«

Wie soll ich an der Bestie vorbeikommen? Wenn sie mich sieht ...

»Keine Sorge, Sohn, ich habe dich für jetzt unsichtbar gemacht für ihre Augen. Sie kann dich nicht sehen, weil ich nicht will, dass sie dich sieht.«

Bist du sicher?

»Ich bin dein Gott, Ash Hanson. Natürlich bin ich sicher. Geh. Geh jetzt!«

Doch Ash war wieder wie gelähmt. *Ich kann nicht.*

»Ganz wie du willst. Dann werde ich dich jetzt verlassen, da du scheinbar nicht geeignet bist für die Aufgabe, die ich dir auftrage. Du verschwendest meine Zeit, und Zeit ist wertvoll. Aber wisse, wenn ich jetzt gehe, kann die Kreatur dich nicht nur sehen, sondern auch wittern, und dann wird sie wissen, dass du dich hier versteckst. Und so, wie es aussieht, hat sie ihr Mahl gerade beendet und noch immer brennenden Hunger.«

Ash sah, wie der Ripper den dürren Oberkörper aufrichtete und begann, sich in der Küche umzusehen, ganz so als würde er spüren, dass er nicht allein war. Die Nase war flach mit breiten Flügeln … die jetzt anfingen, ganz leicht zu beben. Ash konnte hören, wie die Kreatur die Luft in kurzen Zügen einsaugte und wieder ausstieß. Der hässliche Kopf drehte sich allmählich in die Richtung seines Verstecks.

Bleib!, flehte Ash hastig. *Ich will gehorchen und tun, was du mir sagst.*

»Gut. Dann leg jetzt die Bohle beiseite und tritt hervor. Schreite an dem Vieh vorüber, als wäre es gar nicht hier. Es wird dich weder sehen noch hören noch riechen. Aber gib acht, dass du den Ripper nicht berührst, denn dann wird er dich spüren … und du bist verloren.«

Ashs Herz hämmerte ihm bis zum Hals. Ein zweites Mal an diesem Tag schwitzte er trotz der Kälte am ganzen Leib. Es kostete ihn unglaublich viel Kraft, die Bohle einfach auf einen Tisch an seiner Seite zu legen, so verkrampft hielten seine Finger an dem Holz fest. Noch mehr Kraft aber kostete der erste Schritt. Der Schritt hinter dem Vorsprung hervor.

Ash rechnete damit, dass sich das Monster jeden Augenblick auf ihn stürzen und ihn ebenso zerfleischen würde wie Vater Baol, dessen ausgeweidete Reste seltsam formlos am Boden lagen wie ein leergeräumter Sack aus Haut und Knochen.

Doch der Ripper sah ihn tatsächlich nicht. Ash wurde schwindlig vor Erleichterung, und er musste sich mit der Hand an der Mauer abstützen, um nicht zu straucheln.

Gerade als Ash sich sicher genug fühlte, die nächsten Schritte zu machen, und sich in Richtung der Tür in Bewegung setzte, erhob sich der Ripper aus der Hocke … und ein zweiter tauchte auf. Genau in dem Eingang, auf den Ash zuhielt.

»Warte!«, sagte die Stimme. »Geh zwei Schritte zur Seite. Nach links. Und dort bleibst du stehen!«

Ash tat wie geheißen.

Der Neuankömmling grunzte den anderen Ripper an. Das Grunzen hatte eine fragende Note. Der erste antwortete mit ähnlichen Lauten, deutete auf Vater Baols Leiche und schüttelte den Kopf. Dann zeigte er auf den Mauervorsprung, hinter dem die Tür ins Gewölbe lag, da, wo Ash bis eben noch gestanden hatte.

Der zweite nickte und kam heran, die Schritte seiner sehnigen Beine merkwürdig ungelenk. Erst auf den zweiten Blick erkannte Ash, dass seine Glieder und Gelenke anders geformt waren als die Beine von Menschen. Die Knie waren nach hinten gelegt wie bei den Beinen eines Raubvogels.

Der Weg zur Kellertür brachte beide Ripper ganz dicht an Ash heran, und Ash merkte, dass er die Luft anhielt. Der Puls hämmerte ihm in den Ohren, und seine Schenkel zitterten. Von dem Gestank nach Verwesung, der von den beiden Kreaturen ausging, wurde ihm schlecht, und er musste würgen.

»Reiß dich zusammen«, ermahnte die Stimme in seinem Kopf. »Wenn du dich jetzt übergibst, bist du tot.«

Ash biss die Zähne zusammen und hielt sich die Nase zu. Plötzlich hörte er weitere Schritte genau hinter sich … und ein gieriges Schnüffeln.

»Nicht bewegen, Ash Hanson«, sagte die Stimme. »Nicht die kleinste Bewegung.«

Ein dritter Ripper hatte die Küche betreten, ohne dass Ash es bemerkt hatte, vermutlich durch den Seiteneingang.

»Warte«, sagte die Stimme. »Auf mein Kommando machst du noch einmal zwei Schritte nach links und läufst dann schnurstracks zur Tür.«

Aus lauter Angst sah Ash schwarze und rote Flecken vor den Augen.

»Jetzt!«

Zwei schnelle Schritte nach links. Gerade rechtzeitig, um dem dritten Ripper, der von hinten kam, auszuweichen. Ash rannte los. Aus der Küche hinaus und den Gang entlang. Vor ihm waren weitere Ripper, die meisten noch mit ihrem grausigen Mahl beschäftigt. Ashs Brüder. Allesamt tot. Die Stimme lenkte Ashs Schritte, warnte ihn, wenn er stehen bleiben, und trieb ihn an, wenn er rennen sollte. Es war ein Zickzackkurs durch die gesamte Anlage. Ein Kurs, auf dem die Stimme Ash befahl, verschiedene Sachen zusammenzutragen: Decken, ein Messer, einen Mantel, einen Wanderstock, Kerzen und Feuersteine.

Wofür brauche ich all das?

»Für deine Mission, Ash Hanson. Für deine Reise.«

Wohin?

»Nach Norden. Nach Gutney.«

Ash stellte keine Fragen mehr. Er tat, wie ihm sein Gott geheißen, verließ das Kloster und marschierte los.

RAYMO

Raymo sah, wie das nackte Mädchen die Axt in die Höhe riss und das Eis unter ihren Füßen zerschlug. Noch ehe er rufen konnte, dass man so kein Loch zum Fischen machte, hörte er das Krachen bis hierher zum Ufer und sah, wie sie einbrach. So schnell er konnte, zog er sich den Rucksack und die Fäustlinge aus und rannte los hinaus auf den See. Im Laufen öffnete er die Hirschhornknöpfe seiner Jacke, streifte sie ab und warf sie von sich. Den Gürtel mit dem Jagddolch behielt er an; er würde die Waffe noch brauchen.

Er erreichte das aufgebrochene Loch. Schwarzes Wasser voller Eisbrocken. Raymo hechtete kopfüber hinein. Das Wasser war so kalt, dass es ihm die Brust zuschnürte. Es stach wie Nadeln in seine Haut. Er hielt die Arme nach vorne gestreckt und griff mit den Fingern ins Dunkel, während er mit den Beinen strampelte, um an Tiefe zu gewinnen. Die Augen bei der mörderischen Kälte offen zu halten, war ein Akt schieren Willens und gegen all seine Instinkte, aber er musste sehen, wohin er tauchte, musste Ausschau halten nach dem Mädchen.

Da! Etwa zwei bis drei Armlängen tiefer, ein heller Fleck. Raymo nahm nun auch die Arme zu Hilfe, um weiter nach unten zu gelangen. Das Wasser war so kalt, dass es sich zunehmend dicker anfühlte, je tiefer er kam; fast so wie etwas Lebendiges, das ihn umschlang und immer fester zudrückte. Luftblasen schlugen ihm von unten herauf ins Gesicht; sie kamen von dem Mädchen. Er hatte keine Zeit mehr. Im Innern stieß er einen wütenden Schrei aus und zog noch fester mit den Armen durch, trat noch härter mit den Beinen, an denen die Hose riss wie eine nasse Fahne.

Seine Lunge schien zu bersten, und nun begann es auch in seiner Brust zu stechen wie tausend Nadeln. Er verspürte den Drang, auszuatmen, so stark war der Druck, aber er widerstand ihm. Eine Armlänge noch. Nur noch eine gottverdammte Armlänge!

Er trat und ruderte und hatte das Gefühl, kaum noch ein Stück voranzukommen. Die Luft in ihm wollte ihn nach oben zurück zur Oberfläche treiben, während der nackte Leib unter ihm immer tiefer sackte.

Raymo hatte keine andere Wahl: Er stieß aus, was da an angehaltenem Atem noch in ihm war, und zog noch zwei, drei Mal kräftig mit den Armen. Wenn er sie dann nicht erwischte, würde er umkehren müssen und hoffen, das Loch in der Eisdecke wiederzufinden, ehe ihm selbst die Luft ausging.

Er griff nach unten – und erwischte sie an den Haaren. So fest er konnte, packte er zu, fasste so viel von dem Schopf wie möglich und warf den eigenen Körper herum nach oben. Das bewegungslose Mädchen wog nicht viel, aber hier unten ohne Luft war sie schwer wie ein Sack Blei.

Während er sich mühsam Stück um Stück wieder zurück nach oben kämpfte, suchte Raymo mit den Augen nach dem hellsten Fleck in der ihn umgebenden Dunkelheit. Die Kälte des Wassers ließ die Hand verkrampfen, mit der er das Haar gepackt hatte, und gleich darauf auch die Muskeln seiner Beine. Raymo ignorierte es und kämpfte weiter.

Endlich entdeckte er das Loch schräg über sich. Zwei, vielleicht drei Meter. Unendlich weit. Für einen Moment überlegte Raymo, das Mädchen wieder loszulassen, um wenigstens sein Leben zu retten. Aber wozu dann das Ganze? Bei dem Gedanken hätte er beinahe laut auflachen müssen. Ja, wozu eigentlich das Ganze? Was hatte er sich nur dabei gedacht, überhaupt hinter ihr herzuspringen?

Er verfluchte sich dafür, dennoch ließ er nicht los. Ihm wurde schwarz vor Augen, aber er strampelte weiter mit den Beinen, zog mit der freien Hand den Dolch aus dem Gürtel und streckte den Arm nach vorne.

Gerade als er dachte, er würde es nicht schaffen, berührten seine Knöchel die Eiskante! Er zog sich noch so weit hoch, dass er mit dem Kopf die Wasseroberfläche durchbrach, und schnappte gierig nach Luft. Dabei atmete er auch Wasser ein und musste husten und spucken. Er holte mit dem Arm weit aus und rammte den Dolch in das Eis neben dem Loch. Er benutzte ihn als Halt und zog den Kopf des Mädchens über Wasser. Sie regte sich nicht. Raymo wuchtete sie Stück für Stück hoch aufs Eis und kletterte dann hinterher. Er war so erschöpft, dass er sich am liebsten einfach neben sie hätte fallen lassen. Stattdessen kniete er sich hin, packte ihre Arme und pumpte sie mit Schwung über Kreuz; so wie es ihn sein Vater gelehrt hatte. Zweimal, dreimal, viermal.

Das Mädchen war blasser als das graue Eis, auf dem sie lag. Die Haut so weiß wie Alabaster. Die langen, roten Locken umrahmten ihren kleinen Kopf in einem weiten, nassen Kreis. Aus ihren vollen Lippen war jegliche Farbe gewichen. Der Körper war schlank, stellenweise sogar mager, aber es war deutlich zu sehen, dass sie im Begriff war, eine Frau zu werden.

»Atme, verdammt!« Raymos Stimme war heiser vor Kälte, Anstrengung und Nässe, und das Wasser in seiner Kehle ließ ihn noch einmal husten. Er pumpte weiter. Doch das Mädchen regte sich nicht. Raymo fühlte an ihrem Hals nach dem Puls, aber da war keiner.

Mit einem wütenden Fluch pumpte Raymo noch ein Dutzend Male. Dann erst gab er auf. Er hatte sich geirrt: Das Mädchen war nicht im Begriff, eine Frau zu werden. Das Mädchen war tot.

LIZIA

Lizia schwebte in einem Meer aus Licht. Es war warm um sie herum und so hell, dass sie instinktiv die Augen zukniff. Aber die Neugier war größer. Sie konnte sich nicht an solch intensive Helligkeit erinnern – der Weltendonner lag einfach zu weit zurück – und wollte wissen, woher sie kam. Aber sie hatte auch Angst. Große Angst. Warum sie die hatte, wusste sie nicht. Es kostete sie trotz der Neugier enorme Überwindung, aber dann endlich schlug sie zögernd die Augen auf.

War das der Übergang zum Leben nach dem Tod?

Die Schönheit des Ortes verschlug ihr den Atem. Sie war in einem schier unendlich hohen Raum, umgeben von Fenstern, die vom Boden bis hoch zu den in feinster Steinmetzarbeit geformten Kreuzbögen reichten. Der Löwenanteil dieser gewaltigen Fenster war klar, und von einer Seite her fiel das Licht der hochstehenden Sonne ungefiltert in den Saal. Die Ränder der Fenster aber waren bunt – voller Motive von Menschen, Tieren, Pflanzen und Fabelwesen. Durch sie hindurch fiel das strahlende Licht in den unterschiedlichsten leuchtenden Farben. Wie Edelsteine, nur noch sehr viel kräftiger.

Die Kreuzbögen hoch über Lizia zeigten ebenfalls wunderbar detailreich herausgearbeitete Pflanzen und Tiere, auf eine derart gekonnte Weise miteinander verrankt, dass das Auge andauernd Neues erkannte und gar nicht aufhören wollte, weiterzusuchen nach dem nächsten schönen Element, der nächsten begeisterten Überraschung.

Da war außerdem Musik. Sphärisch. Heilig. So wunderbar getragen und eindringlich, dass sie einen tiefen, aber durchaus süßen Schmerz in Lizias Brust sandte und sie fast angefangen hätte zu weinen vor Freude und Glück. Sie konnte sich nicht erinnern, dass sie jemals so glücklich, so selig gewesen war. Sie fühlte sich behütet und aufgehoben.

Der Raum kam ihr seltsam vertraut vor, und doch war sie sich sicher, ihn niemals zuvor gesehen zu haben.

Mit jedem Schlag ihres Herzens nahm sie um sich herum mehr wahr, mehr Licht und Farben und Töne und Klänge, und mit einem Mal wurde ihr bewusst, dass sie in jemandes Armen lag. Dass sie gehalten wurde, so als wöge sie nichts. Die Arme und auch die dazugehörigen Hände waren riesig, dachte Lizia zuerst, aber dann erkannte sie, dass in Wahrheit sie selbst ganz furchtbar klein war. Sie wandte den Kopf, um zu sehen, zu wem die Arme gehörten, in denen sie lag, und geblendet vom Schein der Fenster erblickte sie die schönste Frau, die sie jemals gesehen hatte. Schöner noch als die Statue von Cassia ak Ward.

Die Frau hatte wallend rotes Haar, auf dem eine feine Krone aus Gold und Juwelen saß, und die grünsten Augen, die man sich nur vorstellen konnte. Sie lächelte Lizia an.

»Willkommen, kleine Liziana«, sagte die Frau, und ihre sanfte und liebevolle Stimme war wie der zärtlichste Kuss. Lizia wunderte sich einen Augenblick lang, woher sie wusste, wie zärtlich ein Kuss sein konnte, aber es war egal. Alles war hier und jetzt egal. Weil alles war gut.

Neben der Frau stand ein Mann. Er war mehr als einen Kopf größer als sie, hatte breite Schultern, und auch er trug eine Krone – auf ihrer Vorderseite waren zwei Drachen im Kampf miteinander verschlungen. Der eine hell, der andere dunkel. Sein Haar war so rot wie das der Frau, und ein dichter Bart umrahmte sein ernstes Gesicht. Das einzig Gefühlvolle an ihm schienen seine Augen, mit denen er Lizia ansah, sanft und stolz, doch zugleich auch ein wenig traurig.

Lizia hätte ihn am liebsten gefragt, warum er denn traurig war, aber sie merkte plötzlich, dass sie gar nicht sprechen konnte. Jedes Mal, wenn sie den Mund aufmachte, um es zu versuchen, kam nur das heitere Krähen eines Säuglings hervor.

Dann war da noch jemand.

Er stand hinter ihrem Kopf, und auch er war prachtvoll gekleidet, aber sehr viel älter als der Mann und die Frau. Er trug einen seltsamen Kopfschmuck und Ringe an jedem Finger seiner beiden Hände. Er murmelte feierlich Worte in einer Sprache, die Lizia nicht verstand, nahm einen schlanken Krug aus Gold … und kippte ihn unerwartet über Lizia aus. Genau ins Gesicht.

Das Wasser war kalt, und es drang ihr in Mund und Nase. Lizia kniff die Augen zu, verschluckte sich und musste husten.

Der Husten war so stark, dass er die Welt um sie herum zerriss! Als wäre sie aus dünnem Seidenpapier, das man im fernen Nai'Ci herstellte. Die Decke und die Fenster rissen auseinander und verschwanden dann vollständig, dann der Mann mit dem Krug … und schließlich auch der Mann und die Frau mit den Kronen.

Nein!, wollte Lizia schreien. *Bleibt!* Stattdessen hustete sie weiter. Da war so viel Wasser in ihrer Kehle, und jetzt, da die Frau, die sie hielt, verschwunden war, hatte sie das Gefühl, zu fallen. Ins Bodenlose.

Sie fiel und hustete und hustete und fiel. In ihrer Panik riss sie die Augen wieder auf. Das wundervolle Licht war weg! Alles um sie herum war dunkel und grau. Und so warm es eben noch gewesen war, so kalt war es jetzt. Lizia merkte, dass sie nackt war. Und dass sie auf blankem Eis lag! Sie zitterte am ganzen Leib.

Über ihr stand ein junger Mann und starrte sie überrascht an.

»Du lebst ja doch noch«, sagte er. Er klang in seiner Erschöpfung beinahe gleichgültig.

Lizia sah, dass er nass war und gerade seinen Mantel anziehen wollte. Er überlegte es sich offenbar anders, ging neben ihr in die Knie, half ihr dabei, sich aufzurichten, und legte stattdessen ihr den Mantel um.

»Wäre ein Jammer, dich vor dem Ertrinken zu retten und dich dann erfrieren zu lassen«, sagte er.

Seine Augen waren fast so grün wie die der Frau mit der Krone, aber nicht so strahlend, dafür wachsam. Sein Gesicht war markant, gezeichnet vom harten Leben im Freien, der Bart war kurz und jung. Das dichte Haar hatte die Farbe eines Mäusefells, aber Lizia war sicher, dass es unter den Strahlen der längst vergessenen Sonne einmal blond gewesen war.

Plötzlich fiel ihr ein, was geschehen war. Wo sie war. Warum sie hier war. Wut flammte in ihr auf wie Pech, das man ins Feuer kippte.

»Du hast mich vor dem Ertrinken gerettet?«, schrie sie. »Du Trottel! Du dreimal verfluchter Idiot!«

»Gern geschehen«, sagte er nur lakonisch.

»Ich wollte sterben, du Einfaltspinsel!«, rief sie. »Oder was glaubst du, warum stelle ich mich nackt auf das Eis und schlage es kaputt?«

Er zuckte mit den breiten Schultern. »Keine Ahnung. Ich dachte, du wolltest fischen oder dich waschen. Hab mich schon gewundert, dass du dafür so weit auf den See hinausgegangen bist und dir dann auch noch selbst das Eis unter den Füßen weghaust.«

Lizia schaute hinüber zum Hofgut. Scheinbar hatte dort durch die ewige Dämmerung noch niemand mitbekommen, was hier geschehen war. Sie richtete sich auf, sah sich unsicher um.

»Hey, wenn du zurückspringen willst, gib mir vorher meinen Mantel wieder.«

Für einen Moment überlegte sie, genau das zu tun: wieder zurück ins Wasser zu springen. Doch der von ihrer Angst genährte verzweifelte Mut von vorhin hatte sie verlassen. Jetzt war da nur noch die Angst … und die Erinnerung an die unerträglichen Schmerzen des Ertrinkens in dem eiskalten Wasser.

»Verdammt!«, fluchte sie. Sie hätte ihm am liebsten ins Gesicht geschlagen. »Der Viergesichtige soll dich holen!«

»Das versucht er schon ’ne ganze Weile, glaub mir. Bisher ohne Erfolg. Also, was ist jetzt? Springst du oder springst du nicht? Auf jeden Fall will ich meinen Mantel wieder.«

Sie sah, dass er fror. Er hatte die Arme vor der Brust verschränkt und rieb sich die Achselhöhlen, so als könnte er damit sein klatschnasses Hemd trocknen.

Lizia streifte den Mantel ab und warf ihn ihm vor die Füße. »Behalt ihn!« Nackt, wie sie war, stapfte sie ans Ufer zu Cassias Statue und klaubte ihre Kleidung von den Zweigen des Buschs.

Wie von einem unheiligen Magneten angezogen, wanderte ihr Blick den Hang hinauf zu dem Hofgut, das regungslos in der Düsternis auf sie lauerte – darauf, sie zu verschlingen. Die Vision dessen, was dort gleich mit ihr geschehen würde, umklammerte ihr Herz fester und unbarmherziger, als es die Kälte des eisigen Wassers getan hatte. Sie drückte ihr Leibchen an die nackte Brust und seufzte tief. Als könnte sie ihr Schicksal damit abwenden, drehte sie sich um und sah auf den See hinaus.

Der Fremde, der sie der Erlösung beraubt hatte, war verschwunden.

RAYMO

Raymo legte noch ein Stück dürres Holz ins absichtlich klein und unauffällig gehaltene Lagerfeuer und zog endlich seine nassen Sachen aus, um sie auf einem Gerüst aus Zweigen, das er neben den niedrigen Flammen gebaut hatte, zu trocknen. Er fluchte unterdrückt, während er seinen ledernen Rucksack durchkramte nach der kleinen Eisenpfanne und den mickrigen Wurzeln, die er auf dem Weg vom See hierher gesammelt hatte. Der Zwischenfall mit dem Mädchen hatte ihn wertvolle Reisezeit gekostet. Wenn er vorher gewusst hätte, dass sie sich bloß umbringen wollte, hätte er sich einiges ersparen können. So ein dummes Ding! Blöde Ziege! Er kratzte mit Hand und Pfanne Schnee zusammen, gab die Wurzeln dazu und stellte sie auf zwei Steine im Feuer. Sofort begann der Schnee zischend zu schmelzen und das Wasser gleich darauf zu sprudeln.

Wegen der völlig durchnässten Kleidung und der Gefahr, dass sie ihm binnen kürzester Zeit am Leib festfror, war Raymo nach seinem äußerst unwillkommen geheißenen Rettungsversuch nur noch gerade so weit nach Süden gegangen, dass man sein Feuer vom Hofgut aus nicht durch die Bäume des Waldes leuchten sehen konnte. Wenn er eines gelernt hatte in den vergangenen zwei Jahren, dann dass man wesentlich sicherer war, wenn man so wenig Aufmerksamkeit auf sich zog wie nur möglich. Hofgüter wie das hinter ihm gelegene standen im Ruf, nicht nur wenig gastfreundlich zu sein, sondern obendrein nicht selten Räuber zu beherbergen, die aus dem Schutz ihrer Mauern heraus Reisenden und Wanderern auflauerten, um sie um ihre wenigen Habseligkeiten zu bringen.

Raymo nahm einen Zweig und wendete den traurigen Inhalt seiner Pfanne. Hätte er sich nicht mit dem Mädchen aufgehalten, wäre es ihm vielleicht noch vor Einbruch der echten Nacht gelungen, ein Eichhörnchen oder einen Siebenschläfer zu fangen, um das Essen wenigstens ein bisschen zu bereichern. So würde er sich mit den Wurzeln begnügen müssen. Das hatte er nun davon, dass er seine Nase in die Angelegenheit anderer gesteckt hatte.

Nie wieder!, dachte er und nahm das dünnste Stück Wurzel aus der Pfanne.

Die aus den Fasern ausströmende nasse Hitze tat seinen Fingerspitzen weh und gleichzeitig gut. Er zog den Dolch aus dem Gürtel, den er neben sich gelegt hatte, und schälte sorgfältig die Rinde ab, so dünn wie nur möglich, um nichts von dem essbaren Innern zu verschwenden. Dann aber überlegte er es sich anders und schob sie sich ganz in den Mund, mitsamt der Rinde. Man konnte nie wissen, wann es das nächste Mal etwas zu essen geben würde, und sicher war sicher.

Auch wenn das Holz bitter war, so hatte doch das Kauen der zähen Masse etwas Befriedigendes.

Mit der hereinbrechenden Nacht senkte sich noch tiefere Dunkelheit über das Land, und schon bald darauf war irgendwo in der Ferne das hungrige Heulen der ersten Wölfe zu hören. Raymo fürchtete sich nicht vor den Tieren. Wenn sie nicht in zu großen Rudeln auftraten, waren sie nicht besonders gefährlich für einen erfahrenen Jäger mit Dolch. Außerdem: Eine gute Portion Fleisch und ein frischer Pelz wären jetzt sehr willkommen. Dennoch wünschte er sich, dass seine Kleidung endlich trocknete. Ganz nackt fühlte er sich schutzloser.

Ein hölzernes Knacken im nahen Gebüsch ließ Raymo aufhorchen. Instinktiv umklammerte er den Griff seines Dolches fester. Gleich darauf knackte es ein zweites, dann ein drittes Mal. Das war kein Wolf! Und auch kein anderes Wild. Kein Geschöpf der Natur bewegte sich derart ungeschickt durch den Wald. Ein menschlicher Räuber war es aber auch nicht, dessen war Raymo sich sicher, zumindest keiner, der die Bezeichnung auch verdient hätte. Ein echter Räuber hätte wenigstens versucht zu schleichen.

Es sei denn, er war nicht allein …

Unauffällig griff Raymo mit der freien Hand nach einem der Äste, die er für das Feuer gesammelt hatte. Er war dünn und morsch, aber eine zweite Waffe war besser als nur eine. Er spannte die Muskeln seiner Beine an, um schnell aufspringen zu können. Sich jetzt schon aufzurichten würde ihn um das Überraschungsmoment bringen.

Er lauschte weiter. Das Knacken kam näher. Direkt auf ihn und das Feuer zu. Jetzt war Raymo sich sicher: Das waren Schritte. Unbeholfene Schritte. Und sie stammten nur von einem, nicht von mehreren.

Raymo stieß ein ungehaltenes Schnauben aus. Er hatte erkannt, dass es ganz gewiss nicht die Schritte eines Mannes waren, die jetzt schon fast das Feuer erreicht hatten. Missmutig warf er den Ast, den er hielt, zu den anderen in die Flammen.

»Hast du nicht schon genug Unruhe gestiftet für einen Tag?«, fragte er in das Dunkel hinter sich.

»Ich?« Ihre Stimme war ehrlich empört. »Das ist ja wohl das Letzte! Wer hat mich denn gegen meinen Willen vom Tod abgehalten?« Sie trat ins Licht des Feuers. Es war das rothaarige Mädchen vom See. Ohne um Erlaubnis zu bitten oder Raymos Nacktheit zu beachten, setzte sie sich neben ihn an die Flammen. Sie streckte die Hände aus, um sie sich zu wärmen.

»Kommt nicht wieder vor«, sagte er mürrisch. »Das kannst du mir glauben.«

Er nahm ein weiteres Stück Wurzel aus der Pfanne. Sie nahm sie ihm aus der Hand und biss hungrig hinein.

»Du bist jetzt verantwortlich für mich«, sagte sie kauend und starrte dabei in die Flammen.

»Was?«, fragte er ungläubig.

»Du hast mich gezwungen, zu leben. Jetzt musst du dich um mich kümmern.«

»Du bist wohl von allen guten Geistern verlassen! Ich kenne dich nicht. Dein Leben ist mir völlig egal.«

»Dann hättest du es mal besser nicht gerettet«, sagte sie schnippisch und nahm das letzte Stück Wurzel aus der Pfanne. »Aber du musstest dich ja unbedingt einmischen.«

Raymo nahm noch ein paar Wurzeln aus dem Rucksack, warf sie in die Pfanne und schaufelte mit den Händen frischen Schnee hinzu. »Warum wolltest du dich umbringen?«

Ohne ihren Blick von den Flammen zu wenden, erzählte sie es ihm.

Als sie fertig war, gab er ihr von sich aus eine der Wurzeln aus der Pfanne. »Ich gehe nach Dunuum«, sagte er. »Dahin nehme ich dich mit. Aber dort trennen sich unsere Wege, und du bist wieder auf dich allein gestellt.«

Sie biss in die Wurzel und nickte.

ASH

Ash erreichte den Rand der Klippen mit kleinen müden Schritten und sah von hier oben auf den Strand herab. Dort, wo die Wellen auf den Sand trafen, war das Wasser durch die schneidende Kälte zu bizarren Formen gefroren. Eine nahezu bewegungslose Brandung, die trotz der Dunkelheit schimmerte wie Felsen aus blank poliertem Marmor. In scharfen Böen zerrte der steife Wind von der See an Ashs Kutte, so heftig, dass ihm selbst das Atmen schwerfiel. Der Sturm roch nach Salz und Algen und half dabei, endlich den Verwesungsgestank zu vertreiben, den Ash in den Tagen und Nächten, die er jetzt schon nach seiner Flucht aus dem Kloster unterwegs war, nie ganz aus der Nase bekommen hatte.

»Wir werden auf jeden Fall ein Schiff brauchen«, murmelte Ash vor sich hin und rieb vorsichtig mit den Fingern der Linken die Fläche seiner rechten Hand, die seit einiger Zeit an den Stellen, die er sich mit dem Nagel des Kellerregals verletzt hatte, unangenehm juckte und inzwischen im Innern zu pochen begann. Die Ränder der Wunden waren dunkel geworden. Kein gutes Zeichen.

»Ein Boot sollte genügen«, sagte die Stimme seines Gottes in Ashs Kopf.

»Bis nach Gutney sind es Hunderte von Meilen über die offene, raue See, Herr. Es ist unmöglich, die in einem Boot zurückzulegen«, gab Ash zu bedenken.

»Das Ziel unserer ersten Etappe ist Siàland«, sagte Ashs Gott. »Das ist nicht so weit.«

»Aber, Herr, wisst Ihr denn nicht: Siàland ist inzwischen eine der Hochburgen der Seewölfe.«

»Natürlich. Das ist mir durchaus bekannt. Kannst du dir denn einen besseren Ort vorstellen, um an ein gutes, seetüchtiges Schiff zu gelangen, Ash?«

»Ich bezweifle doch sehr, dass sie mir freiwillig eines zur Verfügung stellen werden«, warf Ash ein. »Und selbst wenn es mir gelingt, eines zu stehlen, wie soll ich es bewerkstelligen, damit alleine ohne Mannschaft bis nach Gutney zu segeln?«

»Du und deine ewigen Zweifel, mein Sohn«, sagte Gott mit väterlicher Geduld, der Art von Geduld, die in Wahrheit Ungeduld ist, nur milder zum Ausdruck gebracht. »Ich dachte, wir hätten uns inzwischen darauf geeinigt, dass du mir und meinem Urteil vertraust. Habe ich dich denn nicht aus dem Kloster errettet und dich auf dem Weg hierher mit ausreichend Essen und Trinken versorgt?«

Ashs Magen knurrte so laut, dass man es trotz des scharfen Windes hören konnte, und er hätte beinahe spontan geantwortet, dass das Wenige, das er auf der Reise hierher gefunden hatte – die verschrumpelten Pilze und das schimmlige Moos und die ausgemergelten Wurzeln und die schmutzigen, salzigen Pfützen, aus denen er brackiges Wasser getrunken hatte –, wohl kaum als *ausreichend* bezeichnet werden konnte. Stattdessen seufzte er ergeben und antwortete: »Ja, Herr, das hast du wohl. Aber wenn du vielleicht auch etwas gegen die Schmerzen in meiner Hand unternehmen könntest. Ich fürchte, es wird immer schlimmer …«

»Der Schmerz ist eine Erinnerung an deine Sterblichkeit«, unterbrach ihn sein Gott. »Und das Zeichen dafür, dass ich dich ausgewählt habe. Nun hör endlich auf, dich zu beklagen, und mach dich daran, uns ein Boot zu beschaffen.«

»Ja, Herr! Natürlich, Herr!«

Ash wanderte am Rand der Klippen entlang, bis er eine Stelle fand, die trotz der Dunkelheit einen relativ sicheren Abstieg hinunter zum Strand versprach.

Beim Klettern musste er sich erst noch daran gewöhnen, dass er sich mehr auf seine linke als auf seine rechte Hand verließ. In der rechten war kaum Kraft, und sobald er sie anstrengte, verkrampfte sie zu einer nichtsnutzigen Klaue.

Unten angekommen wusste er nicht, welche der beiden möglichen Richtungen er einschlagen sollte.

»Westen«, sagte sein Gott.

Ash nickte stumm und ging nach links. Jetzt, aus der Nähe betrachtet, wirkten die starren, übermannshohen Skulpturen der gefrorenen Brandung zu seiner Rechten richtiggehend bedrohlich; wie still lauernde Riesen aus Eis, die nur darauf warteten, sich auf ihn zu stürzen. Das Rauschen der See dahinter klang wie ihr verschwörerisches Flüstern, und hin und wieder konnte Ash es im Eis knacken hören, so als würden die Frostgiganten ihre Waffen bereit machen. Das einzig Tröstliche an der gefrorenen Brandung war, dass sie einen großen Teil des Windes von der See her abhielt; doch es war immer noch so kalt, dass Ash die Hände unter die Kutte schob, in die relative Wärme seiner Achselhöhlen.

Nach einer Weile, in der das regelmäßige Knirschen seiner erschöpften Schritte im gefrorenen Sand ihn trotz der Kälte noch schläfriger gemacht hatte, erblickte er weiter vorn ein seltsames Konstrukt: Balken und Streben aus zurechtgeschnitztem Treibholz waren zusammengezimmert zu einer Brücke, die vom Strand aus über die vereiste Brandung hinweg und hinaus auf die See führte.

»Das da vorne ist unser Weg«, sagte Ashs Gott, und Ash kletterte den Aufgang zur Brücke hinauf.

Erst als er oben angekommen, ein paar Dutzend Schritte auf den rutschigen Bohlen gegangen war und das andere Ende sich allmählich aus der Dunkelheit schälte, verstand er das Gebilde.

Es war ein breiter Steg, der über das Eis führte und aufs Meer hinaus, dorthin, wo es nicht gefroren war. Er mündete am jenseitigen Ende in eine hölzerne Plattform, auf der man mit Brettern Hütten errichtet hatte.

Ein Pfahldorf.

Unten, wo die Pfähle aus dem wogenden Wasser ragten, waren Fischerboote angebunden.

Ash strengte die Augen an, doch er konnte kein Licht erkennen. Kein Anzeichen dafür, dass das Dorf noch bewohnt war. Eine Mischung aus Unbehagen und Hoffnung stieg in ihm auf. Das Dorf hatte etwas Gespenstisches, aber zugleich bestand die Möglichkeit, dass er in einer der Hütten etwas Essbares finden würde und vielleicht auch eine Decke, mit der er seine Kleidung ausbessern konnte.

Vorsichtig ging er weiter und hielt Ausschau, ob sich nicht vielleicht doch irgendetwas in den unheimlichen Schatten zwischen den Hütten bewegte. Schließlich erreichte er die Plattform.

»Hallo!«, rief er in den Sturm hinein. »Ist da jemand?« Er lauschte auf eine Antwort, doch es kam keine. Dennoch schickte er zur Sicherheit hinterher: »Mein Name ist Ash Hanson. Ich bin ein Mönch aus dem Kloster Sonnengarten, ein friedlicher

Wanderer auf der Suche nach etwas Verpflegung und einem Boot.«

Doch es blieb still. Ashs Zuversicht, dass das winzige Dorf tatsächlich verlassen war, wuchs. Er sagte im Weitergehen noch ein paar Mal seinen Gruß auf, bis er die erste der Hütten erreichte, dann war er sicher, dass hier niemand mehr war. Er öffnete die Tür und trat ins Innere. Die spontane Abwesenheit von Wind in der kleinen, finsteren Kammer erschien ihm augenblicklich beinahe wie Wärme, so als wäre er vor einen Kamin getreten, und er stieß ein erleichtertes Seufzen aus.

Er kramte aus seiner Umhängetasche eine Kerze hervor, den Feuerstein, ein Messer und etwas Zunder. Den Zunder und die Kerze legte er auf den Boden und schlug mit Klinge und Stein so lange Funken, bis der Zunder Glut fing und Ash den Docht der Kerze daran entzünden konnte. Als die kleine Flamme wuchs, war es ihm, als würde die Sonne aufgehen. Ash kniff für einen Moment die Augen gegen die Helligkeit zusammen, stellte die Kerze auf den kleinen Tisch, den er jetzt sehen konnte, wärmte sich für einen Moment lang die Hände darüber und sah sich um.

Die Kammer war spärlich eingerichtet: Neben dem Tisch gab es eine Bank, einen Hocker, eine schmale Pritsche zum Schlafen, einen Schrank und eine kleine, gemauerte Feuerstelle in der Ecke. Ash liebäugelte mit dem Gedanken, sich darin ein Feuer zu machen.

»Dafür ist jetzt keine Zeit«, sagte sein Gott. »Sieh zu, ob du etwas zu essen findest, und dann mach dich auf zu den Booten!«

Ash nahm die Kerze mit hinüber zum Schrank und öffnete ihn. Was er sah und roch, überraschte ihn: Da waren große Gläser mit sauer eingelegten Heringen und in Tuch gewickelte geräucherte Aale, Makrelen und Dorsche. Er nahm eine der Makrelen in die Hand, schnupperte daran, und als ihm der Duft köstlich vorkam und kein bisschen verdorben, brach er sie auf und probierte das zarte, salzige Fleisch. Das Wasser lief ihm schon mit dem ersten Bissen im Mund zusammen, und ihm wurde beinahe schwindlig von dem Genuss, aber was ihn überraschte und auch beunruhigte, war der Gedanke: Wer lässt solche Kostbarkeiten zurück?

Er hatte den Gedanken gerade zu Ende gedacht, als er hinter sich ein Geräusch hörte. Sofort wirbelte er herum. In der Tür standen zwei Gestalten. Dank des Kerzenlichts erkannte Ash sofort, dass es keine Ripper waren, und atmete erleichtert aus.

»Der Herr sei gepriesen«, stieß er mit halbvollem Mund hervor.

Die beiden Männer waren schlicht in speckiges Seehundleder und Umhänge aus Robbenfell gekleidet. Mit grimmigen Gesichtern ignorierten sie Ashs Preisung seines Herrn.

»Hab dir gleich gesagt, dass es keine Seewölfe sind«, sagte der Ältere der beiden. Sein angegrauter Bart war zottig und verfilzt. Er hielt eine kurze Keule in den Händen, wie man sie zum fellschonenden Erschlagen von Heulern verwendet. »Seewölfe sind nie alleine unterwegs.«

»Er verhält sich aber gerade so«, meinte der Jüngere. »Raubt uns einfach aus.« Auch er war mit einer Keule bewaffnet.

Ash erhob sich eilig. »Wartet! Ich wusste nicht, dass noch jemand hier lebt. Ich hatte gerufen ...«

Weiter kam er nicht. Der erste Schlag kam von dem Jüngeren und traf Ash am Arm, mit dem er ihn instinktiv vom Kopf abwehren wollte. Der zweite Schlag streifte ihn von oben herab an der Schläfe und krachte schmerzvoll auf seine Schulter. Ash schrie auf und hielt schützend die Hände vors Gesicht.

Zu zweit schlugen sie auf ihn ein, trafen ihn am Bauch, an den Rippen und an den Beinen. Ash ging zu Boden und krümmte sich, um sich besser gegen die Attacke zu schirmen.

Gott, hilf mir!, rief er stumm. Doch sein Gott antwortete nicht.

Sie packten ihn am Schopf und an den Füßen, schleiften ihn nach draußen.

»Wir zeigen dir, was wir mit denen tun, die uns bestehlen!«, rief einer der beiden wütend.

»Ich dachte wirklich, es ist niemand mehr hier, dem das Essen gehört!«, rief Ash.

Sie schnaubten nur verächtlich, schleppten ihn bis zum Rand der Plattform, richteten ihn auf und fesselten ihn an einen Pfahl.

Ash hörte ein Wimmern und merkte, dass es sein eigenes war. Er merkte, dass er vor Angst die Augen geschlossen hatte, und zwang sich dazu, sie wieder zu öffnen. In einem Halbkreis um den Pfahl standen jetzt auch weitere Bewohner des Dorfes. Etwa zwei Dutzend Männer, Frauen und Kinder. In dicken Schichten von Leder, Sackleinen und Wolle bewegten sie sich schwerfällig; die Gesichter waren bedeckt mit Kapuzen, gestrickten Mützen und Halstüchern. Nur die Augen waren frei, und sie waren misstrauisch und feindselig auf Ash gerichtet.

Die Leute trugen allesamt Waffen, auch die Kleinen: Bootshaken, Beile, Harpunen, noch mehr Keulen und Fischmesser. Vier oder fünf von ihnen trugen Tranlampen, deren Flammen mit Kugeln aus Glas vorm Wind geschützt waren und die mehr flackernde Schatten spendeten als Licht.

Bitte, Gott ..., flehte Ash. Aber Gott schwieg weiterhin.

Jemand trat aus dem Halbkreis nach vorne. Trotz der dicken Kleidung vermutete Ash, dass es eine Frau war, wenn auch eine der größten, die er je gesehen hatte. Die Stimme, mit der sie jetzt durch den dicken Schal vor ihrem Mund sprach, bestätigte seine Vermutung. »Er ist allein, wir haben alles abgesucht.«

»Aber er hat mit jemandem gesprochen«, sagte der Ältere der beiden, die ihn niedergeknüppelt und gefesselt hatten. »Ich habe ihn deutlich reden hören.«

»Vermutlich mit sich selbst«, meinte die Frau. »Diese Mönche tun so was manchmal.«

Die Art, mit der sie das Wort *Mönche* betonte, verriet Ash, dass die Dorfbewohner nicht viel für seinesgleichen übrig hatten.

»Was sollen wir mit ihm tun, Þóra?«, fragte jemand aus der Gruppe hinter ihr. »Wird er Lösegeld einbringen?«

Die Frau trat mit langsamen Schritten an Ash heran, fasste ihm mit dem Handschuh unters Kinn und hob sein Gesicht, um es im schwachen Schein der Lampen zu betrachten.

»Ich denke nicht«, sagte sie wenig zuversichtlich.

»Wir könnten ihn zum Sklaven machen«, schlug eine andere Stimme aus der Gruppe vor.

Þóra schüttelte den Kopf. »Wir haben gerade mal genug Arbeit für uns selbst, und wer sollte die ganze Zeit auf ihn aufpassen?«

»Vielleicht sollten wir ihn schlachten und pökeln«, kam ein weiterer Vorschlag. »Für noch schlechtere Zeiten. Man kann schließlich nie wissen ...«

»Solange es noch genug Fisch gibt und ich hier das Sagen habe«, erwiderte Þóra, »werden wir nicht zu Kannibalen. Wir sind schließlich keine entarteten Stadtbewohner.«

Ash wurde von einem Gefühl der Erleichterung überwältigt. Doch das währte nur kurz, denn Þóra fuhr fort: »Wir machen Köder aus ihm für unsere Aalreusen und Krebskörbe. Damit kann er zurückzahlen, was er uns gestohlen hat.«

»Gestohlen?«, entfuhr es Ash. »Eine einzige Makrele. Und davon auch nur einen Bissen. Das kann nicht euer Ernst sein ...«

Þóra unterbrach ihn mit einem Schlag in den Magen.

»Du schweigst gefälligst«, sagte sie. »Eine Makrele oder unser ganzes Hab und Gut. Wo ist da der Unterschied? Glaubst du, du bist der Einzige, der ums Überleben kämpfen muss? Welches unserer Kinder soll denn in deinen Augen Hungers sterben, bloß weil du deinen stillen wolltest? Das Urteil ist gefällt, Mönch. Du wirst niemanden mehr berauben.« Sie zog eine kleine Axt vom Gürtel. »Aber hab keine Angst, ich werde dafür sorgen, dass es schnell geht. Ehe du etwas merkst, sitzt du auch schon an der reich gedeckten Tafel deines Gottes.«

Herr, hilf mir!, schrie Ash stumm, während Þóra die Axt in die Höhe hob. *Steh mir bei!*

Und endlich meldete sich sein Gott zu Wort. »Hör auf zu jammern, Ash! Hast du etwa gedacht, der Weg eines Auserwählten wäre ein leichter?«

Plötzlich schien die Welt um Ash herum stillzustehen. Þóra vor ihm verharrte in der Bewegung, so als wäre sie wie die Brandung am Strand zu Eis erstarrt.

»Welchen Weg kann ich für dich gehen, wenn ich tot bin?«, fragte Ash seinen Gott. Er sah sich um, nicht einmal mehr die Wolken oder die Wellen bewegten sich.

Gott stieß ein kleines, amüsiertes Lachen aus. »Oh, du würdest dich wundern. Aber keine Sorge, mein Sohn. Du wirst nicht sterben. Nicht, solange ich es nicht will. Und nicht jetzt und hier.«

Ash betrachtete die Axt, die nicht weit von seinem Schädel in der Luft schwebte. »Nein? Was soll ich tun?«

»Sprich mir einfach nach. Wort für Wort.«

Ehe Ash noch etwas erwidern konnte, kam die Bewegung zurück in die Welt um ihn herum. Der Sturmwind war wieder da, die Wolken jagten und die Wellen schlugen wieder. Die Axt über seinem Kopf zuckte noch ein Stück zurück, um mehr Schwung zu holen.

Ash stieß hervor, was sein Gott ihm vorgab:

»Halt, Þóra, Tochter des Borgarh!«

Þóra hielt überrascht inne. »Woher weißt du, wer ich bin?«

»Ich bin ein Bote des Herrn!«, rief Ash. »Und wenn du mich jetzt erschlägst, wirst du seinen Zorn und auch den Zorn deiner Götter über dich bringen und über jeden Mann, jede Frau und jedes Kind deines kleinen Dorfes. Denn ich bin in heiliger Mission meines Gottes unterwegs, um die Menschheit von der Dunkelheit zu befreien. Mir ist es bestimmt, die Sonne zurückzubringen. Und wer sich mir und meinem Auftrag in den Weg stellt, dem ist der Untergang gewiss.«

Für einen Moment waren alle still. Dann lachte Þóra spöttisch.

»Natürlich«, sagte sie. »Heilige Mission. Die Entschuldigung aller Mönche, sich auf Kosten anderer durchzuschlagen.«

»Ich kann es beweisen«, sagte Ash und fragte in sich hinein: *Ich kann was?!*

Der Spott in Þóras Blick wich Zweifeln oder vielleicht auch Neugier. Ash war sich nicht sicher. »Beweisen? Wie?«

»Mit einem Zeichen Gottes. Binde mich los.«

»Nein«, sagte Þóra. »Wenn dein Gott ein Zeichen wirken will, kann er das bestimmt auch so.«

»Ja, das kann er«, sagte Ash. »Doch dies ist nicht nur ein Zeichen seiner Existenz und dafür, dass ich sein Auserwählter bin. Es ist auch eine Prüfung.«

»Eine Prüfung?«

»Eine Prüfung in Gehorsam. Für euch. Denn wenn ihr durch mich ihm gehorcht und mir auf meinem Weg helft, wird er euch segnen. Ihr sollt in vorderster Reihe stehen, wenn die Sonne wieder aufgeht, und er wird euch reich belohnen. Wenn ihr aber ungehorsam seid, wird er euch strafen.«

»Das will ich sehen«, sagte Þóra. »Du bleibst gefesselt. Und weil du es gewagt hast, uns zu drohen, gebe ich dir die Gefälligkeit zurück: Wenn du oder dein Gott jetzt keinen Beweis lieferst, kein Zeichen wirkst, dann wirst du nicht schnell sterben, wie ich es dir eben noch versprochen habe. Nein, dann werden wir die Stücke, die wir als Köder nehmen, bei lebendigem Leib aus dir herausschneiden.« Sie steckte die Axt in den Gürtel zurück und zog stattdessen ein Fischmesser.

Ash wandte den Kopf und sah sich unter den Dorfbewohnern um. Er entdeckte eine mittelgroße Gestalt. Sie hielt eine der Tranlampen. »Das ist Busla, deine jüngere Schwester, nicht wahr?«

Þóra ignorierte die Frage und begann damit, seine Kutte mit der dünnen Klinge des Messers aufzutrennen. »Das Zeichen, Mönch. Jetzt oder nie.«

»Mein Gott sagt, wenn du mich losbindest, lässt er sie am Leben«, sagte Ash und fragte panisch nach innen: *Herr, was hast du vor?! Du wirst doch nicht ...*

Ehe er weiterdenken konnte, sagte Þóra: »Du bleibst gefesselt«, und in dem Moment, in dem sie die letzte Silbe ausgesprochen hatte, zuckte ein Blitz vom Himmel und traf Busla. Mehrere Dorfbewohner, die neben ihr gestanden hatten, wurden von der Explosion zur Seite geschleudert. Das dick eingehüllte Mädchen hatte nicht einmal mehr Zeit zu schreien. Sie und ihre Kleidung gingen in Flammen auf, und sie fiel brennend zu Boden.

»Nein!«, schrie Þóra, und *Nein!*, schrie auch Ash im Innern.

»Frag sie, ob sie dich vielleicht jetzt losbinden will«, sagte sein Gott, aber Ash brachte vor Entsetzen kein Wort heraus.

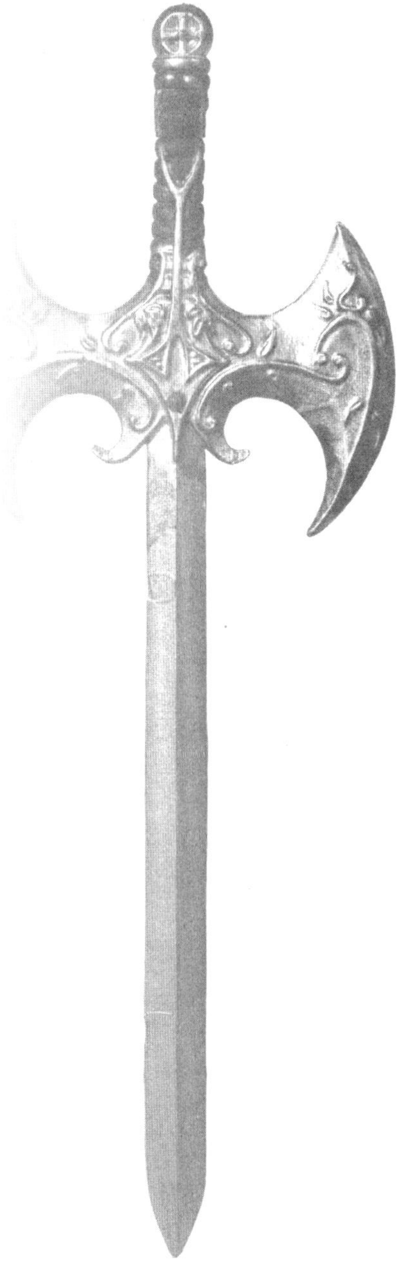

SCHATTEN IN DER NACHT

RAYMO

Dunuum – Die Kupferberg-Höhlen

Auch wenn der Adel des Landes sich große Mühe gibt, das in Vergessenheit geraten zu lassen, ist doch das heruntergekommene Armenviertel am Kupferberg in Dunuum bei den Docks am Nordufer des Rahn der älteste Teil der Stadt, ja des Landes. In Wahrheit stammen sogar sowohl der Name der Stadt als auch der des gesamten Inselkönigreichs von ihm. In der Sprache der Loyhim, des längst vergessenen Seefahrervolkes, das hier das in früheren Zeiten wertvolle Metall entdeckt und an genau dieser Stelle die allererste Siedlung errichtet hatte, bedeuteten *Twyddyn* Kupfer und *Dunuum* Berg, eigentlich Hügel. Denn ein wirklicher Berg ist der Kupferberg nicht, eher eine am Fluss lang gezogene Hügelkette, die man heutzutage inmitten des Molochs, zu dem die Stadt in den vergangenen zweitausend Jahren herangewachsen ist, kaum noch als solche erkennt.

Die Gruben und Stollen, in denen viele hundert Jahre lang das Kupfer abgebaut worden ist, ziehen sich noch heute von hier aus weitverzweigt als riesiges Höhlenlabyrinth unter der ganzen Stadt hindurch. Fernab von der Oberfläche existiert hier eine ganz eigene Welt. Bettler und Obdachlose, die Diebe der Stadt und allerlei andere lichtscheue Gestalten haben die Höhlen zu ihrer Heimat gemacht. Einige freiwillig, die meisten aber, weil sie nirgends anders mehr einen Platz finden.

Diese Unterwelt existiert seit dem Einstellen des Bergbaus vor etwas weniger als tausend Jahren, doch seit der Katastrophe des Weltendonners hat sich die Bevölkerung durch Zuwanderung all derer, die vom Land hierher in die Stadt geflüchtet sind, mehr als verzehnfacht. Man erzählt sich, inzwischen leben in Dunuum mehr Menschen unter der Erde als oben.

Die Obrigkeit hat über das Leben in den Kupferberg-Höhlen keinerlei Kontrolle. Hier herrschen eigene Gesetze.

Hierher hatte es Raymo schon drei Tage nach seiner Ankunft in Dunuum verschlagen. Ohne Erfolg hatte er an der Oberfläche Arbeit gesucht, nicht einmal in den Docks am Hafen und in den stinkenden Gerbereien war etwas zu finden gewesen. Es gab einfach zu viele, die bereit waren, für ein Stück Brot am Tag auch die härteste Arbeit zu verrichten. Da war kein Platz mehr für Neuankömmlinge.

Wie verabredet hatten sich Raymos und Lizias Wege beim Erreichen der Stadtmauer getrennt. Sie war eigentlich eine ganz erträgliche Reisegefährtin gewesen. Schweigsam und fleißig, hatte mit ihm Schritt gehalten, ohne zu murren, sich Nacht für Nacht um das Lager gekümmert und ihre Sachen einigermaßen sauber gehalten und geflickt, wann immer es notwendig war. Sie hatte sich sogar überraschend gut aufs Kochen verstanden, besonders wenn man bedachte, wie mager der Speiseplan gewesen war. Die Trennung war ihm nicht leichtgefallen, aber in diesen Zeiten musste man sich um sich selbst kümmern, oder man war verloren.

Raymo war dem Rat eines alten Fischers, bei dem er heute Morgen vergeblich versucht hatte, anzuheuern, hierher in die Kupferberg-Höhlen gefolgt.

»Wenn ich noch einmal so jung und kräftig wäre wie du«, hatte der Alte gesagt, »würde ich in die Höhlen gehen und dort entweder meinen Körper in den Freudenhäusern feilbieten oder in den Gruben kämpfen. Dort werden wenigstens die Sieger einigermaßen satt.«

Raymo hatte von den Gladiatorenkämpfen in den Gruben der Kupferberg-Höhlen gehört. Es waren brutale Kämpfe, veranstaltet zur Belustigung der degenerierten Aristokratie Twyddyns. Ja, der Adel des Landes verabscheute die Höhlen – und war doch zugleich in höchstem Maße von ihnen fasziniert. Von den Freudenhäusern dort, in denen es nichts gab, was es nicht gab. Von den skurrilen Theatern, Konzerten, Gauklervorführungen und den Rauschtavernen, in denen man durch den Genuss getrockneter Pilze, an denen durch die anhaltende Dunkelheit keine Knappheit herrschte, für einige Stunden den Schrecken der Wirklichkeit entfliehen konnte. Am beliebtesten jedoch waren die Kämpfe in den Gruben.

»Frag am besten nach Barknar Ollik«, hatte der alte Fischer geraten. »Er ist zwar genau so ein menschenverachtender Schweinehund wie alle anderen Veranstalter, aber er organisiert die hochwertigsten Kämpfe mit den besten Kriegern. Klar, das Risiko ist höher, aber damit auch die Bezahlung. Jemand wie du hätte da bestimmt sein Auskommen.«

Raymo hatte die Höhlen über einen Stolleneingang nicht weit von den Docks betreten. Aufgewachsen unter den freien Himmeln des Hochlands, in den Weiten der Wälder, spürte er hier unten sofort die bedrückende Enge. Es kam ihm vor, als würde ihm gleich die Decke auf den Kopf fallen. Die Luft war wärmer als an der Oberfläche, aber noch stickiger als schon in den Gassen der Stadt. Der Gestank nach Menschen, ihrem Unrat und feuchter Erde drückte ihm auf Kehle und Brust. Wäre die Alternative nicht das Verhungern in der Gosse Dunuums gewesen, hätte Raymo sofort wieder kehrtgemacht.

Der Gang nach unten war steil und so eng, dass die Menschen, die das Labyrinth betraten oder im Begriff waren, es zu verlassen, sich beim Gehen dicht aneinanderdrängen mussten. Raymo legte instinktiv die Hand an den Griff seines Dolches; die Waffe war das Wertvollste, was er noch besaß, und er wollte nicht riskieren, dass sie ihm in dem Gedränge abhandenkam.

Der Stollen mündete in eine erste hallenartige Höhle, hier war auch endlich die Decke höher. Es war ein Marktplatz. Buden aus

Brettern, Sacktuch und sogar alten Fischernetzen. Fackeln an den Wänden und mit rauchendem Öl brennende Feuerschalen, die auf Dreifüßen zwischen den Ständen verteilt waren, spendeten flackerndes Licht und warfen unzählige tanzende Schatten.

Eine fette Alte stellte sich Raymo gleich beim Eingang in den Weg und lächelte ihn mit zahnlosem Mund an. »Willst du mich haben, Kleiner?«, fragte sie, obwohl sie den Kopf weit in den Nacken legen musste, um ihm ins Gesicht zu schauen. »Für 'nen Helly besorg ich's dir. Kannst mir glauben, die alte Tabata versteht ihr Geschäft besser als jede andere. Da vergisste jedes noch so junge Ding.«

Raymo erinnerte sich daran, dass man vor dem Weltendonner für einen Helly noch nicht einmal einen Laib Brot bekommen hatte. So billig war der Mensch geworden – und trotzdem würde die Alte mindestens zwanzig Freier mit ihren als ganz besonders angepriesenen Fähigkeiten beglücken müssen, um gerade mal einen Kanten Brot kaufen zu können.

»Hör nicht auf die Fuchtel«, sagte ein Mädchen, das sich aus dem Gedränge ebenfalls direkt vor ihn schob. Sie war vielleicht gerade mal so alt wie Lizia und trug nichts am Leib als einen zerschlissenen Sack. »Mit mir kannste anstellen, was immer du willst. Und ich hab noch alle meine Zähne.« Sie grinste einladend und strafte ihre Behauptung Lügen. Die wenigen Zähne, die sie noch hatte, waren schwarz und gebrochen.

»Belästigt ihn nicht, ihr Huren!«, krächzte mit einem Mal eine von der Lungenkrankheit geschwächte Stimme. Raymos Blick fiel auf einen Haufen alter Lumpen, der begonnen hatte, sich zu bewegen. Das dreckverschmierte, hagere Gesicht eines alten Mannes kam zum Vorschein. »Seht ihr denn nicht, dass ihr es mit einem Prinzen zu tun habt?« Ehe Raymo es noch verhindern konnte, hatte der Greis mit erstaunlich starkem Griff seinen linken Arm gepackt und starrte vor sich hin murmelnd auf die offene Handfläche. Ebenso schnell, wie er zugefasst hatte, zuckte er plötzlich zurück und warf sich zu Raymos Füßen auf alle viere. »Und nicht irgendein Prinz!« Aus dem Krächzen war ein ehrfurchtsvolles Flüstern geworden. »Ein Champion!«

Die beiden Huren lachten.

»Ein Prinz?«, gackerte die Alte spöttisch.

»Ein Champion?« Die Jüngere lachte.

»Ja!«, sagte der dürre Greis. »Ein Champion für den Thron Twyddyns.«

»Für Rielle, dieses Monster?« Die Alte spuckte vor Raymo auf den Boden.

»Nein«, widersprach der Greis. »Nicht für die Thronräuberin. Für …«

»Lass den Unsinn«, knurrte Raymo unwirsch. »Bin weder Prinz noch irgendjemandes Champion. Schon gar nicht für Twyddyn. Und ich besitze nicht ein Stück Gold, Silber oder Kupfer, das du mir mit deinem Hokuspokus aus dem Beutel locken könntest.«

Er hatte den Satz noch nicht zu Ende gesprochen, da hatten die beiden Huren auch schon auf dem Absatz kehrtgemacht und waren im Gewühl verschwunden. Der Greis aber ließ nicht von ihm ab.

»Nicht einen einzigen Helly will ich von Euch«, versicherte er, fasste einen von Raymos Füßen und küsste ihn. Raymo kam nicht umhin, die Geste als Ausdruck tiefster Dankbarkeit zu erkennen. Es war ihm unangenehm. Der Alte irritierte ihn, und Raymo wollte weitergehen, doch die dünnen Finger hielten ihn wie die Krallen eines Greifvogels.

»Der Weg, der vor Euch liegt, wird ein grausamer sein, ein unbarmherziger, ein blutiger Weg, mein Prinz. Ihr werdet dem rechtmäßigen Erben zu seinem Reich verhelfen, doch das ist erst der Anfang …«

»Lass mich in Ruhe, Alter!«, herrschte Raymo ihn ungeduldig an, und der Greis reagierte so schnell, als würde er Raymos Worten wie einem Befehl gehorchen. Er ließ den Fuß los und krabbelte auf allen vieren nach hinten aus dem Weg.

Dabei aber begann er von Neuem: »Es wird der Tag kommen, oh mein Prinz, an dem der Krieg neu aufflammt. Der ewige Krieg der Dunkelheit gegen das Licht. Die Nacht gegen den Tag. Die Nacht wird die Armee der Toten erheben, doch diesmal wird das Licht in Euch einen seiner mächtigsten Streiter finden, und …«

Mehr hörte Raymo nicht von dem krächzenden Gebrabbel, denn er war bereits weitergegangen. In den nächsten Minuten seines Wegs boten ihm bestimmt noch zwei Dutzend Frauen, Männer und auch Kinder ihre Dienste an. Von den Ständen und Buden aus versuchte man ihm geräucherte Ratten als Kaninchen anzudrehen und Fusel, der nach allem Möglichen roch, nur nicht nach Alkohol. Süßigkeiten, denen er schon von Weitem ansah, dass sie nichts weiter waren als getrocknetes Baumharz.

Mehrfach fragte er nach dem Weg zu Barknar Ollik, aber Raymo merkte sehr schnell: Ohne Geld oder andere Tauschmittel gab es hier unten nicht einmal eine Information. So suchte er sich seinen eigenen Weg, durchschritt einen der Stollengänge nach dem anderen und betrat noch mehrere dieser bizarren Marktplätze, ehe er schließlich die Kampfgruben fand.

Genau genommen war es nur eine Grube und sie bildete in der weiten Höhle noch einmal ein kegelartiges Loch im Boden von bestimmt sechzig Fuß Durchmesser. Die eigentliche Kampfarena war wesentlich kleiner und lag im Zentrum der Grube, umgeben von drei ringförmigen Terrassengalerien, auf denen sich die Menschen drängten und den Kämpfern zujubelten oder sie ausbuhten. Die meisten der Zuschauer auf den Rängen waren Adlige, nur sie konnten sich die teuren Plätze leisten. Jeder von ihnen hatte zwei, meistens aber sogar drei oder vier Leibgarden bei sich und Dienerschaft, die sie mit Essen und Trinken versorgte. Lautstark wurden Wetten platziert.

Oben am kreisrunden Rand der Grube, der mit einem niedrigen Bretterzaun eingesäumt war, stand das einfache Volk. Sie feierten das grausame Spektakel nicht weniger laut als die angeblich so feinen Herrschaften.

In dem Zaun war ein Tor, von vier bewaffneten Männern bewacht.

Raymo trat an sie heran. »Ich bin auf der Suche nach Barknar Ollik. Ich will für ihn kämpfen.«

Die Männer trugen Rüstungen aus mehreren Schichten gegerbten Schweinsleders und kurze, sichelartige Schwerter; wirkungsvolle Waffen in einem dichten Gedränge. Dem größten von ihnen fehlte ein Auge; die leere Höhle saß im Zentrum einer hässlichen Narbe, die von der Stirn bis hinab zum Mund reichte. Er lachte rau auf, und die anderen drei stimmten sofort mit ein. »Soso, du bist auf der Suche nach Barknar Ollik. Aber ist Barknar Ollik auch auf der Suche nach dir? Ich glaube nicht.«

Kaum hatte er zu Ende gesprochen, machte Raymo einen schnellen Schritt nach vorn, stieß der Wache neben dem Anführer hart die Faust gegen die Kehle, trat dem zweiten Mann mit einem wischenden Tritt die Beine unter dem Körper weg und brach dem dritten mit einem schnellen Schlag des Ellbogens das Nasenbein, so dass sofort dunkles Blut hervorspritzte. Ehe ihr Anführer überhaupt reagieren konnte, hatte er schon Raymos Dolch an der Kehle.

»Wie schon gesagt, ich bin auf der Suche nach Barknar Ollik.« Raymo drückte die scharfe Klinge gegen die Halsschlagader des Mannes.

Der regte sich kaum, sondern lachte noch einmal rau. »Ja, so wie es aussieht, könnte Barknar durchaus auch auf der Suche nach dir sein, Junge. Aber was ist für mich drin, wenn ich dich zu ihm bringe?«

»Was willst du?«, fragte Raymo.

»Die Hälfte der Prämie deines ersten Kampfs, wenn du gewinnst«, sagte der Hüne. »Wenn du verlierst, deinen Dolch. Das ist guter Hochlandstahl.«

Raymo nickte. »Einverstanden.«

»Mein Name ist Lambes«, sagte der Anführer. »Merk ihn dir gut. Ich treibe offene Schulden immer ein.«

»Du hast mein Wort«, war alles, was Raymo dazu sagte.

Nun nickte auch Lambes und sah sich mit dem gesunden Auge unter seinen drei Kameraden um. Der erste rang noch immer vergeblich nach Atem, und der dritte presste sich beide Hände vor das blutende Gesicht. Der zweite, dem Raymo nur die Beine weggetreten hatte, rappelte sich gerade wieder auf die Füße und hatte nach seinem Schwert gegriffen. Lambes deutete auf ihn. »Gohjen hier wird dich zu Barknar bringen«, sagte er. »Aber glaub mir, du wirst dir noch wünschen, weniger überzeugend gewesen zu sein.«

Gohjen winkte Raymo mit mürrischem Blick, ihm zu folgen. Raymo steckte den Dolch weg und ging hinter ihm durch das Tor nach unten.

In der Arena kämpften sieben Männer im Mêlée; jeder gegen jeden.

Ein dunkelhäutiger Riese aus Haschima schwang sein fast fünf Fuß langes Breitschwert gegen einen Seewolf aus der Normark, der mit seinen zwei kurzen Äxten auf die Distanz nichts auszurichten vermochte, und einen Lanzenkämpfer aus dem fernen Nai'Ci, dessen schnelle und wirbelnde Bewegungen Raymo eher an einen Tanz erinnerten als an einen Kampf. Immer wieder sprang er vor und zurück, stach zu, doch der Dunkle führte die schwere Klinge, als wöge sie nichts, und hielt auch ihn auf Abstand. Gleich daneben verteidigte sich ein Hochländer mit nichts weiter als einem langen Holzstab gegen einen Degenfechter aus Milara. Der Milarese war bestimmt doppelt so alt wie sein Gegner, bewegte sich aber sehr viel flinker und zielstrebiger. Der Hochländer blutete bereits aus mehreren kleinen Stichwunden, und Raymo sah, dass seine Bewegungen mit jedem Konter langsamer wurden, schwächer. Das letzte Paar bestand aus einem Heireannianer und einem der letzten Überlebenden der Insel Gutney. Der Mann aus Heireann war so kleinwüchsig, dass er an die Zwergenlegenden seiner früher einmal immergrünen Heimat erinnerte; er kämpfte mit einem Dolch, der in seiner Hand wie ein kleines Schwert wirkte, und einer kurzen, aber dicken Kette, die er mal als Schild und dann wieder wie eine Peitsche einsetzte. Der Mann aus Gutney hatte die typisch hageren Züge und das flachsblonde Haar seines beim Weltendonner untergegangenen Volkes. Bewaffnet war er mit einem halblangen Bootshaken.

Am gemauerten Rand der Arena standen dicht gedrängt die am nobelsten Gekleideten der Aristokraten und feuerten die Kämpfer mit hysterischem Gekreische an. Raymo sah einen Mann zwischen ihnen hin und her wieseln. Er hatte zwei halbnackte Dienerinnen im Schlepptau, die die Adligen mit Hochgeistigem versorgten, während der Mann sich bei ihnen anbiederte und ihre Wetten annahm.

Obwohl auch er reich gekleidet war, sah Raymo ihm die niedere Herkunft sofort an. Trotz seines weltmännischen Gehabes fehlte es ihm an der gelassenen, ja überheblichen Selbstsicherheit echter Aristokraten. Sein hin und her jagender Blick war so sehr auf Anerkennung ausgerichtet, dass er dabei zugleich verriet, wie wenig davon er in Wahrheit genoss. Die anderen duldeten ihn nur in ihrer Mitte wegen des Zwecks, den er für sie erfüllte.

Er war untersetzt und hatte dünnes, schütteres Haar von der Farbe einer Kanalratte. An jedem seiner wurstigen Finger trug er mindestens einen goldenen Ring und um den kurzen, speckigen Hals eine Kette mit Juwelen in allen möglichen Farben.

»Da ist Barknar Ollik«, sagte Gohjen.

Raymo hatte sich das bereits gedacht. »Bring mich zu ihm.«

»Du siehst doch, dass er beschäftigt ist. Warte gefälligst.«

Raymo ließ ihn stehen und drängte sich durch die Menge, bis er genau vor Barknar Ollik stand. Fast gleichzeitig tauchten links und rechts von dem zwei weitere Wachen auf, die Hände an den Griffen ihrer Schwerter.

»Mein Name ist Raymo Ten Mayne«, beeilte Raymo sich zu sagen, um den Eindruck zu vermeiden, er wollte Barknar angreifen. »Aus dem Hochland Caldas. Ich will für dich kämpfen.«

Barknar beäugte ihn von oben bis unten mit geringschätzigem Blick und machte keinerlei Anstalten, seine beiden Leibwächter zurückzupfeifen. »Ein Jüngling wie du? Kein Bedarf. Und selbst wenn ich welchen hätte, du kommst zu spät. Der Bewerbungskampf hat bereits begonnen.« Er deutete mit dem Daumen über die Schulter nach hinten zu der Arena, wo der dunkle Haschimaner gerade seine fünf Fuß lange Klinge so fest in den Bauch des Seewolfs trieb, dass die Spitze hinten aus dem Rücken wieder herauskam. Der Lanzenkämpfer aus Nai'Ci sah seine Chance gekommen und führte eine gesprungene Attacke nach vorne, doch der Haschimaner machte zwei schnelle Schritte zur Seite und drehte den aufgespießten und laut schreienden Seewolf wie ein Schild genau in den Stoß der Lanze. Damit hatte der Mann aus Nai'Ci nicht gerechnet; sein Schwung war so groß, dass er den Schaft seiner Waffe über die Hälfte durch den Leib des sterbenden Normarkers trieb. Ehe er sie wieder herausziehen konnte, hatte der Dunkle eine der zu Boden gefallenen Äxte des Seewolfs aufgegriffen und sie dem Mann aus Nai'Ci mit einem harten Schlag tief in den Schädel getrieben. Das splitternde Krachen der Knochen wurde vom kreischenden Jubel der Menge ertränkt – und von den Flüchen derer, die auf den Seewolf oder den Kämpfer aus dem Fernen Osten gesetzt hatten.

»Ich nehme teil«, sagte Raymo.

»Zu spät«, sagte Barknar und gab seinen Leibwächtern ein Zeichen, ihm Raymo vom Hals zu schaffen.

Raymo wartete nicht auf sie, sondern setzte sich in Bewegung – in Richtung der Arena. »Was hast du zu verlieren?«, rief er Barknar zu, während er an ihm vorbeihechtete. »Unterliege ich, bist du mich in zwei Minuten schon wieder los.«

Barknars fluchende Leibwächter griffen noch nach ihm, aber Raymo war zu schnell. Mit dem Kriegsschrei seines Klans zog er den Dolch aus dem Gürtel und sprang über die niedrige Mauer hinweg in die Arena.

Der Haschimaner hatte gerade sein Breitschwert aus der Leiche des Seewolfs befreit und war im Begriff, auf den Flachsblonden aus Gutney und den zwergenwüchsigen Heireannianer loszugehen. Raymo stellte sich ihm in den Weg. Der dunkle Riese hielt inne, bedachte Raymos Dolch mit einem mitleidigen Blick und holte dann mit seinem langen Schwert zu einem beinahe schon gleichgültig geführten Streich aus, so als wollte er eine lästige Fliege zur Seite wischen.

Aus dem Stand heraus sprang Raymo mit dem Kopf voran über die heransensende Klinge hinweg und an dem dunklen Koloss vorüber, rollte auf dem sandigen Felsboden ab und sprang die nächsten beiden Schritte zu dem toten Seewolf hin. Er packte die noch in dem Leib steckende Lanze des Nai'Cianers, zog sie mit einem schnellen Ruck heraus und wirbelte wieder herum.

Der Haschimaner stürmte bereits mit weit nach oben gerissener Waffe auf ihn zu, mit der Geschwindigkeit eines angreifenden Bullen. Die Zuschauer grölten. Sie rechneten mit einem schnellen und brachialen Todesstoß. Raymo ließ seinen Dolch fallen und fasste die Lanze mit beiden Händen. Sie war sehr viel leichter als die Sauspieße seiner Heimat, und er wusste, dass er mit dem vergleichsweise dünnen Schaft einen Schlag mit dem Breitschwert nicht würde abblocken können. Statt aber nach hinten auszuweichen, sprang er dem Angreifer entgegen, drehte sich im letzten Augenblick, als das mächtige Schwert auf ihn niederfuhr wie ein Blitz, zur Seite und nutzte seinen Schwung und den des Gegners, um ihm die Spitze der Lanze von unten herauf durch die Kehle in den Schädel zu treiben.

Einen Kampf gewinnt man nicht durch kämpfen, hatte Raymos Vater ihm immer wieder eingetrichtert. *Einen Kampf gewinnt man, indem man siegt.*

Der Haschimaner starb noch im Stehen. Er zuckte ein letztes Mal, spuckte Blut, das riesige Schwert fiel aus seiner kraftlosen Hand, und sein schwerer Körper sackte nach vorne, Raymos Lanze unter sich begrabend.

Raymo hatte keine Gelegenheit, sie wieder an sich zu bringen. Der Kämpfer aus Gutney hatte den Zwerg entwaffnet, ihn mit seiner eigenen Kette erwürgt und schlug damit und mit seinem Bootshaken jetzt auf Raymo ein. Raymo duckte sich gerade noch rechtzeitig darunter weg und wischte dem Gegner in der Drehung mit dem ausgestreckten Bein die Füße zur Seite. Noch während der stolperte, richtete Raymo sich auf, packte ihn von hinten mit der Armbeuge um die Kehle und brach ihm mit einem festen Ruck das Genick.

Raymo schnappte sich den Bootshaken und die Kette.

Der Milarese hatte seinen sehr viel jüngeren Gegner in der Zwischenzeit mit zahlreichen Stichen seines Degens so stark ausgeblutet, dass der jetzt in die Knie sackte und sich matt auf dem Holzstab abstützte. Er legte ihm die schmale Klinge an die Halsseite und zog einmal rasch durch. Der Hochländer starb strampelnd, aber lautlos.

Raymo wusste, dass er es bei dem Südländer mit dem gefährlichsten aller Teilnehmer des Mêlées zu tun hatte. Er war der Einzige, der vollkommen kaltblütig kämpfte. Ein klarer Beweis für seine Erfahrung – und das Vertrauen in die eigenen Fähigkeiten. Raymos Vater hatte ihm von den legendären Fechtschulen Milaras erzählt. Die männlichen Mitglieder aller Familien des gehobenen Adels traten ihnen bereits als Kinder bei, und die Abschlussprüfungen waren Duelle auf Leben und Tod, mit denen nicht selten das Schicksal ganzer Häuser entschieden wurde. Somit zählten die Absolventen zu den besten Kämpfern des Kontinents. Auch wenn seine leichte Lederrüstung ihre besten Tage schon lange hinter sich hatte, war Raymo sich sicher, mit dem Milaresen einem solchen Adligen gegenüberzustehen, und er fragte sich, welches Schicksal ihm wohl widerfahren sein musste, dass er hier in den Kampfgruben Dunuums gelandet war. Doch Raymo war selbst einmal ein Adliger gewesen und auch er war jetzt hier. Die Katastrophe hatte die Welt auf den Kopf gestellt.

Mit einer schnellen Drehung der Hand wickelte Raymo sich die Kette um den linken Unterarm und ging in Verteidigungsstellung. Es gab Kämpfe, bei denen der beste Weg, die Kontrolle zu bekommen, der war, die Offensive dem Gegner zu überlassen.

Der Milarese durchschaute Raymos Taktik sofort – und ging ebenfalls in die Defensive. Bewegungslos und einander fixierend standen die beiden sich gegenüber. Still. Lang. Nach einer Weile zu lang für das Publikum. Das begeisterte Gegröle verstummte. Dann kamen die Buhrufe. Raymo und der Milarese ignorierten sie, belauerten einander regungslos.

Raymo spürte den Puls in den Schläfen und im Nacken, zwang seinen Atem zur Ruhe. Die Menge wurde immer ungehaltener. Die ersten Steine flogen. Raymo und der Milarese ignorierten auch sie.

»Genug!«, rief eine Stimme laut vom Rand der Arena. Es war Barknar. Er streckte die Arme weit aus, um das Publikum zu beschwichtigen, und wandte sich an die beiden Kämpfer. »Meine Gäste sind hier, um euch kämpfen und sterben zu sehen. Nicht, um zwei bewegungslose Statuen zu betrachten. Das hier ist eine Arena, kein Museum.«

Doch noch immer bewegten sich weder Raymo noch der Milarese. Raymo verlagerte lediglich sein Gewicht, um zu verhindern, dass die Muskeln seiner Beine verkrampften.

Das Publikum begann erneut zu buhen.

»Also gut!«, rief Barknar Ollik. »Es sieht so aus, als bräuchtet ihr etwas mehr Motivation!« Er gab ein Zeichen, und am Rand der Arena tauchten vier Bogenschützen auf. Sie legten Pfeile auf die Sehnen, spannten sie und zielten auf Raymo und seinen Gegner. »Ich zähle bis drei. Bis dahin kämpft ihr, oder ich lasse euch beide erschießen. Eins!«

Jetzt gab es keinen Spielraum mehr für Taktik. Die einzige Chance zu überleben, war zu handeln.

»Zwei!«

Mit einem Ausfallsprung nach vorne links wickelte Raymo die Kette vom Arm und wechselte sofort wieder die Richtung, um mit einem Schwung der Kette von rechts anzugreifen. Aber der Milarese hatte seine Finte durchschaut, tauchte unter der Kette hinweg … und rammte Raymo den Degen bis zum Heft in den Bauch!

LIZIA

Dunuum

Irgendwo im engen und verworrenen Labyrinth der Kopfsteinpflastergassen und Hinterhöfe schrie jemand in verzweifelter Todesangst. Der Schrei echote grell und gespenstisch lange durch das nur von wenigen Fackeln erleuchtete Zwielicht und erstarb dann abrupt – vermutlich zusammen mit dem, der ihn ausgestoßen hatte.

Lizia schaute sich gehetzt um. Sie zitterte längst nicht mehr nur wegen der Kälte. Seit sie vor zwei Tagen in der Hauptstadt angekommen war, hatte sie mindestens jede halbe Stunde einen solchen Schrei gehört. Raub und Mord waren überall um sie herum, und sie hatte in der ganzen Zeit nicht ein Auge zugemacht. Sie war müde und ausgelaugt, und sie hatte Angst. Schreckliche Angst. Ihre Arme und Beine waren steif vor Kälte. Unter ihrem Umhang trug sie ein Stück Holz, das Raymo für sie kurz vor ihrer Ankunft mit seinem Dolch angespitzt hatte; ein lausiger Ersatz für eine Waffe, aber besser als nichts. Lizia hielt es fest umklammert.

»Das Ende ist nah!«, verkündete an der Ecke ein hageres, trotz der Kälte halbnacktes Männlein mit irrem Blick das Offensichtliche. Er streckte jedem, der sich an ihm vorüberdrängen musste, eine kleine hölzerne Schachtel entgegen, wohl in der Hoffnung, dass ihn irgendjemand dafür bezahlen würde, darüber informiert worden zu sein, dass die Welt gerade dabei war, vor die Hunde zu gehen. Dicht neben ihm stand eine Frau an der Wand und schlug ihre Stirn immer wieder gegen die Mauer. Sie wimmerte und murmelte unverständlich und raufte sich das blutige Haar. Eine Horde abgemagerter Kinder jagte mit Stöcken bewaffnet eine Ratte. Die Luft stank nach Blut wie in einem Schlachthaus.

Während sie mehr oder weniger ziellos durch die Straßen ging, gab Lizia sich in dem Getümmel größte Mühe, niemanden zu berühren und von niemandem berührt zu werden. Der unaufhörlich in ihr nagende Hunger war bereits schlimm genug, sie wollte sich nicht auch noch eine Krankheit einfangen.

An jedem Haus, das auch nur halbwegs nach einem Gewerbe aussah, hielt sie an und klopfte, um nach Arbeit zu fragen. Wenn ihr überhaupt aufgemacht wurde, war die Antwort immer dieselbe: Sie solle sich gefälligst zum Teufel scheren. Ganz gleich ob Gerber, Weber oder Schuster, niemand konnte es sich mehr leisten, auch nur eine Mahlzeit am Tag als Lohn auszugeben für Hilfe bei der Arbeit, die ohnehin kaum noch ein Kunde in Anspruch zu nehmen fähig war.

Lizia fragte sich gerade zum mindestens zehnten Mal, ob es nicht klüger gewesen wäre, am Hof der ak Wards zu bleiben, als jemand sie von hinten an der Schulter fasste.

Sie wirbelte herum und zog das spitze Holzstück hervor, bereit zuzustechen.

»Hu, was haben wir denn da? Eine kleine Wildkatze«, sagte der Mann, der sie angefasst hatte, und machte einen schnellen Schritt zurück. Er war etwa doppelt so alt wie Lizia, aber nicht viel größer als sie, dafür jedoch für diese Zeiten ungewöhnlich beleibt. Seine fein gewebte Tunika und die lange Hose aus Leinen waren nicht annähernd so zerschlissen wie die der meisten anderen Menschen hier. Auch stank er nicht wie die meisten nach Schweiß und Pisse. Er begutachtete Lizia abschätzend wie ein Stück Ware, aber mit interessiertem Funkeln im Blick. »Ich mag wilde Frauen. Ganz besonders mag ich wilde Mädchen.«

»Was willst du?«, fragte Lizia aggressiv und hielt ihm den kurzen Spieß unter die Nase.

Statt zu antworten, grinste der Mann und holte von unter seinem Umhang ein Glas hervor. »Weißt du, was das ist?«, fragte er.

Lizia musste genauer hinsehen, um im Licht einer Fackel an der Wand neben ihnen etwas zu erkennen. »Pflaumen?«

»Ganz recht«, sagte er. »Pflaumen. Aber keine herkömmlichen. Nein, es sind in Weinbrand und Rübensirup eingelegte Pflaumen. Sie schmecken vorzüglich.«

Ganz gegen ihren Willen lief Lizia spontan das Wasser im Mund zusammen.

»Ich bin bereit, dir eine davon abzugeben«, fuhr er fort. »Vielleicht sogar zwei.«

»Einfach so?«

»Natürlich nicht.«

»Was willst du dafür?«, fragte Lizia argwöhnisch.

»Na, was denn wohl? Ich bin auf der Suche nach dem ältesten Vergnügen der Welt. Und du siehst ganz so aus, als wärst du geradezu dafür geschaffen.«

Lizia war überrascht, dass das unverblümte Angebot sie nicht mehr besonders schockierte. Etwas in ihr hatte schon die ganze Zeit damit gerechnet, dass es früher oder später dazu kommen würde. Ihr erster Impuls war, sich umzudrehen und davonzugehen, aber da war dieser furchtbar große Hunger.

War der Tod vielleicht ein zu hoher Preis für Unversehrtheit?

Der Mann war nicht der Mordomo, hatte zumindest dem ersten Anschein nach nichts von dessen menschenverachtender

Grausamkeit. Und es würde niemand sehen, niemand wissen, niemand zuschauen, schon gar nicht ein ganzer Hof.

Der Mann schien ihr Zögern zu bemerken. »Drei«, sagte er. »Ich gebe dir drei Pflaumen.«

Lizia kaute auf der Unterlippe herum, aber plötzlich hörte sie, wie sie selbst sagte: »Das ganze Glas.«

Der Mann machte noch einen Schritt zurück und versteckte das Glas wieder unter dem Umhang. »Das ganze Glas? Das sind mehr als ein Dutzend. Du scheinst die Preise hier nicht zu kennen.«

»Nein, die kenne ich auch nicht«, sagte sie. »Ich bin nicht, wofür du mich hältst. Ich bin keine Käufliche.«

»Ihr seid alle käuflich.« Er täuschte verspielt ein Gähnen vor. »Die Zeiten sind nun einmal, wie sie sind. Und so, wie sie sind, ist letzten Endes alles nur noch eine Frage des Preises.«

»Mag sein«, räumte Lizia ein. »Und meinen kennst du jetzt.«

»Zu hoch.«

»Ich bin Jungfrau. Unberührt.«

Das interessierte Funkeln kehrte in seine Augen zurück, doch dann schaute er skeptisch. »Das sagen sie alle. Aber es gibt einen einfachen Weg, das herauszufinden.«

Ehe Lizia es sich versah, war er trotz seiner Leibesfülle flink wie ein Wiesel an sie herangetreten und fasste ihr mit der freien Hand zwischen die Schenkel.

Lizia war so verblüfft, dass sie nicht einmal mehr an den Holzspieß in ihrer Faust dachte, so schnell hatte er ihr das Kleid hochgerafft und einen Finger in sie geschoben.

Ihre Augen weiteten sich, und ihr stockte der Atem vor Schreck, aber nur für einen kurzen Moment. Dann fasste sie sich und wollte ihn von sich stoßen. Doch er ließ bereits von ihr ab, machte wieder einen schnellen Schritt zurück und hob abwehrend die Hand. Das Grinsen in seinem runden Gesicht war lüstern.

»Tatsächlich«, sagte er. »Eine Jungfrau. Bei allen Göttern, was für eine Rarität in diesem verkommenen Viertel der Stadt!

Komm nur, gehen wir hier in den verlassenen Hinterhof.« Er deutete zur Seite, wo ein niedriger Torweg nur zur Hälfte mit Brettern vernagelt war.

»Erst will ich eine der Pflaumen probieren.«

»Bezahlung gibt es nach erbrachter Leistung.«

»Du hast die Ware getestet, jetzt will ich die Ware testen«, sagte sie eisern. »Ist nicht mehr als fair.«

»Verdammt! Du lernst wirklich schnell«, sagte er nicht ohne Anerkennung. »Wenn du nachher genauso schnell lernst, werden wir viel Freude haben. Das heißt, ich werde viel Freude haben.« Er nahm das Glas und fummelte mit vor Aufregung zitternden Fingern den Lederdeckel ab. »Hier. Aber nur eine.«

Mit spitzen Fingern griff Lizia in die klebrige Flüssigkeit und holte eine der Früchte hervor. Schon der Duft war überwältigend. Die leicht flüchtige Schärfe des Alkohols gepaart mit der schweren Süße des Sirups und dem fruchtigen Aroma der Pflaume.

»Gut, nicht wahr?«

»Ja«, flüsterte Lizia, schloss genießerisch die Augen und sog den Duft durch die Nase so tief ein, als würde sie an einem Blumenstrauß schnuppern. Es war Ewigkeiten her, dass sie so etwas Leckeres gerochen hatte – und auch nur wenn sie es dem Arl oder Mayra serviert hatte –, selbst gegessen hatte sie so etwas Exquisites noch nie. Sie leckte daran und spürte, dass ihre Finger vor Aufregung zu zittern begonnen hatten. Ein erster, kleiner Biss und Lizia vergaß für einen Moment alles um sich herum. Ja, für diesen Moment wähnte sie sich in einer anderen Welt. In einer Welt voller Licht und grüner Bäume, die voll hingen mit reifen, süßen Früchten. Sie fühlte, wie ihr eine Träne über die Wange lief. Sie war überwältigt von dem Geschmack, und beim zweiten Biss begannen ihre Wangen vom Weinbrand zu glühen, der ihre Kehle wohlig wärmte.

Langsam kauend, um auch das winzigste Stück der Frucht ausgiebig zu genießen, öffnete sie die Augen wieder und sah, wie der Mann sie beobachtete. Das Funkeln in seinen Augen war jetzt noch stärker, aber er grinste nicht mehr, er lächelte.

»Himmel!«, sagte er mit belegter Stimme. »Du bist so wunderschön!« Unaufgefordert und ganz entgegen ihrer eigentlichen Abmachung reichte er ihr eine zweite Frucht. Seine Freude darüber, wie sehr der Genuss sie überwältigte, war echt.

In diesem Moment war der Fremde, dieser kleine, beleibte, dreiste Kerl, der begehrenswerteste Mann, den Lizia jemals gesehen hatte. Sie war sich natürlich der Tatsache voll und ganz bewusst, dass ihre Sinne ihr damit gerade einen Streich spielten, aber sie hieß das willkommen – denn es würde, was sie gleich tun musste, um auch an die anderen Pflaumen zu kommen, so viel einfacher machen.

»Lass uns nach hinten gehen«, sagte er, als Lizia mit der zweiten Pflaume fertig war.

Der Weinbrand tat seine Wirkung, und sie nickte.

Der Mann nahm sie bei der Hand und führte sie in die dunkle Toreinfahrt.

»Ich wünschte, wir hätten mehr Licht«, sagte er, während sie ihren Weg durch die Finsternis ertasteten. »Ich würde dich so gern sehen bei deinem ersten Mal.«

Lizia hingegen war froh und dankbar, dass es dunkel war. Die Dunkelheit machte die Überwindung leichter.

»Hier ist ein alter Tisch«, sagte er. Offenbar kannte er sich in dem Hof, in den er sie führte, ein wenig aus. »Beug dich darüber. Mit dem Bauch nach unten.«

Lizia fragte sich unwillkürlich, wie viele andere er hier wohl schon um genau dasselbe gebeten hatte, aber sie tat, was er sagte.

Ihr Herzschlag wurde schneller, so auch der Atem; die Angst kehrte zurück. Doch sie biss die Zähne zusammen. Nach allem, was sie wusste, würde es nicht sehr lange dauern, und danach würden die Pflaumen ihr gehören – sie für ein paar weitere Tage am Leben erhalten. Zeit, um neue Möglichkeiten zu suchen, neue Chancen.

Das altersschwache Holz unter ihrer Brust und ihrem Bauch war kühl und rau. Sie fühlte, wie der Mann ihren Umhang und den Saum ihres Rocks nach oben raffte. Die Kälte der Nacht traf die nackte Haut ihrer Schenkel. Lizia zitterte.

Sie hörte, dass der Atem des Mannes hinter ihr schwerer wurde, ja schnaufend, und wie er seine Hosen nach unten streifte. Dann stellten sich seine Füße zwischen die ihren und drückten sie weiter auseinander. Der Stoff seiner Tunika streifte Lizias nacktes Gesäß. Obwohl es dunkel war, schloss sie die Augen.

»Keine Angst«, flüsterte er und streichelte mit seiner fleischigen Hand ihren Rücken. »Ich verspreche dir, ich werde dafür sorgen, dass dein erstes Mal ein schönes erstes Mal wird. Ein bisschen wehtun wird es natürlich trotzdem, das kann man leider nicht ändern. Aber nur kurz, dann wird es schön. Glaub mir.«

Niemand außer der Köchin Taty hatte jemals so gütig zu Lizia gesprochen, und ein bisschen von ihrer Angst schwand. Sie spürte seine nackten, behaarten Beine an ihrer Haut und fühlte, wie seine Hand von ihrem Rücken zwischen ihre Schenkel glitt.

Dann hörte sie seinen Schrei!

Es war ein kurzer, überraschter Schrei. Spitz vor Schreck am Anfang, aber gleich darauf nass und röchelnd.

Lizia riss die Augen auf und wirbelte herum. Es war nicht mehr dunkel. Das Licht zweier Fackeln erhellte den Hinterhof. Gehalten wurden die Fackeln von zwei Furcht einflößenden Kerlen, die links und rechts von einem dritten standen. Der hatte den Kopf von Lizias hilflos strampelndem Freier an den Haaren gepackt und zog gerade ein langes, gekrümmtes Fleischermesser aus dessen weit offener, Blut spritzender Kehle.

Achtlos ließ er den Sterbenden fallen und drückte die Klinge an Lizias Hals.

»Sieh mal einer an!«, sagte er zwischen aggressiv zusammengebissenen, fauligen Zähnen hervor. »Ein Streuner! Ein Straßenkätzchen, das in meinem Revier wildert.«

Lizia wagte nicht, sich zu rühren. »Ich wollte nicht …«, begann sie zu stammeln. »Ich wusste nicht …«

Er schlug ihr mit dem Rücken der freien Hand ins Gesicht. »Du bist still«, befahl er zischend. »Du atmest nur noch, weil ich gehört habe, dass du angeblich noch Jungfrau bist.«

Er fasste ihr zwischen die Beine und presste sie auseinander. Seine Finger fühlten nach.

»Tatsächlich«, sagte er, genau wie der inzwischen nur noch zuckende Freier es vorhin gesagt hatte. Mit der gleichen Überraschung. »Was für ein Glück für dich. Das heißt, du wirst noch ein bisschen leben, Kätzchen.«

RAYMO

Dunuum – Barknar Olliks Gladiatorencamp

Lasst ihn einfach verrecken, Herr.«

»Wenn es nach mir ginge, auf der Stelle, das kannst du ruhig glauben. Aber hast du nicht mit eigenen Ohren gehört, wie begeistert die Menge getobt hat, als er den Milaresen gepackt und ihm mit einem Biss die Kehle herausgerissen hat, obwohl der Kerl ihn schon aufgespießt hatte wie ein Spanferkel?«

Raymo hörte die Stimmen durch eine Wand aus Dunkelheit und Schmerz. Seine Augenlider waren verklebt, im Mund schmeckte er Blut, und in seinem Bauch brannte es, als hätte jemand Öl hineingegossen und es angezündet.

»Ja, das war fürwahr ein Spektakel. So viel Überlebenswillen sieht man sogar hier unten in den Gruben selten. Mit letzter Kraft hat er den Kampf für sich entschieden.«

»Aber er hat ihn für sich entschieden … und mich damit verdammt noch mal eine ganze Stange gutes Geld gekostet. Das muss er mir wieder einbringen. Und das wird er!«

»Glaubt Ihr wirklich?«

»Absolut! Nach dem, was er bei seiner Einführung abgeliefert hat, wird der Adel das Doppelte zahlen, ihn kämpfen zu sehen. Ich meine, er hat ihm die verdammte Kehle herausgerissen. Wie ein Wolf. Das habe selbst ich noch nicht erlebt.«

Raymo erkannte die Stimmen. Es waren Barknar Ollik und Lambes, der Chef seiner Wache. Aus der Unterhaltung der beiden schloss er, wie er den Kampf gegen den Milaresen trotz der Verwundung für sich entschieden hatte – und warum er Blut in seinem Mund schmeckte. Erinnern konnte er sich nicht daran.

»Sieh zu, dass er so schnell wie nur möglich wieder auf die Beine kommt.«

»Selbstverständlich, Herr«, antwortete der Hauptmann der Wache. »Aber was, wenn er es nicht schafft?«

»Das Übliche, natürlich«, antwortete Barknar Ollik. Raymo konnte hören, dass er sich entfernte, während er weitersprach: »Den Adligen ist es doch letzten Endes vollkommen egal, woher das Fleisch kommt, das wir ihnen auf den Rängen servieren lassen. Hauptsache, es ist durchgebraten und gut gewürzt.«

»Du hast gehört, welche Wahl dein neuer Herr dir lässt, Caldäer«, sagte Lambes, als Barknar gegangen war. »Entweder du landest bald wieder auf den Beinen oder auf dem Rost über offenem Feuer. Liegt ganz allein an dir, wie die Sache ausgeht.«

Raymo wusste, dass die beinah schon amüsierten Worte an ihn gerichtet waren. Er strengte sich an, die Augen zu öffnen, schaffte es aber erst, als ihm jemand wenig zaghaft die Kruste aus Blut, Sand und Schweiß aus dem Gesicht wischte.

Er lag auf einer kalten, nackten Steinbank. Über ihn gebeugt stand eine kleinwüchsige alte Frau, die das Tuch, das sie gerade benutzt hatte, in einer flachen Tonschale voll rot gefärbtem

Wasser auswusch, es auswrang und dann damit auf nicht gerade sanfte Weise die Wunde reinigte, die der Milarese Raymo mit dem Degen zugefügt hatte. Ein wenig abseits, am Eingang der niedrigen, aus dem Felsen gehauenen Zelle, stand Lambes. Er hielt Raymos Dolch in den Händen und begutachtete ihn.

»Der gehört mir«, sagte Raymo schwach. Seine Kehle war trocken wie Sand und seine angestrengte Stimme ebenso kratzig. Bei dem Versuch, sich aufzurichten, schoss ihm ein heftiger, stechender Schmerz durch den Bauch, und er sank auf die Steinbank zurück.

»Nicht mehr«, sagte Lambes. »Wir hatten einen Handel, Caldäer. Erinnerst du dich nicht?«

»Ich erinnere mich durchaus«, erwiderte Raymo. »Und ich habe gewonnen, wenn ich euch vorhin richtig verstanden habe.«

Lambes lachte. »Ja, verdammt, das hast du wohl. Und wie! Du warst aber nicht gemeldet, daher keine Prämie für dich und kein Anteil davon für mich. Deshalb ist deine Waffe jetzt meine Waffe, und glaub mir, sie ist gerade die kleinste deiner Sorgen. Wie ich schon sagte: Bis nächste Woche bist du wieder auf dem Damm, oder das war's für dich.«

»Nächste Woche kann er vielleicht gerade einmal wieder gehen«, schaltete sich die Medizinfrau ein, während sie begann, eine breiige Paste aus Lehm, Baumharz und Kräutern auf das kleine Loch in Raymos Bauch zu schmieren.

Raymo beachtete sie nicht. Er sah Lambes an. »Nächste Woche, kein Problem. Dann kriegst du deinen Anteil an der Prämie und ich meinen Dolch zurück.«

»Du vergisst die Zinsen. Wenn ich mein Geld erst nächste Woche sehe, dann die ganze Prämie statt nur der Hälfte.«

»Nein, als Zinsen hast du meinen Dolch eine Woche lang.«

Lambes verzog das vernarbte Gesicht zu einem Schmunzeln. »Den bewahre ich sowieso für dich auf. Außerhalb der Übungsarena ist es euch Kämpfern nicht gestattet, im Quartier Waffen zu tragen.«

»Aber doch wohl auf den Straßen.«

»Auf den Straßen? Junge, was glaubst du denn eigentlich, worauf du dich hier eingelassen hast? Solange du für Barknar Ollik in den Gruben kämpfst, wirst du die Straßen nicht mehr wiedersehen. Das Quartier ist jetzt deine Welt.«

»Die Kämpfer sind Barknars Gefangene?« Raymo merkte, dass er wirklich absolut keine Ahnung gehabt hatte, welchen Handel er eingegangen war.

»Sagen wir, sie haben ihr Leben in den Dienst Barknars gestellt. Dafür gibt es ein Dach über dem Kopf, zweimal am Tag zu essen, einmal im Monat einen Krug Wein und eine Hure.« Er deutete auf die Heilerin. »Und medizinische Betreuung.«

»Wie lange?«

»Zehn Jahre.«

Die Zahl hallte durch die kleine Zelle wie der Schlag einer Totenglocke. Raymo war wie betäubt. Er beachtete kaum noch den Schmerz in seinem Bauch, als die Medizinfrau ihn auf die Seite drehte, um auch das Loch in seinem Rücken mit der Paste zu beschmieren.

Zehn Jahre!

LIZIA

Sei willkommen in Wenda Weemans Palast der Perlen!« Die Frau am anderen Ende der früher einmal prunkvollen Empfangshalle war fast so rund wie ein Apfel. Der lange Pelzmantel, den sie trotz der hohen und laut prasselnden Feuer in den beiden Kaminen an den rußgeschwärzten Seiten der Halle anhatte, war das weißeste Kleidungsstück, das Lizia je gesehen hatte. Darunter trug sie schwarze Schnürstiefel, deren Schäfte und Senkel um die dicken Waden spannten, als würden sie gleich aus den Nähten platzen. Die Frau war grässlich grell geschminkt und lächelte so falsch wie die strohblonde Perücke auf ihrem Kopf. Sie saß auf einem Stuhl aus fast schwarzem Holz, der extra für sie angefertigt zu sein schien – doppelt so breit wie ein normaler. Um sie herum waren etwa zwei Dutzend nackte und halbnackte Frauen und Mädchen auf Polstern und Diwanen drapiert wie auf einem Buffet aus Menschen. Auch sie waren stark geschminkt, jede von ihnen so sauber wie die kleine Lady Mayra am Badetag. Es duftete nach Rosen und Jasmin, nach Sandelholz, Veilchen und Granatapfel. Lizia wusste nicht, wann sie das letzte Mal Parfum gerochen hatte; der Duft war so stark und aufdringlich, dass es sie beinahe würgte.

Von den drei groben Männern, die Lizia aus den finsteren Slums des Kupferbergs hierher geschleppt hatten, trat der nach vorne, der dem freundlichen Freier mit den Pflaumen die Kehle aufgeschlitzt hatte. »Sie ist noch Jungfrau, Mutter.«

Die schwarz geschminkten Augen der Frau im Pelzmantel weiteten sich vor Begeisterung und ihre aufgemalten Brauen hoben sich zu hohen Bögen. Ihr Lächeln wurde echter, aber es war deutlich: Es galt weniger Lizia als ihrem Wert. »Dann erst recht willkommen, meine Perle! Du wirst Wenda Weeman ein hübsches Sümmchen einbringen.«

Lizia fragte sich für einen Moment, wer diese Wenda Weeman wohl sein mochte, kam dann aber zu dem Schluss, dass die Frau offenbar von sich selbst in der dritten Person sprach.

»Verzeiht, meine Dame, aber …« Ehe Lizia weitersprechen konnte, hatte der Sohn sie mit der Faust im Schopf gepackt und zog ihren Kopf hart nach hinten in den Nacken. Lizia fühlte, wie er dabei einige Strähnen ihres Haars ausriss.

»In Gegenwart von Wenda Weeman sprichst du nur, wenn du ausdrücklich etwas gefragt worden bist«, zischte er ihr ins Ohr. Sein Atem stank faulig. »Hast du verstanden?«

Lizia bemühte sich trotz des Griffs in ihrem Haar, der ihr die Tränen in die Augen trieb, zu nicken.

Wenda Weeman beobachtete aufmerksam fasziniert, wie ihr Sohn mit Lizia umsprang. Sie schien seine Grausamkeit zu genießen. Sie wandte sich zur Seite und winkte eines der Mädchen zu sich heran. Sie war, wie es aussah, nicht sehr viel älter als Lizia, bewegte sich aber mit einer erhabenen Grazie, die selbst Lady Mayras Aufgeblasenheit in den Schatten stellte. Ihr Schädel war kahl rasiert, ihre Haut blass, und sie war am ganzen Körper tätowiert. Als einziges Kleidungsstück trug sie einen dünnen Seidenschal um die schmale Hüfte gewickelt.

»Dasha, Liebes!«, sagte Wenda Weeman. »Weise doch bitte deiner neuen Schwester ein Quartier zu. Du weißt ja, im Westflügel, der ist noch am besten erhalten. Nimm Kalla und Fini mit und putzt sie mir schön fein raus. Spart nicht mit heißem Wasser und Seife. Sie sieht ganz so aus, als hätte sie jahrelang im Dreck gelebt.«

Dasha legte die Hände vor der Brust zusammen und verbeugte sich, ehe sie den beiden anderen genannten Mädchen ein Zeichen gab und die sich zu ihr gesellten, während sie auf Lizia zutraten.

Wenda Weeman richtete ihren Blick wieder auf Lizia. »Wie ist dein Name, Jungfrau?«

Lizia traute sich nicht, etwas zu sagen. Wendas Sohn, der noch immer ihr Haar gepackt hielt, riss noch einmal daran. »Antworte meiner Mutter!«

»L-L-Lizia«, sagte sie eilig. »Mein Name ist Lizia.«

»Lizia«, wiederholte Wenda nachdenklich, so als würde sie überlegen, ob ihr der Name auch gefiel. Dann nickte sie wie zu sich selbst. »Ja, das geht. Kein allzu schlechter Name. Hör zu, kleine Lizia: Die Regeln sind einfach. Gehorche, ohne zu zögern, und arbeite fleißig, und dir wird es hier bei Wenda Weeman gut ergehen. Du wirst es warm haben und sauber, immer genug zu essen und zu trinken.«

Sie unterbrach sich selbst mit einem sadistischen Grinsen. »Auch wenn ich natürlich darauf achten muss, dass ihr alle eure Figur behaltet. Also, das Leben im Palast der Perlen kann für dich sein wie das einer Prinzessin. Mein Sohn Urtis und seine Männer passen auf dich auf, und Dasha hier, meine Zofe, wird dir dabei helfen, dich zurechtzufinden, und dafür sorgen, dass du alles hast, was du zum Arbeiten brauchst. Gehorche ihr ganz genau so wie mir und meinem Sohn Urtis, dann kommen wir alle gut miteinander aus. Hast du das verstanden?«

Lizia nickte.

»Gut«, fuhr Wenda Weeman fort. »Sperrst du dich aber und verweigerst mir, ihm oder ihr auch nur einmal den Gehorsam, wirst du erfahren, dass du bis jetzt noch keine Ahnung hast, was wirklicher Schmerz bedeutet. Weil denke immer daran: Hier wird niemand für Ungehorsam mit dem Tod bestraft, so einfach mache ich es keiner von euch. Tod ist keine Hoffnung, der du dich hier je hingeben darfst; keine Alternative, keine Lösung. Ungehorsam führt dich stattdessen hinunter in meine Keller. Dort habe ich Zellen, in denen ganz besondere meiner Kunden ihren sagen wir speziellen – Vorlieben nachgehen. Mit all jenen, die sich mir widersetzen.«

Urtis stieß Lizia so fest von sich, dass sie vor Dasha auf die Knie stolperte. Die Zofe packte sie am Arm und zog sie zurück auf die Füße. »Hier entlang.«

Lizia folgte ihr zusammen mit Kalla und Fini quer durch die Halle zu einer weit geschwungenen Treppe aus poliertem Marmor. Kalla war eine unscheinbare kleine Frau, von Natur aus etwas füllig um die Hüften, mit einfallsloser Pagenfrisur und einer dicken Nase, die sie so hoch hielt, als gehörte ihr der Palast. Sie trug schwarzes poliertes Leder und einen Gürtel, in dem eine Peitsche und eine Reitgerte steckten.

Fini war dunkelhäutig und wie Dasha fast nackt. Sie bewegte sich mit der Geschmeidigkeit einer großen Bergkatze, wie Lizia sie aus den Grenzwäldern zwischen Twyddyn und Calda kannte. Trotz ihrer grazilen Schlankheit hatte sie große, aber feste Brüste mit dunkelbraunen im Licht der Kaminfeuer glänzenden Spitzen.

Sie brachten Lizia nach oben ins nächste Stockwerk und führten sie dort einen langen, hell mit Kerzen beleuchteten Gang entlang zu einem Zimmer, das so groß und prachtvoll eingerichtet war, dass Lizia der Atem stockte, während die anderen drei darin ein Licht nach dem anderen entzündeten. Selbst die Gemächer von Arl ak Ward und Mayra waren nicht annähernd mit diesem Luxus zu vergleichen.

»Bis zur Rebellion Rielles vor zwölf Jahren war dies der Stadtsitz der Familie ak Drahon«, sagte Dasha und machte sich daran, den Kamin zu befeuern. Die anderen beiden holten aus einem Nachbarraum Wasser in Holzeimern und füllten es in einen großen Kupferkessel über dem schnell lebendiger werdenden Kaminfeuer.

»Die ak Drahons waren dem Kindkönig Edwn treu ergeben, was letzten Endes zu ihrem Untergang führte, zur totalen Auslöschung ihrer Blutlinie«, fuhr Dasha währenddessen fort. »Ich erzähle dir das, damit du ganz genau weißt, was dich bei uns erwartet, denn hier kommt unsere Herrin Wenda Weeman ins Spiel: Sie war über zwei Jahrzehnte lang die bürgerliche Mätresse des Familienoberhaupts, Keen ak Drahon. Urtis ist ihr gemeinsamer Sohn, ein Bastard. Als ihr nach zwanzig Jahren vergeblichen Wartens klarwurde, dass Keen niemals seine Frau und seine Familie für sie und ihren Sohn aufgeben würde, schloss sie einen Handel mit Rielle, und in der Blutnacht vergiftete sie Keen ak Drahon, seine Frau, seine beiden Schwestern samt ihren Gatten und insgesamt sieben Kinder beim abendlichen Mahl. Aufgrund ihrer eigenen und allseits bekannt niedrigen Herkunft konnte Königin Rielle Wenda nicht in den Adelsstand erheben, aber für ihre Mithilfe bei dem Umsturz erhielt sie den Palast und für ganz Dunuum die exklusive Lizenz zur Prostitution; ausgenommen natürlich der Kupferberg-Höhlen. Über die hat nicht einmal Rielle die Kontrolle. Lady Wenda regiert den Palast, ihr Sohn Urtis die Straßen.«

»Es war wirklich nicht meine Absicht, in seinem Revier zu wildern«, sagte Lizia. »Ich hatte nur Hunger, und der Mann hatte ein Glas eingelegter Pflaumen …«

»Das spielt jetzt keine Rolle mehr«, unterbrach Dasha sie und begann damit, Lizia auszuziehen. »Sei froh, dass du noch Jungfrau bist, nur deshalb lebst du noch. Nun bist du hier, und die Dinge nehmen ihren Lauf. Das Leben schert sich nicht um unsere Absichten.«

»Was wird mit mir geschehen?«

Kalla und Fini schoben einen großen Waschzuber herbei, und Dasha warf Lizias Kleidung in die Flammen des Kamins. Lizia wollte protestieren, wagte es aber nicht.

»Es wird eine Auktion geben«, sagte Dasha und deutete Lizia, sich in den Zuber zu setzen.

»Eine Auktion?« Das Holz des Zubers war warm, so glatt geschliffen, dass es sich weich anfühlte, und roch nach Parfum. Lizia fiel auf, dass sie das erste Mal seit dem Weltendonner nackt war, ohne zu frieren. Und dieses warme Zimmer sollte künftig wirklich das ihre sein?

Dasha begann, mit einer großen Kelle Wasser aus dem Kupferkessel zu schöpfen und es über Lizias Kopf zu gießen. Es hatte bereits eine angenehme Temperatur, und Lizia spürte, wie es den Dreck der Straßen Dunuums von ihr abspülte.

»Ja, eine Auktion«, sagte Dasha, goss sich aus einer kleinen Karaffe flüssige Seife in die Hand und massierte sie in Lizias Haare ein, ehe sie den Rest auf ihrer Haut verteilte. »Lady Wenda wird einen Boten zu denjenigen ihrer Kunden senden, die eine besondere Vorliebe für Jungfrauen haben. Die werden sich dann heute in einer Woche hier einfinden und darum bieten, wer von ihnen dir deine Unschuld nehmen darf.«

Fini füllte immer gerade so viel frisches Wasser in den Kessel nach, dass es nicht zu heiß wurde. »Allein das Mindestgebot wird uns alle für zwei, drei Monate satt und warm halten. Unglaublich, wenn man überlegt, dass du bereit warst, dich für ein Glas Pflaumen herzuschenken.«

»Und danach?«

»Danach bist du dann eine von uns«, antwortete Dasha. »Fünf bis sechs, manchmal aber auch zehn oder elf Kerle am Tag, immer ein warmes Zimmer, tägliche Bäder, saubere Kleidung und zwei Mahlzeiten. Das heißt, wenn es dir gelingt, die erlesenen Kunden des Palasts auch für dich zu gewinnen. Ansonsten wirst du Urtis übergeben und arbeitest für ihn auf der Straße. Da kannst du dann froh sein, wenn es bei mindestens zwanzig Kerlen am Tag alle drei Tage mal dünne Suppe zu essen gibt, und schlafen wirst du mit etwa zwanzig anderen in einem zugigen Holzverschlag bei den Docks. In ständiger Angst vor den Wegholern.«

»Wegholer?«, fragte Lizia.

»Du bist noch nicht lange in der Stadt, nicht wahr?«, bemerkte Dasha.

»Nein«, sagte Lizia. »Seit zwei Tagen.«

»Dann hast du doch sicher die Schreie gehört.«

»Ja.«

Dasha beugte sich vor und flüsterte ihr ins Ohr: »Männer und Frauen verschwinden hier andauernd von den Straßen und den Docks. Man munkelt, es seien die Ripper. Menschenfressende Monster, die in Höhlen noch unter denen des Kupferbergs hausen sollen. Aber das ist natürlich völliger Humbug. Es gibt keine Monster. Außer denen in Menschengestalt. Das sind die Wegholer. Sie schnappen dich, stechen dich ab und verkaufen dein Fleisch auf den Märkten.«

Bei der Vorstellung lief Lizia trotz der Wärme ein kalter Schauer über den Rücken.

Dasha sah es und lächelte sadistisch. »Daher mein Rat an dich: Geize hier drin im Palast der Perlen bei den Freiern nicht mit deinen Reizen, denn im Grunde genommen sind deine Reize alles, was du hast. Alles, was zwischen hier und einem Ende im Kochtopf steht. Wenigstens für ein paar Jahre. Und wer weiß, vielleicht ist ja dann die Sonne wieder da und es tun sich andere Möglichkeiten auf.«

Dasha spülte ihr die Seife aus den Haaren und deutete ihr, aufzustehen, um dann auch ihre Haut abzuspülen.

Lizia fühlte sich im Anschluss daran gleichzeitig so sauber und so schmutzig wie noch nie. Sollte das ihr Schicksal sein? War sie nur auf dieser Welt, um gefickt zu werden, ob nun vom Mordomo, dem Mann mit den Pflaumen oder irgendeinem Adligen, der Unsummen dafür bot, sie zu entjungfern?

Fini trocknete sie mit einem großen Tuch ab, und Kalla kam heran mit einem weißen Kleid. »In deiner verbleibenden Zeit als Jungfrau wirst du Weiß tragen, danach gibt es hübschere Garderobe.«

»Und noch etwas«, sagte Dasha. »Mit Ausnahme deines ersten Mals gibt es später von all den Einnahmen, die du machst, zehn Prozent für deine eigene Kasse. Lady Wenda hat das so eingerichtet, damit wir uns auch alle Mühe geben. Von diesen zehn Prozent gibst du mir unaufgefordert jedes Mal die Hälfte, ohne dass Wenda oder Urtis davon erfahren.«

»Wofür?«, entfuhr es Lizia.

Einen Sekundenbruchteil und eine saftige, brennende Ohrfeige später bereute sie es.

»Dafür, dass Kalla, Fini und ich uns um dich kümmern.« Dasha rieb sich die Handfläche und fixierte Lizia mit drohendem Blick. »Dafür, dass dir hier im Palast nicht versehentlich ein Unfall geschieht und du nicht mehr arbeiten kannst. Dafür, dass ich Lady Wenda niemals berichten muss, dass du ungehorsam warst und es dir erspart bleibt, eine der Zellen im Keller kennenzulernen und den Rest deiner Tage in rostigen Ketten zu verbringen mit Freiern, die ihre Lust gerne mit stumpfen Klingen und brennendem Öl ausleben.«

»N-natürlich«, beeilte Lizia sich zu sagen. »Selbstverständlich.«

Dashas eben noch drohende Miene verwandelte sich augenblicklich wieder in ein Antlitz purer Unschuld und Freundlichkeit. Sie strahlte wie ein kleines Mädchen, dem man gerade eine neue Puppe geschenkt hatte. »Ich kann dir gar nicht sagen, wie sehr ich mich freue, dass wir einander gleich von Anfang an so gut verstehen. Lizia, ich habe das untrügliche Gefühl, wir werden richtig gute Freundinnen.«

In diesem Moment hatte Lizia vor Dasha mehr Angst als jemals vor dem Mordomo.

ASH

Siàland

Die kleine Flotte von fünf Fischerbooten hielt vom Süden her kommend auf die große Insel zu, die weit ausgestreckt vor ihnen als noch dunklerer Schatten aus dem wogenden Meer ragte wie der schartig geschlagene Leib eines in der Schlacht der Elemente gefallenen Riesen. Eine Serie von Stürmen hatte sie gleich mehrere Tage und zwei Boote mit insgesamt neun ihrer Leute verlieren lassen. Ash stand am Bug des vordersten Bootes, fest und sicher, als wäre er schon sein ganzes Leben zur See gefahren. Inzwischen umrahmte ein dichter Bart sein von den Strapazen der Reise hageres Gesicht. Sein auf die Insel gerichteter Blick war glasig, trotz der Kälte lag ein dünner Schweißfilm auf seiner Stirn, und die rechte Hand hatte er in einen von der Gischt feuchten Verband gewickelt. Obwohl die kühle Nässe das Pochen und den Schmerz ein wenig milderte, half sie nicht gegen das Jucken in den nicht heilen wollenden und Tag für Tag dunkler werdenden Wunden; ganz im Gegenteil.

Þóra trat von hinten an ihn heran und legte ihm eine Decke aus Schafsfell über die Schultern. »Ich habe Euch auch etwas zu essen mitgebracht, mein Gebieter. Damit Ihr Euch stärken könnt, bevor wir landen und den Seewölfen gegenübertreten.« Sie reichte ihm eine kleine Holzschüssel voller geräucherter Sprotten.

Ash nahm sie dankbar entgegen. »Du sollst mich nicht so nennen, Þóra.«

»Aber das ist es, was Ihr seid, Herr: mein Gebieter. Unser aller Gebieter. Die Stimme unseres Gottes.« Sie hatte die Kapuze ihres Umhangs zurückgezogen. Gegen den Wind hatte sie die langen braunen Locken zu mehreren, miteinander verwobenen Zöpfen geflochten. Sie war sehr viel jünger, als Ash bei ihrer ersten Begegnung im Pfahldorf der Fischer vermutet hatte, als sie völlig vermummt mit der Axt und dem Fischmesser vor ihm stand. Zwei oder drei Jahre jünger als Ash. »Hätte ich das früher akzeptiert, wäre meine Schwester noch am Leben.« Ihre Stimme war traurig. Nur zu verständlich. Sie verneigte sich und zog sich zu den anderen in die Bootsmitte zurück.

»Lass ruhig zu, dass sie dich verehren, mein Sohn«, meldete sich Ashs Gott in seinem Kopf. »Schließlich bist du mein Auserwählter, und ihr Gehorsam ist eine große Hilfe bei der Mission, die du zu erfüllen hast.«

Du hättest das Mädchen nicht töten müssen, sagte Ash stumm.

»Es war der einfachste und schnellste Weg«, entgegnete Gott. »Außerdem hätten sie sonst dich umgebracht, und das konnte ich nicht zulassen. Und schau dich nur um: Eine göttliche Tat, und schon folgt dir das ganze Dorf. Und es werden mehr werden. Viel mehr. Wir werden sie brauchen.«

Wozu?

»Das wirst du dann schon sehen, mein Sohn.«

Inzwischen waren sie der Insel so nah, dass Ash den Hafen und seine Leuchtfeuer erkennen konnte und die Schiffe, die davor ankerten. Es waren die typisch flachen und breiten Langschiffe der Seewölfe. Siàland war nicht ihre ursprüngliche Heimat, das war die Normark noch sehr viel weiter nördlich, aber die Dunkelheit und die zunehmende Kälte hatte viele von ihnen an diese Gestade getrieben. Sie hatten Siàland erobert, um von hier aus mit ihren schnellen und wendigen Schiffen die Siedlungen und Städte an den weiter südlich gelegenen Küsten in regelmäßigen Abständen zu überfallen und zu plündern, was es noch zu plündern gab.

Ash zählte in der Dunkelheit mehr als zwanzig Schiffe und gab dem Mann am Ruder ein Zeichen, zwischen ihnen hindurch zum größten der Anleger des Hafens zu steuern. Schon seine Ankunft sollte deutlich machen, dass er die Seewölfe nicht fürchtete. Dass ihm in Wahrheit die Angst bis ins Mark drang, musste keiner wissen.

»Ihr Menschen«, sagte sein Gott amüsiert. »Da schützt und nährt man euch, gibt euch ein Zeichen nach dem anderen, und dennoch hört ihr nicht auf, zu zweifeln und euch zu fürchten.«

Als sie dem weit ins Wasser gebauten Anleger näher kamen, erklang der Stoß eines Horns, und gleich darauf liefen bewaffnete Männer zusammen. Etwa zwei Dutzend. Sie trugen Fackeln und waren bis an die Zähne bewaffnet. Außer Äxten, Schwertern, Schilden und Speeren konnte Ash auch Bögen erkennen. Die, die sie führten, legten auf die fünf Fischerboote an. Ash breitete beide Arme weit aus, zum Zeichen, dass sie in friedlicher Absicht kamen.

»Wer seid ihr?«, rief ihnen der Anführer der Hafenwache entgegen, ein sehniger Kerl in einem Wams aus geflochtenem Leder, in das kleine Platten aus Eisen eingearbeitet waren. Er trug einen Umhang aus Wolfspelz und am breiten Gürtel ein Schwert, dessen Scheide fast bis zum Boden reichte. In der kinderkopfgroßen Faust hielt er eine kurze, zweiblättrige Axt. »Und was wollt ihr hier?«

»Mein Name ist Ash Hanson! Ich bin hier, um mit eurem Anführer zu sprechen.«

»In welcher Angelegenheit?«

»Sag ihm, sein Gott braucht ihn.«

Der Seewolf stieß ein höhnisches Lachen aus, in das seine Kameraden augenblicklich einstimmten. »Rēfa Ynglingson hat keinen Gott. Rēfa Ynglingson kennt keinen Gott.«

»Das wird sich heute ändern«, antwortete Ash, äußerlich unbeeindruckt, den Vorgaben der Stimme in seinem Kopf folgend. »Heute wird der Rēfa ihn kennenlernen. Denn Gott hat Großes mit ihm vor.«

»Gott hat Großes mit ihm vor? Was du nicht sagst, Mönch. Was hat er denn vor, dein Gott?«

Ashs Boot legte als erstes an, und er machte sich daran, auszusteigen, woraufhin alle Pfeile auf ihn gerichtet wurden, ein klares Signal dafür, dass er im Boot bleiben sollte. »Mein Gott wird die Sonne zurückbringen! Das Licht!«

Wieder schwoll das Lachen der Seewölfe an. Noch lauter diesmal. »Und wieso sollten wir das wollen?«, fragte der Anführer. »Die Dunkelheit ist unser Freund. In ihr jagen wir und schlagen unsere hilflose Beute.«

»Für wie lange?«, fragte Ash herausfordernd. »Was denkst du, wie lange wird es wohl noch Siedlungen geben, die ihr plündern könnt, wenn die Sonne nicht wiederkehrt? Und was bringt euch all das Gold und Silber, das ihr hortet, wenn es erst einmal nichts mehr zu essen gibt? Aber wenn das Licht zurückkehrt, ehe wir alle verhungern, werdet ihr dank eurer Schätze Fürsten sein, und über Rēfa Ynglingson und seine Rolle bei der Rückkehr des Lichts wird man bis in alle Zeiten Lieder singen.«

Das Lachen auf dem Anleger verstummte.

»Und dein Gott kann die Sonne zurückbringen?« Der Anführer zog skeptisch eine Augenbraue nach oben. »Einfach so?«

»Ja, das kann er. Und das wird er. Vorausgesetzt, du hältst mich hier nicht länger auf und bringst mich endlich zu Rēfa Ynglingson.«

Ein paar Momente zögerte der Anführer noch, dann nickte er. »Nur du. Unbewaffnet. Die anderen warten hier bei uns.« Er bedachte Þóra mit einem lüsternen Blick. »Wir werden ihnen die Wartezeit versüßen.«

»Die anderen bleiben auf den Booten, bis ich mit dem Rēfa gesprochen habe«, widersprach Ash, während er selbst auf den Anleger kletterte.

Der Anführer baute sich vor ihm auf und hielt ihm die Axt vor die Nase. »Ich gebe hier die Befehle. Und wenn ich sage, sie steigen aus und warten bei uns, dann ist das genau das, was geschehen wird. Verstanden?«

»Geh zur Seite«, sagte Gotts Stimme in Ashs Kopf. »Ich erschlage ihn mit einem Blitz.«

Nein, antwortete Ash ihm stumm. *Ich bin sicher ...*

Der Blitz krachte vor ihm in den Seewolf und schleuderte Ash zurück ins Boot, wo sich Þóra beeilte, ihm wieder auf die Füße zu helfen. Ash war geblendet, sein Bart bis auf die Wurzeln versengt, sein Gesicht brannte wie Feuer.

»Glaubst du, ich erwarte von dir weniger Gehorsam als von allen anderen?«, fragte sein Gott mit vor Zorn schmetternder Stimme in seinem Kopf. »Wenn ich sage ›Geh zur Seite‹, gehst du gefälligst zur Seite! Und jetzt mach dich auf zu diesem Rēfa!«

Ash musste ein paar Mal blinzeln, ehe er in dem grellen Weiß vor seinen Augen wieder Umrisse erkennen konnte und allmählich seine Sicht zurückkehrte. Die Seewölfe hatten sich alle ein paar Schritte von ihrem brennend am Boden liegenden Anführer zurückgezogen und betrachteten Ash mit argwöhnischen Blicken. Keiner zielte mehr mit Pfeil und Bogen auf ihn.

Ash kletterte auf wackligen Beinen und mit Þóras Hilfe auf den Anleger zurück. Der Duft von geröstetem Fleisch stieg ihm in die Nase. Ash würgte unwillkürlich; nicht zuletzt weil der Geruch appetitlich war und ihm das Wasser im Mund zusammenlief. Widerwärtig – doch es war schon Ewigkeiten her, dass er etwas anderes als saure Gurken und Fisch gegessen hatte.

Er riss sich zusammen und baute sich vor den Seewölfen auf. »Wer bringt mich nun zu Rēfa Ynglingson? Oder braucht noch jemand einen Beweis dafür, dass ich von Gott gesandt bin?«

Zwei der Krieger traten eilig nach vorne. »Hier entlang«, sagte einer von ihnen mit Ehrfurcht in der Stimme.

Ash nickte und wandte sich an die restlichen Seewölfe. »Meine Leute bleiben auf ihren Booten und unbehelligt, aber wenn ihr euch nützlich machen wollt, bringt ihnen frisches Wasser.« Augenblicklich eilte eine kleine Gruppe von ihnen davon, und Ash folgte seiner Eskorte.

Noch immer saßen ihm der Schock des Blitzschlags und die Abscheu vor der Grausamkeit seines Gottes tief in den Knochen, und auch sein Gesicht schmerzte, wo es von der Hitze angesengt worden war. Er war froh, dass die beiden Seewölfe durch den Tod ihres Anführers zu eingeschüchtert waren, ihn anzusprechen, während sie ihn durch die Hafenstadt bergan zur Festung führten. Ash erkannte die Stadt, die er einmal mit Vater Baol besucht hatte, kaum wieder. Einstmals hochherrschaftliche Wohnhäuser, Geschäfte und Herbergen waren jetzt die heruntergekommenen Behausungen der Plünderer. Die Straßen stanken nach dem Unrat, der sich in ihnen türmte. An jeder dieser verdreckten Ecken standen nicht minder verdreckte Dirnen. Nicht wenige wurden gleich vor Ort benutzt. Aus den Schenken drangen Gegröle und der Lärm von Raufereien.

»Der Mensch wird zum Tier, wenn er nicht an ein Morgen glaubt«, sagte die Stimme Gottes in Ashs Kopf.

Die Festung selbst war in kaum besserem Zustand. Offenbar fühlten sich die Seewölfe sicher, denn das Tor der Außenmauer stand weit offen und weder der Wachturm noch die Wehranlage waren besetzt. Die Normarker setzten auf die Stärke ihrer Anzahl – und auf eine andere Art der Abschreckung: Von den Zinnen der Mauern hingen Käfige aus Eisen und in ihnen entstellte und verwesende Leichen. Haut und Fleisch dunkel wie Leder. Krähen und Möwen zankten sich krächzend um die besten Stücke der Kadaver.

Hinter dem Burgtor passierten sie den Zwinger und die Halle des zweiten, ebenfalls weit offen stehenden Tores, das in den inneren Burghof führte. Die Zitadelle im Zentrum war so hell erleuchtet, als würde man darin gerade einen halben Wald abfackeln. Entsprechend warm war es im Innern, und Ash merkte, dass er zum ersten Mal seit Ewigkeiten nicht fror.

Seine Eskorte brachte ihn in die Große Halle, wo gerade ein rauschendes Fest gefeiert wurde. Zum rauen Takt von Trommeln und Fäusten, die die Griffe von Äxten und Schwertern auf ihre Schilde schlugen, tanzten Frauen wild und aufreizend auf Tischen und Bänken. Aus großen Fässern wurden unaufhörlich Bier und Wein in Humpen gefüllt und weitergereicht. Über einer langen Feuerstelle in der Mitte der Halle grillte man auf dem Hauptspieß zwei Seehunde und daneben, etwas abseits von der Hauptflamme, Lachse und Zander.

Dem Eingang gegenüber war eine Plattform gebaut, gut drei bis vier Fuß höher als der Rest des Raums. Auf ihr stand eine lange Tafel, hinter der sieben Seewolfkrieger saßen.

»Wir melden dich an«, sagte einer der beiden Normarker, die Ash hierher begleitet hatten.

»Das ist nicht nötig«, wiederholte Ash die Worte des Gottes in seinem Kopf.

»Ohne Anmeldung an den Tisch der Häuptlinge zu treten, bedeutet deinen Tod«, warnte der Seewolf.

»Ich denke, nicht«, sagte Ash und ging los, an der Feuerstelle vorüber, direkt auf die Plattform zu. Fünf Stufen führten hinauf. Als Ash die erste davon, ohne innezuhalten, betrat, sprangen von den Seiten her mehrere Männer mit gezogenen Schwertern und Äxten auf ihn zu.

»Hervorragend!«, rief Ashs Gott, und im nächsten Moment zuckten Blitze durch die Decke der Halle herab und erschlugen die Wachen. Der fast gleichzeitig krachende Donner brachte die Mauern der Zitadelle zum Erbeben, und die sieben Häuptlinge, die gerade aufspringen wollten, wurden in ihre Stühle zurückgeschleudert, die Augen vor Schreck geweitet.

»Wer von euch ist der Rēfa?«, fragte Ash inmitten der brennenden Leichen.

Der Mittlere von ihnen hatte sein Gleichgewicht wiedergefunden und erhob sich aus seinem Stuhl. Er legte die Hand an die große Axt in seinem Gürtel, aber Ash sah, dass er unsicher war, ob er sie ziehen sollte. »Das bin ich. Was willst du, Fremder?«

»Mein Gott lässt dir sagen, dass man Lieder über dich singen wird«, sagte Ash, »über die Rolle, die du bei der Rückkehr der Sonne spielen wirst.«

Im nächsten Moment krachte ein weiterer Blitz herab. Stärker als die zuvor. Er schlug in den stehenden Häuptling und sprengte ihn von innen heraus mit solcher Macht, dass die Fetzen seines brennenden Fleischs und die verkohlten Knochen in alle Richtungen spritzten.

»Ja, davon wird man Lieder singen«, lachte Ashs Gott in seinem Kopf.

Niemand in der Halle rührte sich mehr. Sie alle starrten gespannt auf Ash.

»Wer ist nun der Rēfa?«, fragte er.

Die übrig gebliebenen sechs Häuptlinge, die es nicht gewagt hatten, sich von ihren Sitzen zu erheben, und gerade dabei waren, Ynglingsons noch brennende Überreste von ihren Rüstungen und aus ihren Haaren zu entfernen, sahen einander an.

»Ich warte«, sagte Ash.

Schließlich erhob sich der Älteste von ihnen, ein massiv und gedrungen gebauter Krieger mit langem grauem Haar und einem mehrfach geflochtenen Bart. Ihm fehlte der linke Arm.

»Wie ist dein Name?«, fragte Ash.
»Man nennt mich Dulf Einhand.«
»Gut, Dulf Einhand. Wer ist nun der neue Rēfa?«
Der Alte hob den verbliebenen Arm und deutete auf Ash.
»Ihr, Herr«, sagte er. »Ihr seid jetzt der neue Rēfa.«

LIZIA

Dunuum – Wenda Weemans Palast der Perlen

Lizia lag in einem duftigen Berg aus Kissen und Decken und kämpfte angestrengt gegen die Müdigkeit an, mit der die weichen Polster und die Wärme des flackernden Kaminfeuers sie nach all den schlaflosen Tagen und Nächten auf offener Straße einlullen wollten. In der Behaglichkeit des riesigen Bettes fühlte sich ihr Körper aufs Wohligste so schwer wie Blei – so auch die Lider ihrer Augen. Doch sie musste wach bleiben, durfte sich der Verlockung des Schlafes nicht hingeben, denn sie musste hier raus.

Sie würde kein Leben als Prostituierte führen; ganz gleich, welche Annehmlichkeiten oder Sicherheit das versprach. Die Sache mit dem Mann mit den Pflaumen war etwas anderes; es wäre eine einmalige Sache gewesen, ihn sich an ihr vergnügen zu lassen für den Preis des Überlebens, für eine weitere Gnadenfrist, in der sie nach Möglichkeiten hätte suchen können, ihr neues Leben zu fristen. Sie konnte nicht ausschließen, dass so etwas auch in Zukunft passieren würde.

Aber hier in Wenda Weemans Palast der Perlen zu bleiben, bedeutete etwas gänzlich anderes: Hier würde sie jeden Tag gefügig sein müssen, jeden Tag immer und immer wieder benutzt werden, ganz ohne Aussicht auf ein anderes Leben. Hier gab es nur eine Perspektive für ihre Zukunft: die einer Hure.

Was Dasha über die Wegholer gesagt hatte, hielt Lizia für übertrieben. Nur weil es Menschen gab, die durch die anhaltende Not dermaßen entartet waren, dass sie das Fleisch anderer Menschen aßen, bedeutete das nicht, dass da draußen gleich ganze Gruppen von Menschenfängern unterwegs waren. Natürlich, auch sie hatte die Schreie gehört, aber Lizia war sich sicher, dass sie in der Hauptsache von Menschen stammten, die getötet wurden, um sie zu berauben. Sie selbst besaß nichts, was jemand stehlen könnte. Wer sollte ihr etwas antun wollen?

Draußen vor der Tür des riesigen Zimmers herrschte reges Treiben. Lizia hörte Lachen und Lustschreie, Stöhnen und Keuchen und das Gegröle der längst nicht nur männlichen Kunden. Das ging nun schon seit Stunden so, und Lizia fragte sich, wann es endlich ruhiger würde. Dann würde sie die Flucht wagen.

Von dem reichhaltigen Abendbrot, das Fini ihr nach dem Bad gebracht hatte, hatte Lizia trotz aller Versuchung gerade so viel gegessen, um den schlimmsten Hunger zu stillen; den Rest hatte sie in einen Kissenbezug gewickelt als Proviant. Der Gedanke an den luftgetrockneten Speck, das zweifach gebackene Brot und die eingelegten Pilze ließ sie hungrig schlucken, aber sie zwang sich dazu, sich zu beherrschen.

Das Messer, das man ihr mit dem Essen gebracht hatte, war klein und stumpf, sie hatte es dennoch in den Ärmel gesteckt und mit einer Schnur festgebunden; es war besser als nichts.

Aus dem Kleiderschrank ihres Gemachs hatte sie sich Dinge ausgesucht, die wenigstens halbwegs für ein Leben nach der Flucht geeignet waren: zwei Tuniken, die so dünn waren, dass sie sie gegen die Kälte draußen übereinander würde tragen müssen, ein Kleid für darüber und eine Decke, die ihr als Mantel dienen würde. Schuhe hatte sie keine gefunden, daher hatte sie eines der Laken in Streifen gerissen und sie zu dem Proviant in ihr Bündel gesteckt; sie würde sie sich draußen auf der Straße um die Füße wickeln.

Es fühlte sich an wie eine Ewigkeit, aber allmählich wurde es draußen ruhiger und schließlich absolut still. Lizia schlüpfte aus dem Bett und spritzte sich aus dem Krug auf dem Tisch Wasser ins Gesicht, um die Müdigkeit zu vertreiben. Sie nahm das Bündel auf, packte einen der Kerzenständer, ging zur Tür und betete zu den Göttern, an die sie schon lange nicht mehr glaubte, dass sie nicht verriegelt war. Sie hatte Glück.

Vorsichtig zog sie den Flügel einen kleinen Spalt weit auf und linste hinaus.

Im Gang brannten nur noch wenige Fackeln, und es war niemand zu sehen. Auf leisen, nackten Sohlen schlüpfte sie hinaus und schlich den Weg entlang, den Dasha sie hierhergeführt hatte, und fand nach kurzer Zeit die Treppe zur Empfangshalle.

Unten war es dunkel. Nur die Kerzen in Lizias Hand spendeten spärliches Licht. Sie durchquerte die Halle zur Eingangstür. Sie war verschlossen.

Lizia unterdrückte einen Fluch. Sie würde einen anderen Weg hier heraus finden müssen.

Sie begab sich auf die Suche und entdeckte seitlich zwei andere Ausgänge aus der Halle. Einer führte ebenerdig in einen langen Korridor zu den Wirtschaftsräumen, der andere zu einer steilen Wendeltreppe in den Keller. Aus den Wirtschaftsräumen drang Licht, ungünstigerweise aber auch Stimmen, darunter die von Urtis Weeman. Er klang betrunken und wirkte damit noch bedrohlicher als sonst. Nicht auszudenken, was er mit ihr anstellen würde, würde er sie erwischen. Das ließ als einzige Möglichkeit den Keller, und Lizia betrat leise die steinernen Stufen in der vagen, aber einzigen Hoffnung, dass es von dort aus einen anderen Weg nach draußen gab. So trügerisch sie zumeist ist, manchmal ist Hoffnung alles, was bleibt.

Die Mauern der sich windenden Treppe schienen wesentlich älter als der Palast darüber; die Stufen in der Mitte ausgetreten und ihre Kanten gerundet vom Alter. Wegen des Bündels und des Kerzenhalters in ihren Händen hatte Lizia keine Möglichkeit, sich an dem rostigen Eisengeländer, das in die Wand eingelassen war, festzuhalten und wäre mehr als einmal beinahe gestrauchelt und in die Tiefe gestürzt.

Schließlich aber gelangte sie nach unten in einen langen Gang voller rauchgeschwärzter und eisenbeschlagener Türen zu beiden Seiten.

Lizias eigener Atem und ihr Herzschlag waren von der Angst, entdeckt zu werden, so laut, dass es einen Augenblick brauchte, ehe sie feststellte, dass es nicht die einzigen Geräusche waren, die sie hörte.

Da war ein Wimmern. Nein, es waren sogar mehrere. Sie drangen von hinter einigen der Türen hervor. Mit einem Mal wusste Lizia, wo sie war. In dem Keller mit den Zellen für Wenda Weemans Kunden mit ganz speziellen Vorlieben. In den Folterkammern, in denen die Ungehorsamen der Perlen bestraft wurden.

Lizia trat an die erste der Türen heran. In sie war ein vergittertes Fenster eingelassen, und Lizia schaute hindurch. Bereits auf den ersten Blick war sie froh, dass ihre Kerzen nur unzureichend Licht spendeten. Gerade so viel, dass sie erkennen konnte, dass der Leib des Mädchens, das im Zentrum der Zelle an einen Pfahl gekettet hing, mit zahllosen Schnittwunden übersät war. Ohne darüber nachzudenken, ob ihr überhaupt noch zu helfen war, versuchte Lizia, die Tür zu öffnen, aber sie war fest verriegelt.

Sie eilte zur nächsten Tür. In der Zelle dahinter kauerte eine Frau auf dem nackten Steinboden. Man hatte ihr das Haar geschoren und Zähne und Fingernägel herausgerissen. Ihr starr in die Ferne gerichteter Blick war so leer wie ihre blutende Mundhöhle.

Mehr als die Hälfte aller Kammern waren besetzt. Lizia musste unbedingt von hier fort, aber zugleich brachte sie es nicht übers Herz, diese armen, geschändeten Kreaturen einfach so zurückzulassen. Aber wie sollte sie die Türen aufbrechen? Das kleine Messer, das sie eingesteckt hatte, taugte nicht dazu. Und sollte sie nicht zunächst einmal den Ausgang finden? Ohne ihn gab es erst gar kein Entkommen.

»Vielleicht sieht es nicht mehr so aus, aber glaub mir: Jede von ihnen hatte die Wahl.« Die Stimme unterbrach Lizias Überlegungen und ließ sie erschrocken zusammenzucken. Sie kam von dicht hinter ihr aus dem Dunkel, und Lizia erkannte sie sofort.

Dasha!

»Sie hätten einfach nur gehorchen müssen. Aber ihre Freiheit war ihnen wohl wichtiger, und jetzt siehst du, was sie wert ist, diese Freiheit.«

Lizia wusste, dass sie nichts mehr zu verlieren hatte. »Du meinst, wer nicht freiwillig gehorcht, gehört versklavt und bestraft«, sagte sie, ohne sich zu Dasha umzudrehen.

»Das ist nun mal der Lauf unserer Welt. Die einzige Wahl, die wir wirklich haben.«

»Warum hat man sie nicht einfach gehen lassen?«

»Das liegt doch auf der Hand, Lizia. Damit die anderen bereitwilliger gehorchen.«

»Du könntest mir helfen, sie zu befreien, zu entkommen und mit mir von hier fortgehen.«

»Und dafür die Sicherheit und den Komfort aufgeben?« Dasha lachte spöttisch. »Außerdem, Urtis würde uns überall finden.«

»Dunuum ist groß.«

»Du hast keine Vorstellung davon, wie weit sein und seiner Mutter Einfluss reichen.«

»Du bleibst also, weil du Angst vor den beiden hast.«

»Ich wäre eine Närrin, hätte ich keine Angst vor ihnen«, sagte Dasha. »Aber das ist nicht der Grund, warum ich bleibe. Wie ich bereits sagte: Sicherheit und Komfort. Schau dich doch einmal um in dieser Welt. Sie geht vor die Hunde. Einen besseren Platz als hier finde ich nirgends. Dafür ein paar Mal am Tag die Beine breit machen, was soll's? Besser als sie draußen auf der Straße und in den Gossen breit machen zu müssen, wo dein einziger Lohn ein paar vergammelte Pflaumen sind oder die Gnade, dass sie dich nicht verprügeln oder aufschlitzen.«

Lizia deutete auf die Türen. »Wo ist da der Unterschied zu hier?«

»Schöneres Gemach, schönere Kleidung und vor allem: warm.«

Es war klar, dass es ihr nicht gelingen würde, Dasha umzustimmen, sie hatte ihre Wahl getroffen. »Was geschieht jetzt mit mir?«

»Ich bringe dich wieder nach oben.«

»Aber ich habe versucht zu fliehen.«

»Hast du das?«, fragte Dasha gespielt überrascht. »Soweit ich das beurteilen kann, hast du dir nur ein wenig die Beine vertreten wollen und dich dabei verlaufen.«

»Du erweist mir Gnade? Womit habe ich die verdient?«

Wieder lachte Dasha spöttisch auf. »Gnade? Hast du mir denn vorhin nicht zugehört? Dein erstes Mal wird unser Überleben für Monate sichern. Ich erweise dir keine Gnade, ich kümmere mich um das Wohl des Palasts.«

Lizia ließ das Bündel in ihrer Hand fallen und wirbelte herum. Dabei riss sie das Messer aus ihrem Ärmel und hieb es in die Richtung, in der sie Dashas Kehle vermutete. Doch Dasha war schneller; sie hatte wohl damit gerechnet. Sie fing Lizias Arm mit der Hand ab und rammte ihr die freie Faust hart in den Bauch. Fast gleichzeitig trat sie ihr so fest seitlich gegen das Fußgelenk, dass Lizia das Gleichgewicht verlor und in die Knie ging. Dasha riss ihr dabei das Messer aus den Fingern, stieß sie noch weiter nach hinten, sprang auf sie und setzte sich ihr auf die Brust, mit den Knien Lizias Arme auf den Boden pressend. Sie hielt ihr das stumpfe Messer an die Kehle. Das Licht der letzten noch brennenden Kerze des im Gerangel ebenfalls zu Boden gefallenen Kerzenständers machte aus ihrem zornigen Gesicht eine bedrohliche Fratze.

»Wenn du nicht anders willst, werden wir dich wohl bis zur Auktion ruhigstellen müssen«, zischte Dasha und zog aus dem Schal um ihre Hüfte etwas hervor. Es war eine kleine Phiole aus schwarzem Glas. Mit den Zähnen entkorkte Dasha sie und führte sie an Lizias Lippen. Lizia presste den Mund zusammen, so fest sie konnte, und schüttelte den Kopf. Sie stemmte die Füße auf den Boden und bäumte sich auf, um Dasha abzuschütteln. Vergeblich.

»Das oder die Kehle«, knurrte Dasha und drückte die Klinge tiefer. »Deine Wahl.«

Der Schmerz am Hals war so groß, dass Lizia sich nicht länger wehrte und den Mund öffnete. Die Flüssigkeit war zäh und bittersüß.

»Schluck!«, befahl Dasha und verstärkte den Druck mit der Klinge.

Lizia gehorchte … schnaufte angestrengt … und mit einem Mal geschah etwas Merkwürdiges: Die Welt um sie herum wurde plötzlich trotz der Dunkelheit so bunt wie eine Sommerwiese. Dashas aggressive Miene verwandelte sich in Lizias Augen in das schönste Gesicht, das sie je gesehen hatte, und Lizia verspürte plötzlich den seltsamen, aber vor allem starken Drang, zu kichern. Sie konnte sich unmöglich dagegen wehren, und wenige Momente später wurde aus dem Kichern ein befreites Lachen. Von einem Augenblick auf den nächsten war irgendwie alles gut. Alle Angst war verschwunden … und alle Wut.

»Was hast du mir da gegeben?«, fragte sie grinsend.

»Nur ein paar Tropfen von Wenda Weemans Wonnenwunder«, sagte Dasha und kletterte so weit auf Lizias Bauch zurück, dass ihre Knie Lizias Arme frei ließen. Aber sie hielt noch immer das Messer an Lizias Hals. »Macht glücklich und geil. Das Rezept kennt nur sie, aber sie macht damit die Hälfte ihres Geschäfts.«

»Kann ich mir vorstellen«, lachte Lizia. Vergessen war das Wimmern der Frauen hinter den Türen.

»Jeden Tag ein paar Tropfen, und du bleibst bis zur Auktion schön gefügig.«

»Oh ja!«, sagte Lizia, fasste Dashas Gesicht mit beiden Händen, zog sie zu sich herab und küsste sie.

RAYMO

Dunuum – Barknar Olliks Gladiatorencamp

Du kannst unmöglich heute kämpfen!« Jogra, die alte Medizinfrau des Camps, stopfte das getrocknete Moos in ihrer hölzernen Pfeife mit dem schwieligen Daumen fester und entzündete es mit einem Span aus dem kleinen Feuer, auf dem sie das Baumharz zusammen mit den anderen Zutaten und Kräutern für Raymos letzten Verband verflüssigte.

Raymo saß auf der kalten Steinpritsche und schwieg mit finsterer Miene. Er betastete die Narbe am Bauch. Sie war noch rot von der Heilung, aber sie hatte sich in der Woche, die seit dem Kampf vergangen war, wenigstens nicht entzündet.

»Das wird diesmal kein Kampf gegen Bewerber, Raymo«, fuhr Jogra fort und rührte in dem kleinen Kessel. »Dieses Mal bekommst du es mit gestandenen Gladiatoren zu tun, die sich in der Arena bereits bewährt haben.«

»Hör auf zu schnattern, Alte«, sagte er. »Und leg den Verband einfach so fest an, wie du nur kannst.«

»Du bist irre, Caldäer!«

»Ja, das mag wohl durchaus sein. Du tust gefälligst dennoch, was ich dir sage!«

Es gab zu dem bevorstehenden Kampf keine Alternative. Zumindest keine akzeptable. Die Arena oder der Tod. Auf die eine oder die andere Weise diente Raymo jetzt der Unterhaltung der abartigen Aristokraten Dunuums; entweder als Kämpfer oder als Häppchen.

Die ersten drei Tage, nachdem der Milarese ihn bei dem Bewerbungskampf aufgespießt hatte, hatte er mehr oder weniger ohnmächtig verbracht; schmerzerfüllt und in Fieberträumen. Danach aber, sobald er sich auch nur aufrichten und auf die eigenen Füße stellen konnte, hatte Raymo nach einem Ausweg aus dem Camp gesucht, nach einer Möglichkeit zur Flucht. Es gab keine.

Das Gladiatorenlager war in das Ende einer Felsenhöhle gebaut, von drei Seiten umgeben von undurchdringbarem Gestein. Die vierte Seite – der einzige Ausgang aus dem Camp – war im Abstand von je sechzig Fuß mit drei Mauern gesichert, die allesamt bis hoch zur Höhlendecke reichten. In jeder dieser drei Mauern gab es nur eine kleine Tür, gerade so groß, dass ein Mann hindurchgehen konnte. Jede dieser Türen war rund um die Uhr von vier Männern bewacht. Lambes, der Hauptmann der Garde Barknar Olliks, hatte Raymo die Mauern und die Sicherheitsvorkehrungen gleich an seinem vierten Tag hier gezeigt und hinzugefügt: »Damit du erst gar nicht auf dumme Gedanken kommst, Caldäer.«

Jogra strich die noch dampfende Paste mit einem hölzernen Spatel auf eine handbreite Bahn aus grob gewebtem Leinen. »Komm nachher nur nicht zu mir und beschwer dich darüber, dass man dich abgeschlachtet hat.« Mit der heftig qualmenden Pfeife fest zwischen den Lippen eingeklemmt kicherte sie über ihren eigenen Witz, während sie sich daranmachte, Raymo den Verband anzulegen.

»Fester!«, sagte er mit zusammengebissenen Zähnen und half ihr beim Ziehen. Der Stoff musste so stramm wie möglich sitzen, um dem Gewebe darunter etwas von der Spannung zu nehmen, die die Wunde bei jeder Bewegung wieder aufzureißen drohte.

»All die Arbeit umsonst«, meckerte Jogra. »Warum bin ich nicht gleich Leichenbestatterin geworden?«

»Weil wenn man den Gerüchten glauben darf, immer weniger Menschen in Gräbern landen, sondern auf Tellern«, gab Raymo lakonisch zurück.

»Vielleicht sollte ich auf meine alten Tage dann doch noch auf Köchin umschulen«, sagte sie. Jetzt kicherte sie wieder. »Oder besser noch Schlachterin. Wo die besten Schnitte liegen, weiß ich als Heilerin ja immerhin schon.«

»Du bist krank, Alte«, sagte Raymo, während sie den Verband verknotete. Er stand auf und ging hinaus.

»Sagt der Junge, der sich freiwillig seinen Weg in diesen Fleischwolf erkämpft hat«, rief sie ihm glucksend hinterher.

Draußen vor der Tür des Krankenquartiers wartete Lambes mit zweien seiner Männer auf ihn. Einer von ihnen hatte seine Lanze auf Raymos verbundenen Bauch gerichtet, der andere hielt ein Paar gusseiserne Handschellen.

»Du weißt Bescheid«, sagte der einäugige Hauptmann. »Hände nach vorne!«

Es war Usus, dass die Kämpfer für den Weg vom Camp in die Arena gefesselt wurden. Lambes hatte Raymo sogar Schellen anlegen lassen, als er ihm nur die Mauern gezeigt hatte.

Raymo streckte die Arme aus. Die Eisen waren kalt und rau. Lambes führte ihn aus dem Camp zu einem Karren, auf dem bereits drei andere von Barknar Olliks Gladiatoren saßen. Es waren Eivin, ein ehemaliger Viehbauer aus dem einstmals sonnigen Südwesten Twyddyns, Attla, ein früheres Mitglied der Palastwache irgendeines Arls, dessen Tochter er dummerweise geschwängert hatte, und Shuyak Dole, ein Haschimaner mit Haut dunkel und glänzend wie Kohle, der so selten sprach, dass niemand wusste, womit er sein Leben vor der Zeit in der Arena verbracht hatte. Aber auch die anderen beiden schwiegen jetzt, während Raymo zu ihnen kletterte und sich neben Eivin setzte.

Sie starrten auf den Holzboden zwischen ihren Füßen. Raymo kannte diese finsteren Blicke von den Kriegern seines Vaters, wenn sie mit ihm in die Schlacht gezogen waren: Sie blendeten die Welt um sich herum aus und konzentrierten sich nur noch auf den bevorstehenden Kampf.

Der Karren wurde von einem Vierergespann Hunde gezogen, von denen jeder einzelne so groß war wie ein halbjähriges Kalb. Lambes lenkte ihn, seine beiden Männer eskortierten ihn zu Fuß.

Der unterirdische Weg vom Camp zur Arena betrug etwa zwei Meilen und führte durch mehrere dicht besiedelte Viertel der Kupferberg-Höhlen. Die Hunde vor dem Karren, die Lambes mit einer langen Peitsche antrieb, sorgten knurrend und ihre fingerlangen Zähne bleckend dafür, dass die Leute in den Tunneln und Gassen ihnen freiwillig und vor allem schnell den Weg frei machten.

Raymo konnte über ihre Köpfe hinweg sehen, dass auf dem Platz vor der Arena noch dichteres Gedränge herrschte. Bis zu den Kämpfen würde es noch eine kleine Weile dauern, aber die Zuschauer standen bereits Schlange. Gut zwei Dutzend fein gearbeitete und mit Seide behängte Sänften ragten aus der Menge heraus.

Lambes steuerte den Karren in einem weiten Bogen um den Platz herum auf die Rückseite der Arena, wo Raymo und die drei anderen abstiegen und von Wachen nach drinnen in einen Holzverschlag gebracht wurden, wo auf grob gezimmerten Bänken schon andere Kämpfer hockten. Niemand grüßte; es waren Gladiatoren anderer Camps, ihre Gegner für heute, und niemand grüßt einen Mann, den er später umbringen muss, nur um selbst am Leben zu bleiben.

Statt sich auf einen der letzten freien Plätze zu setzen, blieb Raymo stehen. Dass er die Muskeln seiner Beine geschmeidig halten wollte, war nur einer von zwei Gründen. Der andere war, dass er die Kontrahenten genauer betrachten wollte, um durch Beobachtung vielleicht Hinweise auf ihre Stärken oder Schwächen zu entdecken. Er konnte jetzt noch nicht wissen, wem er nachher in der Arena gegenüberstehen würde, also nahm er sich ausgiebig Zeit, sie alle von unter gesenkten Lidern heraus in Augenschein zu nehmen. Wenig später wurden die ersten Paare aufgerufen und nach draußen geführt.

Raymo spürte die Anspannung steigen und zwang sich dazu, gleichmäßig zu atmen, um ruhig zu bleiben.

Jedes einzelne Mal, wenn die Wachen kamen, rechnete er damit, an der Reihe zu sein, doch ein Paar nach dem anderen wurde geholt, ohne dass sein Name fiel. Schließlich waren nur noch er und ein Seewolf aus der Normark übrig.

Der Mann war gut zwei Köpfe größer als Raymo und hatte das dichte rote Haar zu vier dicken, beinahe hüftlangen Zöpfen gebunden, in die kleine Knochen eingeflochten waren, die Raymo als menschliche Fingerglieder erkannte.

»Falls du dich fragst, Junge: Jeder Finger ein Gegner in der Arena«, sagte er, ohne Raymo anzuschauen. »Ich wundere mich, was du verbrochen hast, dass dein Herr dich gegen mich in den Ring schickt, aber ich werde es der Hure, die ich heute Abend als Prämie für meinen Sieg bekomme, einmal auch zu deinen Ehren besorgen.«

Raymo antwortete nicht. Er wusste, dass der Normarker ihn einzuschüchtern versuchte und dass es nicht dessen Worte waren, vor denen er auf der Hut sein musste, es waren seine kinderkopfgroßen Fäuste und die Waffen, die er gleich damit schwingen würde. Er vermied es, den Einschüchterungsversuch als Unsicherheit seitens des Hünen zu sehen, er war ebenso wahrscheinlich altbewährte Taktik.

Dann war es endlich so weit: Raymo und der Seewolf wurden gerufen.

Raymo ließ den anderen absichtlich vorangehen, um ihn noch besser beobachten und einschätzen zu können. Er sah, dass sich der Normarker wegen seiner massigen Muskeln kraftvoll, aber zugleich steif bewegte, und schloss daraus, dass er im Kampf weniger flink sein würde. Er richtete sich auf brutal ausgeführte Frontalangriffe ein.

Die Stimmung in der Arena war angeheizt durch die vorangegangenen Kämpfe. Da war jede Menge frisches Blut am Boden, das in der Kälte der Höhle noch dampfte. Vereinzelt lagen auch noch Eingeweide und abgetrennte Körperteile.

Die Ränge waren zum Bersten mit Zuschauern gefüllt. Raymo sah sie durch den Rauch der Fackeln und schwelenden Feuerbecken hindurch grölen und trinken. Nicht wenige waren durch das blutrünstige Spektakel dermaßen erregt, dass sie es schamlos vor den Augen aller miteinander trieben. Andere prügelten sich. Niemand schritt ein oder tat etwas dagegen; das waren die Kupferberg-Höhlen, wo nur das Recht des Stärkeren zählte.

Auf der mit Seidenfahnen geschmückten Mittelempore stand Barknar Ollik zusammen mit den anderen Veranstaltern und einer Gruppe Adliger. Als Barknar sah, dass Raymo und der Seewolf die Arena betreten hatten, stellte er sich nach vorn an das Geländer und breitete die Arme aus, um die Aufmerksamkeit des Publikums auf sich zu lenken. Doch erst als zwei seiner Männer in Fanfaren bliesen, bekam er sie auch.

»Freunde!«, rief er in die Runde. »Twyddyaner! Landsleute! Noble Ladys und Lords!« Er sah sich im Halbkreis um und sonnte sich für eine paar Augenblicke zu viel in der Aufmerksamkeit. Als das Publikum wieder unruhig wurde, beeilte er sich fortzufahren: »Wir feiern hier und heute den zweiten Jahrestag des Weltendonners, jener furchtbaren Katastrophe, die unser feines Land, unsere Heimat, ja die ganze Welt in tiefe Dunkelheit gestürzt hat. Wir feiern zu Recht; weil wir sie schon so lange überlebt haben, diese schreckliche Finsternis … und wir feiern, um die Zeit zu zählen, die sie dauert. Denn sie kann, sie wird, obwohl wir sie ewig nennen, nicht wirklich ewig dauern! Nicht wenn wir den Göttern, die sie über uns gebracht haben, opfern!«

Das Publikum grölte.

»Nicht, wenn wir sie besänftigen und ihnen als Tribut unser Blut zollen. Das Blut unserer Tapfersten! Unserer Stärksten! Dann werden die Wolken verschwinden, und die Sonne wird wieder scheinen!«

»Die Sonne wird wieder scheinen!«, echote das Publikum lauthals wie aus einem Mund. »Die Sonne wird wieder scheinen! Die Sonne wird wieder scheinen!« Drei Mal, so als hätte die Beschwörung die Kraft, das Licht zurückzubringen.

Barknar Ollik riss die Arme erneut in die Höhe. »Wir verdanken dieses Fest heute einem unserer Nobelsten, einem treuen Diener unserer gepriesenen Königin Rielle. Einem Mann, der sich um unsere Stadt und das ganze Reich verdient gemacht hat wie kein Zweiter, als er an der Seite des ehrenwerten und zu unser aller großem Bedauern viel zu früh von uns genommenen Arl Duard ak Aeton die wilden Stämme Caldas unterwarf!«

Barknar Ollik machte eine kurze Pause, um die Spannung zu steigern, erhob dann die Stimme noch weiter und schrie voller Leidenschaft in die Menge: »ARL HARWEE AK SOKAY!«

Wer auch immer jetzt noch saß, sprang auf und stimmte in den Jubelchor mit ein. »Ak Sokay! Ak Sokay! Ak Sokay!«

Barknar Ollik machte mit der Rechten eine präsentierende Geste, und aus der Gruppe der Adligen auf der Empore trat mit der kraftvollen Erhabenheit eines Feldherrn ein einzelner Mann hervor.

Er trug die vergoldete Plattenrüstung eines Generals, als wöge sie nicht mehr als eine einfache Tunika. Sein rabenschwarzes Haar war geölt und sorgfältig gekämmt; es fiel wie ein glänzender Vorhang auf den blutroten Umhang über seinen breiten Schultern. In der Beuge seines muskelbepackten rechten Arms hielt er einen Helm, dessen Visier wie die Fratze eines Dämons gearbeitet war, und seine Linke ruhte auf dem aus einem menschlichen Schenkelknochen geschnitzten und auf Hochglanz polierten Griff eines fast vier Fuß langen Schwertes.

Raymo erkannte ihn sofort!

Den Mann, die Rüstung, den Helm, das Schwert!

Dieser Mann, die rechte Hand von Raymos Fast-Schwiegervater Arl Duard ak Aeton, trug auch den Namen »Die Geißel Caldas«. Er war maßgeblich für die erbarmungslose und blutige Unterwerfung der Stämme verantwortlich und hatte sich vehement gegen eine friedliche Lösung der Besatzung ausgesprochen. Damit auch gegen die Heirat zwischen Raymo und ak Aetons Tochter Kaecee. Der Bund hatte damals zum Zwist zwischen ihm und ak Aeton geführt, weshalb Harwee ak Sokay der geplanten Hochzeit nicht beigewohnt hatte; ein Umstand, dem er sein Leben verdankte, weil er sonst gemeinsam mit seinem ehemaligen Mentor und den anderen Arls beim Erdbeben des Weltendonners mit der Klippe in die Tiefe gerissen worden wäre.

Raymo fragte sich, ob Arl ak Sokay wohl umgekehrt auch ihn wiedererkennen würde, hielt es jedoch für äußerst unwahrscheinlich. In den vergangenen zwei grausamen Jahren war aus dem caldäischen Prinzenjüngling ein Mann geworden, und das Leben in der freien und rauen Natur, der Kampf gegen die Elemente und die unaufhörliche Jagd gegen den ewigen Hunger hatten ein Übriges getan, Raymos ursprüngliches Aussehen stark zu verändern. Er selbst, aber auch seine Muskeln waren gewachsen, sein einst gepflegtes und kurz gehaltenes Haar war jetzt lang und zottig, seine Nase inzwischen mehrfach gebrochen und wieder geheilt, seine Gesichtszüge hart und unerbittlich.

»Arl Harwee ak Sokay hat uns diese Spiele geschenkt«, fuhr Barknar Ollik preisend fort. »Im traurigen Angedenken an den Weltendonner feiern wir heute jedoch nicht einzig und allein seine unvergessenen Triumphe über die verrohten Barbaren Caldas. Nein, heute erbitten wir mit unseren Opfern außerdem den Beistand der Götter für ein neues, für ein nicht minder gewaltiges Unterfangen des ehrenwerten ak Sokay! Ein Unterfangen, mit dem er das Gesicht unserer Welt verändern wird. Für immer!«

Mit einer Geste und einer tiefen Verbeugung übergab Barknar Ollik das Wort an den Arl.

»Freunde!«, rief der Arl. »Brüder, Schwestern!« Seine Stimme war tief und tragend, geübt durch das Brüllen von Befehlen in zahlreichen Schlachten und Feldzügen. »Wie ihr alle wisst, hat unser Erzfeind, das auf dem Festland im Südwesten liegende Milara, weit im Westen der Schwarzen See einen neuen Kontinent entdeckt: Kutera! Und natürlich beanspruchen sie ihn in ihrer maßlosen Gier ganz für sich allein!«

Er ließ die Worte wirken. Sie wurden mit einem mürrischen Raunen des Publikums quittiert.

Er fuhr fort: »Milara blutet diesen neuen, reichen Kontinent rücksichtslos aus. Aber bei Weitem nicht nur, um sich selbst mit Ressourcen einzudecken! Nein, sondern auch und vor allem, um an Stärke zu gewinnen und an Macht, während wir anderen Länder durch die anhaltende Dunkelheit immer schwächer werden.«

Auch das ließ er erst einmal für einige Momente lang wirken. »Wir alle kennen die Machtgier der Milaresen, und wir wissen, dass sie, sobald sie erst einmal stark genug geworden sind und wir zu schwach, um uns noch länger zur Wehr zu setzen, mit ihrer Flotte auch uns hier in Twyddyn angreifen werden. Mit einem einzigen Ziel: Sie wollen uns auch noch das bisschen rauben, das uns überhaupt noch geblieben ist. Wir alle wissen nur zu gut, wie wenig das ist. Aber selbst das wollen sie uns wegnehmen.«

Er ließ den Samen der Angst, den er gerade gepflanzt hatte, ein paar Herzschläge lang keimen. »Um einen solchen gemeinen Überfall zu verhindern, müssen wir das Kräfteverhältnis wieder ausgleichen. Wir müssen uns wehren!«

»Wehren!«, schrie das Publikum von der Leidenschaft der Ansprache mitgerissen. »Wehren! Wehren!«

»Wir müssen sie angreifen, bevor sie es tun!«, rief Arl ak Sokay.

»Angreifen! Angreifen! Angreifen!«

»Ja, das werden wir«, rief ak Sokay. »Zu diesem ehrenvollen Zweck hat unsere gütige und vorausschauende Königin Rielle mich mit Kaperbriefen ausgestattet. Schon zu dieser Stunde bin ich im Begriff, fünf Segelgaleeren auszurüsten, mit denen ich die milaresischen Transportschiffe auf ihrer Rückkehr von Kutera überfallen und ihre Güter für unser Volk sicherstellen werde. Damit bekämpfen wir den eigenen Hunger und verhindern wirkungsvoll im Interesse aller, dass unser Erzfeind Milara zu große Macht gewinnt. Wir kämpfen um das Überleben Twyddyns!«

»Kämpfen! Kämpfen! Kämpfen!«

Arl ak Sokay verneigte sich vor dem Publikum in einer gespielten Geste von Demut und Dankbarkeit.

Barknar Ollik trat wieder nach vorne und ergriff das Wort. »Um das Gelingen dieser heldenhaften Expedition zu sichern, haben wir den Göttern heute bereits heiliges Blut geopfert. Hat es euch gefallen?«

»Ja!«, rief das Publikum.

»Das Beste aber, den Höhepunkt der heutigen Veranstaltung haben Arl ak Sokay und ich uns für das Ende der Spiele aufgehoben!« Er deutete mit einer theatralischen Geste nach unten in die Arena. Auf Raymo und den Seewolf. »Ihr alle erinnert euch an meine Auswahlspiele vergangene Woche, als dieser junge Caldäer am Ende des Mêlées mit der Kraft der Verzweiflung und dem Tode nah dem verhassten Milaresen die Kehle mit bloßen Zähnen herausgerissen hat, obwohl er selbst schon bis zum Heft vom Degen des kaltblütigen Gegners aufgespießt war?«

Die Menge grölte zur Bestätigung, dass sie sich erinnerte.

»Milaresisches Blut ist also schon vergossen worden für das mutige Unterfangen des Generals«, rief Barknar Ollik. »Nun lasst uns diesem, zu Ehren Arl ak Sokays, der Geißel Caldas, noch caldäisches Blut hinzufügen hier in unserer Arena, auf dem Altar der Götter!«

Raymo wurde schlagartig klar: Er war nicht hier, um zu kämpfen, er war hier, um abgeschlachtet zu werden.

Die Annahme wurde zur Gewissheit, als eine Wache Barknar Olliks die Arena betrat, dem Normarker eine große Doppelblattaxt reichte und wieder ging, ohne Raymo ebenfalls eine Waffe gegeben zu haben.

Das Publikum johlte mit grausamer Begeisterung.

Als auch der Seewolf verstand, welche Rolle ihm bei diesem Spektakel zugeteilt war, stieß er ein gemeines Lachen aus und wiegte die Axt in seinen gewaltigen Fäusten wie eine lang vermisste Geliebte.

Raymo spuckte verächtlich auf den Boden und machte sich auf den Angriff gefasst.

Der Seewolf wartete nur auf das Zeichen von der Empore. Raymo wusste, dass er so gut wie keine Chance hatte, das ungleiche Duell zu gewinnen, aber sich voreilig in sein Schicksal zu fügen und einfach abschlachten zu lassen, entsprach nicht seiner Natur. Er musste einen Weg finden, den riesigen Normarker auch ohne Waffe zu töten, und das, ohne dass die Wunde in seinem Bauch wieder aufbrach und das Geunke der alten Heilerin Jogra zur Prophezeiung machte. Der Kampf musste kurz sein.

Arl Harwee ak Sokay trat wieder vor an die Balustrade, legte den Dämonenhelm auf das Geländer und zog sein langes Schwert. Die polierte Klinge glänzte im Licht der Fackeln, als er sie in die Höhe hob.

»Für Twyddyn!« Seine Stimme schallte wie ein Donner.

»Für Twyddyn!«, schrie auch das Publikum, dann hieb der General das Schwert durch die Luft nach unten zum Zeichen des Angriffs.

Wie von der Sehne geschossen, schnellte der bullige Seewolf nach vorne, direkt auf Raymo zu, die langstielige Axt weit hinten rechts haltend. Es war eindeutig, dass er damit einen weiten, sensenden Schlag ausführen würde, um Raymo die Chance zu nehmen, nach der einen oder der anderen Seite auszuweichen.

Raymo durfte nicht einen Moment zögern. Auch er sprintete los, dem auf ihn zurasenden Riesen, so schnell er konnte, entgegen. Er sah die Überraschung in dessen Blick, das hatte er offenbar nicht erwartet. Ohne zu bremsen, musste er jetzt notgedrungen den Schwung mit der Axt neu berechnen, um Raymo wirkungsvoll zu treffen. Raymo behielt die muskelbepackten Arme des Gegners ganz genau im Auge, um den richtigen Moment abzupassen.

Gerade als der Seewolf seine Waffe in Schwung versetzte, warf Raymo sich, katapultiert vom eigenen Tempo, seitlich zu Boden, rutschte damit unter der sensenden Klinge hindurch gegen die Füße des Angreifers und riss ihm die Beine unter dem Leib weg.

Der Seewolf stolperte nach vorn und drehte sich im Schwung des Schlags gerade noch so weit, dass er nicht mit dem Gesicht in das Blatt der eigenen Axt stürzte.

Raymo war bereits wieder aufgesprungen und herumgehechtet. Als er sah, dass der Seewolf den Stiel der Axt halb unter sich begraben hatte und sie nach wie vor mit beiden Fäusten fest umklammert hielt, entschied er sich blitzschnell dagegen, zu versuchen, sie ihm zu entringen, um sie gegen ihn zu benutzen. Er durfte sich nicht auf einen Nahkampf mit dem Riesen einlassen. Stattdessen warf er sich mit angezogenen Knien auf dessen Rücken, so hart, dass dem Normarker für einen Moment die Luft wegblieb, packte seine langen Zöpfe mit den Fäusten und wickelte sie ihm mit einem schnellen Griff einmal von beiden Seiten um die Kehle. Zwischen den Schulterblättern des Seewolfs kniend richtete er sich auf und riss mit aller Gewalt über Kreuz an den haarigen Schlingen.

Mit einem wütenden Röcheln bäumte der Riese sich auf, um Raymo abzuschütteln, doch der hielt mithilfe der Zöpfe, die er enger und enger zog, die Balance. Raymo hörte den eigenen Puls in den Ohren hämmern und das begeisterte Schreien des

Publikums, während der Seewolf vergeblich versuchte, mit der viel zu großen Axt nach hinten zu schlagen.

In unglaublicher Anstrengung, bei der er das Gefühl hatte, die Muskeln in seinen Schultern würden gleich reißen, zog Raymo noch fester, bis er sah, wie die Fingerknochen, die in die Zöpfe eingeflochten waren, sich mit der Kraft der Strangulation in den Hals des Normarkers bohrten. Späte Rache der von ihm Erschlagenen. Erstes Blut begann zu fließen, dann zu spritzen. Das wütende Röcheln des Mannes wurde zu einem beinahe schon kindlichen Wimmern, das wehrhafte Aufbäumen zu einem unkontrollierten Strampeln, dann zu einem hilflosen Zucken. Immer schwächer.

Raymo zog weiter. Immer fester. Bis schließlich mit einem lauten Knacken das Genick des Seewolfs brach.

»CALDA!«, schrie Raymo im Rausch des Triumphs und stieß die blutgetränkten Fäuste in die Luft. Sein funkelnder Blick fiel auf General ak Sokay; ob der ihn erkannte oder nicht, war jetzt nicht länger von Belang – Raymo sah deutlich in den dunklen, vor Zorn verengten Augen des Arl, dass er sich mit diesem Sieg einen neuen Todfeind geschaffen hatte.

LIZIA

Dunuum – Wenda Weemans Palast der Perlen

Wie jeden Spätnachmittag in der vergangenen Woche erwachte Lizia mit einem seligen Lächeln in Dashas Armen. Die letzten sechs Tage und sieben Nächte hatte sie wie im Rausch verbracht. Nein, sie hatte sie nicht nur wie, sondern im wahrsten Sinne des Wortes im Rausch verbracht. In einem allumfangenden, überwältigenden Rausch. Dank dem seltsamen Trank mit dem albernen Namen. *Wenda Weemans Wonnenwunder.*

Dasha hatte ihr jeden Tag ein paar Tropfen der gefügig machenden Tinktur zu trinken gegeben, und Lizia hatte sie nur zu freiwillig genommen. Sie machten sie jedoch weit mehr als einfach nur gefügig. Sie schufen eine brennende und schier unstillbare Gier; ein Umstand, den Dasha weidlich und nahezu unermüdlich auskostete. Die Tropfen sorgten außerdem dafür, dass Lizia sich wohl fühlte, ja sogar glücklich war. Das Zusammensein mit einer Frau, die ganz genau zu wissen schien, was sie da mit ihr anstellte, verstärkte die umwerfende Wirkung noch, und Lizia konnte gar nicht genug bekommen von Dashas verlangenden Küssen, von den Berührungen ihrer kennenden Hände und Lippen, dem Geschmack ihrer wundervollen Brüste und der feuchten Hitze ihrer hungrigen Scham.

Lizia küsste den kahlrasierten Kopf der atemberaubend schönen Zofe und zeichnete die Tattoos auf ihrem weichen Busen zärtlich mit den Fingerspitzen nach.

Dasha seufzte wohlig im Schlaf und rekelte ihr ihren schlanken Leib entgegen.

Lizia sog den Duft der warmen Haut ein und schlang die Schenkel um Dashas Bein, um sich mit ihrem Schoß fest dagegen zu pressen. Eine sanfte Woge der Erregung lief durch ihren Unterleib. Sie krallte nach Dashas kleinem Hintern, grub ihre Fingernägel in das feste, warme Fleisch und zog sie noch enger an sich.

Im Wachwerden gab die Zofe ein lüsternes, leises Knurren von sich, packte Lizia und schlängelte sich über sie, ihr Bein fest und rhythmisch zwischen Lizias Schenkel drückend und mit ihren warmen Lippen Lizias halb offenen Mund findend.

Lizia schmeckte Dashas Atem und saugte die Spitze ihrer Zunge zwischen ihre knabbernden Zähne. Gleich darauf fühlte sie, wie Dashas Hand ihre Brust fasste und sie mit forderndem Griff massierte und mit geschickten Fingerspitzen daran zupfte.

Lizia stöhnte auf vor Lust und krallte nun beide Hände verlangend in Dashas im drängenden Takt zuckendes Gesäß. Den eigenen Schenkel positionierte sie so, dass er gegen den Schoß Dashas pumpte, und der Kuss der beiden wurde intensiver, hungriger, feuchter.

Zungen und Finger tanzten, Schenkel schlängelten und rieben, Brüste wurden fester, Nippel kleiner, Haut rosiger und schon bald von einem feinen Film aus duftigem Schweiß bedeckt.

Atmen wurde zu Keuchen, dann zu lustvollem Stöhnen. Bewegungen wurden schneller, kraftvoller, gieriger.

Lizia verdrehte die Augen vor Lust, sah rote Sterne tanzen, fühlte ihr Blut in Nacken und Schoß pochen, rang um Atem, verließ Dashas Mund, um sich in der Beuge zwischen ihrer Schulter und ihrem Hals zu verbeißen, stieß einen ersten kleinen, dann einen größeren, heiseren Schrei in ihr glühendes Fleisch, verkrampfte sich, stieß dennoch gierig weiter, trank mit den Ohren das raue Stöhnen ihrer herrischen Geliebten.

Wie jedes Mal, wenn das geschah, wünschte Lizia sich aus tiefstem Innern heraus nichts sehnlicher, als dass es niemals aufhören möge, dass die Welt nie aus etwas anderem bestehen sollte als aus dieser Lust, dieser Freiheit … und zugleich jedoch sehnte sie sich nach dem *mehr*, nach dem Überschnappen, der Explosion, der Erlösung.

Und ebenso wie jedes Mal gab es, wenn sie an ebendiesem Punkt war, bei aller inneren, bittersüßen Zerrissenheit überhaupt kein Zurück, war die Welle schon zu groß, um überhaupt noch aufgehalten werden zu können. Sie schlug über Lizia herein wie eine vom Seesturm aufgepeitschte Brandung, bis sie durch den Nebel ihrer tanzenden Sinne hindurch realisierte, dass die Schreie, die durch den Raum gellten, ihre eigenen waren; erfüllt von Freude und Glück – und dem nimmersatten Hunger nach mehr.

Dasha spielte mit und auf ihr wie mit einem Instrument, stellte die Wirklichkeit auf den Kopf, vertrieb die Dunkelheit da draußen und die ewige Angst. Vor allem die.

»Ich will dir gehören«, stieß Lizia keuchend hervor, als sie fertig waren und Dasha sich von ihr gleiten ließ. »Ganz. Mit Haut und Haar. Für immer.«

Dasha küsste sie auf die Wange und drehte mit ihrem Zeigefinger verspielt in Lizias roten Locken. »Das wäre schön. Aber es ist nicht dein Schicksal, Prinzessin.«

Lizia mochte es, wenn sie sie so nannte, das andere aber, was sie sagte, mochte sie weniger. »Ich werde dir treu und ergeben dienen. Tun, was immer du von mir verlangst. Schick mich nur nie da raus.« Sie wusste, dass es Wenda Weemans Wundermittelchen war, das da aus ihr sprach, aber das war in Ordnung.

»Heute ist es so weit«, sagte Dasha, und Lizia sah, dass sich in ihren sonst so stolzen, ja überheblichen Blick eine Spur Traurigkeit schlich. »Heute ist die Auktion.«

»Heute schon?« Lizia fühlte ihr eigenes Herz stolpern. Aber nur für einen kleinen Moment, dann war der Schock schon wieder vergessen. »Egal«, sagte sie. »Gib mir noch ein paar von den Tropfen, und ich werde es hinter mich bringen. Minuten, Stunden, wie lang kann es schon dauern? Aber danach, gleich heute Nacht, können wir wieder beisammen sein, Dasha. Das ist alles, was zählt.« Dashas Nähe und der Rausch, den sie und das Mittelchen Lizia bereiteten, waren wichtiger geworden als essen und trinken, ja wichtiger gar als atmen.

Die Traurigkeit in Dashas Blick wurde tiefer – und wich schließlich einer todernsten Miene.

»Keine Tropfen mehr für dich, Prinzessin«, sagte sie und rückte ein Stück von Lizia weg, wandte sich ab. »Du musst Angst haben heute Abend bei der Auktion.«

»Was?«

»Ja! Echte Angst«, sagte Dasha. »Man muss sie dir ansehen. Die Kunden, die sich für Jungfrauen interessieren, stehen darauf. Keiner von ihnen will eine Jungfrau, die geil auf ihr erstes Mal ist. Frag mich nicht, warum das so ist. Deine Angst wird den Preis erheblich in die Höhe treiben.«

Auch jetzt war der Schock gleich wieder verschwunden, und Lizia seufzte lächelnd. »In Ordnung, dann werde ich eben Angst haben, wenn es so weit ist, aber danach …«

»Es wird kein *danach* geben, Prinzessin«, unterbrach Dasha sie überraschend barsch. »Die Tropfen waren ein einmaliges Geschenk von Wenda Weeman, weil du so kostbar bist. Nach deinem ersten Mal wirst du bei Weitem nicht mehr so kostbar sein. Zumindest nicht kostbar genug für ihr Mittelchen.«

»Dann kaufe ich es für uns«, sagte Lizia trotzig. »Mit meinem Anteil von dem, was die Freier bezahlen.«

Dasha lachte bitter. »Du verdienst in einem Jahr nicht genug, um dir auch nur die Dosis für einen Tag leisten zu können. Nein, die Tropfen von gestern Nacht waren die letzten.«

Die Nachricht war wie ein Schlag ins Gesicht.

Dashas Miene wurde noch finsterer. »Außerdem weiß ich aus Erfahrung, dass du dann auch keine Lust mehr auf mich haben wirst …«

»Unsinn«, sagte Lizia. »Wie könnte das sein? Du hast mir Dinge gezeigt … schenkst mir Gefühle, wie ich sie …«

»Glaub mir«, unterbrach Dasha sie erneut und kletterte aus dem Bett. »Ohne die Tropfen … ich weiß es … es ist nun mal so.«

Ohne zu wissen, was sie noch sagen sollte, sah Lizia Dasha dabei zu, wie sie sich die Schärpe um die Hüfte wickelte und das Zimmer ohne ein weiteres Wort verließ.

Lizia hatte das Gefühl, dass sie weinen müsste, dass sie Grund hatte zu weinen, doch ihr Mund lächelte weiter; die Wirkung der Tropfen war einfach noch zu stark. Sie kuschelte sich tief in die Decke, trank noch einmal tief den Duft von Dashas Parfum und ihrer Haut und war gleich darauf auch schon wieder eingeschlafen.

Als sie erwachte, zeigte die Stundenkerze, die neben ihrem Bett brannte, dass sie noch einmal über zwei Stunden geschlafen hatte. Jemand hatte Frühstück gebracht und es auf den Tisch gestellt, ohne sie zu wecken. In Rübenzuckerwasser eingelegte Lebkuchenbrocken aus der Zeit vor dem Weltendonner, geräucherten Fisch und Sauerfleisch. Lizia erkannte es als das, was es war: ihre Henkersmahlzeit.

Obwohl sie Hunger hatte, verspürte sie keinerlei Appetit. Ihr Kopf schmerzte; die Wirkung des Wonnenwunders ließ nach. Erst jetzt fiel ihr auf, dass Dasha ihr gestern Nacht weniger Tropfen gegeben hatte als in den Nächten zuvor.

Zum ersten Mal seit Tagen konnte sie wieder klar denken – und es gefiel ihr ganz und gar nicht. Etwas in ihr schrie nach einer weiteren Dosis der Tinktur, nach der fröhlichen Gleichgültigkeit, die sie bescherte. Der Schrei verhallte ungehört.

Wer auch immer ihr das Frühstück gebracht haben mochte, hatte das weiße Kleid über die Lehne des Stuhls gehängt. Auf dem Tisch stand außerdem eine Schale mit Schmuck. Der Schmuck war billig, aber hübsch; in der Hauptsache Kupferkettchen für Hals, Arme und Fußgelenke, versehen mit bunten Glasscherben, geschliffen in der Form von Blütenblättern.

Dashas Worte von vorhin kehrten in ihre Erinnerung zurück, und jetzt konnte Lizia weinen. Sie weinte, weil die Angst, die ihren Preis in die Höhe treiben würde, jetzt tatsächlich aufkam, weil sie spürte, dass Dasha recht behalten und es ohne die Tropfen nie wieder so sein würde zwischen ihnen wie in der vergangenen Woche – aber vor allem weinte sie, weil sie nicht wusste, wie viel von der Person, die sie in den vergangenen Tagen und Nächten gewesen war, wirklich in ihr steckte.

Sie erinnerte sich deutlich an die Gefügigkeit, an die Unterwerfung, an das Verlangen, die Gier, aber all das kam ihr jetzt so fremd vor, ja beinahe schon abstoßend. War Dasha nicht ein grausames, gemeines Miststück, das lediglich darauf bedacht war, dass Lizia bei der Auktion einen so hohen Preis wie möglich für den Palast ihrer Herrin erzielte?

Wie konnte sie eine solche Person begehren, sich nach ihr sehnen, sich ihr hingeben?

Kraftlos schlurfte sie zu der Wasserschüssel neben dem Kamin und wusch sich gründlich. Weniger, um für nachher so sauber wie möglich zu sein, sondern vielmehr, um die letzte Nacht und die Erinnerung daran fortzuwaschen. Doch die Erinnerung blieb glasklar, nur die Gefühle, die lösten sich allmählich auf, bis Lizia schließlich nicht mehr als Ekel empfand. Ekel vor Dasha, vor allem aber vor sich selbst.

Wenig später betrat Fini das Zimmer, ohne anzuklopfen. »Es ist so weit, Lizia«, sagte die Haschimanerin schlicht und kühl. »Die Kunden treffen allmählich ein.«

Lizia war nicht verwundert, dass nicht Dasha sie abholte. Sie war auch nicht besonders erpicht darauf, sie in ihrem jetzt nüchternen Zustand wiederzusehen. Sie gab Dasha die Schuld an ihrem Unbehagen, an der Verwirrung, an dem Ekel … und auch an der Scham. Vielleicht war das ungerecht, aber auf jeden Fall war es einfacher.

Die Auktion fand in der prunkvollen Empfangshalle statt.

Wenda Weeman und ihr Sohn Urtis hatten zusätzliche Sessel und Tische aufstellen lassen. Insgesamt mehr als dreißig Plätze. Jeder von ihnen war besetzt.

Zwischen den Arls und ihren Leibgarden huschten fleißig die Bediensteten und auch die Perlen des Palasts mit Erfrischungen und Getränken hin und her. Bis eben, da Lizia noch ungesehen das Treiben von der Balustrade im oberen Stockwerk beobachtete, hatte sie sich nicht vorstellen können, dass die Auktion tatsächlich auf so großes Interesse stoßen würde. Aber scheinbar war eine Jungfrau in diesen Zeiten ebenso selten wie ein Korb frischer Äpfel.

»Bleib hier oben, bis du gerufen wirst«, sagte Fini und ging nach unten.

Lizia sah, wie Wenda Weeman den Kunden ihre Aufwartung machte. Mit einem aufgesetzten Lächeln ihrer grellrot geschminkten Lippen, das so breit war, dass es aussah, als würde es ihr Gesicht spalten, watschelte sie in ihrem dicken Pelz von einem zum anderen, schüttelte Hände, winkte Mädchen mit Getränken herbei und sorgte dafür, dass ein jeder bequem saß mit gutem Ausblick auf eine aus Holz errichtete und mit Seide bespannte Plattform. Das war der Ort, an dem Lizia gleich stehen würde.

Lizias Beine zitterten vor Angst und Aufregung so stark, dass sie sich am Geländer festhielt. Ihr Herz schlug dermaßen schnell, dass ihr schwindlig wurde, und auch wenn es jetzt zu spät dafür war, wünschte sie sich, sie hätte etwas gegessen. Der Anblick der erlesenen Speisen, die in der Empfangshalle gereicht wurden, machte es nicht besser. Sie sehnte sich nach den Tropfen, die Dasha ihr verabreicht hatte, um den Hunger zu verjagen, aber vor allem die Angst. Ihr Mund war so trocken, dass ihr die Zunge am Gaumen zu kleben schien, aber ihre Haut war feucht vom Schweiß, den die Furcht ihr aus den Poren trieb. Das weiße Kleid war bereits davon getränkt und klebte an ihr.

Die Sekunden zogen sich wie Ewigkeiten, aber schließlich kletterte Wenda Weeman, gestützt von ihrem Sohn Urtis, auf die Bühne nach oben. Sie wartete ein paar Augenblicke, während es im Saal immer ruhiger wurde.

»Hochverehrte Arls«, begann sie. »Seid aufs Herzlichste willkommen in Wenda Weemans Palast der Perlen, für die meisten von euch in diesen dunklen und trostlosen Zeiten ein zweites Zuhause.« Sie lachte, und die Gäste stimmten in das Lachen ein. »Ich freue mich, dass ihr alle so zahlreich meiner Einladung gefolgt seid. Die letzte Auktion ist schon viel zu lange her, fast ein ganzes Jahr, glaube ich. Aber jetzt ist es endlich wieder so weit: Ich habe eine neue, ungepflückte Blume für euch. Das heißt, für einen von euch. Für den, der am meisten bietet für das Privileg, sie pflücken zu dürfen. Komm herunter zu uns, Lizia, zeig dich unseren werten Gästen!«

Obwohl sie diesen Augenblick natürlich erwartet hatte, zuckte Lizia zusammen vor Schreck, und im ersten Moment war sie wie erstarrt, unfähig, sich zu bewegen.

»Komm schon, Kind!«, rief Wenda Weeman. »Hier beißt dich keiner. Das heißt natürlich *noch* nicht.« Ihre Gäste lachten über den flachen Witz.

Einen Fuß vor den anderen, ermahnte sich Lizia und setzte sich in Bewegung. Sie wusste, die Alternative waren die Folterkeller. Stufe um Stufe ging sie die geschwungene Treppe nach unten, sich die ganze Zeit krampfhaft am Geländer festhaltend. Sie gab sich keine Mühe, das Zittern ihrer Beine zu verbergen und die Unsicherheit ihrer Schritte.

Als sie ins Blickfeld kam, ging ein anerkennendes Raunen durch das Publikum. Offenbar gefiel den Arls, was sie sahen.

»Schaut nur wie schüchtern!«, rief Wenda Weeman. Die Freude über Lizias so deutlich sichtbare Furcht war nicht gespielt. »Ein scheues Rehlein, das große Angst hat vor euch bösen, bösen Wölfen! Ein junges Fohlen, das eingeritten werden muss. Komm herauf auf die Bühne, Lizia. Komm schon!«

Auf dem Weg vom Ende der Treppe zu der Bühne gab es kein Geländer, an dem sie sich festhalten konnte, und bei jedem einzelnen Schritt hatte Lizia Sorge, dass ihr die Beine den Dienst versagen würden und sie vor den Augen aller zu Boden fiele. Wahrscheinlich hätte Wenda Weeman sich auch darüber gefreut.

Lizia kletterte auf die Bühne.

»Zeig dich, kleine Perle, zeig dich!«

Lizia stand da wie angewurzelt. Sie hatte keine Ahnung, was Wenda Weeman meinte.

»Na, dreh dich um! Zwei, drei Mal. Damit unsere Gäste die Ware begutachten können.«

Lizia drehte sich um die eigene Achse. Dabei bemühte sie sich, den Blick vom Publikum abzuwenden. Es war schon so alles peinlich genug. Ihre Wangen glühten, und das Drehen verstärkte ihren Schwindel.

»Nun zieh dich aus«, forderte Wenda Weeman amüsiert. »Zeig deinen jungen Körper, deine unberührte Haut.«

Lizia war wie gelähmt, unfähig, dem Befehl zu gehorchen. Aber das war auch nicht nötig. Urtis trat von hinten an sie heran, packte den Kragen ihres Kleides und riss es ihr mit einem heftigen Ruck vom Leib.

Wieder ging ein anerkennendes Raunen durch den Saal, durchtränkt von Lüsternheit.

»Zwanzig Kronen!«, rief ein Erster.

»Fünfundzwanzig!«, gleich darauf ein Zweiter.

»Dreißig!«

Die Auktion hatte begonnen.

Schon wenige Momente später waren hundert Kronen überschritten, gleich darauf zweihundert. Bei aller Lähmung, die Lizia empfand, war sie noch in der Lage, ihre eigene Fassungslosigkeit darüber wahrzunehmen, mit welchen Summen hier um sich geworfen wurde, nur dafür, dass ihr jemand die Unschuld nehmen durfte.

»Zweihundertfünfzig!«, kam das aktuelle Gebot.

»Eintausend!« Der Ruf brachte alle anderen zum Schweigen, und plötzlich war es totenstill im Saal. »Aber dafür kaufe ich sie ganz. Nicht nur für das erste Mal.«

Lizia sah sich um und erkannte einen hageren, unscheinbaren Mann mittleren Alters. Er war ganz in Schwarz gekleidet.

Wenda Weeman brauchte einen Augenblick, sich von dem Schock des hohen Gebots zu erholen. Doch schon einen Moment später fand sie ihr aufgesetztes Lächeln und die Sprache wieder. »Eintausend Kronen ist ein äußerst großzügiges Angebot, werter Doff Nela. Aber es ersetzt mir schwerlich die Umsätze, die das Mädchen nach ihrem ersten Mal erzielen wird.«

»Für solche Umsätze findet Ihr draußen auf den Straßen Dunums jederzeit Dutzende anderer Mädchen, Wenda«, sagte der Doff gelassen. »Mein Herr, Arl ak Enwyggen, wäre Euch zu großem Dank verpflichtet, wenn Ihr sein Angebot annehmen würdet. Ihr wisst um sein hohes Alter, und vielleicht wird sie seine allerletzte Freude. Er will seinen neunzigsten Geburtstag mit ihr feiern.«

Wenda Weeman zögerte. »Und Ihr habt das Gold dabei?«

»Bis auf die letzte Krone«, sagte der Doff und hievte von unter dem Tisch zwei kopfgroße Ledersäcke hervor, die er klirrend auf den Tisch vor sich setzte.

Lizia sah Wenda Weemans Augen und die ihres Sohnes aufleuchten. Das Zögern war verschwunden.

»Abgemacht!«, sagte die Palastherrin. »Die Ware geht an Euch!«

Lizia war verkauft.

RAYMO

Dunuum – Barknar Olliks Gladiatorencamp

Raymo betrat das über dem Quartier der Gladiatoren liegende Privatquartier von Barknar Ollik in Ketten. Nicht nur seine Hände und Füße waren gefesselt, die schweren Eisenglieder waren rund um seinen nackten Oberkörper gewickelt. Einzig seine Beine hatte man nicht umwunden, so dass er wenigstens kleine Schritte machen konnte.

Das Gemach, in das Raymo von Lambes und zwei Wachen geführt wurde, war so prätentiös wie schon Barknar Olliks Gewänder und sein Auftreten. Kostspielige, aber vor allem hässliche Kunstwerke, teure und doch seelenlose Möbel.

Als Barknar Ollik Raymo erblickte, stürmte er auf ihn los, riss dabei einen lächerlich winzigen Dolch aus dem Gürtel und drückte Raymo die Klinge an den Hals. Seine kleinen Schweinsäuglein funkelten vor hysterischer Wut.

»Ich hätte dich verrecken lassen sollen, du Hund«, schrie er, und von seinen dicken Lippen flog Spucke direkt in Raymos Gesicht. »Mich so zu blamieren! Vor aller Welt. Aber vor allem vor Arl ak Sokay! Weißt du überhaupt, was du angerichtet hast?«

Raymo holte knapp mit dem Kopf aus und hieb seine Stirn so hart in das Gesicht des Kampfveranstalters, dass er mit einem Aufschrei und gebrochener Nase nach hinten zu Boden fiel.

Augenblicklich trat Lambes Raymo mit einem schnellen Tritt in die Kniekehle, so dass er nach vorne stolperte, und stieß ihm mit dem stumpfen Ende seiner Lanze ins Kreuz. Eine seiner Wachen half Barknar Ollik zurück auf die Füße. Der stürmte sofort wieder auf den nun knienden Raymo ein, schlug ihm mit dem Handrücken gegen das Jochbein und hielt ihm die Spitze seines Dolchs vor das Auge.

»Ich sollte dich gleich jetzt und hier abstechen!« Nun war es Blut, das von seinem Mund in Raymos Gesicht spritzte.

»Was hält dich davon ab?«, knurrte Raymo ihm entgegen.

Barknar Ollik richtete sich auf und lachte hustend und spöttisch, ganz so als hätte Raymo gerade einen schlechten Witz gemacht. »Was hält dich ab?«, äffte er ihn nach. »Hast du das gehört, Lambes? Der Kerl ist wirklich dreist, oder?«

»Caldäer sind bekannt für ihre Unbeugsamkeit«, antwortete Lambes und trat Raymo so fest in den Rücken, dass er vornüberfiel. Weil seine Hände und Arme gefesselt waren, knallte er mit dem Gesicht auf den Steinboden.

»Ich sage dir, was mich davon abhält, du Hochlandratte!«, zischte Barknar Ollik und wischte sich mit einem Seidentuch das Blut wenigstens halbwegs von Nase und Mund. »Der werte General hält mich davon ab. Er will sich höchstpersönlich bei dir dafür revanchieren, dass du seine Spiele verdorben hast.«

»Du tanzt nach der Pfeife eines twyddyanischen Adligen?«, fragte Raymo verächtlich, während er sich wieder auf die Knie und dann auf die Füße hochrappelte. »Du hast jetzt zweimal erlebt, dass das Publikum mich kämpfen sehen will. Ich mache dich reich, Barknar. Und darauf willst du verzichten, um bei dem General nicht in Ungnade zu fallen?«

»Hat man denn so was schon mal erlebt?«, fragte Barknar Ollik seinen Hauptmann amüsiert und wandte sich dann wieder an Raymo. »Verstehst du denn nicht? Natürlich will das Publikum dich kämpfen sehen, und genau da liegt das Problem. Mit jedem Kampf in der Arena und erst recht mit jedem Sieg würdest du an die Schmach erinnern, die dein Trotz dem General heute beigebracht hat. Je öfter du siegst, desto schlimmer. Arl ak Sokay kann unmöglich zulassen, dass du auf solche Weise seine Macht noch mehr in Frage stellst – und vor allem die anderen Arls dazu aufstachelst, seine Macht in Frage zu stellen.«

»Warum hat er mich dann nicht gleich in der Arena von seiner Garde töten lassen?«, fragte Raymo.

»Weil das Publikum das als einen Akt der Feigheit seinerseits betrachtet hätte.«

»Er will mich also heimlich um die Ecke bringen. Warum lässt er dich und Lambes das nicht gleich hier erledigen?«

»Das wissen die Götter«, sagte Barknar Ollik mit einem Achselzucken. »Angeboten habe ich es ihm selbstverständlich, das gehört zum guten Ton. Aber er will dich in seinen Quartieren im königlichen Palast. Vermutlich will er es selbst tun. Vielleicht hat er auch die anderen Arls eingeladen, um, wie er es durchaus gerne zu tun pflegt, vor ihrer aller Augen im Duell Mann gegen Mann zu beweisen, dass er der Stärkere von euch beiden ist. Auf diese Weise wäre sein Ruf wiederhergestellt.«

Raymo erinnerte sich nur zu gut daran, dass General ak Sokay auch in seiner Zeit als Geißel Caldas öfter solche brutalen Schaukämpfe veranstaltet hatte. Gegen die Oberhäupter widerspenstiger Klans. Man erzählte sich im Hochland noch heute, dass keiner dieser Zweikämpfe jemals wirklich fair gewesen war: Ak Sokay hatte seine Gegner zuvor entweder schwer verletzen oder vergiften lassen. Ob das wirklich stimmte, konnte Raymo nicht beurteilen, aber er hatte das sichere Gefühl, dass er es schon bald am eigenen Leib erfahren würde.

»Ist mir aber auch egal«, fuhr Barknar Ollik fort. »Meine Anweisungen lauten, dich zu ihm zu bringen.«

»Ich denke, die Obrigkeit hat keine Macht über die Kupferberg-Höhlen«, sagte Raymo.

»Über mich und meine Kämpfe schon. Die Macht des Goldes. Nur ein Teil meiner Einnahmen stammt aus den Eintrittsgeldern und den Wetten. Der weitaus größere Teil kommt von Adligen, die die Spiele stiften, um ihre Bekanntheit und ihren Ruhm zu mehren oder um sich beim Volk beliebt zu machen. Vergraule ich die, kann ich einpacken. Aber genug der Worte, wir müssen los!«

Lambes gab seinen Männern ein Zeichen, sie packten Raymo bei den Armen und führten ihn nach draußen.

Außerhalb der dritten Mauer des Camps stießen sie auf eine zwanzig Mann starke Truppe von Soldaten: die Leibgarde des Generals.

Barknar Ollik war überrascht. »Aber das ist doch nicht nötig«, sagte er zu deren Hauptmann. »Meine Männer sind genug …«

»Befehl von Arl ak Sokay«, unterbrach ihn der Hauptmann schroff. »Er will sicherstellen, dass dem Caldäer auf dem Weg zum königlichen Palast kein Unglück widerfährt. Es ist daher auch nicht nötig, dass Euch mehr als einer Eurer eigenen Männer begleitet.«

Raymo sah deutlich, dass Barknar Ollik der Gedanke, seine eigene Wache zurücklassen zu müssen, ganz und gar nicht behagte, und er sah auch, dass er mit zusammengepressten Lippen gerade noch so Widerworte unterdrückte. Er nickte Lambes zu. »Du kommst mit, die anderen bleiben hier.«

Die Leibgarde des Generals nahm Raymo, Barknar Ollik und Lambes in ihre Mitte.

»Löst ihm die Beinfesseln«, sagte der Hauptmann der Truppe. »Wir haben nicht ewig Zeit.«

Lambes schaute Barknar Ollik fragend an, und der nickte. Erst dann folgte der Einäugige der Anweisung. Er ließ die gelösten Fußschellen auf dem Boden liegen.

Raymo streckte die Beine, um sie wieder flexibel zu machen, und dachte für einen Moment lang an Flucht, aber die Ketten an Oberkörper und Händen und zwanzig Mann Leibgarde machten die Aussicht auf Erfolg so düster wie den Himmel der vergangenen zwei Jahre.

Der Weg zum königlichen Palast führte durch das Labyrinth der Kupferberg-Höhlen zunächst auf die Docks hinaus und dann auf dem Nordkai des Rahn entlang flussaufwärts in Richtung Westen.

Trotz der Dunkelheit konnte Raymo den Sitz der Herrscherin schon von Weitem erkennen. Er war mit zahllosen Fackeln erleuchtet. Die einstmals weißen Mauern und Türme waren grau von ihrem Ruß und der Asche, die in der Luft lag. Grau wie der Fluss.

Raymo konnte kaum fassen, wie groß er war. Wie eine eigene Stadt. Wobei es in ganz Calda nicht eine einzige Stadt gab, die in ihren Ausmaßen dem Palastkomplex auch nur annähernd gleichkam.

Das große, eisenbeschlagene Tor in der äußeren Südmauer war von zwei eigenen Türmen und einem Trupp Soldaten gesichert. Deren Hauptmann erkannte die Garde des Generals und bellte einen Befehl, das Tor zu öffnen. Das Fallgitter wurde quietschend in die Höhe gezogen, und die Flügel dahinter schwangen langsam nach innen.

Das Überschreiten der Schwelle war wie das Betreten einer anderen Welt. Als würde man von der Nacht in den Tag treten. Das Innere des ersten Vorhofs war verschwenderisch in helles Licht getaucht. Gaukler und Musikanten spielten lautstark um die Wette. Es gab Ringkämpfe und Karussells, Fress- und

Schießbuden, und die Adligen, die sich dazwischen tummelten, waren dem Fest entsprechend aufs Kostbarste gekleidet und geschmückt.

Raymo fiel auf, dass kaum einer lächelte, dass niemand wirklich in fröhlicher oder gar ausgelassener Stimmung zu sein schien.

»Der zehnte Jahrestag von Königin Rielles Krönung«, sagte Barknar Ollik zu Raymo. »Vielleicht hat Arl ak Sokay deine Hinrichtung als eine besondere Festeinlage geplant.«

Er stieß ein kurzes, fast schon bitteres Lachen aus, und Raymo sah ihm an, wie sehr er sich wünschte, zu diesen merkwürdig freudlosen Menschen zu gehören – nicht als Veranstalter brutaler Kämpfe zu ihrer Belustigung, sondern als einer von ihnen.

Im zweiten Vorhof des Palasts war das Treiben noch bunter – und erheblich erlesener. Selbst die Musikanten, deren Lieder um einiges festlicher und gediegener waren als die zuvor, waren reicher gekleidet als Barknar Ollik. Keiner der Anwesenden schenkte ihnen auch nur die geringste Beachtung. Eine Schar bis an die Zähne bewaffneter Soldaten schien hier offenbar kein außergewöhnlicher Anblick zu sein.

Nach der dritten Mauer führte eine gewundene und leicht zu verteidigende Rampe über eine Zugbrücke zu den eigentlichen Hauptgebäuden des Palasts, von dem jeder einzelne Turm größer war als die gesamte Burg von Raymos Vater in Calda.

»Hier warten wir«, sagte der Hauptmann des Generals.

»Worauf?«, fragte Barknar Ollik.

»Darauf, dass wir von General ak Sokay gerufen werden.«

Sie warteten über eine Stunde.

Barknar Ollik machte in dieser Zeit mehrfach ungeduldig darauf aufmerksam, dass der General sie erwartete, dass es keinen Grund für die Verzögerung gab und dass er Durst hatte und durchaus mittlerweile auch Hunger, doch der Hauptmann ignorierte ihn.

Von da aus, wo sie warteten, hatte Raymo das Tor ins Zentrum des Palasts gut im Auge und beobachtete das rege Ein und Aus der Scharen. Die Gewissheit, es nachher selbst zu betreten, aber den Palast nie wieder lebend zu verlassen, legte sich ihm auf die breite Brust wie ein gewaltiger Block aus Eis. Einzig die Erinnerung an sein Zuhause in der Zeit vor dem Weltendonner wärmte ihn. Es gab welche, die behaupteten, nach dem Tod würde man in ein anderes Reich übergehen und dort alle seine Lieben wiedertreffen, mit ihnen frei von Sorge feiern und lachen, tafeln und tanzen. Und zwar richtig feiern, nach Art der Caldäer, nicht so seelenlos und verhalten wie die twyddyanischen Adligen um ihn herum.

Raymo wusste nicht, ob er an dieses Leben nach dem Tod glauben sollte. Im Moment erschien es wie eine schöne Idee, aber wahrscheinlich war es ebenso ein Mythos wie die Geschichten von den Rippern, nur, anders als jene, nicht dazu gedacht, Kindern Angst einzujagen, sondern den Erwachsenen die Angst zu nehmen.

Die Angst vor dem Ende, die Angst vor dem Danach, die Angst vor dem Nichts.

Der Anblick eines vertrauten Gesichts löste Raymo aus seinen düsteren Gedanken. Es war Lizia!

Sie trug ein weißes Kleid und war barfuß. Es war offensichtlich, dass sie fror. Getrocknete Blumen aus der Zeit vor der Dunkelheit waren ihr in die roten Locken geflochten. Ihre Hände waren mit einem dünnen Seil aus weißer Seide gefesselt. Sie war in Begleitung von vier Soldaten und einem hochgewachsenen Mann in komplett schwarzer Kleidung. Sein hageres Gesicht war ebenso kühl wie das von Lizia voller Angst. Raymo spürte den Impuls, ihr zu Hilfe eilen zu müssen, und lachte gleich darauf grimmig auf. Er konnte ja nicht einmal sich selbst helfen.

Sein Lachen ließ Lizia innehalten und hoffnungsfroh aufschauen, als hätte sie Raymos Stimme erkannt. Doch als ihr

Blick ihn fand und die Ketten sah und die Leibgarde, verschwand die Hoffnung ebenso schnell, wie sie aufgetaucht war.

Sie schauten einander wortlos in die Augen, nur etwa acht bis zehn Fuß voneinander entfernt. Raymo verspürte den Drang, etwas zu sagen, fand aber keine Worte. Er sah, dass es ihr ganz genauso ging. Dann gab der Schwarzgekleidete den Soldaten einen knappen Befehl, zwei von ihnen packten Lizia bei den Armen und zwangen sie dazu, weiterzugehen, nach drinnen ins Zentrum des Palasts.

Raymo fragte sich, was wohl ihr Schicksal sein mochte. Würde sie da drinnen ebenso den Tod finden wie er selbst? Ihm kam ein seltsamer Gedanke: Wären die Dinge vielleicht anders gekommen, wenn sich ihre Wege nicht bei der Ankunft in Dunuum getrennt hätten? Doch all diese Überlegungen waren jetzt müßig, und Raymo schickte seinen Geist wieder auf die Reise in die Jahre seiner Kindheit in Calda. Selbst in permanenter Furcht vor Überfällen der Twyddyaner war die Zeit damals eine sehr viel bessere gewesen als die jetzige.

Schließlich trat aus dem Innern des Palastkomplexes ein Soldat, der ebenfalls die Farben ak Sokays trug: Rot, Gold und ein so dunkles Blau, dass es beinahe schon schwarz war. Der Neuankömmling flüsterte dem Hauptmann etwas ins Ohr.

»Weiter geht's!«, rief der gleich darauf, und der Trupp setzte sich wieder in Bewegung.

»Wurde auch Zeit«, bemerkte Barknar Ollik mürrisch.

Das Zentrum des königlichen Palasts war noch einmal ein ganz eigenes, weitverzweigtes Labyrinth aus Straßen, Gassen und Plätzen, den Kupferberg-Höhlen nicht unähnlich, jedoch sehr viel sauberer. Raymo wusste, dass hier alle höhergestellten Adelshäuser Twyddyns und auch einige der weniger hochgestellten ihre eigenen Quartiere hatten; weitläufige Häuserblocks, die jeder für sich zusätzlich mit wehrhaften Mauern umgeben waren. So als hätte man alle Stammesburgen Caldas auf einem einzigen Platz dicht an dicht nebeneinandergestellt.

Die Quartiere von General ak Sokay waren besonders imposant. Die Mauern waren höher und dicker als die der meisten anderen. Hinter dem ersten eisenbeschlagenen Portal lag ein tiefer Graben, vermutlich früher ein Tunnel der Minen. Er war mit einer stabilen, aber mittels mehrerer Ketten leicht einzuholenden Hängebrücke überspannt. Dennoch schwankte sie nicht einmal unter dem Gewicht der zwanzig stramm marschierenden Soldaten und der drei Männer, die sie eskortierten. Sie führte durch ein zweites Portal, das ein ganzes Bataillon von Wachsoldaten beherbergte, in den Burghof, und von dort aus ging es weiter in das eigentliche Hauptgebäude; mehr trotzig und befestigt als prunkvoll und schmuck.

Selbst hier drinnen waren die Türen schwer und dick, und jede von ihnen war noch einmal von zwei Männern der Garde gesichert. Arl ak Sokay war ganz offensichtlich ein äußerst vorsichtiger und misstrauischer Mensch. Wahrscheinlich waren es ebendiese Qualitäten, die ihn am Hofe Königin Rielles so erfolgreich und mächtig gemacht hatten, überlegte Raymo.

Ihr Weg endete in einem fensterlosen Saal, der Raymo vom Grundriss her an die Große Halle seines Vaters erinnerte, jedoch doppelt so lang und breit. An den kalten Wänden aus Stein hingen Trophäen von den Schlachten und Überfällen des Generals: Häuptlingsschwerter mit Griffen aus Gold und Walbein, mit Runen verzierte Äxte und Hämmer, sogar ein Helm aus dem seltenen Wunderstahl der Caldäer, mit eingelassenen Edelsteinen und Einlegearbeiten aus Gold und Silber. Dazwischen waren Felle von Wölfen und Wildschweinen und die Geweihe von Hochlandbüffeln und Hirschen aufgehängt. Besonders prominent hinter einem thronähnlichen Stuhl am anderen Ende des Saals war der Pelz eines gigantischen Schneebären mitsamt Kopf drapiert.

Auf dem Stuhl selbst saß der General, flankiert von vier Männern seiner Garde. Wie schon in der Arena der Gruben trug er seine volle Rüstung. Der Dämonenhelm stand aufrecht auf einem Schemel neben ihm. Daran lehnte das gewaltige Schwert, mit dem er schon so viele der Landsleute Raymos erschlagen hatte.

»Raymo Ten Mayne.« Die Stimme des Generals war bedrohlich leise und ebenso bedrohlich kraftvoll. »Llugh Ten Maynes kleiner Junge aus dem Hochland der Caldäer. Ich hätte dich fast nicht wiedererkannt. Lass dich anschauen: Ja, der Weltendonner hat endlich einen richtigen Mann aus dir gemacht, wie es scheint. Wenn auch wohl einen recht verzweifelten, wenn ein Prinz wie du jetzt im Dienste eines solchen Abschaums steht wie Barknar Ollik.«

»Hochverehrter Arl!« Barknar Ollik konnte seine Entrüstung über die Beleidigung des Aristokraten nur unzureichend verbergen. »General …«

»Du schweigst!«, herrschte Arl ak Sokay ihn laut an.

Unwillkürlich machte Barknar Ollik einen Schritt zurück und senkte den Blick.

Der General erhob sich von seinem Platz. »Kommen wir zunächst zur Entschädigung für die Verletzung meines Rufs …«

»Ich habe Gold«, warf Barknar Ollik eilig ein. »Viel Gold.«

Der General winkte ab. »Gold interessiert mich nicht, du Grubenlurch. Und es repariert auch meinen Ruf nicht. Aber ich habe längst einen anderen Weg gefunden.«

Er klatschte in die Hände. Gleich darauf betrat durch ein Portal auf der Thronseite des Raums ein Mann den Saal. Er war von Kopf bis Fuß in schwarzgraues Seehundleder gekleidet. Von unter einer Bandana aus demselben Material wallten schneeweiße Locken über seine breiten Schultern. Raymo fragte sich, was wohl sein Haar so weiß hatte werden lassen. Das Alter konnte es unmöglich sein. Er war um einiges jünger als der Arl. Aber sein bleiches, wettergegerbtes Gesicht war hager und von zahlreichen Falten und Narben zerfurcht. Seine Augen waren grau und kalt.

»Das ist Commodore Zane Arkeen«, stellte der General ihn vor, und der Commodore verneigte sich militärisch knapp vor ihm, die behandschuhte Hand auf dem Griff seines eindrucksvollen und schweren Entersäbels. »Der Befehlshaber meiner kleinen, aber schlagkräftigen Flotte, mit der ich das verfluchte Milara das Fürchten lehren werde. Er hat dir etwas mitgebracht, Barknar Ollik.«

Zane Arkeen stieß einen kurzen, aber schrillen Pfiff aus.

Weitere Männer betraten den Saal. Raymo erkannte sie sofort. Es waren Barknar Olliks Gladiatoren. Insgesamt mehr als zwei Dutzend. Unter ihnen auch Eivin, Attla und Shuyak Dolc. Jeder von ihnen hielt einen dunklen Ledersack in der Hand.

Raymo sah, wie Barknar Olliks Mund sich in wortlosem Erstaunen öffnete.

»Während ich euch unten warten ließ, hat Zane Arkeen deinem Gladiatorencamp in den Höhlen einen Besuch abgestattet«, sagte der General. »Wie du weißt, brauche ich dringend Männer, um meine Segelgaleeren zu besetzen. Gute, starke Männer, die im Kampf geübt sind, vor allem aber im Töten.«

Raymo sah, dass es aus den Ledersäcken, die die Gladiatoren hielten, tropfte. Nur wenige, dunkle Tropfen. Sie sammelten sich zu kleinen Lachen zu ihren Füßen.

»Deine Männer scheinen genau die Richtigen für eine solche Aufgabe zu sein«, fuhr der General fort. »Trainiert, hart im Nehmen, genügsam. Vor allem aber wissen sie, wie es ist, wenn man dem Tod ins Auge schaut. Wie sehr es zählt, da wo andere ihr Ende sehen und aus Furcht vor diesem Ende zusammenbrechen, einen neuen Pfad zu schlagen. Den Pfad des Überlebens. Das ist, was Sieger von toten Männern unterscheidet. Und ich brauche Sieger. Daher habe ich ihnen durch Zane Arkeen ein Angebot unterbreiten lassen: zehn Jahre Dienst auf meinen Schiffen gegen gute Verpflegung und einen Anteil an der Beute, die wir beim Kapern der milaresischen Hunde machen. Am Ende der Dienstzeit wartet auf sie außerdem eine Parzelle Land auf meinen Gütern. Wie es scheint, fanden sie alle mein Angebot durchaus annehmbar. Deine Wachen jedoch hatten ein Problem damit. Loyal, aber dumm. Wie die meisten einfachen Soldaten.«

Er schnippte mit den Fingern, und die Gladiatoren warfen die Beutel in Barknar Olliks Richtung. Dabei öffneten sie sich, und abgetrennte Köpfe rollten über den Steinboden, blieben vor den Füßen des Kampfveranstalters liegen.

»Was ist mit dir?«, fragte der General. »Bist du auch loyal und dumm?«

»W-w-was?!« Barknar Ollik war fassungslos. »Ich?«

»Mit dir rede ich nicht«, sagte Arl ak Sokay. »Die Frage galt deinem Hauptmann.«

Lambes reagierte, ohne zu zögern, und zog Raymos Dolch aus seinem Gürtel. Noch während er das tat, machte er einen schnellen Schritt von hinten an Barknar Ollik heran, fasste ihn am Schopf und trieb ihm die scharfe Klinge mit einem kräftigen Stoß durch den Nacken, so dass sie vorne am Hals blutbeschmiert wieder hervortrat.

Es war, als würde ein Blitz in den Leib Barknar Olliks einschlagen. Er zuckte, bäumte sich auf, stieß einen gurgelnden, nassen Laut aus und fiel im nächsten Augenblick kraftlos zu Boden. Nur sein Kiefer bewegte sich noch schnappend, während er röchelnd starb.

General ak Sokay klatschte mit langsamen Bewegungen Beifall. »Sehr gut, Hauptmann«, sagte er zu Lambes. »Hiermit stehst nun auch du in meinen Diensten.«

Lambes verneigte sich und machte ergeben einen Schritt nach hinten, wo er das Blut vom Dolch an seinem Umhang abwischte und ihn zurück in den Gürtel steckte.

»Und jetzt zu dir, Raymo Ten Mayne«, sagte Arl ak Sokay. »Sprich, Caldäer, ganz freiheraus, habe ich dir in einem früheren Leben etwas angetan?«

Raymo fielen spontan ein Dutzend Dinge ein, die ak Sokay ihm und seinem Volk bereits in diesem Leben angetan hatte, doch er schwieg. Er spürte, dass es trotz der Einladung, frei zu sprechen, keine echte Frage war, sondern lediglich die Einleitung zu einem Monolog, den der Arl für diesen Moment vorbereitet hatte.

»Erst raubst du mir meine liebste Kaecee«, fuhr der General fort. »Dann stirbt sie auch noch deinetwegen da oben am Arsch der Welt.«

Raymo stutzte.

»Tu nicht so, als hättest du nicht gewusst, dass Duard ak Aeton seine jüngste Tochter zuerst mir zur Frau versprochen hatte, ehe er sich dafür entschied, den Kampf gegen euch Hinterwäldler auf friedliche Weise zu beenden, statt euch einfach alle auszurotten, wie ich es an seiner Stelle getan hätte.« Das Gesicht des Generals war finster und voller Verachtung. Raymo war klar, dass die Tatsache, dass er davon wirklich nichts gewusst hatte, er, der selbst nur eine Figur im Spiel der Macht gewesen war, nichts ändern würde.

»Ja«, sagte der Arl, »ich habe die kleine Kaecee wirklich geliebt, aber mit einem Mal sollte sie dir gehören. Und das nach allem, was ich für den Alten getan habe. Nach all den Entbehrungen und Demütigungen, dem Katzbuckeln und Speichellecken von fast einem Jahrzehnt. Und als wäre das nicht schon genug, ruinierst du jetzt auch noch meine Triumphspiele und machst mich durch deine Weigerung, einfach zu sterben, zum Gespött des Adels!«

»Wenn Ihr dafür eine Entschuldigung erwartet«, sagte Raymo, »wartet Ihr vergeblich.«

»Eine Entschuldigung? Von dir?« Der General stieß ein verächtliches Schnauben aus. »Von einem Nichts? Unsinn! Ich erwarte ja auch von einer Ratte, die mir auf den Teppich scheißt, keine Entschuldigung. Ich zertrete sie einfach.«

»Dann schlage ich vor, wir gehen zu meiner Hinrichtung über«, sagte Raymo, »ehe Ihr mich noch zu Tode langweilt mit Eurem Gequatsche.«

»Raymo!«, zischte Lambes warnend.

Doch der General lachte nur. »Hinrichtung?«, fragte er. »Nicht doch, Hochländer. So leicht wie mit dem Tod kommst du mir nicht davon. Nicht nur um deinetwillen, sondern auch als Warnung für jedermann, der künftig glaubt, mir Schmach bereiten zu dürfen. Nein, ich schicke dich ebenfalls auf meine Galeeren. Aber nicht lediglich für zehn Jahre wie die anderen Gladiatoren, sondern für den Rest deines erbärmlichen Lebens. Du wirst dort auch nicht kämpfen wie deine Kameraden. Dich, Caldäer, lasse ich als Sklave unter Deck ans Ruder ketten. Für immer!«

SCHRECKEN IN DER DUNKELHEIT

RAYMO

Dunuum – Hafen

Eskortiert von zwei Dutzend von Arl ak Sokays Soldaten führte Commodore Zane Arkeen die ehemaligen Gladiatoren Barknar Olliks aus dem königlichen Palast zum Hafen hinunter. Raymo war der einzige von ihnen in Ketten. Lambes ging neben ihm.

Jeder zweite der Soldaten des Generals trug eine langstielige Fackel. Die anderen hielten ihre Speere an den Seiten, die Spitzen nach vorn und leicht zur Seite. Sie waren darauf trainiert, immer und überall mit einem Angriff zu rechnen. Für Raymo war das ein weiteres deutliches Zeichen dafür, dass nicht nur in den Kupferberg-Höhlen und den Slums, sondern auch in den gewöhnlichen Straßen der einst so prachtvoll blühenden Hauptstadt die Zivilisation längst vor die Hunde gegangen war.

»Caldäer«, sagte der frühere Hauptmann von Barknar Olliks Wache so leise, dass durch den lauten, gleichmäßigen Tritt der Soldatenstiefel um sie herum nur Raymo ihn hören konnte. »Du und ich, wir sind ab jetzt Freunde, ist das klar?«

Raymo stieß ein sarkastisches Schnauben aus. »Natürlich sind wir das. Busenfreunde.«

»Das ist mein Ernst, Caldäer«, raunte Lambes eindringlich. »Du begreifst doch, dass du als Rudersklave aufgeschmissen bist, oder? Der General will, dass du leidest, also wirst du leiden, keine Frage. Und Zane Arkeen wird dafür sorgen, dass du am Leben bleibst, aber gerade genug, um weiterleiden zu können. Sie werden dich behandeln wie einen Hund für den Rest deines Lebens.«

»Was interessiert das dich?«, fragte Raymo, der selbst wusste, was ihm bevorstand. »Du hast dein neues Bett doch längst gemacht, indem du Ollik in den Rücken gefallen bist.«

»Du weißt, ich hatte keine andere Wahl«, erwiderte Lambes mit einer gehörigen Portion Verbitterung in der Stimme. »Ak Sokay hätte mich sonst noch in seinem Palast auf der Stelle abschlachten lassen. Die Gladiatoren haben nur darauf gewartet, es mir heimzuzahlen.«

Jetzt verstand Raymo, woher der Wind wehte; worauf der ehemalige Hauptmann hinauswollte. »Ja, du hast jeden von ihnen mehr als einmal deine Peitsche spüren lassen, als du noch Barknar Olliks Wachhund warst. Und jetzt hast du natürlich berechtigt Angst, dass sie dich auf dem Schiff dafür bezahlen lassen werden.«

Lambes legte die Stirn in noch tiefere Falten. »Du beginnst allmählich zu verstehen, Caldäer.«

»Ich sehe nur nicht, wie ich dir bei diesem gar nicht einmal so kleinen Problem helfen kann, Lambes. Immerhin werde ich unter Deck ans Ruder gekettet.«

Lambes nickte. »Ja, das wirst du. Ich werde dafür sorgen, dass ich auf dem Platz neben dir sitze, und wir werden, so gut es eben geht, aufeinander aufpassen. Wann immer möglich, werden wir in den Pausen zwischen den Ruderzeiten abwechselnd schlafen und Wache halten. Außerdem gebe ich dir von meinen Rationen ab, weil die ganz gewiss größer ausfallen werden als deine, und bei der ersten Gelegenheit, die sich bietet, löse ich deine Ketten, und wir hauen zusammen ab.«

»Du entschuldigst hoffentlich, dass ich das sage, aber das ist kein besonders ausgeklügelter Plan«, stellte Raymo fest.

Lambes unterdrückte ein Lachen. »Und das von jemandem, der, seitdem ich ihn kenne, nicht anders gehandelt hat als planlos, überstürzt oder stur. Sieh, wohin dich das gebracht hat.«

»Beleidigungen sind ganz sicher nicht der geeignete Weg, Freunde zu gewinnen«, knurrte Raymo.

Lambes zuckte mit den Achseln. »Ich sage nur die Wahrheit, Caldäer, und Freunde sollten ehrlich zueinander sein. Du bist nun einmal ein ungestümer Trotzkopf. Immer mit dem Kopf durch die Wand. Nur deshalb bist du doch jetzt überhaupt hier, und das weißt du. Pläne schmieden ist einfach nicht deine Stärke. Aber wenn du jetzt einen besseren hast – ich bin ganz Ohr.«

Raymo grübelte. »Nein«, gab er schließlich zu. »Was Besseres fällt mir auch nicht ein.«

»Dann ist es abgemacht? Du und ich, Freunde?«

»Zumindest Partner. Fürs Erste«, sagte Raymo. »Und ich will meinen Dolch zurück.«

»Sollst du haben, sobald wir wieder frei sind.«

Sie erreichten den Hafen.

Noch ehe sie ihn durch das breite Tor der Stadtmauer betraten, konnte Raymo ihn hören: den Klang von unzähligen Hämmern und Sägen, quietschenden Flaschenzügen, das bollernde Rollen von Fässern, das Knarren der Seile beim Zurren und das Rasseln riesiger Ketten. Ja selbst das Prasseln der Feuer unter den mannsgroßen Kesseln voller Pech, mit denen die hölzernen Planken der Schiffe bestrichen wurden, um sie noch wasserdichter zu machen.

Als er diese Schiffe nach dem Passieren des Tores schließlich mit eigenen Augen sah, blieb Raymo vor Erstaunen wie angewurzelt stehen.

Es waren fünf an der Zahl, und sie waren gewaltig; jedes von ihnen so groß wie eine kleine Festung. Vom Wasser aus mehr als zwanzig Fuß hoch. Die Breitseiten waren mit zwei übereinanderliegenden Reihen von Rudern bestückt, jede einzelne Reihe zählte dreißig Riemen. Trotz ihrer enormen Größe waren die Schiffe eindeutig für hohe Geschwindigkeit und Wendigkeit entworfen. Über den beiden Ruderetagen befanden sich je ein geschlossenes Deck und ein offenes mit hoher Reling.

Raymo vermutete, dass das geschlossene Deck Lagerraum war und Unterkunft für die nicht rudernden Mannschaften und Offiziere.

Jede der Galeeren hatte vorn und in der Mitte zwei riesige Masten, der hintere war beinahe zwei Drittel der gesamten Schiffslänge hoch. Hinter dem Mast stand eine lange Hütte aus Holz, das Waffenlager. Am Bug, direkt auf der Wasserlinie war in der Form eines Storchenschnabels ein Rammsporn angebracht, mit Metall ummantelt und mit dicken, eckigen Dornen aus Eisen bestückt. Auf das Heck eines jeden Schiffs war ein hölzerner Turm gebaut, mit Schießscharten im zweiten und dritten Stock und oben einer Terrassenplattform mit Zinnen.

»Dein neues Zuhause, du Hund.« Commodore Zane Arkeen war an Raymo herangetreten. Er bleckte die Zähne zu einem gehässigen Grinsen und sah dabei mit seinem beinahe schneeweißen Gesicht aus wie ein hungriger Wolf.

Er deutete auf die unterste Ruderreihe des Schiffes, dem sie am nächsten standen. »Dort unten, siehst du? Direkt beim Wasser. Da ist es schön dunkel und feucht. Ich setze dich an den vordersten Riemen, da wo die Bugwelle jeden deiner Züge durcheinanderbringt und du doppelt so hart arbeiten musst. Dort wirst du rudern und schlafen, essen und kacken … und irgendwann, vielleicht schon in ein paar Tagen, vielleicht erst in Monaten oder gar Jahren, wirst du dort wahnsinnig und dann verrecken, ohne jemals wieder frische Luft geatmet zu haben.«

Auf sein knappes Zeichen hin und begleitet von seinem sadistischen Lachen wurde Raymo von zwei der Soldaten gepackt und in ein Boot gestoßen.

Lambes und einige der anderen Gladiatoren sprangen hinzu, während die restlichen sich auf andere Boote verteilten, die sogleich vom Kai ablegten und hinüber zu der Galeere gerudert wurden. Dort angelangt kletterten die freien Männer mittels Strickleitern an Bord.

Raymo hingegen wurde ein von oben herabgelassenes Seil um die Ketten seiner Handschellen geknotet, und er wurde wie ein Stück Frachtgut hochgehievt. Dabei knallte er immer wieder gegen die Wand des Schiffes, und die Schellen gruben sich tief in seine nackten Handgelenke. Einmal schlug er so hart mit dem Gesicht gegen das Holz, dass seine Nase brach und ihm das Blut über den Mund strömte.

Oben angekommen, gab es einen Moment, in dem sie ihm das Seil von den Ketten losmachten; Raymo überlegte, ob er ihn nutzen, sich freikämpfen und mit einem Satz über Bord ins Wasser springen sollte, um zu entkommen, doch seine Ketten waren viel zu schwer zum Schwimmen, und der ganze Hafen wimmelte vor Soldaten des Generals. Es wäre ein sinnloses Unterfangen gewesen. Besser abwarten, bis sich eine geeignetere Gelegenheit ergeben würde.

Er rotzte das warme Blut in seiner Kehle weit über die Reling und ließ zu, von zwei Soldaten unter Deck geführt zu werden. Bis ganz unten, so wie Zane Arkeen es versprochen hatte, nach vorn zum Bug, an die erste der Ruderbänke, wo man seine Handschellen mit einem eisernen Ring am Riemen verband.

»Du hast dir aber auch wirklich das schönste Plätzchen ausgesucht«, feixte Lambes, als er sich neben ihn auf die Bank setzte.

»Kein Grund, sich zu beschweren«, raunte Raymo. »So haben wir den ganzen Raum im Blick, und hinter uns ist nichts als die Schiffswand. Unsere Chancen, zu überleben, haben sich damit verdreifacht.«

»Ich habe mal einen Gelehrten sagen hören, dreimal null bleibt null«, erwiderte Lambes zynisch.

»Eben an Land klangst du aber noch sehr viel zuversichtlicher.«

»Ja, das war, bevor ich dieses Riesenmonster gesehen habe. Hast du eine Ahnung, wie viele Soldaten hier mit uns an Bord sind?«

»Ich habe auf dem Weg hierher zehn Dutzend gezählt«, antwortete Raymo. »Ebenso viele freie Kämpfer und noch einmal so viele Sklaven.«

»Das sind mehr als in einer verfluchten Kleinstadt, Mann!«

»Hat Vorteile.«

»Welche denn?«

»Zum einen hat der Commodore damit alle Hände voll zu tun, so dass er sich weniger um mich kümmern kann, und zum zweiten: Stell dir mal bei so viel Mann Besatzung das Chaos vor, das ausbricht, wenn es zum Kampf mit den Milaresen kommt.« Raymo lehnte sich zurück und schloss die Augen. »Und Chaos eröffnet Möglichkeiten, hat zumindest mein Vater immer gesagt.«

»Was um alles in der Welt machst du da?«, fragte Lambes ungläubig.

»Wonach sieht es denn aus?«, fragte Raymo. »Ich ruhe mich noch ein wenig aus, ehe die Plackerei losgeht. Du hast die erste Wache … Freund.«

LIZIA

Dunuum – Arl ak Enwyggens Palast

Der sphärische Klang von Harfen, Flöten und kleinen Glöckchen; aus einem irgendwo weiter hinten liegenden Zimmer. In der Luft der Duft von Weihrauch und verbranntem Salbei, dazwischen eine süßlichere Nuance. Getrocknete Früchte vielleicht? Oder verwelkte Blumen? Lizia war sich nicht sicher. Aber Blumen konnten es eigentlich nicht sein, es gab schon seit Ewigkeiten keine mehr.

Die Eingangshalle war nur von wenigen Kerzen erleuchtet. Sie war so hoch, dass Lizia die Decke nicht sehen konnte. Aber hier war es wenigstens warm, Lizia spürte ihre nackten Füße kaum noch, und ihr ganzer Körper war vom Frieren in dem dünnen weißen Kleid völlig verkrampft.

Doff Nela hatte auf dem ganzen Weg von Wenda Weemans Palast der Perlen bis hierher nicht ein Wort mit ihr gesprochen.

Lizia hatte noch nie einen so kühlen, so distanzierten Menschen getroffen. Sie war vertraut mit Verachtung, Überheblichkeit, Mitleid, Gehässigkeit und Rücksichtslosigkeit, aber der Doff schien vollkommen gefühllos, nicht nur ihr gegenüber. Sein schmales Gesicht war frei von jeglichem Ausdruck. Lizia wunderte sich, ob das nur eine aufgesetzte Maske war oder die ausgestrahlte Gleichgültigkeit sein wahres Gemüt. Selbst wenn sie genau hinsah, konnte sie beim besten Willen nicht erkennen, ob er überhaupt atmete.

Kaum hatten sie den Palast betreten, kam ein Diener herbei, um Doff Nela den Umhang abzunehmen. Ein weiterer brachte ein Tablett mit einem Krug und zwei Bechern aus gebranntem Ton. Der Krug dampfte. Während der Diener daraus in die Becher schenkte, machte Doff Nela Lizia ein Zeichen, ihm die Hände entgegenzustrecken, und löste ihre Fesseln.

Lizia fand es merkwürdig und auch beklemmend, dass niemand auch nur ein einziges Wort sprach.

Der Doff nahm die beiden Becher vom Tablett und reichte einen davon Lizia, ehe er seinen anhob und vorsichtig daraus trank.

Lizia roch zunächst daran. Die dunkle Flüssigkeit hatte ein seltsames, aber äußerst angenehmes Aroma. Sie duftete nach Bier und nach Honig, nach Zimt und Nelken und auch nach etwas Stärkerem als Bier.

Doff Nela bedeutete ihr mit einem seiner Art entsprechenden gleichgültigen Nicken, endlich zu trinken.

Der Trunk war so heiß, dass Lizia nur kleine Schlucke nehmen konnte, und sich dabei leicht die Lippen und die Zunge zu verbrennen, war nach der Kälte draußen beinahe ein köstliches Erlebnis. Der Geschmack war es allemal – und auch die Wärme, die er ihr von innen heraus spendete. Die Wirkung des Alkohols konnte sie schon gleich darauf im Nacken und den Wangen spüren. Außer ihr Wärme zu schenken, beruhigte er sie auch ein klein wenig. Sie hatte ohnehin beschlossen, sich in ihr Schicksal zu fügen und auch für den Moment nicht länger darüber nachzudenken, was wohl aus ihr werden würde, wenn Arl ak Enwyggen mit ihr fertig war.

Raymo vorhin in Ketten zu sehen, war der beste Beweis dafür, dass diese Welt einfach zu chaotisch und feindselig war, um im Voraus zu planen oder Hoffnungen zu pflegen.

Doff Nela gestattete ihr noch einen Schluck, dann nahm er ihr den noch halbvollen Becher aus der Hand und zeigte ans andere Ende der Halle zu einem schmalen Korridor.

Lizia verstand, dass er sie nicht begleiten würde, und machte sich mit kleinen, langsamen Schritten auf den Weg. Der Gang war dunkel, und Lizia zögerte, ihn zu betreten. Da erschien am anderen Ende ein kleines Licht, eine einsame Kerze.

Lizia beschwor all ihren Mut herauf und ging darauf zu.

Vier, vielleicht fünf Schritte, ehe sie die Kerze erreicht hatte, bewegte sich diese am Ende des Korridors nach rechts, und Lizia folgte ihr in einen weiteren Gang. Sie versuchte, auszumachen, wer die Kerze wohl tragen mochte, aber in der Dunkelheit sah es so aus, als ob sie ganz von selbst schwebte.

Trotz der leicht benebelnden Wirkung des Trunks pochte Lizias Herz jetzt schneller, und sie konnte über die Klänge der sphärischen Musik hinweg hören, wie ihr eigener Atem raste und flatterte. So viel zu der Illusion, sich in ihr Schicksal gefügt zu haben!

Reiß dich zusammen!, ermahnte sie sich. *Gleich wirst du gefickt, da führt kein Weg dran vorbei. Find dich damit ab und hör endlich auf, Angst zu haben. Alle Menschen ficken früher oder später. Das ist nichts Besonderes!*

Doch wie so oft im Leben schrie der Verstand vergeblich gegen das Gefühl an.

Das kleine, flackernde Licht vor ihr wanderte weiter und nahm erneut eine Abzweigung. Hinter ihr war es stockfinster.

Je weiter sie ging, desto wärmer wurde es, die Musik wurde allmählich lauter, und auch der süßliche Weihrauchduft, der in der Luft lag, wurde zunehmend stärker.

Endlich führte der schwache Schein der Kerze Lizia in einen Raum. Der schien riesig zu sein, da die kleine Flamme keine der Wände erreichte. Aber eines war sicher: Die Musik kam von hier, von irgendwo jenseits der Dunkelheit.

Hier drin war auch der Duft so stark, dass er Lizia fast die Kehle zuschnürte.

Die Kerze stand jetzt auf einem kleinen Tisch, und der Kegel ihres Lichts erhellte nur einen winzigen, gelblich roten Fleck. Lizia sah ein Stück weichen Teppich unter dem Tisch und einen mehrfach gefalteten Zettel darauf, doch das war alles. Nervös trat sie an den Tisch heran, nahm den Zettel zur Hand und faltete ihn auseinander.

Zieh dich aus!, stand darauf in feinen, geschwungenen Lettern.

Das ist jetzt keine große Überraschung, dachte Lizia beinahe schon spöttisch und sah sich in der sie umgebenden Dunkelheit angestrengt um. Doch sie konnte niemanden sehen.

Sie legte den Zettel zurück auf den Tisch und nestelte die Schnürung ihres Dekolletés auf. Sie konnte nicht verhindern, dass dabei ihre Finger zitterten, und sie brauchte mehrere Anläufe, um die einzelnen Schleifchen zu lösen.

Als sie fertig war, streifte sie das Kleid über die Schultern und ließ es zu Boden sinken. So stand sie da, nackt, unsicher, ängstlich.

»Wunderbar! Ja, ganz wunderbar! Ein heller Rotschopf fehlt mir noch in meiner Sammlung. Fast wie gesponnenes Kupfer. Komm, meine Kleine, dreh dich herum. Dreh dich im Kreis für mich.« Die Stimme war so nah, dass Lizia vor Schreck zusammengezuckt war und instinktiv die Arme vor der Brust verschränkt hatte. Sie war leise und unheimlich ruhig. Es war eindeutig die Stimme eines alten Mannes, aber tief und tragend, nicht schwach und gebrechlich. »Nimm die Arme zur Seite und dreh dich. Dreimal um dich selbst.«

Jetzt jagte Lizias Atem geradezu, als wäre sie eine Meile weit gerannt. Das Herz pochte ihr aufgeregt in der Brust, und sie spürte, dass ihr von dem schnellen Puls schwindlig wurde. Sie versuchte sich zu beruhigen, nahm die Arme zur Seite und drehte sich um die eigene Achse. Sie ahnte, dass es der Arl sein musste, der ihr die Anweisung gegeben hatte.

»Langsamer«, sagte die Stimme.

Lizia gehorchte. In Verbindung mit dem schweren, süßlichen Aroma der Luft und dem in der Eingangshalle getrunkenen Alkohol verstärkte die Drehung das Schwindelgefühl, und sie konzentrierte sich darauf, nicht zu stolpern.

»Reck die Hände in die Höhe und schieb das Becken nach vorn.« Die Stimme aus dem Dunkel war freundlich, fast schon tröstlich.

Lizia tat wie ihr geheißen.

»Wie ich befürchtet hatte«, sagte die Stimme. »Aber was will man in diesen Zeiten auch anderes erwarten?«

Lizia hatte keine Ahnung, was er meinte, und blieb in ihrer Position stehen. Was war falsch an ihr? Und war das etwas Schlechtes, oder gab es ihr Anlass zur Hoffnung, dem Geschmack des Arl nicht zu entsprechen und von ihm wieder entlassen zu werden?

Schon wieder Hoffnung!, dachte sie und ermahnte sich selbst: *Hör auf damit! Sie trügt dich doch immer wieder. Hoffnung ist nichts weiter als blinder Glaube an einen toten Gott! Füge dich in das, was geschieht.*

»Du bist eindeutig zu dürr«, sagte die Stimme. »Auf jeden Fall viel zu dürr für meinen Geschmack. Doch das hatte ich mir schon gedacht, und das lässt sich ändern.«

Er schnippte schallend mit den Fingern, und gleich darauf wurden nur wenige Meter entfernt zwei weitere Kerzen angezündet. Sie standen auf einer kleinen, aber reich gedeckten Tafel, aber auch ihr Licht erhellte nicht wesentlich mehr von dem Raum um Lizia herum. Sie konnte den Arl noch immer nicht sehen.

»Nimm Platz«, sagte er.

Lizia wollte das Kleid vom Boden raffen.

»Lass es liegen.«

Nackt, wie sie war, ging sie zu dem einzigen Stuhl an der Tafel. Ehe sie jedoch nach der Lehne greifen konnte, kam plötzlich eine Gestalt aus der Dunkelheit. Wieder zuckte sie vor Schreck zusammen.

Es war eine ältere Frau in der Schürze einer Dienstmagd. Grauweißes hochgestecktes Haar, faltiges Gesicht und altersfleckige Finger – und unsagbar traurige Augen. Sie zog den Stuhl für Lizia zurecht und bedachte sie wortlos mit mitleidvollem Blick.

»Danke«, sagte Lizia, und im gleichen Moment wurde das Gesicht der Frau zu einer angsterfüllten Maske.

Etwas zischte durch die Luft, knallte klatschend, der Kopf der Frau ruckte ein wenig nach hinten, und im nächsten Moment hatte sie eine blutige Strieme auf der Wange.

»Du sprichst nicht!«, sagte die Stimme im Dunkel. Nicht laut, aber gefährlich. »Kein Wort. Solange du hier bist. Dich werde ich nicht mit der Peitsche schlagen; deine Haut ist zu kostbar. Aber jeden, mit dem du trotz des Verbots zu sprechen wagst. Wenn du mich verstanden hast, nicke.«

Lizia nickte. Sie sah, wie der Alten ein kleines Rinnsal Blut die Wange herablief.

Die Augen der Magd waren feucht, aber sie biss die Zähne fest zusammen, zwang sich zu einem Lächeln und begann damit, auf die Auswahl an Speisen vor Lizia zu deuten.

Da war eine Platte mit Fleisch in Aspik, eine zweite mit geräuchertem Fisch, in Wein eingelegter Käse, getrocknete Früchte und ein Krug mit dem warmen Bier.

»Iss dich satt«, sagte der Arl. »Ich vermute, es wird einige Zeit dauern, bis du so weit bist, aber wir schaffen dir schon Fleisch auf die Rippen. Und dann …«

Lizia konnte an der Stimme erkennen, dass er sich entfernte. Sie war nicht sicher, ob sie sich über die Gnadenfrist freuen sollte. Sie erkannte, dass ein Teil von ihr es am liebsten endlich hinter sich gebracht hätte. Dann würde vielleicht auch endlich diese immer wiederkehrende Angst verschwinden, ein für alle Mal. Aber ein anderer Teil von ihr – der wesentlich größere – war einfach erleichtert; erleichtert und verdammt hungrig. Gierig langte sie zu und füllte sich den Teller bis zum Überquellen.

Die Dienstmagd schüttelte warnend den Kopf.

Lizia schreckte zurück. War das Essen vergiftet? Für einen Moment saß sie völlig regungslos da.

Die Magd schenkte ihr von dem heißen Bier ein und beugte sich dabei so weit nach vorn, dass sie Lizia ins Ohr flüstern konnte. »Iss langsam und immer nur kleine Portionen«, sagte sie so leise, dass selbst Lizia es trotz der Nähe ihrer Lippen fast nicht verstand. »Dann lebst du länger.«

Lizia sah sie verständnislos an. Die Magd biss sich zögernd auf die Unterlippen und sah sich ängstlich um. Schließlich nahm sie eine der Kerzen in die Hand und winkte Lizia, ihr zu folgen.

Sie schlich in die Richtung, aus der die Musik kam, blickte dabei immer wieder über die eigene Schulter. Anders als im Gang vorhin spendete die Flamme der einzelnen Kerze hier in der großen Halle kaum nennenswert Licht. Sie war ein kleiner Fleck, der durch das Dunkel schwebte und nicht viel mehr als die Dienstmagd erleuchtete und den Boden unter ihr. Dann aber gab es etwas, das von dem schwachen Lichtschein erfasst wurde, etwas, das sich in der Schwärze jenseits des Kegels bewegte. Etwas Großes.

Je weiter sie sich der schemenhaften Bewegung näherten, desto deutlicher konnte Lizia erste Einzelheiten erkennen. Da waren Planken und Säulen aus fein geschnittenem und in verschiedenen Farben lackiertem Holz. Sie drehten sich. Gleich darauf begriff Lizia, dass das, was ihre Augen Stück für Stück aus den Schatten heraus entdeckten, etwas war, das sie schon einmal ähnlich, nur sehr viel kleiner auf einem Jahrmarkt beim Hofgut von Arl ak Ward gesehen hatte: ein Karussell.

Von hier kamen die Klänge der Harfen, Flöten und Glöckchen. Aber Lizia sah keine Musiker, dafür aber sah sie, dass auf den beiden Plattformen, die sich übereinander drehten, Figuren standen und saßen und sich auf jeweils eigenen, sehr viel kleineren Plattformen noch einmal um sich selbst drehten; manche auch umeinander wie in einem Reigen. Die Figuren waren wunderschön; es waren allesamt Frauen in den herrlichsten, prachtvollsten Gewändern. Sie wirkten wie menschengroße Puppen und dabei so natürlich, dass Lizia sich fragte, welcher begnadete Künstler wohl dazu in der Lage war, so etwas wie sie zu erschaffen. Lizia konnte durch die Bewegungen ihres mechanischen Tanzes zunächst nicht erkennen, ob sie aus Holz geschnitzt waren oder aus Marmor; sie waren so täuschend echt bemalt und geschminkt. Erst als sie der Magd, die in einiger Entfernung von dem Karussell mit einem Ausdruck von Grauen im Gesicht stehen geblieben war und keine Anstalten machte, weiterzugehen, die Kerze abnahm und alleine näher herantrat, konnte Lizia erkennen, welches Material es war, aus dem die Tänzerinnen gefertigt waren.

Ihre Augen weiteten sich vor Entsetzen, und in ihrem Schreck ließ sie die Kerze fallen. Die Flamme erlosch. Doch was Lizia gerade gesehen hatte, würde sie nie wieder vergessen … und sie wusste, dass es nicht die Entjungferung war, vor der sie sich fürchten musste …

ASH

Die See vor Normark

Ash konnte sich kaum noch auf den Beinen halten. Kalter Schweiß bedeckte sein Gesicht. Er zitterte am ganzen Leib, und sein rechter Arm war durchzogen von schwarzen Adern, die von den Wunden in seiner Hand bis hoch zur Schulter liefen. Selbst das Atmen strengte ihn an.

»Wo bist du, Gott?«, fragte er in die fiebrige Leere seines Kopfes hinein, doch sein Gott antwortete nicht. Schon seit Tagen nicht.

Ash stand an der Bugreling des Langschiffes und betrachtete die bergige Küste der vor ihm steil aus der See ragenden Normark. Es regnete – Wasser und Asche. Das Wasser kühlte sein Fieber, die Asche verklebte alles.

Wie soll ich auch die anderen Seewölfe für deine Sache missionieren, Herr, wenn du nicht bei mir bist und ihnen deine Macht demonstrierst?

Hinter seinem Schiff segelten und ruderten noch rund dreißig weitere, die ihm alle aus Siàland hierher in den Norden gefolgt waren. Wie lange würden sie ihn noch als ihren Rēfa akzeptieren, wenn sie erst einmal erfuhren, dass sein Gott ihn verlassen hatte?

Das Schiff erklomm einen Wellenberg und kippte auf dessen Spitze in das dahinter liegende Tal. Ash verlor das Gleichgewicht und klammerte sich mit der Linken an der Reling fest. Die Rechte war nicht zu gebrauchen, in ihr hatte er keinerlei Kraft mehr, und trotz der frischen Seeluft roch sie nach Fäulnis und Verwesung.

Plötzlich war Þóra bei ihm, stützte ihn. »Kommt mit, mein Gebieter, Ihr müsst Euch ausruhen, und ich muss Eure Wunde versorgen.«

Zum bestimmt hundertsten Mal wollte er sie bitten, ihn nicht Gebieter zu nennen, aber er war zu schwach, um zu sprechen. Er nickte und ließ sich von hier zwischen den rudernden Seewölfen hindurch nach hinten in die Mitte des Schiffes führen, wo hinter dem Mast ein Zelt aus gewachstem Leinen für ihn aufgebaut war.

»Legt Euch hin, Herr.« Þóra half ihm auf das Lager aus Schafsfellen, flößte ihm im schwachen, aber rauchigen Schein einer Tranlampe aus einem Horn heißen gewürzten Wein in den zitternden Mund und wischte ihm mit einem Tuch den Schweiß vom Gesicht. Vom Fieber und schon vom ersten Schluck des kräftigen Trunks benommen, wunderte Ash sich, wie es der Fischerin wohl gelang, trotz des Ascheregens so sauber zu bleiben … so schön.

Sie wickelte den Verband von seinem Arm und sog alarmiert die Luft zwischen den Zähnen ein.

So schlimm?, wollte Ash fragen, aber er schaffte es nicht.

»Wir müssen etwas tun«, sagte Þóra, »Auswaschen allein genügt nicht mehr. Ihr müsst zulassen, dass ich den Saiðaz an Euch ausübe, sonst überlebt Ihr die kommende Nacht nicht, mein Gebieter.«

Þóra hatte das bereits vor Tagen bei ihrer Abreise aus Siàland vorgeschlagen und danach immer wieder, doch Ash hatte es ebenso oft abgelehnt. Saiðaz war die heidnische Magie der Küstenbewohner, reiner Aberglaube, wie Ash fand, und er als der Auserwählte seines Gottes durfte ihn nicht zulassen. Er wollte den Kopf schütteln, aber auch dazu war er inzwischen zu schwach.

Þóra stand auf und hängte eine Decke vor den Eingang des Zelts. Aus der Geschirrtruhe nahm sie eine tiefe Schale aus gedengeltem Kupfer und stellte sie auf den Boden. Sie raffte ihren Umhang und den Rock, hockte sich über die Schale und urinierte hinein. Dabei begann sie leise einen Singsang, in einer Sprache, die Ash nicht kannte. Die Klänge waren guttural und rau, so als kämen sie vom Anfang der Zeit. Ohne mit dem Singen aufzuhören, nahm sie einen kleinen Dolch, schnitt sich damit die Handfläche auf und ließ daraus das Blut zu dem Urin in die Schale fließen. Anschließend spuckte sie dreimal hinein – im Takt der Beschwörung.

Ash hatte das Gefühl, dass der Rauch der Tranlampe noch dichter und dicker wurde und ihr Licht schwächer. Þóra nahm eine Strähne ihrer langen braunen Locken in die noch blutende Hand, schnitt sie ab und tauchte sie in die Schale, um damit umzurühren, bis sich das Haar restlos vollgesogen hatte. Dann packte sie die Strähne wie einen Schwamm und wusch damit Ashs verwundete Hand.

»Das Brennen ist ein gutes Zeichen«, sagte sie leise, ihren Gesang nur kurz unterbrechend. »Es bedeutet, dass der Zauber wirkt.«

Und wie es brannte! Noch zwei weitere Male tauchte Þóra ihr Haar in die Schüssel, wrang es aus und ließ es sich neu vollsaugen, bis sie Ashs Hand und seinen Arm insgesamt dreimal damit abgewaschen hatte. Anschließend hielt sie die Strähne in die Flamme der Tranlampe, ließ sie Feuer fangen und über der Schale verbrennen. Ihr Gesang war jetzt so tief und von derart getragenem Takt, dass Ashs Blick in diesem Takt zu pulsen begann, und er spürte, dass sein Herz kräftiger pumpte.

Þóra führte die Schale zu Ashs Mund – angewidert wollte er sie von sich stoßen, doch er war wie gelähmt. Die Brühe schmeckte nach dem, woraus sie bestand, und Ash musste heftig würgen und husten, während er sie hilflos schluckte.

Herr, hilf mir!, rief er in Gedanken. Vergebens.

Das Schlimmste war die bittere Rauchigkeit der verbrannten Haare, deren Reste weit hinten in seiner Kehle kratzten. Als er sie ausspucken wollte, hielt Þóra ihm die Nase zu, bis er auch sie widerwillig geschluckt hatte.

Erst dann stellte sie die leere Schale beiseite und kniete sich neben Ash. Mit der blutenden Hand griff sie den Saum seiner

Kutte und schob ihn an den Beinen entlang nach oben. Ihre Finger suchten und fanden sein Glied und fassten zu.

Jetzt fand Ash wenigstens so viel Kraft, sich aufzurichten. Er wollte sie abwehren, doch sie drückte ihn mit der freien Hand zurück auf die Felle, ohne den Takt ihres Gesangs zu unterbrechen, in dem sie jetzt begann, ihn zu kneten und zu reiben.

Nein!, wollte Ash rufen, aber aus seiner Kehle drang lediglich ein unverständliches Krächzen.

»Das Gift muss aus Eurem Körper, mein Gebieter«, sagte Þóra und singsangte weiter. Ihr Griff wurde fester, fordernder, Ashs Glied pochte und wuchs. Gegen seinen Willen wurde Ashs Atem schwerer und tiefer. Die intensive Berührung sandte ein Prickeln durch seinen Schoß. Sein Herzschlag wurde schneller, und ein süßer Rausch überkam ihn, während Þóra rieb und rieb. Aus einem Husten wurde ein Stöhnen. Als Ash spürte, dass er dabei war, einen Punkt zu erreichen, an dem er sich wünschte, dass sie ewig so weitermachen würde, sammelte er all seine Kraft, um sich zu wehren.

»Lass sie doch!«, meldete sich da plötzlich die Stimme seines Gottes in seinem Kopf. Ash hätte trotz des Fiebers schwören können, dass er ihn schmunzeln hörte. »Sie weiß, was sie da macht, und es wird dir guttun.« Jetzt war Ash sich sicher, dass sein Gott sogar einen lüsternen Seufzer ausstieß.

Aber, Herr, ich bin rein und unberührt und muss es bleiben, um Euch weiterhin dienen zu können!

»Unsinn! Wer hat dir denn so was erzählt?«, fragte sein Gott.

Vater Baol. Vor allem aber die Heiligen Schriften.

»Die Zeiten haben sich geändert, mein Sohn. Die früheren Regeln und Gesetze sind außer Kraft. Die Magie der Fischerin ist uralt, sehr viel älter als die Schriften, und sie hilft, also lass sie wirken.« Gott klang ungeduldig, fand Ash, so als wäre er ungehalten darüber, dass Ashs Bedenken ihn von dem Genuss der Behandlung Þóras ablenkten. »Und jetzt schweig und leg dich zurück.«

Ash war verwirrt von der Anweisung, die allem widersprach, was er aus seinen Lehren im Kloster wusste; zugleich war er erleichtert, dass sein Gott wieder bei ihm war – und er kam nicht umhin zuzugeben, dass Þóras Berührungen und ihr Gesang ihn aufs Angenehmste berauschten.

Er gehorchte und legte sich hin, betrachtete Þóra bei ihrem hingebungsvollen und zugleich kraftvollen Werk. Ihr Gesicht leuchtete im Schein der kleinen Lampe, selig, erfüllt, wie das einer Heiligen, und doch war der Blick, den sie in seinen senkte, so hungrig, wie er sanft war; beinahe schon wild und fiebrig. Ash hörte, wie ihr Gesang hin und wieder durch ein kleines Keuchen stockte und dann im Takt schneller wurde – so wie die Bewegung ihrer Faust. Sein Glied war jetzt so hart, dass es fast schmerzte, und er stöhnte unwillkürlich auf, was Þóra mit einem diebisch erfreuten Lächeln quittierte.

»Ja«, flüsterte sie heiser in ihren Gesang hinein, und erst jetzt bemerkte Ash, dass sie die freie Hand zwischen ihre eigenen Schenkel gegraben hatte und sie im gleichen, immer schneller werdenden Takt bewegte.

»Ja!«, antwortete der Gott in Ashs Kopf, und auch seine Stimme war rau und heiser.

Wenn sein Gott sich dem fremdartigen Rausch hingab, wer war dann Ash, ihn nicht auch zuzulassen? Noch nie hatte er sein Glied berührt, außer zum Urinieren und beim Waschen, und selbst da nur mit äußerster Zurückhaltung, da sein Glaube ihm die *Selbstbefleckung*, wie es die Schriften nannten, untersagte. Und erst recht hatte noch nie jemand anderes es angefasst. Dass es Þóra jetzt mit solch fordernder Natürlichkeit und eigenem Vergnügen tat, überwältigte ihn.

Er hörte nicht länger den Wind, der das Segeltuch über ihm zum Knattern brachte, die Stimmen der Seewölfe oder das Schlagen der Ruder, er hörte nur noch Þóras Gesang, ihr Keuchen und sein eigenes, die nassen Bewegungen ihrer Hände. Er spürte die Kraft ihrer Finger, ihre Geschicklichkeit, und sah, dass ihre Augen inzwischen einen fieberhaften Glanz angenommen hatten. Nur mit Mühe widerstand er dem Impuls, den Kopf weit in den Nacken zurück zu strecken; er wollte den Blick von Þóra nicht abwenden.

Plötzlich fühlte er einen wohligen Krampf in Unterleib und Schoß, sein Becken zuckte ganz von selbst. So auch sein Glied, und mit einem Mal begann es, schnell und kräftig zu pumpen. Þóra stieß ein erfreutes Lachen aus, als sein Saft in kleinen Fontänen aus ihm herausspritzte, und Ash selbst gab einen befreiten Schrei von sich, ohne zu begreifen, was da mit ihm geschah. Seine Sinne überschlugen sich, er hatte das Bedürfnis, laut lachen zu müssen vor Freude, und gleichzeitig liefen ihm Tränen über die Wangen. Er fühlte sich erfrischt und lebendig wie schon seit Wochen nicht mehr, im selben Moment aber auch ausgelaugt und erschöpft. Wie durch einen Schleier hindurch sah er, wie auch Þóra sich für ein paar Augenblicke verkrampfte. Sie hatte aufgehört zu singen und hielt den Atem an. Ihre Augen waren geschlossen, und ihre Wangen glühten. Ihr Gesicht sah beinahe schmerzerfüllt aus, und Ash wollte sie trotz seines Taumels schon fragen, ob ihr irgendetwas wehtat, als sie sich bereits wieder entspannte, tief durch die Nase einatmete und plötzlich wieder lächelte.

Sie kletterte neben ihn und nahm ihn in die Arme. »Jetzt schlaft, mein Gebieter. Der Zauber braucht Zeit zu wirken.«

Ash wollte widersprechen, wollte sagen, dass er jetzt viel zu aufgewühlt war, um auch nur ein Auge zuzutun, wollte ihre Umarmung erwidern … und schlief auf der Stelle ein. Doch wie immer, seit seine Hand angefangen hatte, zu jucken, war es kein tiefer Schlaf. Das Fieber ließ das nicht zu. Es war mehr ein nervöses Hinübergleiten in eine andere Welt, und plötzlich stand Ash im von hellem Sommerlicht durchfluteten Hof des Klosters Sonnengarten – neben Vater Baol, der gerade dabei war, einige Blüten von den Rosenstöcken zu schneiden und in den flachen Korb an seinem Arm zu legen.

»Du weißt, dass der Gott, dem du folgst, nicht unser Gott ist, mein Sohn?«, sagte der alte Abt, ohne sich zu Ash umzudrehen. Ash spürte, dass es keine Frage war, obwohl sie wie eine klang.

»Es ist nicht Svanto?«, fragte Ash.

Vater Baol seufzte. »Was sagt dir dein Herz, Junge?«

»Aber … ich habe seine Macht erlebt.«

»Svanto ist nicht das einzige Wesen in der Welt hinter den Welten, das Macht besitzt. Genaugenommen besitzt er im Vergleich zu einigen, sehr viel älteren sogar relativ wenig davon.«

»Das ist Blasphemie, Vater.«

Das Gesicht des Abts verfinsterte sich. »Du sprichst von Lästerung, mein Sohn? Du, der du gerade dein Keuschheitsgelübde gebrochen hast?«

»Es war nur mit der Hand, Vater …«

»Als ob das einen Unterschied macht.«

»Außerdem war es der Wille Gottes.«

»Hier beißt sich die Katze in den Schwanz, mein Junge. Er ist nicht unser Gott, glaub mir.«

»Natürlich ist er unser Gott.« Die Stimme kam von hinter Ash, und als er sich umdrehte, veränderte sich die Welt erneut. Ash befand sich nicht länger im Hof des Klosters, sondern auf der Plattform des Pfahldorfes der Fischer, wo er Þóra das erste Mal begegnet war. Ihre jüngere Schwester Busla stand vor ihm. Statt der dicken Kleidung und der Kapuze und dem Schal, die ihr Gesicht verhüllt hatten an jenem Tag, an dem der Blitz Gottes sie erschlug, trug sie jetzt ein leichtes weißes Kleid und hatte Blumen in ihr offenes Haar geflochten, das im Sonnenlicht wie Kupfer glänzte. Sie lächelte. »Er hat dir und meiner Schwester ein Zeichen gesandt und mich zu sich geholt. Ich bin jetzt an einem besseren Ort, Ash Hanson.«

»Seht Ihr, Vater Baol?«, sagte Ash und drehte sich wieder zu dem Abt um, doch der war verschwunden.

»Unsinn«, sagte eine weitere Stimme, tief und rau und verbittert. Als Ash sich ihr zuwandte, erkannte er Rēfa Ynglingson, den früheren Häuptling der Seewölfe auf Siàland. Er war aus seinen Fleischfetzen zu einer bizarren Gestalt zusammengesetzt und von Kopf bis Fuß verkohlt. »Der Alte hat recht, und das Mädchen lügt«, sagte er und hustete Blut. »Das Vieh in deinem Kopf ist kein Gott. Es ist …«

Ehe er weitersprechen konnte, stieß Busla ein furchtbar unmenschliches Kreischen aus und stürzte sich auf den Seewolfkorpus. Ash war wie vom Donner gerührt, als er sah, wie sie sich dabei verwandelte: Ihre Haut wurde ledrig und grau, ihr Haar verschwand, und ihre kleinen Hände verformten sich zu Krallen mit langen Klauen. Ihr Mund wuchs, und sie riss ihn so weit auf, als wäre ihr Kiefer ausgerenkt. Ash sah lange, nadelspitze Zähne, die sie im nächsten Augenblick in das Gesicht des Normarkers schlug.

Mit einem Schreckensschrei fuhr Ash aus dem Albtraum hoch. Er war schweißgebadet, und das Herz hämmerte ihm in der Brust. Þóra lag noch immer neben ihm. Sie zog ihn zurück auf das Schafsfelllager und küsste ihm die Stirn.

»Schhh! Alles wird gut, Gebieter. Mein Zauber beginnt zu wirken. Ruht Euch noch ein wenig aus, ehe wir landen.« Sie legte ihre Lippen auf die seinen, flüsterte beruhigend in ihn hinein. Ash war sich nicht sicher, ob es Worte in seiner Sprache waren oder in der uralten Sprache ihrer Magie. Sogleich wurde er ruhiger und fühlte, wie ihre Hand wieder zwischen seine Schenkel glitt. So warm, so lebendig. Diesmal dachte Ash erst gar nicht an Widerstand, und durch den Nebel des Rausches hindurch, der augenblicklich Besitz von ihm ergriff, hörte er ganz entfernt, wie der Gott in seinem Kopf leise und amüsiert lachte.

RAYMO

Die Schwarze See

Schnell wie im Flug und seltsamerweise doch zugleich so langsam, wie Harz die Rinde eines Baums herabfließt, vergingen für Raymo die Tage und Nächte auf Zane Arkeens Flaggschiff. Ruder vor, Ruder ins Wasser, Ruder zurück, Ruder anheben, Ruder wieder vor. Das alles im Takt des Trommlers weit hinten im Heck. Bumm! Bumm! Bumm! Bumm! Ununterbrochen. Monoton. Stupide. Die einzige Abwechslung war die Peitsche, und Raymo hatte sie inzwischen so oft gespürt, dass sein Rücken schorfig war von den Wunden und Narben.

Die Vereinbarung, die er mit Lambes getroffen hatte, trug Früchte. Zweimal hatten ehemalige Gladiatoren Barknar Olliks versucht, Lambes im Schlaf zu überfallen, beide Male hatte Raymo ihnen gezeigt, wie gut er sich trotz der Ketten noch bewegen und dass man mit den schweren eisernen Gliedern mehr brechen konnte als nur die Nase. Und obwohl es seit dem zweiten keinen weiteren Versuch mehr gegeben hatte, hielt Lambes sich nach wie vor an die Verabredung und teilte seine Rationen mit ihm. Die Mahlzeiten waren karg, aber sie hielten Raymo bei Kräften. Nach den Mühsalen der vergangenen Jahre hätte er sich fast an das Leben als Galeerensklave gewöhnen können – arbeiten, ohne zu denken, ein Dach über dem Kopf und regelmäßig zu essen – das war mehr, als die meisten anderen Menschen in dieser Zeit hatten, und bei Weitem weniger gefährlich als die Kämpfe in der Arena. Wäre da nicht Zane Arkeen gewesen. Der Commodore nutzte jede Gelegenheit, Raymo zu piesacken und zu bestrafen.

»Man könnte fast meinen, er ist mit ak Sokay verheiratet, so gründlich und persönlich, wie er dich aufs Korn nimmt«, hatte Lambes schon am dritten Tag ihrer Fahrt festgestellt, nachdem

Raymo wieder einmal ausgepeitscht worden war, weil er angeblich nicht mit aller Kraft und nicht im Takt gerudert hatte.

Doch das war es nicht, wusste Raymo. Unter den Untertanen seines Vaters war er ihm oft begegnet, diesem vorauseilenden, diesem besessenen Gehorsam, dieser Gier zu dienen und ihr lautstark Ausdruck zu verleihen, um alle Welt, aber ganz besonders den Dienstherrn von der eigenen Loyalität zu überzeugen – und von der eigenen herausragenden Qualität. Zane Arkeen wusste, dass Arl ak Sokay Raymo hasste und wollte, dass er litt, also ließ er ihn leiden.

So auch heute.

Schon als der Commodore die Treppe zum Ruderdeck herabschritt, erkannte Raymo an dem Blick, mit dem er ihn sogleich fixierte, dass er auch heute wieder an der Reihe war.

»Na, Arkeen«, rief Raymo ihm entgegen. »Warum ein so sauertöpfisches Gesicht? Immer noch kein Milarese zum Kapern in Sicht? Wird ein teures Unterfangen für den General, wenn das so weitergeht.«

»Halt's Maul, du Narr«, raunte Lambes ihm zu. »Du machst es wie immer nur noch schlimmer.«

»Schlimmer?«, flüsterte Raymo zurück. »Töten kann er mich nicht, und wenn ich schon Prügel einstecke, dann will ich sie mir wenigstens verdient haben.«

»Hat dir eigentlich schon mal jemand gesagt, dass ihr Caldäer ein verflucht stures Volk seid?«, fragte Lambes.

»Hin und wieder«, räumte Raymo mit finsterem Grinsen ein. Er wollte verflucht sein, wenn er sich nicht zur Wehr setzte, auch wenn es wegen der Ketten nur mit Worten war.

Zane Arkeen hatte Raymos Bank erreicht und baute sich breitbeinig vor ihm auf. In der Hand hielt er die neunschwänzige Katze mit kleinen Metallkugeln an den Spitzen der Riemen. Raymo konnte in seinem Blick sehen, dass er einen Nerv getroffen hatte. Wenn seine Schiffe nicht bald Prise machten, würde der Commodore sich vor dem General rechtfertigen müssen – und der dann vor der Königin. Keine Misserfolge im Krieg sind so schlimm wie teure Misserfolge, und eine Flotte von fünf Galeeren dieser Größe mit so viel Besatzung war teuer. Ausgesprochen teuer.

»Keine Sorge, Caldäer«, sagte Zane Arkeen. »Wir haben Monate für die Fahrt eingeplant. Wenn es sein muss, sogar Jahre. Also werden du und ich viel Zeit miteinander verbringen. Dir wird sie allerdings ein wenig länger vorkommen als mir, dafür sorge ich.«

Raymo sah, wie sich seine sehnige Faust um den Griff der Peitsche schloss, und wollte noch eine scharfe Bemerkung machen, ehe er die Zähne gegen den Schmerz zusammenbeißen würde, als vom Oberdeck her der lang gezogene Hall eines Kriegshorns erscholl.

»Milaresen!«, hörte man es aus mehreren Kehlen rufen. Ohne Raymo eines weiteren Blickes zu würdigen, machte Zane Arkeen auf dem Absatz kehrt und eilte zurück nach oben.

»So wie es aussieht, bekomme ich dann wohl doch früher Gelegenheit, ein paar milaresische Köpfe einzuschlagen, als mir lieb ist.« Lambes stemmte sich von der Bank hoch und eilte dem Commodore hinterher in die bevorstehende Schlacht.

LIZIA

Dunuum – Arl ak Enwyggens Palast

Lass es dir schmecken.« Des alten Arls Stimme aus dem Dunkel ihr gegenüber jagte Lizia eine Gänsehaut über den ganzen Leib. Sie hörte sich an, als würde ein schwacher Wind Sand durch einen Zweig voller vertrockneter Blätter wehen.

Wenn er nicht redete, atmete er schwer, es schien ihn anzustrengen. Lizia saß um den Bauch herum mit einer schlanken Kette gefesselt an dem einen Kopfende der reich gedeckten Tafel, er unsichtbar am anderen; zumindest vermutete sie, dass auch er Platz genommen hatte, denn die kleine Kerze aus Bienenwachs, die vor ihr stand, blendete sie mehr, als dass sie sie über die Speisen vor ihr hinweg irgendetwas erkennen ließ. Ihr ganzes Leben lang hatte Lizia Hunger gelitten, jetzt stand mehr Essen vor ihr auf dem Tisch, als zehn Landarbeiter nach einem harten Tag auf dem Feld geschafft hätten, und sie konnte sich nicht dazu überwinden, auch nur einen Bissen davon zu sich zu nehmen. Von der Seite her drang aus dem Jenseits der Schwärze die gespenstische Musik des Karussells. Harfen, Glöckchen, Flöten. Die Erinnerung an die Tänzerinnen, die darauf ihren grausigen Reigen tanzten, und die Aussicht auf ihren eigenen Platz in deren Mitte schnürten Lizia die Kehle zu.

»Nimm einen Löffel von dem Birnenkompott«, forderte er sie auf.

Die Schüssel stand gleich neben ihr. Das Kompott roch so süß, als wären die Birnen gerade eben erst frisch verarbeitet worden. Doch über dem Duft schwebte das Aroma des Karussells, Weihrauch und anderes, woran Lizia vergeblich nicht zu denken versuchte.

»Tu, was ich sage!« Lizia erschrak. Die Stimme des Arls war jetzt schneidend.

Sie nahm zögerlich den silbernen Löffel, der neben der Schüssel lag, tauchte ihn mit der Spitze in das Kompott, so dass sie gerade etwas bedeckt war, und führte ihn an die Lippen. Ihre Hand zitterte. Der Geschmack war berauschend köstlich, sie musste sich zusammenreißen, nicht vor Zorn und Verzweiflung zu weinen. Wie viele Jahre hatte sie sich danach gesehnt, so etwas Wunderbares essen zu dürfen, und nun …

Der Arl lachte leise. »Ich habe selten eine so bescheidene Esserin gesehen. Nimm noch einen, diesmal aber einen vollen.«

Lizia wusste, dass sie keine andere Wahl hatte, als das Spiel mitzuspielen, bis sie einen Weg gefunden hatte, von hier zu entkommen. Das würde jedoch alles andere als einfach. Wenn sie nicht hier in dem Saal saß, brachte man sie in einen kleinen Raum ohne Fenster und mit nur einer Tür, die allzeit von außen verriegelt war.

Lizia nahm den zweiten Löffel und aß davon, so langsam sie nur konnte. Gegen ihren Willen lief ihr das Wasser im Mund zusammen, und sie konnte hören, wie ihr Magen knurrte.

»Und jetzt von der Beerengrütze. Oder wäre dir ein Stück gepökeltes Fleisch lieber?«

Als er das gepökelte Fleisch erwähnte, hätte Lizia sich beinahe übergeben müssen.

Wieder lachte er. »Weißt du, sie tat es auf mein Geheiß hin.«

Lizia verstand nicht, und da ihr das Sprechen verboten war, blickte sie fragend.

»Glinda, die Magd«, sagte er. »Sie hat dir meine Menagerie nicht heimlich, sondern auf meine Anordnung hin gezeigt. Ich wollte, dass du weißt, was dich erwartet.«

Lizia war schockiert.

»Das macht die Tage bis dahin nur umso köstlicher. Dir dabei zuzusehen, wie du dich quälst, langsam und so wenig wie möglich zu essen, obwohl du fast am Verhungern bist. Der Schmerz in deinen Augen, wenn es dir schmeckt und du dich dagegen wehrst, deinen Appetit zu stillen. Hinreißend. Und weil du weißt, was auf dich zukommt, zögerst du das Unvermeidliche so lange hinaus, wie du nur kannst … damit verlängerst du meinen Genuss, mich an deiner Qual zu weiden.«

Lizia fragte sich, ob sie den Löffel wohl hart genug werfen könnte, den Arl damit zu töten oder ihn wenigstens außer Gefecht zu setzen, aber zum Ersten war es ungewiss, dass sie ihn in der Dunkelheit überhaupt traf, zum Zweiten wäre sie dann immer noch mit der Kette an den schweren Stuhl gefesselt.

»Na komm!«, flüsterte seine Stimme plötzlich so dicht hinter Lizias Ohr, dass sie zusammenzuckte. »Wenigstens noch zwei, drei Löffel von dem eingekochten Kohl oder vielleicht etwas von der Leberpastete.«

Lizia legte demonstrativ den Löffel zur Seite als Zeichen dafür, dass sie heute nicht mehr essen würde.

»Oh, etwas musst du noch essen«, sagte er. »Ich bestehe darauf. Weil wenn nicht, werde ich Doff Nela damit beauftragen, dir die Fußnägel herauszureißen. Da deine Füße später auf dem Karussell in Schuhen stecken werden, wäre das ein Makel, den ich durchaus in Kauf nehmen würde.« Er kicherte.

Lizia nahm den Löffel wieder auf.

RAYMO

Die Schwarze See

Ein tosender Ruck erschütterte den Rumpf der Galeere so hart, dass es Raymo trotz der Ketten von der Bank zu Boden schleuderte. Sein Glück, denn fast gleichzeitig wurden durch den Aufprall die Ruder auf seiner Seite ins Innere des Decks katapultiert wie riesige, stumpfe Speere. Raymo wurde mit dem seinen an den Handschellen mitgerissen und über den Boden geschleift. Andere der mehr als fünfundzwanzig Fuß langen und oberschenkeldicken Riemen wurden mit unglaublicher Gewalt wie große Rührlöffel herumgewirbelt und zertrümmerten jedes Glied und jeden Schädel, die ihnen in den zerstörerischen Weg gerieten. Wieder andere barsten unter dem Zusammenstoß mit dem feindlichen Schiff, und die Bruchstücke schossen reißend und zerfetzend in alle Richtungen. Schon wenige Momente später erklangen hoch über Raymos Kopf vom Oberdeck des Schiffes außer dem Brüllen von Befehlen und dem hektischen Getrampel schwerer Stiefel nun auch das Klirren und Hacken von Säbeln und Äxten und gellende Schreie. Der Lärm der entbrannten Schlacht. Das war alles andere als ein gutes Zeichen. Es bedeutete, die Milaresen hatten das Flaggschiff nicht nur gerammt, sondern bereits geentert.

Raymo kämpfte sich unter Schmerzen im ganzen Leib inmitten des um ihn herum herrschenden Chaos auf die Füße, überrascht davon, dass er sich so frei bewegen konnte. Er schaute auf seine Hände herab und sah, dass die Kettenöse aus dem Ruder gerissen war.

Irgendwo in dem Durcheinander brüllte einer der peitschenschwingenden Sklaventreiber: »Zurück auf eure Plätze, ihr Hunde! Packt, was von den Rudern übrig ist, und stoßt das gegnerische Schiff weg.«

Raymo ignorierte ihn und eilte humpelnd zur Treppe. Der Takttrommler stellte sich ihm mit gezückter Peitsche in den Weg. Raymo fasste die lange Kette zwischen seinen Handschellen und schwang sie mit einer schnellen Drehung. Das Ende der schweren Schlaufe aus gusseisernen Gliedern traf den Trommler am Arm; die Knochen brachen wie trockene Zweige, die Peitsche flog durch die Luft, und Raymo war an dem Mann vorbei, noch ehe der wimmernd in die Knie ging.

Mit jedem weiteren Schritt die eigenen Schmerzen mehr und mehr unterdrückend, rannte Raymo die Stufen nach oben, erst aufs nächste Deck, dann weiter hoch, bis er schließlich das Oberdeck erreichte.

Der Kampf war in vollem Gang, und um ihn herum tobte die Seeschlacht. Selbst ein Gigant der See, war das Flaggschiff Zane Arkeens doch beinahe winzig im Vergleich zu der milaresischen Galeere, die es seitlich gerammt hatte. Sie war noch einmal gut zehn Fuß höher und etwa um ein Drittel länger. Auch die anderen vier Schiffe Arl ak Sokays waren allesamt in Gefechte mit den Milaresen verwickelt, die in der Überzahl waren. Raymo zählte im Licht der überall brennenden Fackeln und

Feuerkörbe im Wirrwarr aus Masten, Segeln und Tauen neun gegnerische Galeeren.

So viel zu den großspurigen Kaperplänen des Generals und des Commodore, dachte Raymo mit einem Anflug von Amüsiertheit. *Da hat sich wohl jemand gewaltig überschätzt – oder den Gegner unterschätzt.*

Die milaresischen Soldaten strömten gleich einer Armee hungriger Ameisen über eine breite Holzrampe hinab auf das Deck des Flaggschiffs. Die vom Heckturm auf sie niederprasselnden Pfeilhagel prallten an ihren blankpolierten Brustharnischen und Helmen ab, harmlos wie durch die Luft gepustete Strohhalme. Zane Arkeen hatte seine Infanterie von der Reling noch hinter das Waffenhaus zurückgezogen und dort einen Schildwall geformt. Von oben herab vom Deck des Milaresen mit Pfeilen eingedeckt, versuchten seine Männer, der nächsten Welle des Angriffs zu trotzen. Unter ihnen Lambes und ein paar der früheren Gladiatoren aus dem Camp Barknar Olliks, unter anderem Attla, Eivin und Shuyak Dole.

Raymo sah auf den ersten Blick, dass die Twyddyaner dem massiven Beschuss und den schreiend auf sie zustürmenden Soldaten nicht sehr lange standhalten würden.

Für einen Moment überlegte er, ihnen von seiner Position aus in den Rücken zu fallen, um ihren Schildwall zu stören und sie zu noch leichterer Beute werden zu lassen; in der Hoffnung, die Milaresen würden sich dankbar erweisen und ihn von seinen Fesseln befreien. Es war schade um Lambes, aber im Grunde schuldete er ihm nichts. Noch während Raymo eine passendere Waffe als die Kette an seinen Armen suchte, hörte er den milaresischen Kommandanten vom Deck seines Schiffes aus brüllen: »Keine Gefangenen! Offiziere, Soldaten, Sklaven, macht sie alle nieder. Bis auf den letzten Mann! Und dann versenkt das Schiff!«

Ein neuer Plan musste her. Und zwar schnell. Nicht länger mit der Absicht, ihn zu stören, rannte Raymo zu dem Schildwall, griff einen Speer vom Boden und eilte neben Lambes, um über den Rand seines Schildes hinweg nach den Angreifern zu stechen.

Lambes lachte bitter auf, als er ihn erkannte. »Konntest es wohl nicht erwarten, da unten zu verrecken. So ganz allein ohne mich.«

»Wollte wenigstens noch einmal das Licht der Sonne sehen«, gab Raymo knurrend zurück und deutete mit dem Blick zum immerschwarzen Himmel. »Und meinen Dolch zurückholen, ehe sie deinen traurigen Arsch als Fischfutter über Bord werfen.«

»Du und dein verdammter Grottengiekser.«

»Tatsächlich habe ich eine Idee, wie wir das hier überleben können.« Raymo rammte das Blatt seines Speers zwischen Harnisch und Helm eines Milaresen vor ihnen und wich gleich darauf einer Schwertspitze aus, mit der ein anderer Gegner nach seinem Gesicht stach.

»Hast du?« Lambes gab sich keine Mühe, seinen Unglauben zu verbergen. »Ein Zauberer bist du jetzt also auch noch.« Der Schildwall wurde unter dem Ansturm der Angreifer immer weiter zurückgedrängt.

»Haltet die Stellung!«, brüllte Zane Arkeen nicht weit von ihnen.

»Ja, haltet die Stellung!«, rief auch Raymo. »Nur für kurze Zeit. Eivin, Attla, Shuyak Dole, zu mir und Lambes!«

Keiner der drei reagierte. Dafür war Zane Arkeen auf ihn aufmerksam geworden und warf ihm einen Blick zu, in dem ebenso viel Argwohn und Misstrauen wie Neugier lagen, vor allem aber das klare, unausgesprochene Geständnis, offen zu sein für jeden Vorschlag, der Schiff und Mannschaft jetzt noch vor dem Untergang bewahren würde.

»Unterstellt mir die drei«, forderte Raymo, »und weist mir den Weg zu den Tranfässern.«

»Dir soll ich trauen, Caldäer?«

»Spielt das jetzt noch eine Rolle?«, fragte Raymo beinahe gleichgültig. »Schaut Euch um und nennt mir die Alternative.«

Zane Arkeen zögerte nur zwei, drei Herzschläge lang, dann rief er die Namen der drei ehemaligen Gladiatoren, wies sie an, Raymo zu folgen, und deutete auf das Waffenhaus. »Dort findet ihr den Tran. Er ist in Schläuchen aus Seehundleder abgefüllt.«

»Umso besser.« Raymo nickte. »Auf mein Zeichen hin kappt die Enterleinen und lasst von dem Milaresen wegrudern, so schnell es geht.« Er eilte los. Lambes und die anderen drei folgten ihm.

»Was ist das Zeichen?«, rief Zane Arkeen ihm hinterher.

»Oh, das werdet Ihr sehen! Haltet Euch bereit!« Er betrat das lang gestreckte Waffenhaus, das am Eingang mit einer einzigen Fackel nur spärlich erleuchtet war. Eine oben und unten offene, weitbauchige Glaskugel war über die Flamme gestülpt – eine Sicherheitsmaßnahme, um zu verhindern, dass der leicht entzündliche Tran, der weiter hinten gelagert war, Feuer fing.

»Zunächst meine Ketten.« Raymo legte die Schlaufe auf einen Amboss. »Schnell!«

Lambes stellte Schild und Speer beiseite, nahm Hammer und Meißel und zerschlug das mittlere Glied, so dass nun von den Schellen an Raymos Handgelenken zwei einzelne Ketten herabhingen.

»Das muss fürs Erste reichen. Lambes, nimm dir zwei von den Schläuchen«, ordnete Raymo an.

»Dann habe ich keine Hand mehr frei für die Waffen.«

»Hier kommt ihr ins Spiel«, sagte Raymo zu Eivin, Attla und Shuyak Dole. »Ihr drei kämpft uns den Weg frei und deckt Lambes und mir den Rücken.«

Shuyak Dole schlug die Schäfte seiner beiden kurzen Äxte zusammen als Zeichen seines Einverständnisses. Die anderen beiden nickten. Attla ließ seinen Speer fallen und griff dafür ein Kurzschwert von einem Ständer an der Wand. Den Schild behielt er. Auch Eivin behielt seinen Schild, tauschte seinen Speer aber gegen einen schlanken Kriegspickel aus, komplett aus Eisen gefertigt und mit den beiden Dornen im Nahkampf die perfekte Waffe gegen die geschmiedeten Rüstungen der Milaresen.

Lambes schulterte zwei der schweren Schläuche. Raymo nahm ebenfalls zwei. »Auf zum Heckturm!«

Im Schutz des Schildwalls rannten die fünf zum Wehrturm am Ende des Schiffes, darin die Treppen nach oben hinauf auf die Plattform, von wo aus sie in der Deckung der hölzernen Zinnen auf das Deck der milaresischen Galeere hinabschauen konnten. Raymo deutete mit dem Kinn in Richtung der Schiffsmitte. »Die Feuerkörbe beim Mast, sie sind unser Ziel.«

»Warum das Zeug nicht von hier aus über die Reling kippen und in Brand schießen?«, fragte Lambes.

»Das Feuer darf nicht auf unser eigenes Schiff übergreifen«, erklärte Raymo. »Außerdem zwingen wir so die Milaresen, sich von unserem zurückzuziehen, um ihres zu löschen.«

»Wäre es nicht einfacher, wir kappen die Enterleinen und hauen so ab?«, fragte Eivin.

Raymo schüttelte den Kopf. »Zane Arkeen hätte das längst versucht, wenn auch nur die geringste Aussicht auf Erfolg bestünde. Nein, wir müssen ihre Galeere beschädigen, schwer beschädigen, sonst holt sie uns gleich wieder ein, und nichts wäre gewonnen. Los geht's!«

Jetzt wurde klar, warum Raymo die drei Gladiatoren ausgesucht hatte statt irgendwelcher Soldaten. Sie brauchten keine weiteren Befehle. Sie verstanden das Handwerk des Kämpfens, die Choreografie des Todes.

Zeitgleich sprangen Eivin und Attla über die Zinnen auf das Deck des Milaresen, die beiden Schilde Seite an Seite. Attla führte das Schwert in der Rechten, Eivin den Pickel in der Linken. Sie rannten los, ohne sich erst noch einmal umzudrehen und zu vergewissern, ob Raymo und Lambes ihnen auch folgten. Darauf verließen sie sich blind – und zu Recht. Hinter Raymo und Lambes sprang nun auch der Haschimaner mit den beiden Äxten herüber. Seine Aufgabe war es, den beiden Schlauchträgern den Rücken frei zu halten.

Die fünf waren so schnell, dass es einige Momente dauerte, ehe die Milaresen sie überhaupt zur Kenntnis nahmen, zumal keiner von ihnen mit einem Gegenangriff auf ihr weitaus überlegenes Schiff gerechnet hatte. So hatten Raymo und die anderen die Hälfte der Strecke bereits zurückgelegt, ohne dass Eivin und Attla mehr als vier oder fünf überraschte Männer von hinten oder der Seite her erschlagen mussten.

Dann aber wurden sie von dem milaresischen Kommandanten entdeckt. Allerdings schien er sie als Bedrohung nicht sonderlich ernst zu nehmen. Raymo vermutete, dass der Milarese durch Eivins und Attlas Schilde nicht sehen konnte, was er und Lambes trugen. Ziemlich sicher kam er auch nicht auf den Gedanken, dass man sein Schiff in Brand stecken würde, solange es noch mit dem anderen durch die Enterleinen verbunden war. Raymo hatte auch im Krieg zwischen Calda und Twyddyn öfter festgestellt, dass überlegene Kräfte sich schwer damit taten, sich vorzustellen, wozu die blanke Verzweiflung die schwächere Seite treiben kann. Auf jeden Fall schickte der Kommandant ihnen nur einen kleinen Trupp von zehn Männern in den Weg.

Eivin, Attla und Shuyak Dole machten mit ihnen kurzen Prozess. Schilde voran, die Waffen auf den Seiten wirbelnd, hackend, stechend, hämmernd; der Haschimaner sprang, weil niemand sie von hinten angriff, nach vorne und aus der Deckung der Schilde heraus mit panthergleicher Schnelligkeit mal nach links, dann wieder nach rechts ausfallend, um seine beiden Axtblätter mit eiskalter Treffsicherheit mit jedem einzelnen Hieb in offene Deckungen zu pflanzen und einen Gegner nach dem anderen zu fällen.

Raymo biss den Korken aus dem Schlauch über seiner linken Schulter. Sogleich floss der Tran heraus und hinterließ eine schmierige Spur auf ihrem Weg. Lambes tat es ihm nach.

Jetzt durchschaute der milaresische Kommandant ihren Plan. »Haltet sie auf!«, brüllte er aus Leibeskräften. »Bogenschützen!«

Wie auf einen stummen Befehl hin wechselten Attla und Eivin ihre Position, ohne dabei den Takt ihres Laufs zu unterbrechen. Sie fielen zurück auf die Seite zwischen die Bogenschützen und Raymo und Lambes, hielten schützend ihre Schilde in halber Höhe und fingen die erste Salve ab, während Shuyak Dole die Spitze übernahm und ihnen die Bahn frei hackte.

Nur noch zwanzig Schritte.

Raymo sah, dass die Milaresen dabei waren, einen Schildwall zwischen sie und die Feuerkörbe zu bauen.

Im Laufen wuchtete Raymo den inzwischen halbleeren Schlauch von der linken Schulter und schlenzte ihn mit Schwung über den Boden nach vorne. Schmierig von dem ausgeflossenen Tran rutschte er an Shuyak Doles Füßen und den sich gerade noch in Stellung bringenden Milaresen vorüber – gegen den Dreifuß des ersten Feuerkorbs. Der kippte um, und sofort ging alles in Flammen auf. Flammen, die zwischen den Milaresen hervorschossen, aber gleich darauf auch ihnen selbst über die Spur des Schlauchs entgegenjagten.

»Wirf!«, rief Raymo, und auch Lambes schleuderte seinen offenen Schlauch – allerdings hoch über die Köpfe der Milaresen hinweg. Weit oben in der Luft entzündete sich der in alle Richtungen spritzende Tran und ging als Feuerregen auf die Gegner nieder. Raymo und Lambes hielten sich erst gar nicht damit auf, auch die beiden anderen Schläuche zu öffnen, sondern warfen sie sogleich hinterher. Auch sie fingen augenblicklich Feuer und platzten auf. Die Flammen schossen in die Höhe, erfassten den Mast, die Taue und leckten zum Segel hoch. Brennender Tran floss durch die Spalten zwischen den Planken in die unteren Etagen herab.

»Zurück zum Schiff!«, rief Raymo. Unter den Milaresen war das Chaos ausgebrochen. Von Kopf bis Fuß brennende Soldaten sprangen in ihrer Panik über Bord, wo die Wellen der See die Flammen an ihrem Leib gerade noch rechtzeitig löschten, um sie erleben zu lassen, wie das Gewicht ihrer Rüstungen sie unbarmherzig in die Tiefe zog. Andere hievten Wasser in lächerlich kleinen Eimern und kippten es in die Flammen, wo der Dampf den Brand nur verstärkte. Niemand stellte sich Raymo, Lambes und den drei Gladiatoren mehr in den Weg, und sie sprangen über die Reling nach unten auf das Deck ihres eigenen Schiffes zurück, wo Zane Arkeen gerade mit einem Trupp dabei war, die Enterleinen zu kappen. Der Rest seiner Soldaten rieb die Milaresen, die versuchten, auf ihre Galeere zurückzukehren, um bei den Löscharbeiten zu helfen, rücklings auf und wuchtete die Rampen vom Schiffsrand.

»Rudert, ihr Hunde!«, hörte Raymo die Peitschenschwinger im Unterdeck brüllen. Die Trommel schlug einen schnellen Takt. »Rudert um euer Leben!«

»Löscht die Lichter!«, rief Raymo über den Lärm hinweg, während das Flaggschiff sich mit unglaublicher Behäbigkeit in Bewegung zu setzen begann. »Löscht alle Lichter! Selbst die kleinste Fackel oder Kerze!«

»Wozu?«, fragte Zane Arkeen, der jetzt herbeigeeilt kam.

Raymo deutete auf das mehr und mehr in Flammen aufgehende Schiff der Gegner. »Sie mögen außer Gefecht gesetzt sein, ganz oder nur vorübergehend. Aber die anderen Schiffe ihrer Flotte nicht. Wenn wir ihnen entkommen wollen, dürfen sie uns nicht sehen.«

»Tut, was er sagt«, rief der Commodore. »Alle Lichter aus.« In höchster Eile wurden sämtliche Fackeln und Feuerkörbe gelöscht.

»Stoppt außerdem die Trommel und die Peitschen«, fügte Raymo hinzu. »Wir müssen so leise wie möglich sein. Und setzt die Segel! Sobald wir außer Sichtweite sind, ändern wir den Kurs und stellen auch das Rudern ein, um unsere Position nicht durch das Geräusch der Riemen am Holz und im Wasser zu verraten.«

Zane Arkeen schickte Männer nach unten, die Befehle Raymos an die Sklaventreiber weiterzugeben, und Seeleute in die

Wanten, um die Segel zu setzen. Dann drehte er sich wieder zu Raymo um. »Irgendwelche weiteren Anregungen?«

Raymo schüttelte den Kopf. »Nicht im Moment.«

»Gut«, sagte der Commodore und wandte sich an zwei seiner Soldaten. »Dann bringt den Caldäer jetzt wieder auf seinen Platz unter Deck und kettet ihn zurück an sein Ruder.«

»Du Hund!«, fluchte Raymo voller Verachtung, riss seinen Dolch aus Lambes' Gürtel, sprintete aus dem Stand los und hechtete über die Reling hinweg hinab in die dunklen Wasser der Schwarzen See.

ASH

Normark – Aésfjord

Nachdem er sich mit einem letzten kräftigen Stoß zwischen Þóras Schenkeln in ihre feuchte Wärme entleert hatte, erhob Ash sich von dem Felllager und betrachtete die lächelnd vor ihm liegende Frau, die mit ihrer Magie sein Leben gerettet hatte.

Sie rekelte sich genussvoll wie eine satte Katze im flackernden Schein der um sie herum brennenden Kerzen und erwiderte seinen Blick mit vor Lust strahlenden Augen. Die langen Locken flossen ihr ums vor Schweiß schimmernde Gesicht und um die glatten Schultern wie frischer Sirup.

»Von mir aus könnte das Mobilmachen der Flotte der Seewölfe noch eine Weile dauern, mein Gebieter.«

Ash schenkte sich aus der goldenen Karaffe neben dem Lager Honigwein in ein Horn, nahm einen kräftigen Schluck und reichte ihn der früheren Fischerin.

Er war vernarrt in ihre ungezwungene Art, ihre Gelassenheit. Sie waren so ansteckend wie ihre Medizin heilsam. Er konnte sich nicht daran erinnern, wann er jemals zuvor in seinem Leben so entspannt, so ohne Zweifel gewesen war. Während sie das Horn griff und dabei die Spitzen seiner Finger streichelte und küsste, betrachtete er seinen Arm. Die schwarzen Adern waren verschwunden, ebenso die Wunden an seiner Hand; es waren nicht einmal Narben zurückgeblieben.

Er schritt zu dem Fenster des Turms und blickte hinab über die zinnenbewehrten Terrassen der Festungsstadt.

Weit unten auf den Wassern des Fjords waren Tausende von Fackeln zwischen Hunderten von Langschiffen und schwimmenden Kränen zu sehen, Flöße voller Handwerker und Baumaterial.

Noch immer war Ash erstaunt darüber, mit welchem Eifer die Seewölfe an die Arbeit gingen. So wie es ihn auch erstaunt hatte, wie schnell sie ihm die Stadt und ihre Flotte übergeben hatten, ohne dass sein Gott auch nur noch ein einziges Zeichen hatte wirken müssen. Die Nachricht von den Ereignissen auf Siàland war ihnen vorausgeeilt, und die Häuptlinge der Hauptstadt hatten sich ihm direkt bei seiner Ankunft geschlossen und bedingungslos unterworfen. Fast erschien es Ash, als hätten diese plündernden und in die Nacht hinein lebenden Barbaren in dieser eisigen Einöde nur auf eine Mission gewartet, auf eine Aufgabe, die hinausging über das tägliche Einerlei des Mordens, Saufens und Herumhurens.

Sie hatten ihm und Þóra den Turm der früheren Könige der Normark als Quartier zur Verfügung gestellt und umsorgten und bewirteten ihn, als sei er deren legitimer und nach langer Zeit zurückgekehrter Erbe. Er selbst hatte diese Großzügigkeit nicht annehmen wollen, aber der Gott in seinem Kopf hatte darauf bestanden.

»Es ist dein Recht als mein Auserwählter«, hatte er gesagt und ihn dann den Häuptlingen den Befehl geben lassen, für die lange Überfahrt nach Gutney die gesamte zur Verfügung stehende Flotte und jeden waffenfähigen Mann, jede waffenfähige Frau hier bei Aésfjord zu versammeln und auszurüsten.

Þóra stand jetzt mit einem Tablett neben ihm. Es war wie die Karaffe aus gedengeltem und kunstvoll verziertem Gold, und es war voller Delikatessen. Austern aus dem Sund, gebratene Garnelen, geräucherte Sprotten und Aal in Gelee.

Wehmütig musste Ash an die letzten Momente denken, die er mit Vater Baol im spinnwebenverhangenen Keller des Klosters vor dem Regal mit den sauren Gurken verbracht hatte. Und natürlich auch an die Minuten danach – der Abt auf dem Boden der Küche in einer Lache seines eigenen Blutes, den Brustkorb aufgebrochen und über ihn gebeugt ein Eingeweide schmatzender Ripper. Sein Appetit war schlagartig verschwunden.

»Nein danke«, sagte er.

Þóra stellte das Tablett wieder weg und schmiegte sich an ihn, die Wärme ihrer nackten Haut war ein wohliger Kontrast zu der Kälte, die durch das Fenster hereinströmte.

Sie nahm seine gesundete Hand und führte sie zu ihrer weichen Brust, rieb seine Finger über ihren fester werdenden Nippel. Diesmal sagte Ash nicht Nein.

RAYMO

Die Schwarze See

Raymo hatte das Gefühl, inzwischen den halben Ozean geschluckt zu haben. Das Salz der See brannte ihm mörderisch in der Kehle und auch in den Augen, und er ahnte, dass ihm jeden Moment die linke Schulter aus dem Gelenk reißen würde, wenn er nicht endlich die Position änderte.

Er hing mit der Kette seiner linken Handschelle hinter dem Heck am Steuerruder der rasch durch die absolute Dunkelheit segelnden Galeere. Nach dem Sprung ins Wasser hatte er sich unter den überall um ihn herum schlagenden Rudern und dem Fahrwasser des Schiffes an die Oberfläche gekämpft und mit Hilfe seines Dolches seine Fessel mit einem der dicken Glieder der Ruderkette verlinkt. Seit jetzt fast einer Stunde ließ er sich so durch das Wasser schleppen. Er musste sichergehen, dass Zane Arkeen ihn auch ganz bestimmt für tot hielt.

Noch immer brannte an Bord nicht ein einziges Licht. Die milaresischen Schiffe hatten die Jagd auf sie noch nicht aufgegeben und waren ihnen seit ihrer Flucht mehrmals gefährlich nahe gekommen; einmal waren sie sogar in gerade einmal hundert Fuß Entfernung an ihnen vorübergerudert, so dass der Schein ihrer Bordlichter beinahe den Rumpf des Twyddyaners erreicht und ihren Standort verraten hätte.

Raymo zog sich an der Kette zum Steuerruder vor und hievte sich daran in die Höhe. Es war rutschig, so dass er kaum Halt fand. Er nestelte den Dolch aus dem Glied, steckte ihn in den Gürtel und suchte in der jetzt nahen Heckwand des Schiffes nach Möglichkeiten, die er zum Klettern verwenden konnte. Doch er fand keine. Hier hinten ging eine Bohle in die andere über, so dass dazwischen kein Raum war für seine Finger.

Raymo überlegte, ob er versuchen sollte, über die Ruderkette, die zu beiden Seiten des Steuerblattes hoch ins Schiff führte, nach oben zu klettern, entschied sich aber dagegen. Die Kette lief über zwei Löcher in den Rumpf, die gerade groß genug für die Glieder waren, da war kein Durchkommen für ihn. Die einzige Möglichkeit, die ihm blieb, war abzuwarten, bis das Schiff an Fahrt verlor, um es dann über eine der Seiten zu versuchen.

Er hockte sich rittlings auf das mehr als zwei Fuß breite Ruderblatt, legte die Kette seiner linken Hand darüber und trieb seinen Dolch mit aller Wucht durch eines der Glieder in das

Holz. Der Schlag hallte durch die Stille wie ein Donner. Raymo hielt den Atem an. Weit über sich vernahm er eilige Schritte.

»Was war das?«, hörte er eine geflüsterte Stimme von der Heckreling hinter dem Turm.

»Ich kann nichts erkennen. Du?«

»Unmöglich in dieser Tinte. Sollen wir Licht machen?«

»Nein. Ich kann zwar keine Milaresen mehr ausmachen, aber vielleicht haben auch sie ihre Lichter gelöscht und lauern ganz in der Nähe auf uns. Wenn wir eine Fackel entzünden, entkommen wir ihnen kein zweites Mal.«

»Sicher ist sicher. Wird wohl nur ein Stück Treibholz gewesen sein.«

Die Schritte entfernten sich wieder. Raymo atmete erleichtert aus. Er wartete noch eine Viertelstunde, ob sich nicht vielleicht doch noch jemand regte, um genauer nachzusehen, aber als nichts geschah, beugte er sich nach vorn, wickelte nun auch die Kette seiner rechten Hand um den Dolch und legte sich mit seinem ganzen Gewicht darauf, um die Klinge noch tiefer in das Holz zu drücken. Die Halterung war zwar nicht so fest, wie er es sich gewünscht hätte, aber es musste reichen. Nach vorn gekauert, die Beine links und rechts vom Ruderblatt, entspannte er sich – und war schon nach wenigen Minuten erschöpft eingeschlafen.

Als er wieder wach wurde, lag das Schiff still in der See.

Raymos Lippen waren ausgetrocknet und aufgerissen. Seine inzwischen wieder trockene Haut spannte von dem Salz der See. Der Arsch tat ihm weh, und sein rechtes Bein war eingeschlafen.

Er löste den Dolch aus dem Holz und den Ketten, steckte ihn weg und massierte sich den Schenkel, bis wieder Leben hineinkam. Dann ließ er sich ins Wasser hinabsinken und schwamm um das Heck herum an die Backbordseite des Schiffs. Wie immer, wenn das Schiff nicht in Fahrt war, waren die Riemen im

Wasser, um die Stabilität zu verstärken. Raymo schwamm zu dem nächsten hin, packte ihn und zog sich daran in die Höhe. Bei der Öse angekommen, kletterte er hoch zur nächsten Ruderetage. Von dort aus war es kein Problem mehr, eine der Luken ins Mannschaftsdeck zu erreichen.

Raymo zog den Dolch, kauerte in der Dunkelheit und lauschte in die Stille. Erst als er sicher fühlte, dass ihn niemand entdeckt hatte, schlich er weiter. Es schien, als ob das ganze Schiff nach der harten Schlacht und der langen Flucht vor Erschöpfung in tiefen Schlaf gefallen wäre. Vereinzelt waren noch Wachen auf ihren Posten und auch auf Patrouille, aber auch sie waren so müde, dass Raymo keine Mühe hatte, sich an ihnen vorbeizuschleichen. Zuallererst suchte er ein Fass mit Süßwasser und trank gierig mehrere Kellen. Die Frische machte seinen Kopf wieder klarer. Er überlegte, sich auch auf die Suche nach etwas Essbarem zu machen, verschob das aber auf später. Jetzt hatte er Wichtigeres zu tun.

Er spähte einen einzelnen Wachposten aus, schlich von hinten an ihn heran und packte mit dem linken Arm hart um seine Kehle. Mit der Rechten hielt er ihm die Spitze des Dolchs vor die Augen. »Wo finde ich die Unterkunft des Commodore?«

Nachdem die Wache es ihm krächzend verraten hatte, verstärkte Raymo den Würgegriff seines Arms so lange, bis der Mann mit einem kurzen Röcheln besinnungslos in die Knie sackte. Raymo schleifte seinen schlaffen Leib hinter einen Stapel Kisten und fesselte und knebelte ihn. Dann machte er sich auf den beschriebenen Weg.

LIZIA

Dunuum – Arl ak Enwyggens Palast

Zum bestimmt hundertsten Mal ging Lizia ihre kleine, karge Kammer ab, auf der Suche nach einem Weg nach draußen. Doch es gab keinen. Die Wände waren aus massiven Granitblöcken, die von außen verschlossene Tür aus dicken, glatt polierten Eichenbohlen. Das einzige Licht fiel durch einen Schacht in der mehr als vier Meter hohen Decke – viel zu hoch, um ihn zu erreichen. Das Bett war ein einfaches Lager aus Säcken voller Stroh, so alt, dass selbst der Schimmel darauf vertrocknet war. Sonst gab es nichts weiter als einen Bottich für ihre Notdurft und einen ledernen Schlauch mit Wasser, falls sie zwischen dem regelmäßigen Mästen im dunklen Saal Durst bekam. Der alte Arl und Doff Nela hatten nichts in dem Raum gelassen, was Lizia dazu hätte benutzen können, sich selbst das Leben zu nehmen. Selbst an der Tür fehlte eine Klinke, an der sie sich mit den Laken des Lagers hätte erhängen können.

Sie hatte darüber nachgedacht, sich selbst den Schädel an der Wand einzuschlagen oder sich die Adern im Arm mit den Fingernägeln oder Zähnen zu öffnen. Doch ganz gleich, wie groß ihre Verzagtheit auch war, dazu fehlte ihr der Mut, außerdem bezweifelte sie, dass sie die Kraft dazu hatte, das eine oder das andere wirklich bis zum Ende durchzuführen. Es wäre leichter, das Ende dann doch dem Arl zu überlassen. Sie war sich sicher, dass er es selbst tun würde, hatte es in seiner Stimme gehört – auch wie sehr er sich darauf zu freuen schien. Vielleicht würde es schnell gehen. Vielleicht sogar schmerzlos. Insgeheim glaubte sie nicht daran.

Sie hatte überlegt zu beten, doch sie wusste nicht, zu welchen Göttern. Sie kannte keinen von ihnen näher und war sich sicher, dass sich keiner von ihnen auch nur einen Dreck darum scherte, wie es ihr erging und wie ihre kurze Existenz auf dieser Welt endete.

Sie hatte von Svanto dem Viergesichtigen gehört, den man an den Küsten des Ostens jenseits der Ruhigen See anbetete; ein widersprüchlicher Gott, wie Lizia fand, in dessen Namen gleichermaßen Krieg wie auch Frieden, Enthaltsamkeit und Fruchtbarkeit gepredigt wurden und dessen Anhänger in der Hauptsache daran glaubten, dass man nach dem Tod gemeinsam mit ihm an einer großen Tafel speiste. Lizia konnte sich nicht vorstellen, jemals wieder an einer Tafel sitzen zu können ohne die schrecklichen Bilder des Karussells des Grauens vor Augen.

In der Normark hatte man früher, lange ehe die Seewölfe kamen, zu Aés und Þrun gebetet, zwei Brüder, die im ewigen Zwist miteinander lagen. Aés, der Ältere, ein Gott der Wiesen und Auen, der fruchtbaren Flusstäler, Obsthaine und Getreidefelder; Gott der warmen Jahreszeiten und der reichen Ernten, aber auch des Schiffsbaus und der Seefahrt. Sein jüngerer Bruder Þrun Gott des Winters und der Stürme, ein Zerstörer, der Jahr um Jahr die Arbeit seines Bruders vernichtete und auf offener See armen Seelen auflauerte, um ihre Boote zu zertrümmern und sie in die Tiefe zu reißen. Dem einen wurde aus Dank geopfert, dem anderen, um ihn zu besänftigen. Lizia war weder Bäuerin noch Seefahrerin, vor allem aber besaß sie nichts, was sie hätte opfern können.

Auch die ältesten Götter Twyddyns, Caldas und sogar Gutneys – aus einer Zeit lange bevor das uralte Seefahrervolk der Loyhim von weit aus dem Süden seine heiligen Bäume, die Dra'Suli, mitgebracht hatte – waren zwei Brüder im ewigen Streit. Die Drachen Tagdh und Nykht. Tag und Nacht. Vom Anbeginn der Zeit an jagten sie einander über den Himmel. Zu einem von ihnen zu beten, war sinnlos, hieß es. Sie scherten sich ohnehin nicht um das Geschick der Menschen. Außerdem schien es, als hätte nun mit dem Weltendonner Nykht den Kampf für sich entschieden und damit auch das Ende aller Menschen eingeleitet. Warum also sollte er Lizia in ihrer Stunde der Not beistehen?

Noch Dutzende anderer Götter fielen ihr ein. Götter der See und der Unterwelt, des Handwerks und des Wetters, Götter des Feuers und der Luft …

Namen und Geschichten …

Lizia hatte noch von keinem gehört, der wirklich da war, wenn man ihn brauchte. Dennoch fand sie sich plötzlich auf den Knien wieder, die Stirn gegen die kalte Mauer gelehnt, die Hände vor der Brust gefaltet. Ihre Wangen waren feucht von Tränen, und ihre bebenden Lippen murmelten etwas. So leise, dass sie selbst es kaum verstand.

»Wer auch immer da draußen sein mag … Wenn du mich hören kannst … Hilf mir! Ich flehe dich an!«

RAYMO

Die Schwarze See

Commodore Zane Arkeen saß schlafend im ledernen Sessel seines Kartentisches. Die Luken der Kabine waren mit Brettern verschlossen, auf dem Tisch stand eine Tranlampe mit Glaskugel, der Docht niedrig, die Flamme klein. Daneben eine Flasche milaresischer Brandy mit frisch geöffnetem Lacksiegel. Auch wenn Milara und Twyddyn verfeindet waren, ihr Brandy war immer noch der beste der Welt, jede einzelne der wenigen Flaschen, die noch existierten, ein Vermögen wert. Soweit Raymo das aus dem Schatten der Tür heraus beurteilen konnte, hatte der Commodore gerade ein halbes Vermögen vernichtet und dazu nicht einmal ein Glas benutzt.

Raymo schlich hinter ihn, schlang ihm die Kette um den Hals und hielt ihm den Dolch an die Kehle. Zane Arkeen wurde schlagartig wach, wollte aufspringen, doch Raymo zerrte ihn mit einem Ruck an der Kette zurück in den Sessel.

»Wenn ich das wollte, wärst du bereits tot, Commodore«, flüsterte Raymo ihm ins Ohr. »Das weißt du. Also verhalte dich ruhig und hör mir zu. Nicke, wenn du dazu bereit bist.«

Zane Arkeens Nasenflügel blähten sich vor Wut, als er tief einatmete, aber schließlich nickte er.

Raymo zeigte mit der Spitze des Dolches auf den Kompass neben den Seekarten. »Lass mich raten: Du willst Kurs zurück nach Twyddyn setzen lassen?«

Zane Arkeen reagierte nicht. Raymo zog an der Kette. Der Commodore röchelte. »Ja.«

»Das ist ein Fehler«, sagte Raymo und löste den Zug der Kette ein wenig. »Ein großer Fehler. Ziemlich sicher sogar ein tödlicher. Tödlich für dich.«

Zane Arkeen runzelte die Stirn.

Raymo sah, dass er außer seiner vollen Aufmerksamkeit jetzt auch sein Interesse geweckt hatte. »Wenn du mir dein Ehrenwort gibst, ruhig zu bleiben und davon abzusehen, deine Wachen zu rufen, erkläre ich dir bei einem Glas deines Brandys, warum es ein Fehler ist, jetzt nach Twyddyn zurückzukehren, und dass wir beide auch im übertragenen Sinne nun in ein und demselben Boot sitzen.« Er ließ die Worte wirken, ehe er fragte: »Gibst du mir dein Ehrenwort?«

Wieder nickte Zane Arkeen. Raymo behielt den Dolch an seiner Kehle, nahm aber die Kette weg, um mit der frei gewordenen Hand Schwert und Messer aus dem Gürtel des Commodore zu ziehen und sie auf das Bett zu werfen. Erst dann nahm er auch den Dolch weg, behielt ihn aber in der Hand und deutete damit auf die Flasche. Zane Arkeen erhob sich langsam von seinem

Stuhl, holte zwei Gläser aus einer kleinen Kommode an der Wand und schenkte sie halbvoll. Eines davon reichte er Raymo.

Raymo hob es an die Nase, ohne dabei sein Gegenüber aus den Augen zu lassen. Das Aroma war köstlich, er atmete es tief und genussvoll ein, ehe er einen Schluck nahm, der ihm wie süßrauchiges Feuer die Kehle hinabfloss und ihn von innen heraus wärmte.

»So viel besser als das faulige Wasser, das ihr uns unten an den Rudern zu trinken gebt.«

Auch Zane Arkeen nahm einen Schluck. »Was willst du, Caldäer?«

»Schwer zu sagen«, antwortete Raymo. »Früher hätte ich auf diese Frage wohl geantwortet: Ich will frei sein. Aber das war jugendliche, eitle Dummheit. Meinen Ahnen nachgeplappert als Echo aus einer Zeit, als es die Sonne noch gab. Seien wir doch ehrlich, was nutzt heutzutage die beste Freiheit, wenn man verhungert oder erfriert?«

»Du willst zu essen und ein Dach über dem Kopf?«, fragte Zane Arkeen mit einem verächtlichen Schnauben. »Wieso bist du dann in meine Kabine gekommen, statt dich einfach wieder unten an dein Ruder zu setzen?«

Raymo lachte leise. »Wenn man von der Peitsche absieht, war das durchaus eine willkommene Abwechslung von der Härte hoch im Norden in den Wäldern meiner Heimat und den Kämpfen in der Arena …«

»Bist du gekommen, um dich für deine Qualen mit sinnlosem Gequatsche an mir zu rächen?«

»Nein«, sagte Raymo und nahm noch einen Schluck. »Warum ich gekommen bin, erkläre ich dir sofort. Zunächst aber versuche ich deine Frage zu beantworten. Was will ich? Das ist wirklich schwer zu sagen.«

»Du wiederholst dich.«

»Ich denke, viel entscheidender als die Antwort auf die Frage, was wir wollen, ist, welche Möglichkeiten uns überhaupt offenstehen. Ich zum Beispiel hatte bis jetzt keine Möglichkeit, meiner Gefangenschaft zu entgehen.«

»Das hat sich nach wie vor nicht geändert«, sagte der Commodore. »Selbst wenn du mich jetzt tötest, kommst du unmöglich lebend vom Schiff. Nun ja, vielleicht lebend vom Schiff, aber nicht lebend an Land.«

»Es hat sich sehr wohl geändert«, widersprach Raymo und hielt Zane Arkeen sein inzwischen leeres Glas zum Nachfüllen hin. »Ich rette dir gerade das Leben, weil ich dich und dieses Schiff brauche, und weil ich dir das Leben rette, wirst du dich revanchieren.«

»Mich nicht einfach heimtückisch zu ermorden, ist nicht dasselbe wie mir das Leben zu retten.« Er schenkte Raymo nach.

»Da könnte man durchaus unterschiedlicher Meinung sein«, sagte Raymo. »Aber dich nicht umzubringen, meine ich nicht damit, wenn ich sage, ich rette dir das Leben. Es geht um die Rückkehr nach Twyddyn. Wie ich bereits eingangs sagte, wäre das ein tödlicher Fehler, und ich bewahre dich davor, ihn zu begehen. Dafür schuldest du mir etwas.«

»Die Freiheit?«

»Mehr als das. Wie ich schon sagte, zählt in dieser Zeit Freiheit allein nicht viel.«

»Eins nach dem anderen. Wieso wäre es ein tödlicher Fehler, nach Twyddyn zurückzukehren?«

»Wie gut kennst du Arl Harwee ak Sokay?«

»Gut genug, dass er mich zum Commodore seiner Flotte gemacht hat.«

»Seiner ehemaligen Flotte«, betonte Raymo. »Der Flotte, die jetzt zweifelsohne auf dem Grund der See liegt. Wie, glaubst du, wird er darauf reagieren?«

»Du willst mich vor seinem Zorn warnen?« Zane Arkeen lachte bitter und schenkte sich selbst noch einmal nach. Diesmal trank er das Glas in einem Zug leer und knallte es auf den Tisch. »Mir ist klar, dass mir nach meiner Rückkehr niemand mehr auch nur noch die Position eines Schiffsjungen anvertrauen wird.«

»Du hast sehr viel mehr zu befürchten als lediglich Repressalien. Du bist nicht nur Sündenbock, du bist das Opferlamm. Du warst es schon, ehe wir überhaupt losgefahren sind.«

»Wie meinst du das?«

»Ich wiederhole meine Frage: Wie gut kennst du Arl Harwee ak Sokay?«

»Komm zum Punkt.«

»In Wahrheit ist es eine Reihe von Punkten. Erstens: Wurden deine fünf Segelgaleeren wirklich neu gebaut?«

»Ja. Ich habe ihren Bau selbst überwacht.«

»Gut. Zweitens: Würdest du sagen, dass sie sowohl in Größe als auch in Zahl den Milaresen hoffnungslos unterlegen waren?«

»Du warst dabei, als sie uns vernichtet haben.«

»Ich werte das als ein Ja«, sagte Raymo. »Würdest du mir außerdem zustimmen, wenn ich behaupte, General ak Sokay ist einer der brillantesten Feldherren, die Twyddyn je gesehen hat? Sosehr ich es auch hasse, das zugeben zu müssen.«

»Ganz gewiss.«

»Also würdest du mir auch recht geben, wenn ich sage, dass er das nur sein kann, weil er nichts dem Zufall überlässt und all seine Unternehmungen durch reichlich Aufklärung und Spionage absichert?«

»Selbstverständlich.«

»Wie wahrscheinlich ist es dann, dass diesem brillanten Feldherrn, als er sich daranmachte, Twyddyn eine eigene Flotte von Kaperschiffen bauen und ausrüsten zu lassen, bei all seiner Aufklärung nicht bekannt war, dass die milaresischen Schiffe sehr viel größer und wendiger sind?«

Mit einer gewissen Genugtuung sah Raymo Erkenntnis auf der bleichen Miene Zane Arkeens aufblitzen.

»Und wie wahrscheinlich ist es, dass du mit deinen neuen und durchaus prachtvollen, aber vollkommen unzureichenden

Schiffen auf einem dem Arl sehr wohl bekannten Kurs ausgerechnet auf einen Verband von gleich neun dieser haushoch überlegenen milaresischen Galeeren triffst? Ist das die herkömmliche Größe eines Transports aus Kutera?«

»Der Aufklärung zufolge sind sie nie mit mehr als drei Schiffen unterwegs. Nicht selten fahren die Transportschiffe sogar allein.«

Raymo steckte den Dolch in den Gürtel und schüttete den Rest der Flasche in sein Glas. »Dann ist entweder die Aufklärung falsch, oder sie wussten, dass wir kommen.«

»Der General hat uns verraten?«

»Verraten haben könnte dich jeder, der auch nur halbwegs über die Größe deiner Flotte und deinen Kurs informiert war. Aber nur einer hat über den Bau und die Größe der twyddyanischen Schiffe verfügt, obwohl er ganz sicher gewusst haben muss, dass die Milaresen größer sind.«

»Warum sollte Arl ak Sokay so etwas tun?«

Raymo zuckte mit den Schultern. »Wer kann das schon wissen? Die wahrscheinlichste Antwort ist, dass er mit Milara gemeinsame Sache macht. Aber das Warum spielt die untergeordnete Rolle, Commodore. Viel wichtiger ist, dass du jetzt weißt, dass er dich und die gesamte Mannschaft bei deiner Rückkehr nach Dunuum zur Strafe für euer Versagen auf der Stelle hinrichten lassen wird, ehe du oder einer deiner Männer auch nur die geringste Chance bekommt, von der Unterlegenheit eurer kleinen Flotte zu berichten.«

Zane Arkeen stieß einen Pfiff durch die Zähne aus. »Weil Königin Rielle sonst umgehend eine Untersuchung einleiten würde.«

»Und dadurch erfahren würde, dass ak Sokay falsch spielt.«

»Verflucht!«

»Würdest du mir jetzt zustimmen, dass dich auf diese Zusammenhänge aufmerksam zu machen durchaus in die Kategorie ›dein Leben retten‹ fällt und dass du mir dafür etwas schuldest?«

Zane Arkeen sah ihn lange nachdenklich an. »Was mich zu der Frage zurückbringt: Was willst du, Caldäer?«

LIZIA

Dunuum – Arl ak Enwyggens Palast

Wie inzwischen jeden Tag kniete Lizia vor der Wand und betete, als sie sie holen kamen.

»Wer auch immer da draußen sein mag … Wenn du mich hören kannst … Hilf mir! Ich flehe dich an!« Wieder und wieder die gleichen Worte. Lizia konnte nicht sagen, ob sie hoffte, wirklich erhört zu werden, aber sie wie in einem ewigen, gleichförmigen Lied zu sprechen, versetzte sie in eine Art von Trance; es hinderte sie daran zu denken, sich auszumalen, was mit ihr geschehen würde.

Das Merkwürdigste aber war, dass dieser seltsame Zustand, in den es sie versetzte, zugleich eine Mischung aus Gleichgültigkeit und Gefasstheit in ihr auslöste. Da war außerdem auch Zuversicht. Eine zwiespältige Zuversicht, dass sich entweder alles zum Besseren wenden würde oder – falls nicht – alles bald vorbei wäre.

Sofort, als sie die schwarzgekleidete Gestalt Doff Nelas neben den beiden Wachen stehen sah, wusste sie, dass heute der Tag der Tage sein würde. Sie hatte ihn in all der Zeit, die sie sich jetzt hier im Palast aufhielt, nicht ein Mal gesehen.

Er betrachtete Lizia mit seinem fischkalten Gesicht ebenso mitleidlos wie bei ihrer letzten Begegnung.

»Wie ich sehe, spannt das Gewand endlich an den richtigen Stellen«, sagte er. »Jetzt erkennt man wenigstens, dass du wirklich eine Frau bist. Arl ak Enwyggen wird äußerst zufrieden sein. Alles ist vorbereitet.«

»Wer auch immer da draußen sein mag … Wenn du mich hören kannst … Hilf mir! Ich flehe dich an!«, sprach Lizia weiter – aber nun stumm in sich hinein.

Flankiert von den beiden Wachen und mit gesenktem Haupt folgte sie dem Doff und dem Licht des Leuchters, den er in seiner mageren Hand hielt, durch die dunklen Gänge bis hin zum Saal. Allerdings wurde sie dort nicht wie sonst an die reich gedeckte Tafel geführt, sondern an einen Platz etwa fünfzehn Fuß davon entfernt, dem Tisch gegenüber.

Der flackernde Schein der Kerzen enthüllte beim Herantreten eine hölzerne Konstruktion. Es war nicht das Karussell, deshalb aber nicht weniger grausig.

Es war eine hohe, rechteckige Plattform von etwa vier mal vier Schritt Größe. Darauf standen zwei dicke Holzbalken, an deren Innenseiten oben und unten eiserne Ösen angebracht waren. Zwischen den Balken waren Löcher in den Boden der Plattform gebohrt.

Unterhalb der Löcher stand eine Wanne, fein verziert aus blauer Emaille mit Intarsien aus Gold.

Über sechs Stufen wurde Lizia auf die Plattform nach oben geführt, zwischen die beiden Balken gestellt, und die Wachen fesselten ihre Hand- und Fußgelenke mit langen Schals aus weichem, weißem Stoff an die eisernen Ösen, so dass Lizia schließlich wie ein menschengroßes X auf der Plattform über den Löchern mit der Wanne darunter stand.

»Wer auch immer da draußen sein mag … Wenn du mich hören kannst … Hilf mir! Ich flehe dich an!« Stumm. Nicht einmal die Lippen bewegte sie dabei.

Nun trugen die beiden Wachen aus dem Dunkel hinter der Plattform einen Tisch heran, den sie neben den linken Balken stellten. Im Schein der Kerzen sah Lizia metallene Werkzeuge glitzern. Messer, Zangen, Haken, lange Nadeln, fingerdick und innen hohl.

Sie war froh, als die Wachen und Doff Nela gingen und das Licht mitnahmen, so dass sie nur noch die Essenstafel und die beiden Kerzenleuchter darauf sehen konnte. Ihr fiel auf, dass daran auf der ihr gegenüberliegenden Seite heute zwei große

Stühle standen und auch vor beiden gedeckt war. Jemand würde dem Arl Gesellschaft leisten.

Lizia stand eine kleine Ewigkeit ganz allein im Dunkeln. Die Kerzen auf der Tafel waren inzwischen bis auf die Hälfte herabgebrannt. Ihre Arme schliefen ein, wurden aber von den Stofffesseln oben gehalten. Das Atmen fiel ihr zunehmend schwer. Sie war durstig, ihre Kehle trocken. Vor ihren Augen begann es zu flimmern.

Schließlich ging die große Tür des Saals auf. Ein lang gezogenes Knarren im dicken Holz der Flügel, so weit rechts von Lizia, dass sie nichts sehen konnte außer einem neuen Lichtschimmer auf dem Boden. Ein Lichtschimmer, der größer wurde, als er sich näherte.

»Ich hoffe, Ihr werdet zufrieden sein«, hörte sie die Stimme des alten Arl.

»Ihr und Euer ganz besonderes Spiel habt mich noch nie enttäuscht, werter Arl«, sagte eine zweite Stimme. Die einer Frau.

Gleich darauf sah Lizia die beiden von ihrem Platz im Dunkeln aus. Sie war sich nicht sicher, was sie mehr überraschte: das Aussehen des Arl, den sie heute zum ersten Mal zu Gesicht bekam, oder die beinahe schon überirdische Schönheit der jungen Frau, die er am Arm führte.

Lizia hatte sich den Arl ganz anders vorgestellt. Ein alter, verschrobener, vielleicht gar verkrüppelter Schrat mit hässlicher Fratze und klauenartigen Knochenfingern, in zerschlissene, muffige Lumpen gehüllt. In Wirklichkeit war er hochgewachsen und stattlich, äußerst gepflegt und erlesenst gekleidet. Trotz seines hohen Alters war seine Haltung makellos und sein Gang beinahe athletisch. Das schlohweiße Haar hatte er zu einem vollen Zopf gebunden, der ihm beinahe bis zur Hüfte den breiten Rücken herabhing.

Die Frau an seiner Seite kam Lizia seltsam vertraut vor, ohne dass sie hätte sagen können, woher. Aber sie war sich sicher, dass sie sie in ihrem Leben noch nie gesehen hatte; das hätte sie unmöglich vergessen. Vielleicht in einem Traum?

Sie hatte wallend rotes Haar wie Lizia selbst, nur dass sie etwa zwölf oder fünfzehn Jahre älter sein mochte als Lizia. Ihre Haut war makellos weiß wie Marmor, aber ihre Lippen waren blutrot, und ihre Augen hatten die Farbe von im Kerzenschein leuchtenden Smaragden. Sie war hochgewachsen, beinahe schon grazil schlank und trug ein eng geschnürtes Prunkgewand aus schwarzem Brokat, in den Fäden aus Silber und aus Gold eingewoben waren. Das Kleid hatte einen hohen Kragen, dessen Spitzen mit Perlen besetzt waren, und um den schmalen, mit weißer Spitze umhüllten Hals trug sie eine dicke, aus Gold gewirkte Schnur, an deren Ende ein großer, rechteckig gefasster Smaragd hing, fast so groß wie Lizias Handfläche.

Der Arl zog einen der Stühle zurück und bot ihr an, Platz zu nehmen. Sie raffte den bauschigen Rock und setzte sich mit einstudierter Grazie.

»Auch für mein Bad ist alles vorbereitet?«, fragte sie.

»Selbstverständlich, Euer Majestät«, antwortete der Arl, während er sich neben sie setzte und in die Hände klatschte, woraufhin sofort drei Dienstmägde herangeeilt kamen, um mit der Bewirtung zu beginnen.

Majestät? Lizia horchte auf. Das war die Königin? Rielle, die Brudermörderin? Und die Wanne, die unter der Plattform mit den Löchern aufgestellt war, ihr Bad?

Lizia hörte auf zu beten. Sie wollte nicht länger, dass ihr irgendjemand half. In einer so grausamen, einer so furchtbaren Welt wollte sie nicht mehr sein. Alles, was sie noch wollte, war ein schnelles Ende.

»Was darf ich Euch kredenzen lassen, Euer Majestät?«, fragte der Arl. »Wir haben hier …«

»Lasst sie mich zuerst sehen«, sagte die Königin.

»Jetzt schon?«, fragte Arl ak Enwyggen. »Wollen wir nicht zuerst speisen, um uns für das Bevorstehende zu kräftigen?«

»Nur einen ersten Blick«, sagte Rielle und bedachte den Arl dabei mit einer beinahe kindlich flehenden Miene. »Nur ganz kurz. Sie ist schon hier, nicht wahr?«

Der alte Arl lächelte sanft. »Ja, das ist sie. Und ich muss gestehen, auch mir fällt es schwer, meine Vorfreude zu zügeln. Also gut, aber nur einen Blick, dann wird gegessen.«

Die Königin klatschte vor Vergnügen in die Hände, und der Blick ihrer smaragdgrünen Augen suchte die Dunkelheit vor ihr ab.

Arl ak Enwyggen gab einer der Dienstmägde ein Zeichen, woraufhin sie einen weiteren Leuchter brachte und dessen Kerzen an denen auf der Tafel entzündete.

Als auch die letzte brannte, bewegte sich die Magd in Richtung der Plattform, auf der Lizia gefesselt stand.

Die Königin zitterte jetzt vor Aufregung – zumindest glaubte Lizia, dass es Aufregung war, aber sie sah auch noch Appetit in ihren Augen aufflammen, wenn nicht gar Lüsternheit.

Schritt um Schritt kam die Dienstmagd mit dem Leuchter näher, erreichte die Stufen und stieg zu Lizia hinauf. Der Lichtkegel berührte sie, blendete sie fast, so dass sie blinzeln musste. Dann fiel ihr Blick wieder auf die Königin.

Eine seltsame Veränderung war in Rielle vor sich gegangen: Ihr eben noch vergnügt vorfreudiges Lächeln war verschwunden, der Ausdruck des Appetits wie weggewischt. Sie starrte Lizia an, mit vor Fassungslosigkeit offen stehendem Mund. Wie gelähmt saß sie da, so lange, dass das Lächeln auch vom Gesicht des Arls verschwand.

»Was ist, Euer Majestät?«, fragte ak Enwyggen sie besorgt. »Gefällt sie Euch etwa nicht? Sieht sie Euch vielleicht zu ähnlich? Ich dachte, Ihr wolltet eine, die …«

Weiter kam er nicht.

Königin Rielle war aus ihrer Starre erwacht, hatte ein Messer von der Tafel gegriffen und rammte es dem Arl von vorne in die faltige Kehle.

Noch ehe er erstickt zu röcheln begann, rief sie: »Wachen!« und wischte das Blut, das aus dem Hals auf ihre Hand gespritzt war, an einer Serviette ab.

Sofort kamen von draußen vier Soldaten in polierter Rüstung und weiten, purpurfarbenen Umhängen hereingeeilt.

»Keiner darf leben!«, rief sie ihnen zu. »Außer der gefesselten Frau dort. Sie bringt ihr umgehend in meinen Palast, nachdem ihr hier aufgeräumt habt. Aber sorgt dafür, dass niemand sie sieht!«

Sie erhob sich von ihrem Platz, den Blick wieder auf Lizia gerichtet. Die fassungslose Verwunderung war daraus gewichen. Er war jetzt voller Hass … und noch etwas anderes war da, Angst vielleicht?

Noch zwei, drei Herzschläge lang starrte sie Lizia an, dann drehte sie sich weg und schritt eilig aus dem Saal, während ihre Soldaten die drei Dienstmägde niedermetzelten.

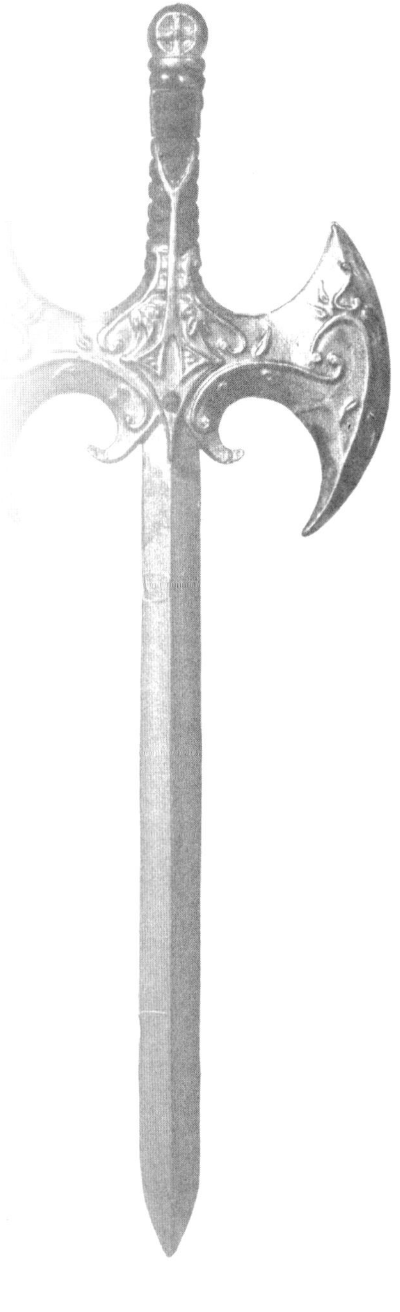

SCHWARZE UFER

LIZIA

Dunuum – Königliche Ringburg

Lizia sah vom vergitterten Fenster ihrer geräumigen und durchaus gemütlich eingerichteten Turmsuite herab auf die Paläste der einzelnen Adelshäuser, die um die königliche Ringburg herum gebaut und außen von einer weiteren hohen Mauer umgeben waren. Viele Tage, wenn nicht gar Wochen waren vergangen, seit Lizia nun hier war. In dieser völligen Abgeschiedenheit war es unmöglich, den Überblick über den Lauf der Zeit zu behalten. Die Wachen der Königin hatten sie mit einem Sack über dem Kopf aus dem Palast Arl ak Enwyggens hierhergebracht und eingesperrt, aber niemand sagte Lizia, warum. Immer und immer wieder hatte Lizia sich gefragt, weshalb Königin Rielle Arl ak Enwyggen und seinen gesamten Haushalt hatte auslöschen lassen, ohne jedoch eine Antwort darauf zu finden. Auch der einzige Mensch, mit dem sie seit ihrer Ankunft hier Kontakt hatte, konnte es ihr nicht sagen – oder es war ihr verboten, wie Lizia eher vermutete. Tonia war eine von Geburt an blinde Hofdame mittleren Alters, die sich Lizias als ihre Zofe vorgestellt hatte, in Wahrheit aber wohl eher ihre Gefängniswärterin war. Sie redete gern und viel, man konnte fast sagen, sie schnatterte unaufhörlich, aber nie über Dinge, die Lizia wirklich interessierten. So auch heute.

»Sieht so aus, als ob wir wieder Schnee bekommen«, plapperte sie bereits darauflos, während sie die Suite betrat und die Wache die schwere Tür hinter ihr verriegelte. Sie trug ein Tablett mit Speisen in den Händen und bewegte sich so sicher, als könnte sie sehen. »Perfektes Wetter für ein schönes heißes Bad, edle Dame.«

»Bin weder edel noch bin ich Dame«, gab Lizia zurück.

Tonia stellte das Tablett auf den Tisch. »Papperlapapp. Wärt Ihr keine edle Dame, hättet Ihr keine Zofe. Hier am Hof der Königin hat alles seine Richtigkeit. Hier herrscht Ordnung, nicht wie da draußen.« Sie deutete in Richtung Fenster, und Lizia fragte sich, woher sie wissen konnte, wo das Fenster überhaupt war. »Stärkt Euch erst einmal, das wird Eure Laune heben, während ich Euch drüben im Schlafgemach ein Bad bereite.«

»Warum bin ich hier, Tonia?«, fragte Lizia zum bestimmt hundertsten Mal. »Warum hält Königin Rielle mich gefangen? Was will sie von mir?«

»Gefangen? Ihr lebt in einer wunderschönen, wohlgeheizten Suite, im Trocknen und in Sicherheit. Also, ich würde das nicht gefangen nennen.«

»Wieso dann die Gitter am Fenster, die verriegelte Tür und die Wache davor?«, gab Lizia zurück. »Was geschieht hier?«

»Ich bin nur eine einfache Hofdame, ich weiß nichts von solchen Dingen. Aber ich bin sicher, wenn Ihre Majestät es für richtig befindet, wird sie es Euch zweifelsohne wissen lassen.«

»Ich habe niemandem etwas getan.«

»Das glaube ich gerne«, sagte Tonia und legte frisches Holz auf das Feuer im Kamin. »Wäre das anders, würdet Ihr im Kerker sitzen, noch unter den Kasematten, und statt Wildsülze, Lebkuchen und heißem Wein würde man Euch Fischköpfe und Flusswasser servieren. An Eurer Stelle würde ich also einfach aufhören, mir Gedanken zu machen und Fragen zu stellen, auf die ich Euch ohnehin keine Antwort geben kann. Und nun esst, bitte.« Sie brachte vom Kaminfeuer einen glühenden Schürhaken mit und tauchte ihn in den Krug mit dem Wein, so dass es laut zischte und dampfte.

Sie hängte den Haken zurück neben das Feuer, wuselte geschäftig in das Nachbargemach, und Lizia setzte sich an den

Tisch. Nach den Schrecknissen an der Tafel des alten Arl hatte sie Tage gebraucht, überhaupt wieder essen zu können, inzwischen aber genoss sie jede der zwei täglichen reichhaltigen Mahlzeiten trotz der in ihrem Kopf nagenden Fragen und der Ungewissheit ausgiebig. Schließlich konnte man in diesen Zeiten nie wissen, wann es wieder einmal etwas zu essen geben würde. Lebkuchen war eine ihrer Lieblingsspeisen. Vor ihrer Zeit hier im Palast der Königin hatte sie noch nie welchen gegessen. Er erinnerte sie entfernt an frisches Brot, das es seit dem Weltendonner immer seltener gegeben hatte, nur dass der Teig süßer war und würziger. Es waren kleine, feste Kuchen, die nach Honig schmeckten, Nelken, Muskat und Kardamom. Lizia aß beide Stücke auf und trank dazu einen ganzen Becher Wein. Auch für ihn hatte sie eine Vorliebe entwickelt; er beruhigte ihre Nerven.

Kaum war sie fertig, rief auch schon Tonia aus dem Schlafgemach: »Die Wanne ist bereit, edle Dame!«

Anders als die Erinnerung an die Tafel des alten Arl rief die Erinnerung der Wanne unter der Plattform, auf der sie gefesselt gewesen war, nach wie vor ein ekelerregendes Unbehagen in Lizia hervor – und die Vorstellung einer Königin, die sich darauf freute, im Blut zu baden. Aber sie wusste, dass Tonia ihr mit ihrem Geschnatter so lange in den Ohren liegen würde, bis sie endlich die Wanne bestieg, also ging sie hinüber und löste die Schnüre ihres Kleids.

Als hätte sie das Geräusch der dünnen Kordeln in ihren Ösen gehört, kam Tonia augenblicklich zu ihr geeilt. »Lasst mich das machen«, sagte sie eifrig und nahm sie Lizia aus den Fingern. »Wie ich schon sagte: Hier am Hof der Königin hat alles seine Richtigkeit. Damen entkleiden sich nicht selbst, dafür haben sie uns Zofen.«

Lizia seufzte ergeben. Sie verstand nicht, warum jemand Hilfe beim Ausziehen brauchte – oder warum man überhaupt Kleider entwarf, bei denen man Hilfe brauchte, um in sie hinein-

oder auch wieder herauszukommen. Aber Tonia zu widersprechen, war wie Wasser auf ihre Plappermühle zu gießen.

Als sie nackt war, kletterte Lizia in die hohe Wanne aus gedengeltem Kupfer. Das duftige Wasser war so heiß, dass sie es gerade so ertragen konnte, und eine wohlige Gänsehaut zog über ihren Körper.

»Seht Ihr?«, sagte Tonia, während sie begann, aus einem Krug warmes Wasser über Lizias Haar zu gießen. »Da fühlt man sich gleich viel besser, nicht wahr?«

Lizia gab es ungern zu, aber Tonia hatte recht: Trotz des Unbehagens, das sie mit der Wanne verband, war es angenehm, in ihr zu sitzen. Die Wärme verstärkte die Wirkung des Weins, und sie legte entspannt den Kopf zurück.

Tonia nahm Seifenleim und massierte ihn in Lizias Haar. »Fast so weich wie das der Königin selbst«, sagte sie dabei melancholisch. »Ja, ich habe früher einmal der Königin selbst gedient, das war, ehe sie in die Jahre kam, in denen ihr männliche Zofen lieber wurden. Als Mädchen habe ich sogar einmal das Haar ihrer Mutter waschen dürfen. Königin Sabella. Haar wie gesponnenes Kupfer, hat man mir gesagt. Woher sollte ich auch wissen, wie gesponnenes Kupfer aussieht, blind, wie ich bin? Aber wie es sich angefühlt hat … nein, so was vergisst man nicht …« Tonia schnatterte und schnatterte, und bald darauf war Lizia eingeschlafen.

Als sie wieder aufwachte, war das Wasser kalt, und Tonia war verschwunden. Das war äußerst merkwürdig, denn normalerweise pflegte Tonia sie stets zu wecken und erst noch abzutrocknen und einzukleiden, ehe sie die Suite wieder mit dem leeren Tablett verließ. Die Haut an Lizias Fingerspitzen war aufgeweicht, die Fingernägel fast weiß, so sauber waren sie. Mit einem fröstelnden Schütteln wollte sie aus der Wanne aufstehen.

»Bleib liegen!« Die Stimme kam von direkt hinter ihr. Leise, aber keinen Widerspruch duldend. Lizia erkannte sie sofort. Es war die Stimme der Königin.

Mit einem Mal war Lizia wie gelähmt.

»Lehn dich wieder zurück.«

Verkrampft folgte Lizia der Anweisung.

»Nimm die Arme von der Brust.«

Lizia tat wie verlangt und hielt den Atem an. Gleich darauf spürte sie etwas in ihrer Kehle. Zuerst dachte sie an eine Klinge, doch dafür war es zu warm und zu weich. Dann erkannte sie, dass es eine Hand war. Die Hand der Königin. Sie fühlte ihren Atem an ihrem Nacken und an ihrer Wange.

»Du bist schön«, flüsterte Rielle, ihre Stimme jetzt ganz nah bei Lizias Ohr. »Fast so schön wie ich selbst.«

»D-danke, Euer …«

»Schhhh!«, unterbrach die Königin sie und zeichnete mit den Nägeln ihrer Finger kleine Muster auf die Haut an Lizias Hals und Wange.

Lizia biss sich auf die Unterlippe.

»Ich kann fühlen, wie dein Herz pocht«, sagte die Königin. »Badabamm, Badabamm, Badabamm! Aufgeregt und ängstlich wie ein Vögelchen in einem Käfig. Und das Blut, das es pumpt, so rein, so unschuldig.«

Lizia hörte, mit welcher Erregung die Königin das Wort Blut aussprach. Ihre Angst wuchs.

»Sag, wo hat es geschlagen in den letzten Jahren, dieses unschuldige Herz, dass es so unverdorben bleiben konnte? Doch ganz bestimmt nicht hier in Dunuum.«

Lizia wusste nicht, ob die Königin eine Antwort erwartete oder ob sie weiterhin schweigen sollte.

Rielle packte sie im Haar und riss ihr den Kopf ruckartig nach hinten, so hart, dass Lizia mit dem Hinterkopf gegen den Wannenrand knallte.

»Sprich, wenn ich dich etwas frage! Wo hast du die vergangenen Jahre verbracht, Liziana?«

»N-nur L-Lizia.«

»Lizia, natürlich. Also wo?«

»I-in Cassias Hain, einem Hofgut an der Grenze zwischen Twyddyn und Calda.«

Die Königin ließ ihr Haar los. »Auf dem Gut Stu ak Wards? Dieser miese Verräter. Ich hätte es wissen müssen. Meine eigene Schuld, dass ich ihn damals verschont habe. Ich wette, er hat dich behandelt wie eine Prinzessin.«

»Mich? Wie eine Prinzessin? Warum hätte er das tun sollen? Nein, ganz im Gegenteil.«

»Im Gegenteil? Was willst du damit sagen?«

»Ich war in Cassias Hain die niedrigste aller Dienerinnen. Abschaum. Deshalb bin ich geflohen.«

»Du warst eine gewöhnliche Dienerin?«, rief die Königin entrüstet.

»Mehr eine Sklavin.«

»Der Halunke hat es gewagt? Niemand hat das Recht, dich so zu misshandeln!« Sie machte eine kleine Pause, dann kam sie wieder ganz nah an Lizias Ohr und flüsterte: »Das heißt niemand außer mir natürlich.«

»Majestät, wenn Ihr mir vielleicht …«

»Schweig! Du wirst erfahren, was du erfahren musst. Wenn die Zeit reif ist.« Die Harschheit aus ihrer Stimme verschwand, und sie wurde leiser, so als würde sie nun mit sich selbst sprechen. »Das heißt, wenn es überhaupt jemals dazu kommt. Die Bader haben die Hoffnung noch nicht aufgegeben …«

Lizia hörte das Rücken eines Hockers, und gleich darauf stand die Königin neben der Wanne, blickte aus nachdenklichen Augen auf sie herab. »Falls du jemals alles erfahren solltest – und ich hoffe, dass dieser Tag niemals kommen wird –, will ich, dass du weißt, dass ich froh bin, dich gefunden zu haben. Lebend gefunden zu haben.«

Die Königin drehte sich um und verließ das Gemach ohne ein weiteres Wort. Lizia blieb noch einige Minuten lang in dem kalten Wasser liegen, ehe sie sich endlich traute, aus der Wanne zu steigen.

ASH

Nordmeer

Ganze Wälder von Blitzen zackten über den schwarz wogenden Himmel, tauchten die aufgewühlte See und die gewaltige Flotte der Seewölfe in gespenstisch grelles Licht. Der Sturm war der Vater aller Stürme. Nie zuvor hatte Ash einen solchen erlebt, und er wurde mit jeder Minute stärker. Schon vor einer halben Stunde hatten sie Segel, Riemen und Ruder eingeholt, damit sie nicht zerfetzt oder zertrümmert wurden. Sogar die Masten hatten sie gelegt und festgezurrt. Die um sie herum zur donnerkrachenden Melodie des Chaos tanzenden Wellenberge waren hoch und steil wie Klippen und spuckten ihre Gischt wie Wasserfälle. Die Langschiffe der Seewölfe wurden Nussschalen gleich steuerlos zwischen ihnen hin und her geworfen.

»Þrun, der Herr des Sturmes und der See, zürnt dem neuen Gott!«, brüllte Dulf Einhand gegen das Unwetter an, obwohl er gleich neben Ash am Bug stand. »Sieh nur, wie er seine Äxte schleudert, seine Peitschen und seine Speere! Wir müssen ihm einen der Unseren opfern, sonst sind wir alle verloren!«

»Sag ihnen, dass ich sehr viel älter bin als ihr Þrun Aésbruder, dieses lächerlich launische Kind«, befahl der Gott in Ashs Kopf lachend. »Wer immer an mir zweifelt, den werfe ich in die Tiefen der See, wo er Þrun gerne Gesellschaft leisten kann.«

Ash wiederholte den Befehl seines Gottes.

»Aber …«, begann Dulf Einhand, und schon im nächsten Moment schlug ein gewaltiger Blitz mit ohrenbetäubendem Krachen in das Schiff gleich neben ihnen, kaum mehr als vierzig Armlängen entfernt. Holz, Metall und Menschen standen augenblicklich in hellen, blauen Flammen. Nur für ein paar

Momente lang, dann barst das Schiff in einer schrecklichen Explosion, und was von ihm übrig blieb, wurde auf der Stelle vom Meer verschluckt.

Warum tust du das?, fragte Ash seinen Gott stumm.

»Weil ich sie leid bin, mein Sohn, all ihre Zweifel und ihren immer wiederkehrenden Unglauben«, erhielt er zur Antwort, und in Gottes Stimme schwang unheiliger Zorn. »Weil ich es nicht mehr hören kann, ihr ängstliches Wimmern. Kaum läuft etwas nicht ganz so, wie sie es sich vorstellen, schon wenden sie sich anderen Göttern zu. In der Vergangenheit war ich einfach zu gnädig mit ihnen, vielleicht auch zu gleichgültig, aber damit ist jetzt für immer Schluss. Dies ist meine Welt, und sie sind meine Diener, existieren nur durch meine Gnade. Von nun an gilt, was vom Anbeginn der Zeit an hätte gelten sollen: mein Wille oder ihr Tod!«

»Verzeih!«, hörte Ash Dulf Einhand neben ihm ausstoßen. Sein entgeisterter Blick war noch immer auf die Stelle gerichtet, an der das Nachbarschiff verbrannt und gesunken war.

»Gott und sein Auserwählter verzeihen dir, Dulf Einhand.« Es war Þora, die nun gegen den Sturm anrief. Sie trat neben Ash und schmiegte sich an ihn, ihn mit ihrem Umhang gegen den Wind schirmend. »Solange du nie wieder an ihnen zweifelst. Von jetzt an gilt: Gottes Wille oder dein Tod.«

Dulf Einhand verbeugte sich gehorsam.

Ash sah Þora verwundert an.

Sie lächelte. Ihre Augen leuchteten im Licht der Blitze ekstatisch. »Ja, mein Gebieter. Ich kann ihn jetzt auch hören, unseren Gott.«

RAYMO

Die Küste von Kutera

Gespenstisch still tauchte der Küstenstreifen aus der Dämmerung vor ihnen auf. Ein dunkles Band am Horizont, wo in den vergangenen Tagen und Wochen nichts anderes gewesen war als der nebeltrübe Übergang von schwarzem Wasser in dunkelgraue Wolken. In der Ferne hinter sich hörte Raymo den sphärischen Gesang der Wale, die das Flaggschiff seit ein paar Tagen begleiten; es war, als würden sie zum Abschied rufen und ihnen weiterhin gute Reise wünschen.

»Das Wasser wird zunehmend flacher«, sagte Zane Arkeen, der neben Raymo an der Bugreling stand. »Deshalb bleiben sie zurück.«

»Warst du schon einmal hier?«, fragte Raymo und deutete nach vorn.

Der Commodore schüttelte den Kopf. »Ich war wochenlang bei Königin Rielle vorstellig, um sie für den Bau einer Expeditionsflotte zu gewinnen. Ich hatte sie schon fast überzeugt, als Arl ak Sokay mir mit seiner Idee einer Kaperflotte in die Quere kam. Sein Argument war, dass die Milaresen zu plündern sehr viel billiger sei, als den Kontinent und seine Rohstoffe zu erforschen.«

»Dann lasst uns jetzt auf das Erforschen trinken.« Lambes gesellte sich zu ihnen, unter dem Arm ein kleines Fass, in der Hand drei Kelche. »Auf einen Neuanfang und neue Möglichkeiten. Auf eine neue Welt.« Er reichte Raymo und Zane Arkeen die Kelche, zog den Pfropfen aus dem Fass und schenkte großzügig ein.

Zane Arkeen hob seinen Kelch und wiederholte: »Auf eine neue Welt!«

»Auf eine neue Welt!«, sagte auch Raymo. »Möge sie weniger kompliziert und verdorben sein als die alte.«

»Ist mir eigentlich egal«, sagte Lambes lachend, »solange es genug zu essen gibt und endlich wieder frisches Wasser.«

»Auf genug zu essen und frisches Wasser!«, prostete der Commodore.

»Und auf Frauen«, fügte Raymo hinzu. »Ich hoffe inbrünstig, dass es hier überhaupt welche gibt.«

»Oh ja«, sagte Zane Arkeen. »Nach allem, was man sich erzählt, sogar die schönsten der Welt.«

»Den Göttern sei Dank«, sagte Lambes. »Noch eine Woche ohne Frau, und ich kriege vom Wichsen dickere Schwielen an den Händen als vom Rudern.«

Sie lachten, stießen an und tranken.

In dem Moment erschütterte ein gewaltiger Schrei die Dämmerung. Er hallte von der Küste her. Es war ein animalisches, aggressives Fauchen, gepaart mit einem Brüllen, das bis ins Mark ging und sich in Raymos Ohren wie eine Warnung anhörte.

»Was war das?«, fragte er.

»Die Einheimischen Kuteras nennen ihn *Xanoya«*, sagte Zane Arkeen ehrfürchtig.

»Ein was?«, fragte Raymo.

»Xanoya. Das bedeutet in ihrer Sprache *Der stille Tod*.«

»Der stille Tod? Das war alles andere als still«, wandte Lambes ein. »Wir sind bestimmt noch eine halbe Meile vom Land entfernt, und ich könnte schwören, die Bohlen unter meinen Füßen haben eben vibriert.«

»Man sagt, man nennt ihn so, weil solange man ihn noch brüllen hört, hat man wenigstens noch eine kleine Chance davonzulaufen«, sagte der Commodore. »Aber wenn er sich erst einmal angepirscht hat, merkst du das daran, dass um dich herum alles still ist. Und dann ist es zu spät, um noch wegzurennen. Bis eben habe ich ihn für ein Ammenmärchen gehalten.«

»Was ist das für ein Tier, dieser Xanoya?«, wollte Raymo wissen.

»Den mehr als dürftigen Berichten nach ist es eine Mischung aus einer riesigen Katze und einer Echse. So groß, so schnell und so wild, dass daneben selbst die größten unserer heimischen Bären wie Schoßtierchen erscheinen.«

»Männer, ich fürchte, Raubtiere sind im Moment unsere kleinste Sorge«, sagte Lambes und deutete zur Küste hin.

Raymo folgte seinem Fingerzeig mit dem Blick, und dann sah auch er es: eine Festungsanlage, aus Palisaden auf der Spitze einer Landzunge errichtet. Davor lagen zwei der milaresischen Galeeren.

»Löscht die Lichter!«, rief Zane Arkeen seiner Mannschaft zu. »Und ändert den Kurs: hart Backbord, nach Süden.«

Lambes seufzte. »Da geht sie hin, die Hoffnung auf frisches Wasser.«

LIZIA

Dunuum – Königliche Ringburg

Tage waren seit dem Besuch der Königin vergangen, und noch immer konnte Lizia sich auf das, was sie ihr gesagt hatte, keinen Reim machen.

Am Ende beschloss sie, der Verwirrung in ihrem Kopf ein Ende zu bereiten, die Dinge auf sich beruhen zu lassen und froh zu sein, dass sie noch am Leben war – und so wie es sich anhörte, zumindest noch für eine Weile am Leben gelassen werden sollte.

Ihr Alltag bestand aus schlafen, an- und auskleiden lassen, essen, baden und aus dem Fenster schauen. Letzteres war nach dem Essen ihre Lieblingsbeschäftigung geworden.

Es gab so vieles zu sehen in den Straßen zwischen den Palästen und in deren Fenstern. Liebeleien, öffentliche und heimliche, Streitigkeiten, ja sogar hin und wieder Duelle zwischen den Adligen. Der Arl zwei Paläste weiter unten auf der rechten Seite hatte ein Verhältnis mit zweien seiner Dienstmägde und mit seinem Haushofmeister – den er, allerdings ohne sein Wissen, mit seiner Gattin und der Ältesten seiner drei Töchter teilte. Lizia fragte sich manchmal, wie der bedauernswerte Bedienstete überhaupt noch Zeit fand für seine sonstigen Verpflichtungen.

Einen Palast weiter links stahl eine Aufwartedame regelmäßig kleine Wertgegenstände der Herrschaft – Kerzenleuchter, Schmuckdöschen, Silberbesteck und Ähnliches – und sah seelenruhig dabei zu, wie einer anderen Dienerin dafür beide Hände abgehackt wurden.

Durch ein anderes Fenster beobachtete Lizia, wie ein Arl eines Nachts, nach einem ausgesprochen kargen Mahl, zunächst seine Gattin und dann seine zwei Kinder mit dem Kissen erstickte, ehe er selbst sich neben seine Frau auf das Bett legte und sich die Ader am Hals öffnete.

So stand Lizia auch jetzt gerade am Fenster, als die Tür von außen entriegelt wurde. Sie wollte schon anheben, Tonia dafür zu rügen, sie zu so später Stunde noch zu stören, als sie sah, wer eintrat, und sich noch ganz schnell auf die Zunge biss, ehe sie umgehend einen Kniefall machte und den Blick senkte.

Es war die Königin. Sie war, wie Lizia vor ihrer tiefen Verbeugung gesehen hatte, in Begleitung eines mehr als eindrucksvollen Mannes. Schwarz wie die Flügel eines Raben war sein langes, geöltes und sorgfältig gekämmtes Haar. Er trug eine schwere, goldschimmernde Rüstung, einen weiten roten Umhang und unter dem Arm einen schrecklich anzusehenden Helm, dessen Visier wie eine Dämonenfratze geschmiedet war. Der Griff seines langen Schwertes bestand aus einem Knochen.

»Erhebe dich«, sagte die Königin.

Lizia gehorchte.

Sie hatte den Mann sofort erkannt: Arl ak Sokay. Der General war häufig zu Besuch gewesen auf dem Hofgut der ak Wards. Doch heute schien er sie zum ersten Mal wahrzunehmen. Lizia sah, wie er sich gerade noch bremste, sich vor ihr zu verneigen, und wunderte sich über diese nur beinahe ausgeführte Geste ihr gegenüber.

»Das ist sie also?«, fragte er stattdessen kühl.

»Ja, das ist sie«, sagte die Königin. »Und sagt mir bitte, ak Sokay: Bei all Euren Reisen in den Norden habt Ihr sie nicht ein Mal gesehen, wenn Ihr bei Eurem teuren Freund ak Ward Rast gemacht habt?« Sie beobachtete den General misstrauisch.

Sein Gesicht war regungslos, aber in seiner sonoren Stimme lag Verachtung. »Eure Majestät können gewiss sein: Hätte ich sie dort gesehen oder erkannt, hätte ich meine Truppen, ohne zu zögern, Cassias Hain dem Erdboden gleichmachen lassen und ich hätte sie auf der Stelle zu Euch hierher nach Dunuum gebracht. Zusammen mit dem abgeschlagenen Kopf des Verräters ak Ward.«

»Letzteres werdet Ihr umgehend nachholen«, befahl die Königin grimmig. »Aber Ihr selbst werdet Eure Truppen auf dem Weg zu ak Ward nicht begleiten.«

Der General sah sie fragend an und wartete.

»Ihr bringt Liziana als Euer Mündel heute noch und auf direktem Weg auf Eure Güter im Westen«, fuhr die Königin fort. »Dort werdet Ihr – Ihr höchstpersönlich, werter General – sie schwängern, mich über den Verlauf ihrer Umstände auf dem Laufenden halten und, sobald sie entbunden hat, ihr Kind zu mir bringen.«

Lizias Herz hörte einen Moment lang auf zu schlagen und ihr war, als müsste sie jeden Moment in Ohnmacht fallen.

Die Miene des Generals hellte auf. »Ihr wollt die nach wie vor schwelenden Unruhen gegen Eure Herrschaft ein für alle Mal beenden, indem Ihr dem Volk das Kind als Euer eigenes präsentiert? Einen Erben oder eine Erbin?«

Die Königin lächelte, sagte aber nichts.

»Bedarf es dazu nicht eines Gatten?«, fragte Arl ak Sokay. »Wie Ihr wisst, stehe ich Eurer Majestät auch in dieser Hinsicht jederzeit zur Verfügung.«

Die Königin lachte spöttisch auf. »Ja, Ihr bittet zwei bis drei Mal pro Jahr um meine Hand, aber macht Euch um der Götter willen doch nicht immer wieder dermaßen lächerlich, General. Selbst Eure Ambitionen müssen Grenzen haben.«

Lizia sah an seinen Mundwinkeln, wie hart ihn die sarkastischen Worte der Königin trafen. »Gibt es einen verdienteren Anwärter als mich, Euer Majestät?«

»Eure Verdienste stehen außer Frage, aber Ihr wisst: Ich habe nicht vor, meine Macht zu teilen; weder mit Euch noch mit irgendeinem anderen Mann. Alles, was ich brauche, ist ein Erbe. Solange das Volk glaubt, dass er oder sie von mir ist, ist es ganz gleich, wer der Vater war.«

»Zugegeben«, sagte er, »die Herrscherliste ist voll von Königen, deren Mutter niederer Geburt oder gänzlich unbekannt war. Aber vergesst bitte nicht: Ihr seid die erste Frau auf dem Thron Twyddyns, die das Land ohne Gatten regiert …«

»Soll ich deshalb mit anderem Maß gemessen werden?«, fragte sie herausfordernd.

»Nicht von mir«, versicherte er umgehend. »Das wisst Ihr, Majestät, aber die Tradition …«

»Solange ich meine Bastarde anerkenne, haben sie das Recht, mein Erbe anzutreten«, sagte sie. »So will es das Gesetz. Eure Aufgabe ist es, mir ein Kind zu bringen, das ich dem Volk als meinen Bastard verkaufen kann.«

»Dann lasst mich Euch beiwohnen, Majestät«, sagte der General. »Euch ein Kind unters Herz pflanzen. Warum dieser Umweg über sie?« Er deutete auf Lizia.

Jetzt war das Lachen der Königin bitter. »Glaubt mir, ich arbeite an der Alternative. Seit Jahren. Drei Fehlgeburten bisher. Alle noch vor dem fünften Monat. Dass ich selbst noch lebe, verdanke ich nur regelmäßigem Baden in Jungfrauenblut. Kostet mich ein Vermögen.« Sie neigte den Kopf zur Seite und sah ak Sokay von unten herauf an. »Apropos Vermögen, General. Gibt es Neuigkeiten von meiner extrem teuren Kaperflotte? Die Schatzkammern sind leer. Wir brauchen dringend die Kriegsbeute, die Ihr versprochen habt.«

»Solch ein Unterfangen dauert viele Monate, Euer Majestät«, sagte er. »Ich bitte Euch um noch ein wenig Geduld. Unsere den Milaresen weit überlegenen Schiffe werden schon bald reich beladen zurückkehren.«

»Ihr werdet nicht müde, das zu beteuern, General. Ich hoffe, es dauert nicht mehr allzu lange, bis sich Eure Worte endlich bewahrheiten.«

»Ich bürge persönlich für den Erfolg der Mission, Majestät. Sollten meine Schiffe …«

»Meine Schiffe, General.«

Er nickte untertänig. »Natürlich, Majestät. Also, sollten *Eure* Schiffe nicht binnen der nächsten zwei Monate hier eintreffen, übertrage ich all meine Ländereien und Güter der Krone.«

Nun lächelte die Königin wieder. »Ein großzügiges Angebot, General. Da wäre ich beinahe versucht, zu hoffen, dass die Schiffe scheitern.«

»Das werden sie nicht, Majestät. Aber mein Wort gilt: alle meine Ländereien und Güter.«

»So sei es, General.« Sie wandte sich an Lizia und deutete mit dem Finger auf sie. »Und nun zu dir: Ich gebe dir zwei Jahre, mir ein Kind zu schenken. Vom heutigen Tag an. Gelingt es dir nicht, wirst du dir wünschen, auf ak Enwyggens Menagerie gelandet zu sein!«

Sie rauschte davon, und Lizia sah, wie der General das Gesicht in Sorgenfalten legte. Seine kräftigen Kiefer mahlten, und er hatte die Fäuste geballt. Die Zeit, die er nachdachte, kam Lizia wie eine Ewigkeit vor. Eine Ewigkeit, in der sie nicht wagte, sich zu bewegen. Schließlich glättete sich seine Miene, und als er Lizia anblickte, lächelte er.

»Dass der alte ak Ward das vor mir geheim gehalten hat«, sagte er zu sich selbst. »Unglaublich. Da denkt man, man könnte jemandem trauen … Ich bin fast geneigt, Rielle tatsächlich seinen Kopf servieren zu lassen.« Er ging zu der Liege beim Fenster, nahm ein Kissen und zog den Bezug ab. Damit kam er zu Lizia zurück und verbeugte sich knapp. »Verzeiht, Euer Hoheit, aber das hier geschieht zu Eurer eigenen Sicherheit.«

Hoheit?, wollte Lizia fragen, doch noch ehe sie überhaupt reagieren konnte, hatte er ihr den Bezug über den Kopf gestülpt und raunte ihr durch den dünnen Stoff hindurch ins Ohr: »Wenn Ihr leben wollt, sprecht Ihr erst wieder, wenn ich es Euch sage. Niemand darf Euch erkennen. Niemand! Nickt, wenn Ihr verstanden habt.«

Lizia nickte. Erst dann rief der General nach den Wachen.

Überraschend behutsam wurde sie die Stufen des Turms nach unten geführt und dann in eine weiche Sänfte gesetzt. Auch ohne ihn zu sehen, spürte sie, wie der General ihr gegenüber Platz nahm.

Die ganze Zeit, in der sie unterwegs waren, sprach er nicht ein Wort. Sie hätte gerne geredet, hatte viele Fragen. Doch die Warnung ak Sokays war ihr ebenso tief ins Mark gefahren wie der grausame Plan der Königin.

Nach einer Weile roch sie den Fluss und hörte den Hafen. Bald darauf hielt die Sänfte an, und sie wurde nach draußen geführt. Erst über Stein, dann über Holz, das unter ihren Schritten und denen des Generals und der Wachen polterte. Schließlich kam sie auf wankendem Boden zu stehen. Ein Schiff?

Dicht neben ihr rief der General: »Kurs auf die offene See! Alle weiteren Befehle erhaltet ihr dort!«

Lizia wunderte sich. Die Güter des Arl lagen im Westen, also flussaufwärts. Die offene See in genau entgegengesetzter Richtung. Wieso missachtete er den Befehl der Königin? Wohin brachte er sie?

RAYMO

Die Küste von Kutera

Auf der Fahrt nach Süden sahen sie noch zwei weitere Palisadenfestungen der Milaresen und mussten sich beide Male im Schutz der Dunkelheit an Galeeren auf Patrouille vorüberschleichen. Wenn die Milaresen sie hier unten entdeckten oder auch nur den Verdacht hegten, dass sie sich bei Kutera aufhielten, würden sie zur groß angelegten Jagd auf sie blasen. Das musste auf jeden Fall vermieden werden, wenn Raymos Plan, hier noch einmal ganz von vorne zu beginnen, Erfolg haben sollte. Deshalb segelten und ruderten sie weiter, bis sie zwei Tage lang kein Zeichen mehr von den Milaresen gesehen hatten. Dann erst begaben sie sich auf die Suche nach einer kleinen Bucht, die man von der Schwarzen See her schwer einsehen konnte, und gingen vor Anker.

Der Wind seufzte von der See her wie eine Mutter, die Abschied nehmen muss von ihren Kindern. Raymo betrachtete das dunkel vor ihm liegende Land mit einem Gefühl großer Erwartungen. Hier konnte es nur besser sein – besser werden – als dort, woher er kam. Hinter diesem schwarzen Horizont lag die Zukunft.

»Wir sollten alles verwertbare Material, so schnell es geht, mit den Booten an Land bringen und das Schiff anschließend versenken, damit uns die Milaresen hier nicht finden«, schlug Lambes vor, während er seine Waffen überprüfte.

Zane Arkeen schüttelte den Kopf mit ernstem Blick. »Im Moment ist die Galeere unsere Festung. Eine bewegliche obendrein. Wir geben sie nicht so einfach auf.«

»Ich stimme dem Commodore zu«, sagte Raymo. Er hatte sich aus der Waffenkammer mit Pfeil und Bogen, Streitaxt,

Schwert und einem kurzen Speer ausgerüstet. Anders als Zane Arkeen und Lambes hatte er auf Brustharnisch und Helm verzichtet. Sie schränkten seine Bewegungsfreiheit zu sehr ein.

»Wir wissen noch nicht, was uns an Land erwartet«, erklärte er. »Wir müssen zunächst einen geeigneten Ort für eine sichere Siedlung finden. Dann erst demontieren wir das Schiff und nutzen alles, was wir retten können, für den Bau.«

»Und du meinst, zwei Tage Abstand vom nächsten Fort der Milaresen ist ausreichend?«, fragte Lambes.

Raymo nickte. »Ja, das glaube ich. Ihre Befestigungen liegen im Norden, und ihre Handelsroute geht nach Nordosten ab. Hier unten im Süden vermutet uns niemand. Und ich will nah genug bei ihnen bleiben, um sie im Auge behalten zu können.«

»Wann sollen wir die Mannschaften und die Soldaten darüber informieren, dass wir nicht mehr nach Twyddyn zurückkehren?«, fragte Lambes.

»Gar nicht«, sagte Zane Arkeen. »Zumindest nicht, bis die Siedlung steht. Wir können in der jetzigen Lage nicht auch noch Unruhen in den eigenen Reihen riskieren.«

Lambes verzog die Mundwinkel, als hätte er in etwas gebissen, wovon er noch nicht sicher war, ob es ihm schmeckte oder ob er es besser wieder ausspucken sollte. »Werden sie nicht spätestens beim Bau der Siedlung Verdacht schöpfen?«

»Nein«, erwiderte der Commodore. »Sie alle sind für zehn Jahre verpflichtet und wissen, wie es zur See und beim Militär läuft. Solange sie sich unter Vertrag glauben und mit der Parzelle Land am Ende ihrer Dienstzeit rechnen, gehört ihr Leben mir.«

»Ich will nicht in der Nähe sein, wenn der Betrug auffliegt«, meinte Lambes.

»Es ist kein Betrug«, sagte Raymo. »Wenn unser Unternehmen hier Erfolg hat, gehört ihnen am Ende weit mehr als nur ein kleiner Acker auf ak Sokays Gütern … der dank des Verrats des Generals ohnehin nur ein leeres Versprechen war.«

Drei Langboote wurden klar gemacht, mit je achtzehn Mann Besatzung. Raymo und Lambes saßen im vorderen. Mit ihnen die drei früheren Gladiatoren Eivin, Attla und Shuyak Dole.

»Bist du sicher, dass du dem Commodore vertrauen willst?«, raunte Lambes Raymo zu. »Was ist, wenn er das Schiff nimmt und einfach abhaut, während wir an Land sind?«

Raymo zuckte mit den breiten Schultern, ohne den Blick von dem näher kommenden Ufer zu wenden. »Was wäre dadurch verloren, Lambes?«, fragte er zurück. »Wir haben ausreichend Proviant für ein paar Tage, unsere Waffen und einen ganzen Kontinent für ein neues Leben. Also lass ihn ruhig wegsegeln, wir brauchen ihn nicht. Aber er wird nicht wegsegeln; er weiß ganz genau, dass er nicht nach Twyddyn zurück kann. Was auch immer ak Sokay vorhaben mag, er würde Arkeen umgehend hinrichten lassen, damit die Königin nicht erfährt, dass der General die Flotte von Anfang an zum Scheitern verurteilt hat.«

»Wüsste nur allzu gerne, welches Spiel der Arl spielt. Meinst du, er steckt mit Milara unter einer Decke?«

»Möglich«, sagte Raymo. »Möglicherweise hat er sich aber auch mit dem Teil des alten Adels verschworen, der durch Rielles Machtergreifung Einfluss und Besitz verloren hat. Vielleicht auch mit beiden. Wer kann das schon sagen? Und ich bin froh, dass es mich jetzt auch nicht mehr interessieren muss. Twyddyn und seine Politik liegen für immer hinter uns.«

Die Dünung in der Bucht war wegen der schützenden Landzunge mild, so dass sie die kurze Strecke zwischen Galeere und dem Ufer ohne Mühe zurücklegten und die Boote auf den schwarzen Sand zogen.

Schon von Weitem fiel Raymo auf, dass der Wald, der sich am Ufer entlang erstreckte, anders war als die Wälder seiner Heimat. Dichter, verschlungener. Aber erst als er – flankiert von Lambes, Attla, Shuyak Dole und Eivin – näher herantrat, sah er, wie sehr sich die Pflanzen hier von denen Caldas und Twyddyns unterschieden. Es gab Farne und Sträucher so hoch wie Bäume, zwischen ihnen ein Geflecht von Ranken und Gewächsen, die wie Seile und Taue von den Bäumen herabwuchsen.

Das Auffälligste aber war, dass es hier Pflanzen gab, die durch den Mangel an Licht nicht abgestorben waren, und obwohl es hier nicht wesentlich wärmer war als zu Hause, trugen sie dicke, fleischig wirkende Blätter. Zum ersten Mal seit zwei Jahren sah Raymo auch wieder Blüten, manche waren groß wie ein Kopf und größer, andere waren schlanke Kelche so lang wie ein Männerarm. An den Wurzeln der Bäume und an ihren fauligen Stämmen wuchsen Pilze, die von innen heraus leuchteten, zwar nur schwach, aber hell genug, dass man in ihrer Mitte keine Fackel brauchte, um zu sehen.

Raymo bemerkte, dass er nicht der Einzige war, der vor Erstaunen gelähmt stehen geblieben war. Auch seine Kameraden standen dort mit weit offenen Mäulern und aufgerissenen Augen.

»Hört ihr das?«, fragte Lambes. »Dieses Surren? Hier gibt es sogar noch Insekten! Schaut nur da, eine Biene!«

Sie war so groß wie eine Hand und anders als die Bienen Twyddyns fast gänzlich schwarz. Auch war es nicht die einzige. Sobald Raymos Augen sich an das durch die Pilze flimmernde Zwielicht gewöhnt hatten, sah er noch mehrere Dutzend von ihnen zwischen den Pflanzen hin und her jagen und ihren klebrigen Nektar sammeln.

»Gestochen werden will ich von so einer aber nicht«, bemerkte Eivin, während der Rest der drei Mannschaften zu ihnen aufschloss. Sie waren ausgerüstet mit leeren Schläuchen und an Riemen tragbaren Fässern.

»Ja, haltet die Augen offen«, mahnte Raymo. »Stört sie nicht, dann dürften sie euch nichts tun. Sichert euch dennoch gegenseitig. Wenn eine euch zu nah kommt, tötet sie, wir dürfen kein Risiko eingehen. Die Mannschaften bleiben, wie sie sind. Zwei von jeder bleiben als Bootswache zurück. Ich gehe mit Mannschaft eins direkt geradeaus nach Westen, Shuyak Dole, du führst Mannschaft zwei nach Südwesten und du, Lambes, Nummer drei nach Nordwesten. Somit sind wir mehr oder weniger auf einer Achse, und wer zuerst frisches Wasser findet, informiert die anderen. Seid leise, und es wird kein Feuer gemacht. Die Milaresen dürfen uns auf keinen Fall entdecken.«

Lambes und Shuyak Dole nickten und marschierten mit ihren Mannschaften los.

Als Raymo den Wald an der Spitze seiner Leute betrat, hatte er das seltsame Gefühl, eine Schwelle zu überschreiten, eine unsichtbare Grenze in ein verbotenes Reich. Und all seine Instinkte sagten ihm, dass irgendjemand oder irgendetwas sie beobachtete. Schritt für Schritt.

LIZIA

Mor Prtwyn

Lizia hatte keine Ahnung, wo sie war. Sie stand alleine in der spartanisch eingerichteten Kajüte des Generals und schaute durch die Luke nach draußen auf die offene See. Durch die Dunkelheit war der Blick stark eingeschränkt, aber was sie sah, ließ ihr die Brust anschwellen. Dabei wusste sie gar nicht genau, ob sie Freude empfand oder Ehrfurcht. Ein wenig von beidem.

Lizia hatte noch nie zuvor das Meer gesehen. Einen Fluss ja, auch Seen natürlich, aber so ein Meer macht ganz andere Dinge mit einem als kleinere Gewässer. Es beeindruckt mit seiner Größe, aber vor allem mit seiner Erhabenheit, seiner Weite, mit der lebendigen Kraft, die es ausstrahlt, selbst wenn es ganz ruhig ist. Es erfüllt einen mit Sehnsucht und zugleich mit dem

Gefühl, ja mit der Gewissheit, endlich angekommen zu sein; nirgends anders mehr sein zu müssen oder zu wollen.

Stundenlang waren sie von Dunuum aus den immer breiter werdenden Fluss entlanggefahren; schnelle Trommeln, schnelle Ruderschläge – an Kähnen und anderen, sehr viel kleineren Schiffen vorüber, mit atemberaubender Geschwindigkeit, so als ob die Galeere des Generals über dem Wasser fliegen würde. Lizia hatte einige Zeit gebraucht, sich mit unsicheren Beinen an das nur leichte Schwanken und das bei jedem einzelnen Schlag der Ruder spürbare Rucken des Schiffes zu gewöhnen, aber schon bald hatte sie den Takt des Bootes gefunden und sich der beruhigenden Wirkung der regelmäßigen Bewegung hingeben können.

Über die weite Flussmündung waren sie auf die See hinaus gefahren, sich rechts an der Küste entlang haltend. Spätestens da hatte Lizia ihre Vermutung bestätigt gefunden, dass sie nicht auf dem Weg zu den Gütern von Arl ak Sokay waren. Sie kannte sich nicht besonders gut aus, aber sie hatte in Cassias Hain Karten von Twyddyn und Calda gesehen, und als das Schiff nach geraumer Zeit eine Linkskurve von der Küste wegfuhr, wusste sie, dass sie dabei waren, Twyddyn hinter sich zu lassen.

Sie hörte den schweren Riegel der Tür und drehte sich um.

General ak Sokay musste sich bücken, um nicht mit dem Kopf an den niedrigen Türbalken zu stoßen. Er trug noch immer seine volle Rüstung, nicht aber den grässlichen Dämonenhelm. Das Metall glänzte im Schein der beiden Tranlampen.

»Ich ahne, Ihr habt nicht vor, dem Befehl der Königin Folge zu leisten, nicht wahr?«, sagte sie ihm auf den Kopf zu, noch ehe er die Tür geschlossen hatte.

Er legte den Riegel vor und betrachtete sie eingehend. Seine Unterlippe bewegte sich ganz leicht, so als ob er gerade dabei war, seine Worte abzuwägen. Schließlich räusperte er sich. »Ihr seid die zukünftige Königin, Liziana.«

Lizias spontane und sie selbst absolut überraschende Reaktion darauf war ein Lachen. Ein irritiertes Lachen, ein nervöses, auch zynisches. Alles in einem. Vor allem aber war es ihr peinlich, dass sie lachen musste. Sie biss sich auf die Zunge.

»Verzeiht«, sagte sie schnell. Sie fühlte, dass sie hochrot angelaufen war, und es war ihr äußerst unangenehm, dass Arl ak Sokay in all seiner kriegerischen Pracht und Größe vor ihr stand und geduldig darauf wartete, dass sie die Fassung wiedergewann.

»Ihr habt wirklich nicht die geringste Ahnung, nicht wahr?«, fragte er überraschend sanft. »Keine Ahnung, wer Ihr wirklich seid und was hier gerade geschieht.«

»Nein, wie Ihr sagt: nicht die geringste«, gab sie zu.

»Keine Sorge«, sagte er. »Ihr werdet alles erfahren.«

»Jetzt?«

»Nein«, sagte er. »Aber schon bald, wenn wir endlich in Sicherheit sind. Doch zunächst unterschreibt mir das.«

Er holte ein gerolltes Pergament aus einer Tasche in seinem Umhang, wickelte es sorgfältig auf und legte es auf den Tisch. »Ihr könnt doch schreiben, oder?«

»Leidlich«, sagte sie. »Taty hat es mir beigebracht.«

»Taty?« Der General holte aus der Schublade des Tisches ein Tintenfass und einen Gänsekiel.

»Eine Küchenmagd im Haushalt von Arl ak Ward.« Lizia deutete auf das Pergament. »Was ist das?«

»Ein Vertrag«, antwortete Arl ak Sokay. »In ihm gebt Ihr mir all meine Güter und Ländereien zurück, die ich gerade an Rielle verliere, ernennt mich außerdem zum Oberbefehlshaber sämtlicher Truppen zu Land und zur See und Ihr versprecht, dass Ihr mich zum Mann nehmen werdet, sobald Ihr auf dem Thron sitzt, und auch die Regentschaft in vollem Umfang auf mich übertragt.«

Lizia war sprachlos. In der letzten Zeit war vieles geschehen, das sie irritiert hatte. Aber so verwirrt wie gerade eben war sie schon lange nicht mehr gewesen.

Der General drückte ihr die Feder in die Hand. Die Berührung war überraschend sanft.

»Vergesst nicht, mit Eurem echten und vollen Namen zu unterschreiben«, fügte er hinzu. »Und darunter dann noch einmal mit Eurem Titel.«

»Mein voller Name?«

»Euer voller Name lautet: Liziana ak Aésbrunn. Es ist der Name Eurer Familie, Eures Hauses. Und Euer zukünftiger Titel wird sein: Liziana ak Twyddyn.«

Sie zögerte, konnte noch immer keinen klaren Gedanken fassen. Wusste nicht, was in ihrem Kopf neue Informationen waren und was davon nur Spekulationen.

Klar war, der General meinte es ernst: Es war sein Plan, sie zur nächsten Königin Twyddyns zu machen – zumindest dem Titel nach; die wahre und vor allem absolute Macht hätte jedoch nicht sie, sondern er inne.

»Was, wenn ich nicht unterschreibe?« Wie das Lachen vorhin war ihr die Frage herausgerutscht, ehe sie überhaupt gemerkt hatte, dass sie sie stellen wollte … oder besser nicht stellen sollte. Sie zuckte innerlich zusammen, einen Wutausbruch des Generals befürchtend … oder sogar Prügel. Sie kannte seinen Ruf.

Seine Reaktion war jedoch eine gänzlich andere. Er trat zwei Schritte von ihr weg und ließ sich mit einer gemütlichen Bewegung auf den einzigen Stuhl der Kajüte sinken. Ihr deutete er lächelnd, auf der Koje ihm gegenüber Platz zu nehmen.

Lizia legte den Gänsekiel auf den Tisch neben das Pergament und setzte sich.

»Offen gestanden fällt mir nicht ein einziger Grund ein, warum Ihr den Vertrag nicht, ohne zu zögern oder zu fragen, unterschreiben solltet, Majestät«, leitete er ein. »Ich habe Euch gerade aus der Gefangenschaft einer Tyrannin befreit, und ich verspreche feierlich, alles in meiner Kraft Stehende zu tun, Euch auf den Thron in Dunuum zu setzen und Euch zur Königin über ganz Twyddyn zu machen.«

»Und das tut Ihr, weil Ihr an meiner Stelle selbst herrschen wollt«, hielt sie dagegen.

»Natürlich«, entgegnete er ruhig und freundlich. »Oder wisst Ihr vielleicht, wie man ein Land regiert? Hat Taty, die Küchenmagd, Euch das ebenso beigebracht wie das Schreiben?«

Zu Lizias Verwunderung stellte er diese Fragen ganz ohne Zynismus. Er war bei aller Freundlichkeit völlig sachlich. Er brachte die Dinge auf den Punkt: Welche Ahnung hatte sie denn auch vom Regieren? Nicht die geringste.

»Hoheit, in einer Welt voller Chaos biete ich Euch ein Leben in Sicherheit, Sorglosigkeit und Reichtum«, fuhr er fort. »Wozu benötigt Ihr dann auch noch Macht?«

»Wozu benötigt Ihr sie, General?«

»Das, Majestät, ist eine gute und berechtigte Frage«, sagte er und lehnte sich zurück. »Sie ist leicht beantwortet. Ich brauche Macht, um unseren Adel und das Volk auf gemeinsamen Kurs zu bringen. Ich kenne die Häuser und ihre Ambitionen, ihre Richtungen und die Strömungen. Die Widersacher Rielles und ihre Unterstützer müssen geeint werden gegen die viel größere Bedrohung: die Dunkelheit. Eigentlich müsste es allen klar sein, aber der Mensch neigt nun einmal zu Ignoranz; sieht einfach nicht, was er nicht sehen will. Keiner von uns wird sie überstehen, die ewige Dunkelheit, wenn wir weiterhin all unsere Kräfte im Gegeneinander vergeuden. Aus eben dem gleichen Grund gilt es auch, einen Krieg gegen Milara zu verhindern, den Twyddyn zweifelsohne verlieren würde. Wir müssen uns stattdessen, so schnell es geht, mit ihnen verbünden, auch wenn das mit relativ hoher Wahrscheinlichkeit bedeuten mag, uns vorübergehend oder vielleicht auch ganz ihrer Oberherrschaft zu unterwerfen.«

»Wozu?«

»Milara hat durch Kutera entscheidend besseren Zugriff auf immer knapper werdende Ressourcen«, antwortete er geduldig. »Daran werden wir nur als ihre Verbündete teilhaben können.«

Lizia war angetan von der Leidenschaft, mit der er von seinem Land sprach, dessen Fehlern, dessen Chancen und vor allem von seinen ganz eigenen Zielen.

»Aber würde es dann nicht genügen, dass ich Euch zum Oberbefehlshaber und absoluten Regenten ernenne?«, fragte sie. »Wieso die Heirat, General?«

Ak Sokay lehnte sich noch ein Stück zurück, seufzte tief und schmunzelte. Der Blick seiner dunklen Augen sank ohne Blinzeln in den ihren. Auf eine merkwürdige Art fühlte es sich so an, als würde er ihre Wange streicheln.

»Die erste pragmatische Antwort auf diese Frage wäre«, sagte er leise, »wäret Ihr Königin und ich lediglich Regent, würden sich – fast einem Naturgesetz folgend – im Adel sogleich wieder Fraktionen bilden, die zum Erlangen von Vorteilen versuchen würden, Euch gegen mich auszuspielen … und umgekehrt. Die zweite pragmatische Antwort wäre: Unter den einzelnen Adelshäusern würde Rivalität ausbrechen. Darüber, wer sich mit Euch durch Heirat verbindet, und somit auch über die Thronfolge. Und wieder wäre der Frieden gestört.«

Er hielt inne und betrachtete sie weiter, noch immer ohne zu blinzeln. Es machte Lizia nervös, und sie senkte den Blick.

»Wenn ich Euch richtig verstehe, gibt es auch noch eine weniger pragmatische Antwort«, sagte sie schließlich, als sie die Stille nicht länger ertrug, mit belegter Stimme.

»Ja«, sagte er. »Die gibt es. Und je länger ich Euch betrachte, desto mehr denke ich, es gibt auch hier zwei.«

»Verratet sie mir.«

»Zum einen will ich König sein.« Sein Blick wanderte von ihr weg und war mit einem Mal in die Ferne gerichtet. »Das wollte ich schon immer, schon als Kind. Aber was ursprünglich einmal nur als verklärte Vorstellung begonnen hat, ist inzwischen eine feste Überzeugung. Die Überzeugung, dass ich tatsächlich ein guter König wäre. In dieser Zeit der Not sogar der beste, den Twyddyn zu bieten hat. Ich will den Thron, weil ich ihn zu schätzen weiß und weil ich ihn verdiene. Und deshalb will ich ihn auch für meine Kinder und Kindeskinder.«

Wieder war da dieses Feuer, diese brennende Leidenschaft.

Er richtete den Blick wieder auf sie. »Der zweite Grund, Majestät, seid Ihr selbst.« Mehr sagte er nicht. Doch die Art und Weise, wie er es sagte, löste in Lizia ein eigenartiges Wohlbehagen aus. Sah sie einmal von Raymo ab, war es das erste Mal in ihrem Leben, dass sie sich durch die Stärke eines Mannes nicht bedroht fühlte, sondern beschützt. Obendrein bot er ihr gerade nicht weniger als ein ganzes Königreich, ihr, der niedrigen Dienerin, der Sklavin. Der Frau, deren Wert in der Vergangenheit daran gemessen worden war, wie gut sie Fische ausnahm und Nachttöpfe und Sickergruben leerte; an ihrer Jungfräulichkeit oder daran, wie sie sich wohl als mumifizierte Leiche auf einem Karussell oder als Brüterin der Kinder einer anderen machte.

Er erhob sich von seinem Stuhl. »Nehmt Euch Zeit, das alles zu überdenken, Majestät. Wir sind noch zwei Tage unterwegs, ehe wir Milara erreichen.«

Das gab den Ausschlag. Noch ehe er die Tür erreichte, sagte Lizia: »Wartet, General!«

Lizia stand auf, ging zum Tisch, nahm den Gänsekiel und tauchte ihn in das Tintenfässchen. Sie tupfte die Spitze ab und führte sie dann über das Pergament. In ungeübten Lettern schrieb sie in zwei Zeilen untereinander:

Liziana ak Aésbrunn

Liziana ak Twyddyn

RAYMO

Kutera – Urwald

Bereits nach wenigen Schritten in den dichten Wald verstummte das Rauschen der Schwarzen See. An dessen Stelle hörte Raymo nun gänzlich andere Geräusche: das Summen erschreckend großer Insekten und das Gezwitscher fremdartiger Vogelstimmen. Er war überwältigt von der Fülle an Leben, die er allein schon in der Vielfalt der Klänge um sich herum wahrnahm, ganz anders als in der Heimat, die er hinter sich gelassen hatte. Kein Wunder, dass die Milaresen diesen Landstrich für sich beanspruchten und militärisch so stark befestigt hatten.

Das Gefühl, dass er und seine Leute beobachtet wurden, ließ Raymo nicht los, aber so aufmerksam er sich auch umsah, es war so gut wie unmöglich, trotz des Lichts, das die Pilze spendeten, in dem Dickicht mehr als nur ein paar Armlängen weit zu sehen. Über dem welligen und vom Moos weichen Boden waberte eine Schicht aus dickem weißem Nebel, und Raymo gab seinen Männern Anweisung, Stöcke abzubrechen und damit den darunter oftmals unsichtbaren Boden stochernd zu überprüfen, um zu verhindern, dass sie in Löcher fielen oder in einen Sumpf gerieten. Entsprechend langsam kamen sie voran.

Sie schlugen sich mühsam den Weg mit Äxten und Schwertern und Dolchen frei.

»Achtet auf Früchte«, sagte Raymo. »Wenn es hier noch Blüten gibt, gibt es auch Früchte.«

»Wie sehen die aus?«, fragte Eivin.

»Woher soll ich das wissen?«, erwiderte Raymo. »Ist ja nicht so, als ob ich schon mal hier gewesen wäre. Achtet einfach auf alles, was von Zweigen oder Ästen hängt.«

»Du meinst wie das da?«, fragte Attla und deutete mit seiner Axt nach rechts.

»Keiner bewegt sich!«, rief Raymo eilig, als sein suchender Blick entdeckte, worauf Attla gezeigt hatte. Die Kreatur war nur etwa fünfzehn Schritte von ihnen entfernt.

»Das ist Hexenwerk!«, stieß Eivin heiser vor Schreck hervor und machte das heilige Zeichen Svantos.

»Ich glaube nicht, dass dein viergesichtiger Gott dich hören kann hier am Ende der Welt«, sagte Raymo.

»Meinst du, man kann sie essen?«, fragte Attla, sehr viel pragmatischer als sein Kamerad. »Die Schlangen zu Hause schmeckten eigentlich ganz manierlich, solange es noch welche gab.«

»Ja«, bestätigte Eivin. »Beinahe wie Hühnchen. Und von der hier würden wir alle satt werden. Es wäre sogar noch etwas übrig als Proviant für den Weg.«

Raymo betrachtete das riesige Tier. Die Schlange hing zusammengerollt um einen baumdicken Ast. Ihr schwarzblau glänzender, geschuppter Leib war mindestens so dick wie Raymos breiter Brustkorb. Ihre Länge war schwer auszumachen, aber Raymo schätzte sie auf etwa dreißig bis fünfunddreißig Fuß. Über den geschlossenen Augen, von denen ein jedes so groß war wie Raymos Hand, wenn er alle fünf Finger ausstreckte und spreizte, hatte sie zwei lange knochige und geschwungene Hörner und hinter dem Kopf einen Kranz aus roten Federn.

»Lasst sie schlafen«, entschied er. »Wir wissen nicht, ob sie giftig oder ihr Fleisch überhaupt genießbar ist. Aber so wie sie aussieht, gehen bei dem Versuch, sie zu erlegen, ganz gewiss mindestens zwei oder drei von uns drauf. Ich bin sicher, wir finden schon bald leichtere Beute.«

»Mit etwas Glück könnte ich ihr von hier einen Speer in den Kopf schleudern«, sagte Attla.

Raymo sah ihm an, wie groß sein Hunger auf frisches Fleisch war.

»Ja«, sagte Raymo. »Mit etwas Glück. Und da du offenbar schon einmal Schlangen gejagt hast, weißt du, dass dann der Tanz erst richtig losgeht. Willst du hier zwischen den eng stehenden Bäumen allen Ernstes erleben, wie sich ein mehr als dreißig Fuß langer und mannsdicker Muskel zuckend und peitschend im Todeskampf windet? Ganz zu schweigen davon, was passiert, wenn du sie *nicht* richtig triffst. Nein, lasst uns zunächst frisches Wasser finden. Danach gehen wir dann auf die Jagd.«

Er winkte den Männern zu, leise weiterzugehen. Er selbst blieb von Ehrfurcht erfüllt stehen, wo er war, und behielt das Ungetüm so lange im Auge, bis die anderen weit genug weg und in Sicherheit waren. Erst dann ging er ihnen nach.

Jetzt, da er von den anderen ein Stück entfernt war, wurde das Gefühl, beobachtet zu werden, noch stärker. Er fasste den kurzen Speer in seiner Rechten fester und zog mit der Linken die Axt aus dem Gürtel. Mit jedem Schritt sah er sich um und lauschte in den Urwald hinein, aber außer dem Summen der Insekten und dem Lied der Vögel war nichts Auffälliges zu hören.

Eine halbe Stunde später wurden die Geräusche des Urwalds allmählich in den Hintergrund gedrängt von einem zunehmend lauter werdenden Rauschen. Es erinnerte Raymo an die Brandung der See. Zuerst befürchtete er, sie wären mit dem Schiff vielleicht gar nicht an einem Kontinent, sondern vielleicht an einer vorgelagerten, lang gezogenen Insel gelandet und hätten jetzt deren andere Seite erreicht. Dann aber wurde das Rauschen lauter; sehr viel lauter, als es herkömmliche Brandung ohne Sturm war, und schon kurz darauf standen sie vor seiner Ursache, mit weit offenen Mündern in die Höhe starrend.

Ein gewaltiger Wasserfall!

Von einer mehr als sechzig Fuß hohen Klippe stürzten die Wassermassen tosend zu ihnen herab in einen über hundert Schritte breiten Teich, von dem aus ein kleiner Fluss in die Tiefe des Urwalds führte.

Schon ehe Raymo den Befehl dazu gegeben hatte, war Attla an das Ufer des Teichs getreten, hatte eine Handvoll von dem Wasser geschöpft und probierte es. Seine sonst eher mürrische Miene hellte sich auf, und er rief über den tosenden Lärm hinweg: »Das ist gottverdammtes Frischwasser, Männer! Wir haben endlich Frischwasser gefunden!«

Nachdem sie alle ausgiebig getrunken hatten, schickte Raymo Eivin und Attla mit je zwei Mann Verstärkung nach Norden und Süden, um die anderen beiden Mannschaften zu benachrichtigen.

»Bis sie hier ankommen, befestigen wir ein Lager«, befahl er. Es war ihm und seinem knurrenden Magen beinahe unerträglich, nicht lieber gleich mit ihnen auf die Jagd zu gehen, um außer frischem Wasser auch frisches Fleisch für sie und die an Bord der Galeere Zurückgebliebenen zu beschaffen, aber noch immer fühlte er sich beobachtet; die Sicherheit seiner Leute ging unbedingt vor. Also errichteten sie aus mit ihren Äxten und Dolchen angespitzten Ästen und Zweigen eine provisorische Schanze im Halbkreis am Ufer des kleinen Flusses; wegen des Krachs, den der Wasserfall machte, ein paar hundert Fuß abseits.

Sie waren damit gerade einmal zur Hälfte fertig, als zunächst Shuyak Dolcs Männer und schon bald darauf auch die von Lambes wieder zu ihnen stießen.

Raymo ließ sie alle trinken, bis sie nicht mehr konnten, und ausruhen. Dann erst schickte er zwei Drittel von ihnen mit gefüllten Schläuchen zum Schiff zurück, während er den Rest das Lager weiter befestigen ließ und er selbst sich zusammen mit Lambes und den drei Gladiatoren zur Jagd aufmachte.

Die fünf bewegten sich vorsichtiger und dabei doch sehr viel schneller durch den Urwald als die Trupps zuvor und dennoch absolut leise. Um das zeitraubende Stochern im Nebel zu vermeiden, rannten sie dicht an Baumstämmen entlang und über Bodenerhebungen und Felsen, die aus dem Nebel herausragten.

Als Markierungen, um nachher auch den Weg zurückzufinden, brachen sie Zweige ab.

Keiner von ihnen sprach ein Wort. Sie verstanden einander auch so; es war, als wären sie schon seit frühester Jugend miteinander auf die Jagd gegangen. Da sie so leise waren, dauerte es auch nicht lang, ehe sie auf die ersten Tiere stießen. Ein paar Echsen, so groß wie ausgewachsene Wildschweine.

Attla zeigte hungrig grinsend mit der Spitze seines auf der Sehne liegenden Pfeils auf sie. Raymo schüttelte den Kopf. Auch wenn sein Hunger ebenso groß war wie der des Kameraden, hoffte er, dass sie in diesem üppigen Wald bald auch auf Beute stoßen würden, die vertrauter war – der in der Heimat ähnlicher. Attla verzog missmutig das Gesicht, folgte aber, ohne zu murren.

Auf dem weiteren Weg entdeckten sie grünlich schimmernde Käfer, die so groß waren wie Katzen, im Licht der Pilze sphärisch glänzende Libellen größer als Adler und Unmengen weitere Schlangen, wenn auch zum Glück lange nicht so groß wie die erste Vertreterin ihrer Gattung; einmal sogar sahen sie einen Schwarm kleiner Echsen, der sich mit Hilfe von Häuten zwischen Vorder- und Hinterbeinen im Gleitflug von Baum zu Baum durch die Luft bewegte.

Raymo war kurz davor, die Hoffnung auf ihm bekannteres Fleisch aufzugeben, als er ein Grunzen vernahm, das ihm, obwohl er es seit Ewigkeiten nicht mehr gehört hatte, vertraut war. Er deutete in die Richtung, aus der es gekommen war, und die fünf wechselten den Kurs, ohne auch nur einen Schritt lang in ihrem schnellen Lauf innezuhalten. Raymo lauschte, und erst als er sicher war, dass die Richtung stimmte, und sie sich der Quelle des Grunzens ausreichend genähert hatten, gab er ein Zeichen, und sie verlangsamten das Tempo.

Nach wenigen Schritten sahen sie schließlich, was sie bisher nur gehört hatten, und Attlas hungrige Augen weiteten sich vor kindlicher Bewunderung und Gier.

Auf einer Lichtung vor ihnen stand eine kleine Rotte von Wildschweinen. Ein Keiler, drei Bachen und mehr als ein halbes Dutzend Frischlinge. Aber wie alles Bisherige auf diesem fremdartigen Kontinent waren sie riesengroß. Die Frischlinge allein waren so groß wie halbjährige Kälber und der Keiler größer als der größte Elch, den Raymo je in Calda zu Gesicht bekommen hatte. Seine nach oben geschwungenen Hauer waren fast so lang wie Raymos Kurzspeer.

Im Schutz des dichten Gebüschs winkte Raymo die anderen zu sich heran.

»Das wird knifflig«, flüsterte er.

»Wieso?«, fragte Attla ungeduldig. »Wir scheuchen die Herde auf und schnappen uns einen oder zwei der Frischlinge.«

Lambes verzog das vernarbte Gesicht zu einem missmutigen Grinsen. »Hast du schon einmal versucht, Wildschweine zu verscheuchen?«, fragte er Attla.

Attla zuckte die Achseln. »Nein, habe ich nicht. Aber was soll daran schon besonders schwierig sein?«

»Du bist ganz bestimmt nie aus der Stadt herausgekommen, oder?«, fragte Eivin.

»Warum?«, fragte Attla gereizt.

»Wildschweine flüchten nicht, wenn man sie aufscheucht«, erklärte Raymo leise. »Stattdessen attackieren sie auf der Stelle. Und willst du von denen da attackiert werden?« Er zeigte auf die kleine Herde.

Attla zog unwirsch die Mundwinkel nach unten.

»Ich schlage vor, wir suchen uns leichtere Beute«, flüsterte Lambes. »Wenn ich mir die Hauer von dem Keiler dort ansehe, kriege ich plötzlich doch Appetit auf Schlange oder Echse.«

Er wollte schon weitergehen, als Raymo sagte: »Warte.«

Lambes hielt mitten im Schritt inne. »Du hast eine Idee?«

Raymo nickte. »Ich denke, es könnte klappen«, sagte er, »wenn wir den Keiler aus der Ferne erlegen, ohne dass die Bachen merken, aus welcher Richtung wir angreifen.«

Lambes wiegte nachdenklich den Kopf. »Du meinst, wenn der Keiler fällt, ohne dass sie begreifen, wieso, bringen sie die Frischlinge in Sicherheit?«

»Ja.«

»Um den Burschen zu strecken, müssen wir alle zeitgleich zuschlagen«, gab Lambes zu bedenken. »Wenn wir uns nicht ganz genau abstimmen und der Keiler verwundet losmarschiert, gibt's hier Kleinholz und gebrochene Knochen im Dutzend.«

Raymo sah sich um. »Wir müssen uns verteilen, ohne dass er unsere Witterung aufnehmen kann, also gegen den Wind. Shuyak Dole, Eivin und ich mit den Bögen. Attla und du mit den Speeren. In dem Moment, in dem ihr die Speere schleudert, schießen wir.«

»Könnte tatsächlich klappen«, sagte Lambes. »Und wenn das Ergebnis frisch geröstetes Wildschwein ist, ist es das Risiko wohl wert.«

»Auf jeden Fall«, stimmte Attla zu und leckte sich die Lippen.

»Dann los«, befahl Raymo.

Sie prüften den Wind und verteilten sich mit vorsichtigen Schritten im Schutz der Bäume und Sträucher im Viertelkreis um den Keiler. Attla und Lambes mussten näher heran wegen der geringeren Reichweite der Speere. Raymo spannte den Bogen und zielte auf das ihm zugewandte Auge des kolosshaften Tiers. Er musste wie verabredet warten, bis die Speere in der Luft waren, und hoffte, dass das nicht mehr lange dauerte, sonst würde das Wildschwein den Kopf bewegen und der Schuss fehlgehen.

Der Gedanke erinnerte Raymo voller Unbehagen an die Begegnung mit dem Bären in Calda.

Ohne den Keiler aus den Augen zu lassen, beobachtete Raymo Lambes und Attla, die nah beieinander immer weiter nach vorne schlichen. Da geschah etwas völlig Unerwartetes!

Von jenseits ihrer Pirschposition kam etwas Riesenhaftes durch die Luft gehechtet.

Die Kreatur war mehr als doppelt so groß wie der Keiler. Sie war grünschwarz, und Raymo fragte sich später, wie es sein konnte, dass sich etwas so Gewaltiges hatte nähern können, ohne dass er es vorher gesehen oder gehört hatte. Noch ehe sich überhaupt einer von ihnen auch nur rühren konnte, hatte ein Maul so groß wie eine Tür Attla gepackt und mit einem Bissen in zwei Teile gefetzt.

Raymo wusste sofort, womit sie es zu tun hatten: ein Xanoya!

Der grausige Tod des Kameraden dicht neben ihm gab Lambes gerade genug Zeit, sich hinter einen Baum zu werfen, ehe die Bestie mit einem zweiten Sprung auch bei ihm war. Zwei gigantische Pranken von der Größe einer Tischplatte schlugen zu beiden Seiten des Baums mit schwertlangen Klauen in den Boden.

Raymo wusste: Wenn er nicht eingriff, war auch Lambes verloren. Er riss eilig den Bogen herum und ließ den Pfeil surren. Er hatte auf das schwarz geschlitzte Auge des nun wild fauchenden Xanoyas gezielt, aber die riesenhafte Echsenkatze bewegte sich viel zu schnell. Der Schuss prallte harmlos von der geschuppten Schulter ab.

Shuyak Dole und Eivin hatten mit ihren schnell geschossenen Pfeilen ebenso wenig Glück.

Raymo warf den Bogen von sich und sprintete los, Kurzspeer und Axt in den Fäusten. Doch es war nicht er, sondern der Keiler, der Lambes das Leben rettete. Mit einem ohrenbetäubenden Quieken rannte das Wildschwein von der Seite an. Die Tritte seiner Hufe ließen den Waldboden erschüttern. In vollem Lauf rammte der Keiler seinen gesenkten Kopf in die Flanke des Xanoyas. Die Wucht des Aufpralls schleuderte das Raubtier von den Beinen, und es brüllte kreischend auf.

Der Keiler wendete auf der Stelle, um neuen Anlauf zu nehmen. Erde und Steine spritzten unter ihm in die Höhe. Er rannte zum zweiten Stoß an. Der heiße Atem aus seinen geblähten Nüstern stoßend wie Rauch.

Aber noch ehe er heran war, sprang die Echsenkatze geschickt auf die Pranken zurück und sogleich wie von einem Katapult geschossen im hohen Bogen auf das Wildschwein zu.

Der Xanoya schlug die Krallen seiner Vordertatzen über den Kopf des Keilers hinweg in dessen hohe Schulter. Der Rest seines lang gestreckten Leibs wirbelte vom Schwung herum und riss den Keiler zu Boden, so dass der Xanoya nun hinten auf ihm hockte und noch in derselben Bewegung zubiss – genau in den Nacken des Wildschweins. Der Keiler bockte in die Höhe, um das Raubtier abzuwerfen. Doch der Xanoya hatte seine Krallen zu tief in Fell und Muskeln des Schweins gegraben und legte jetzt noch mehr Kraft in seinen Biss.

Das Krachen der Knochen schallte durch den Wald, und begleitet von einem allerletzten, panischen Schrei brach der Keiler ruckartig zusammen. Nur sein Kopf zuckte noch. In einer hohen, dunklen Fontäne spritzte das Blut durch die Luft.

Bachen und Frischlinge ergaben sich ihrer Panik und nahmen laut quiekend Reißaus.

Das alles war so schnell gegangen, dass Raymo währenddessen gerade einmal vier weitere Schritte zurückgelegt hatte – unwillkürlich exakt auf die Position zu, wo sich jetzt der Xanoya befand, das riesige Maul rot vom Blut des geschlagenen Schweins.

Die Bestie richtete sich heftig schnaubend auf und konzentrierte sich augenblicklich wieder auf Lambes, der schutzlos nur wenige Meter entfernt stand.

»Hey!«, rief Raymo, so laut er konnte, und wedelte mit den Armen, um die Kreatur von Lambes abzulenken. Sie wandte den riesigen Kopf und brüllte Raymo fauchend entgegen. Raymo konnte in ihren Augen lesen: Dieses Vieh tötete nicht, um zu fressen oder um seine Beute zu verteidigen. Dieses Vieh tötete aus reiner Lust!

Mit aller Macht schleuderte er den Speer – genau auf das offene Maul zu. Doch der Xanoya reagierte blitzschnell und duckte sich zur Seite weg, nur um im nächsten Moment anzugreifen.

Raymo warf sich mit einem Hechtsprung nach links; die Pranken der Bestie schlugen nur wenige Handbreit neben ihm in den Boden. Steine, Erde und Moos stoben Geschossen gleich durch die Luft.

Raymo rollte sich ab, sprang auf die Füße und sprintete los, Haken um den nächsten Baum schlagend und um den übernächsten. So wie er es bei dem Angriff des Bären in den Wäldern Caldas getan hatte. Nur dass der Xanoya um einiges größer war als selbst dieser riesenhafte Bär – und sehr viel schneller und wendiger.

Raymo hörte hinter sich krachend Holz splittern. Äste und Zweige flogen ihm um die Ohren. Er duckte sich, warf sich erneut zur Seite. Im letzten Moment. Wieder verfehlten ihn die Pranken nur knapp.

Im Weiterrennen stieß Raymo einen zornigen Fluch aus. Er wollte verdammt sein, wenn er es zuließ, dass dieses Vieh ihm und seiner Chance, hier ein neues Leben zu beginnen, in die Quere kam. Er biss die Zähne zusammen und mobilisierte all seine Reserven, schlug so viele Haken, wie er nur konnte.

Die Bestie war vielleicht schnell – unvorstellbar schnell sogar –, aber durch ihre unglaubliche Größe brauchte sie einfach immer einen entscheidenden Moment länger für den Richtungswechsel als Raymo. Allerdings war fraglich, wie lange Raymo dieses Tempo aufrechterhalten konnte.

Ihm blieb keine Wahl: Er musste das Biest, so schnell es ging, erledigen, solange er noch Kraft genug dafür hatte. Unwillkürlich musste Raymo bei dem Gedanken laut auflachen.

Dieses Riesenmonster erledigen, na klar! Nichts leichter als das!

Mit roher Gewalt wäre es nicht getan, wusste er. Er musste das Vieh irgendwie austricksen.

Sein Blick jagte nach Gelegenheiten, und schließlich entdeckte Raymo vor sich einen zur Hälfte umgestürzten Baum, der schräg nach oben an einem anderen lehnte.

In Gedankenschnelle formte sich ein Plan.

Raymo wechselte noch zweimal Haken schlagend die Richtung, um den Abstand zu dem Xanoya zu vergrößern, und lief dann den Stamm wie auf einer Rampe nach oben. Gleich darauf spürte er, wie er unter seinen Füßen erbebte. Aber das Holz hielt.

Der Stamm war gerade breit genug, dass Raymo darauf laufen konnte, der Xanoya hatte da schon mehr Probleme, ihm nach oben zu folgen. Raymo hörte, wie die Entfernung zu dem fauchenden Brüllen hinter ihm nach und nach ein wenig größer wurde. Doch erst als er das Ende des Stamms erreicht hatte, drehte er sich um.

Von seinen Kameraden war keine Spur zu sehen.

Der Xanoya war noch im unteren Drittel des Stamms, der unter ihm aussah wie ein schmaler Ast. Mit seinen Riesenpranken kämpfte er trotz der Krallen angestrengt darum, das Gleichgewicht zu halten. Nur Schritt für Schritt kam er langsam voran. Dass er dabei im Rausch der Jagd zitterte, machte seinen Aufstieg nur schwerer.

Raymo hielt die höhere Stellung inne. Das war die Chance, die er sich erkämpft hatte; die einzige, die er gegen die gewaltige Bestie hatte. Er musste sie nutzen und durfte keinen Fehler machen. Er nahm die Axt fest in die Rechte und zog seinen Dolch mit der Linken. Ein paar Mal verschnaufte er noch, um sich zu fassen, dann sprintete er los; zurück nach unten, dem Xanoya entgegen.

Der fauchte warnend und bleckte die armlangen Fangzähne; offenbar war er nicht gewohnt, direkt von vorn attackiert zu werden. Er wollte die rechte Pranke vom Stamm nehmen, um Raymos Lauf zu stoppen, verlor dabei aber die Balance und nahm die Pranke sofort wieder zurück, um nicht vom Baum zu fallen.

Raymo sprang!

Knapp über den mit seinen gewaltigen Zähnen nach ihm beißenden Kopf des Xanoyas hinweghechtend, rammte Raymo den Dolch in den breiten, schuppenbewehrten Nacken. Die ganze Klinge bis zum Griff. Daran hielt er sich fest, wirbelte herum und setzte sich breitbeinig vor die Schultern der Bestie. Er holte mit der Axt weit aus und hackte sie mit aller Kraft von hinten in den Schädel des Ungetüms. Er wusste, dass er schnell sein musste, verdammt schnell.

Noch bevor der Xanoya den ersten animalischen Schmerzensschrei ausstoßen konnte, hatte Raymo bereits ein zweites Mal gehackt, ein drittes Mal und gleich darauf ein viertes Mal. Das Loch im Schädel mit jedem krachenden Treffer vergrößernd, schlug er immer tiefer, während das Tier unter ihm sich nun aufbäumte und ihn abzuwerfen versuchte. Gleich würde es sich vom Baum fallen lassen und im Schmerz auf dem Boden wälzen, um ihn abzuschütteln.

Raymo wusste, dass er das nicht überleben würde. Das Vieh musste tot sein, ehe es das tun konnte.

Tschak! Tschak! Tschak!

Raymo hackte wie ein Besessener, so schnell er nur konnte, so hart und tief er nur konnte. Fleisch, Schädel und Hirnmasse spritzten ihm ins Gesicht, über die Arme und gegen die Brust.

Jetzt! Der Xanoya warf sich vom Stamm herab zu Boden. Raymo riss seinen Dolch aus dem Nacken und sprang weit zur Seite weg. Trotz der Weichheit des Bodens landete er hart auf dem Rücken. Es trieb ihm die Luft aus den Lungen, dennoch rappelte er sich sofort wieder auf, um weiter zu fliehen. Aber das war nicht mehr nötig.

Der Xanoya wand sich auf dem Grund neben dem umgestürzten Baum wie eine waidwunde Schlange. Fauchend und mit allen vier Pranken unkontrolliert in die Luft schlagend, wälzte er sich auf dem Rücken hin und her, die weit offene Wunde im Schädel hart und schnell immer wieder hin und her über den Boden reibend, so als hätte er einen fürchterlichen Juckreiz, den er mit dem Schaben loswerden wollte.

Raymo sah, dass die Echsenkatze in Schmerz und Panik die Augen so weit aufgerissen hatte, dass man das Weiß erkennen konnte. Es war blutgetränkt und wurde schnell dunkler. Auch aus dem immer wieder krachend zuschnappenden Maul floss Blut. Raymo entdeckte dicht neben dem gewaltigen Kopf ein großes Stück abgebissene Zunge.

Raymo fühlte eine seltsame Wehmut in sich aufsteigen. Noch nie hatte er ein so großes und auf erschreckende Weise wunderschönes Tier erlegt. Dass es sich jetzt beim Sterben so sehr quälte, tat ihm überraschend leid. Er wünschte, er könnte seiner Qual ein Ende bereiten, aber dem unkontrolliert um sich kratzenden und beißenden Xanoya jetzt zu nahe zu kommen, wäre sein eigenes Todesurteil. So wartete er, bis das Zucken allmählich kraftloser wurde, das Fauchen und Brüllen leiser.

Schließlich war es so weit. Der Xanoya bäumte sich noch ein letztes Mal auf, stieß einen beinahe schon unschuldig klingenden Klagelaut aus und sackte tot zu Boden.

Raymo trat näher heran. Vorsichtig, für den Fall, dass in dem Raubtier vielleicht doch noch ein letzter Funke Leben steckte. Aber der Xanoya war tot. Selbst auf der Seite liegend, war der Gigant noch höher als Raymo groß. Raymo berührte die seltsame schwarzgrüne Haut. Sie bestand aus Fell und kleinen, ledrigen Schuppen zugleich. Sie würde eine hervorragend leichte und wehrhafte Rüstung abgeben.

Raymo überlegte, ob er gleich selbst beginnen sollte, den Kadaver zu häuten, oder ob er sich besser zunächst auf die Suche nach seinen Kameraden machen sollte. Die Flucht vor dem Xanoya hatte ihn völlig die Orientierung verlieren lassen, und hören konnte er sie auch nicht. Gerade hatte er sich entschieden, sich doch zuerst auf die Suche nach ihnen zu begeben, da sagte eine Stimme von hinten auf Milaresisch: »Du hast einen unserer Götter getötet!«

Raymo wirbelte auf der Stelle herum, die blutigen Waffen angriffsbereit fest mit den Fäusten umklammert.

Er hatte die raue, fast krächzende Stimme im ersten Moment nicht zuordnen können und mit mindestens einem Milaresen gerechnet. Doch wer da in etwa sieben oder acht Schritt Entfernung vor ihm stand, war kein Milarese.

Es war nicht einmal ein Mann.

Es war eine Frau, eine Einheimische. Sie war fast genauso groß wie Raymo. Als einziges Kleidungsstück trug sie einen ledernen Schurz um die schmalen Hüften. Ihre Haut war von einer Farbe, wie Raymo sie noch nie an Menschen gesehen hatte. Es schien, als wäre sie von Kopf bis Fuß mit mattdunkler Bronze bestrichen, die an manchen Stellen rötlich wie Kupfer glänzte und an anderen schimmerte wie flüssiges Silber. Raymo erkannte auch Zeichnungen und Muster auf ihrem hochgewachsenen und äußerst weiblichen Leib, konnte aber nicht mit Sicherheit sagen, ob sie künstlich angebracht oder ein Teil ihrer natürlichen Haut waren. Auch ihr dunkelbraunes bis weit zur Hüfte herabfließendes Haar hatte eine Kupfernote. Sie hatte es mit Perlen und Federn geschmückt. Ihre großen Augen waren so dunkel, dass sie fast schwarz schimmerten. In der schlanken Rechten hielt sie einen Speer mit einer Spitze aus dunkelgrünem Feuerstein, die Linke hatte sie in einem Gürtel aus gedrehtem Leder eingehakt, von dem außer einem kleinen Beutel und einer Feldflasche in Scheiden aus Fell ein schmales Messer und ein kurzes Schwert mit axtbreiter Klinge herabhingen. Ihr Blick war stolz und wild. Zane Arkeen hatte zweifelsohne mit seiner Behauptung, dass es hier die schönsten Frauen der Welt gab, nicht übertrieben.

Raymo ahnte, dass sie es gewesen war, die ihn die ganze Zeit beobachtet hatte, und ehe er etwas zu seiner Verteidigung sagen oder eine Erklärung abgeben konnte, warum er und seine Leute hier waren, sank sie auf ihr rechtes Knie und verbeugte sich. »Sei willkommen, Gotttöter! Willkommen, Befreier unseres Volkes!«

LIZIA

Milara – Die Hochebene von Qualanuaragh

Lizia war als Mann verkleidet. Speckige Lederhose, die scharf nach Schweiß roch, und Urin, hohe, viel zu weite Reiterstiefel, Wams und Umhang aus grobem, an zahlreichen Stellen nur unzulänglich geflicktem Leinen und auf dem Kopf eine weite Filzkappe mit Krempe, unter der ihr zusammengeknotetes Haar verborgen war – zusammen mit einer ganzen Sippe von Flöhen, die ihr die Kopfhaut zerstachen. Arl ak Sokay war sogar so weit gegangen, ihr zerriebene Asche vermischt mit ein paar Tropfen Lampentran ins Gesicht zu schmieren, ehe sie das Schiff im Hafen von Sanbao verlassen hatten.

»Es ist entscheidend, dass niemand, auch keiner meiner Männer, Euch erkennt oder auch nur einen Verdacht schöpft, wer Ihr in Wirklichkeit seid, bis wir unser endgültiges Ziel erreicht haben«, hatte Arl ak Sokay noch in der Kabine zu ihr gesagt. »Nicht nur Euer eigenes Leben hängt davon ab.«

»Wer ich in Wirklichkeit bin«, hatte sie wiederholt. »Das ist eine Information, die Ihr mir nach wie vor schuldig seid, General.«

So überraschend schnell, dass sie unmöglich noch reagieren konnte, hatte er sie mit der Hand fest am Kinn gepackt, ihren Kopf weit in den Nacken gedrückt und sich so dicht über sie gebeugt, dass sein Gesicht beinahe das ihre berührte.

»Ich bin Euch nicht das Geringste schuldig, Euer Hoheit.« Seine raue Stimme war gefährlich leise, aber schneidend. Der Blick seiner dunklen Augen hart, an der Grenze zum Zorn. »Ihr seid es, die mir Euer Leben schuldet, Eure Unversehrtheit und nicht zuletzt bald auch Eure Krone. Ist das klar?«

Sie war durch seine Reaktion dermaßen erschrocken, dass sie am ganzen Leib gezittert hatte. »N-natürlich …«

»Gut. Merkt Euch das. Ein für alle Mal. Wenn wir am Ziel unserer Reise sind, gebe ich Euch Antworten auf Eure Fragen, so wie ich es Euch versprochen habe. Keinen Moment früher. Bis dahin haltet Ihr Euren hübschen Mund. Wenn Ihr schon kein eigenes Gespür dafür habt, was hier alles auf dem Spiel steht und wie leicht alles verloren sein kann, dann habt wenigstens die Güte, meinem Urteil und auch meinen Anordnungen zu vertrauen.«

Drei Tage waren sie nun schon zu Pferd unterwegs. Sie, der Arl und ein Dutzend seiner Soldaten, ebenfalls als milaresische Händler verkleidet. Lizia hatte schon lange keine Pferde mehr gesehen und wunderte sich darüber, wie unglaublich aufwendig es wohl sein musste, sie zu füttern und am Leben zu erhalten.

Von der rauen Küste aus hatten sie über steile und erschreckend schmale Serpentinen die Hochebene erklommen und bei einem Erdrutsch einen Mann und zwei Pferde verloren, eines davon das Packpferd mit den Vorräten und dem Wasser.

Das war jetzt zwei Tage her. Inzwischen waren auch die letzten Feldflaschen lange leer, und Lizias Kehle war so trocken, dass sie bei jedem Atemzug das Gefühl hatte, Sand einzuatmen.

Die Kälte und der Wind hier oben schnitten noch eisiger als schon unten am Hafen, und wegen der Dunkelheit kamen sie nur langsam voran. Lizia, die zum ersten Mal in ihrem Leben auf einem Pferd saß, litt immer wieder unter Krämpfen in den Schenkeln, dem Gesäß und im Rücken. Jedes Mal aber, wenn es besonders schlimm wurde, schloss sie die Augen und erinnerte sich eilig an Arl ak Enwyggens Karussell, und sogleich war der Schmerz leichter zu ertragen.

Einer der Soldaten fiel erschöpft von seinem Pferd. General ak Sokay und die anderen Männer ignorierten es und ritten weiter.

Zweimal noch konnte Lizia hören, wie er um Hilfe rief, aber auch das ignorierte der Arl. Lizia konnte nicht anders und wendete ihr Pferd, um zu dem Mann zurückzureiten, doch ehe sie auch nur ein paar Schritte gemacht hatte, war plötzlich der General auf seinem großen Hengst neben ihr, packte ihr in die Zügel und lenkte ihr Pferd zurück.

Sein finsterer Blick warnte sie davor, auch nur ein Wort des Protests von sich zu geben.

Es dauerte eine Ewigkeit, bis ihr schneller Herzschlag sich wieder dem monotonen Traben der Pferde angeglichen hatte. Lizia versuchte sich abzulenken, indem sie das Klappern der Hufe auf dem steinigen Boden zählte, aber sie war inzwischen so erschöpft, dass sie sich immer wieder verzählte und schließlich aufgab. So wurden aus zähen Minuten erneut noch sehr viel zähere Stunden.

Irgendwann spürte Lizia, dass es nicht mehr lange dauerte, und dann würde auch sie vom Pferd fallen; einfach aus dem Sattel rutschen, weil sie sich nicht länger halten konnte. Sie fragte sich, ob der Arl auch sie einfach liegen lassen würde wie den Soldaten, trotz des Vertrages, den sie miteinander geschlossen hatten.

»Wir sind da!«, rief General ak Sokay. Seine Stimme klang ebenso ausgetrocknet wie Lizias Kehle.

Lizia merkte erst jetzt, dass sie weit vornübergebeugt im Sattel hing, und zwang sich dazu, den Kopf zu heben. Sie sah Lichter, viele Lichter, jedoch nicht genug für eine Stadt oder ein Dorf.

Als witterten die Pferde, dass frisches Wasser in der Nähe war, beschleunigten sie ihren Trab. Schon bald darauf konnte Lizia aus müden Augen heraus beobachten, wie das Dunkel um die Lichter herum tiefer wurde als der Rest des Horizonts. Es war eine Burg, um einiges größer als Cassias Hain.

Arl ak Sokay nahm ein Horn vom Sattel und blies hinein. Zwei kurze Stöße, ein langer und noch ein kurzer. Ein verabredetes Signal, das schon im nächsten Moment von den hohen Mauern erwidert wurde. Lizia hörte das Rasseln von Ketten und sah, wie die Zugbrücke herabgelassen wurde.

Die Tritte der Hufeisen auf den dicken Holzplanken der Brücke waren wie Musik in Lizias Ohren. Dahinter ritten sie durch den Tortunnel in den hell erleuchteten Burghof.

Diensteifrig liefen ihnen Soldaten und Bedienstete aus den Stallungen, den Gesindehäusern und Mannschaftsräumen entgegen. Eine Gruppe am Tor beeilte sich, die Zugbrücke wieder nach oben zu ziehen und das Tor zu verbarrikadieren.

»Wasser!«, rief Arl ak Sokay und sprang von seinem Hengst. »Die Pferde zuerst!«

Er trat mit zwei schnellen Schritten zu Lizia und half ihr aus dem Sattel. Sie hatte keine Ahnung, woher er bei all der Erschöpfung, die zweifelsohne auch von ihm Besitz ergriffen haben musste, diese unglaubliche Kraft hernahm.

Er raunte ihr ins Ohr: »Nur noch ein paar Momente, dann hat das Versteckspiel ein Ende.«

Einer seiner Soldaten brachte ihm einen Ziegenlederschlauch mit Wasser. Ak Sokay reichte ihn zuerst Lizia.

»Kleine Schlucke«, mahnte er leise, »sonst zerreißt es Euch die Kehle und die Eingeweide.«

Lizia musste sich zwingen, langsam zu trinken. Noch nie hatte Wasser so köstlich geschmeckt. Es war, als würde es die Erschöpfung von innen aus ihr herausspülen.

»Willkommen zurück, General!«, rief eine Stimme von der Hauptburg her. Lizia zuckte zusammen. Sie kannte die Stimme.

Arl ak Sokay drehte sich um, so dass Lizia in seinem Schatten stand. »Habt Dank, Arl ak Ward. Wie ich sehe, war auch Eure Flucht erfolgreich.«

Lizia spähte ängstlich an der Schulter des Generals vorüber hoch zum Ende der breiten Treppe. Dort standen Arl Stu ak Ward, seine Tochter Mayra, der Hauptmann seiner Wache Rykk Lormant und dessen beiden Söhne Gek und Aiosh … und neben ihnen Mordomo Veigh Burrell.

»Dank Eurer Nachricht haben wir Cassias Hain gerade noch rechtzeitig verlassen können«, sagte Arl ak Ward und kam die

Treppe mit zum Gruß ausgebreiteten Armen herab. »Die künftige Königin Twyddyns verdankt Euch ihr Leben, General. Wenn sie erst einmal den Thron innehat, wird sie Euch reich belohnen, auch für die Gastfreundschaft, die Ihr uns hier entgegenbringt. Darauf habt Ihr mein Wort.«

Arl ak Sokay lachte freundlich. Lizia konnte hören, dass die Freundlichkeit nur gespielt war. Auch er breitete die Arme aus und ging ak Ward entgegen.

»Ich weiß nicht, wovon ich mehr überwältigt bin, werter Arl, von Eurer Großzügigkeit oder Eurem Vertrauen.« Mit dem letzten Wort hatte er ak Ward erreicht, aber statt ihn zu umarmen, stieß er die rechte Faust blitzschnell in einem Seitwärtshaken nach vorne und fällte sein Gegenüber mit einem einzigen, brutalen Schlag gegen das Jochbein.

Arl ak Ward wurde nach hinten geschleudert und ging zu Boden. Sofort griffen seine Männer zu ihren Waffen. Doch die Männer des Generals waren weit in der Überzahl und umstellten die Treppe, ohne dass ak Sokay ihnen überhaupt erst einen Befehl dazu geben musste.

Ak Sokay setzte nach und trat dem am Boden Liegenden mit voller Wucht hart in die Rippen. Ak Ward brüllte schmerzerfüllt auf, krümmte sich und krabbelte unbeholfen nach hinten weg. Aber der General trat noch einmal zu, ehe er von ihm abließ.

Ak Ward spuckte Blut, hielt sich die Seite und versuchte vergeblich, sich aufzurichten.

»Was, bei allen Göttern, ist in Euch gefahren?«, brüllte er hysterisch und hörbar unter starken Schmerzen. »Verratet Ihr jetzt nach der alten auch die künftige Königin?«

»Wagt es nicht, mir gegenüber von Verrat zu sprechen!«, erwiderte ak Sokay. »Nicht Ihr.« Er kehrte zu Lizia zurück und zog ihr mit einer schnellen Bewegung die Filzkappe vom Kopf. »Sie, nicht Mayra, ist die künftige Königin Twyddyns! Und Ihr hattet sie all die Jahre in Eurem Haushalt.«

Lizia sah, dass Arl ak Ward dem Blick ak Sokays auszuweichen versuchte.

»Ich weiß nicht, was schlimmer ist«, fuhr ak Sokay fort, »dass Ihr sie vor mir und der Welt versteckt habt oder dass sie auf Eurem Gut als die niedrigste aller Sklavinnen leben musste. Warum habt Ihr sie überhaupt am Leben gehalten? Das frage ich mich, seitdem ich Euren Betrug entdeckt habe. Ich nehme an, für den Fall, dass Mayra etwas geschieht oder der Adel sie nicht anerkennt, weil sie nur die Nichte des früheren Königs ist. War Liziana, seine Tochter, Euer Notfallplan?«

Noch ehe Lizia verarbeiten konnte, was sie da hörte, eilte Mayra mit einem Aufschrei die Stufen der Freitreppe nach unten.

Sofort zogen ak Sokays Soldaten ihre Waffen. Der General machte jedoch eine rasche Geste, das Mädchen in Ruhe passieren zu lassen. Zu Lizias Überraschung lief Mayra nicht zu ihrem immer noch am Boden liegenden Vater, sondern an ihm vorüber und direkt auf sie zu. Lizia konnte den entsetzten Ausdruck in dem kindlichen Gesicht nicht deuten und machte sicherheitshalber einen Schritt zurück. Noch größer wurde ihr Erstaunen, als Mayra sich vor ihr auf die Knie fallen ließ.

»Cousine!«, rief sie und begann herzergreifend zu schluchzen. »Ich hatte keine Ahnung! Bitte, das musst du mir glauben.« Sie räusperte sich unter Tränen. »Das müsst *Ihr* mir glauben, Hoheit! Oh, hätte ich es doch nur gewusst …« Sie wandte sich im Knien zu ihrem Vater um. »Wie konntest du das vor mir verheimlichen? Wie konntest du ihr das antun?«

Arl Stu ak Ward wich nun auch dem Blick seiner kleinen Tochter aus, indem er die Augen schloss.

»Begleitet Arl ak Ward und seinen Haushalt in ihre Gemächer und setzt sie dort unter Hausarrest«, befahl ak Sokay seinen Männern.

Zwei von ihnen traten an Arl ak Ward heran, packten ihn und zerrten ihn auf die Beine.

»Mit Respekt!«, mahnte der General scharf. »Er ist der Onkel der Königin!«

»Ich will seinen Kopf!«, hörte Lizia eine Stimme fordern – und merkte dann erst, dass es ihre eigene war.

Arl ak Sokay funkelte sie wütend an. Doch ehe er etwas entgegnen konnte, sagte Lizia: »Nicht den des Arl. Seinen!« Sie deutete auf Mordomo Veigh Burrell.

Ak Sokay entspannte sich wieder. »Ihr habt die Königin gehört! Bringt ihr seinen Kopf!«

Der Mordomo stieß zwischen zusammengebissenen Zähnen ein aggressives Knurren hervor, zog das lange Messer, das er am Gürtel trug, und nahm Kampfhaltung ein. Die Soldaten des Generals sammelten sich am Fuß der Treppe. Mehr als ein Dutzend, aber das schien den Mordomo nicht zu beeindrucken. Die Soldaten spürten das und rückten vorsichtig im Schutz ihrer Schilde mit vorgestreckten Speeren nach oben vor, Stufe um Stufe.

Der Mordomo schrie auf und wollte sich auf sie stürzen. Doch so weit kam es nicht. Hauptmann Rykk Lormant und seine beiden Söhne waren schneller.

Von hinten rammte Aiosh dem Mordomo einen seiner Stiefeldolche unterhalb der Rippen in den Rücken. Noch ehe Veigh Burrell zu ihm herumwirbeln und zustechen konnte, hatte Aioshs Bruder Gek ihm sein Schwert in die Brust gestoßen.

Der Vater besorgte den Rest. Er holte weit mit seinem Langschwert aus und schlug dem Mordomo die Klinge seitlich in den Hals. Blut spritzte in weitem Bogen durch die Luft. Jetzt erst brach der Riese in die Knie, versuchte aber immer noch, seine Angreifer mit dem Messer abzuwehren. Gek schlug ihm die Hand ab, mit der er es führte, während sein Vater das Schwert aus dem Hals ruckte und ein zweites Mal hackte.

Mit einem hässlichen Schmatzen löste sich der Kopf des Mordomo und kullerte zu Boden. Augen und Mund weit aufgerissen. Aiosh packte ihn eilig am schmutzigen Schopf, hob ihn hoch und reckte ihn Lizia entgegen, während er, sein Bruder und sein Vater einen Kniefall machten und ihre Waffen zu Boden legten.

Trotz des Grauens empfand Lizia eine Hochstimmung. Die Rache an dem Mordomo fühlte sich an wie stellvertretende Rache an all jenen, die sie in den vergangenen Wochen und Monaten so brutal und rücksichtslos misshandelt hatten. Zugleich erstaunte es sie, wie schnell Rykk Lormant und seine Söhne gerade reagiert hatten. Sie verstand, dass sie eine Gelegenheit ergriffen hatten, General ak Sokay ihre Loyalität zu bekunden und zugleich zu verhindern versucht hatten, als Nächste Lizias Vergeltung zum Opfer zu fallen.

Ihr Blick wanderte zu Mayra, die noch vor ihr auf dem Boden kniete. Sie sah das Entsetzen im Blick ihrer jungen Cousine … und die Angst.

Gut!

RAYMO

Kutera – Urwald

»Das fühlt sich nicht an wie der Weg zu meinen Kameraden«, sagte Raymo. Es war mehr ein Instinkt, eine Vermutung. Der dichte Wald um ihn herum, der wabernde Nebel, das geisterhafte Licht der Pilze an den Stämmen – jeder Schritt offenbarte eine neue Welt, und doch sah alles irgendwie gleich aus. Er hatte keine Ahnung, wie man sich hier drin ohne Wegmarken orientieren konnte.

»Nein, du hast recht: Das ist nicht der Weg zurück zu deinen Kameraden«, gab die Kriegerin zu, von der Raymo inzwischen wusste, dass sie Szuma hieß.

»Aber du hattest versprochen …«

»Ich habe gelogen«, sagte sie knapp. »Bevor ich dich wieder zu deinen Leuten bringe, muss ich dir erst noch etwas zeigen. Etwas Wichtiges. Du musst verstehen, wenn du unser Volk befreien sollst …«

»Ich habe es dir nun schon mehrfach gesagt, Szuma: Ich bin kein Befreier! Ganz bestimmt nicht. Ich bin einzig und allein hier, um ein neues Leben für mich und meine Kameraden zu suchen. Ein Leben frei von Unterdrückung und Willkür.«

Sie blieb so abrupt stehen und drehte sich um, dass er beinahe gegen sie gelaufen wäre.

»Wenn du nachdenkst, Raymo aus Calda, merkst du: Das ist dasselbe.« Mit ihrer rau krächzenden Stimme rollte sie das R seines Namens so stark, dass es fast wie das Schnurren einer großen Katze klang. Der Blick ihrer dunklen Augen war wütend, ungeduldig, ihr Duft überwältigend. Sie roch nach Früchten und Blüten, nach frischem Schweiß und etwas Süßem, das Raymo nicht zuordnen konnte. So dicht vor der beinahe vollkommen nackten Frau zu stehen, machte es ihm schwer, sich auf ihre Worte zu konzentrieren.

»Fass sie an«, sagte sie grollend.

»Was?!«

»Meine Brust«, erklärte sie. »Fass sie an.«

Raymo bezweifelte sehr, dass er sie richtig verstanden hatte. Sie sprach Milaresisch mit starkem Akzent. »Deine Brust?«, fragte er deshalb. »Warum soll ich deine Brust anfassen?«

Sie rollte mit den dunklen Augen. »Sie scheint dich abzulenken. Wie alle Männer. Fass sie an, dann hast du es hinter dir und hörst mir hoffentlich wieder zu.«

Raymo fühlte sich ertappt und stammelte perplex: »Ich will deine Brust nicht anfassen.«

»Doch, willst du«, sagte sie voller Überzeugung und ganz ohne Scham. »Alle Männer wollen das. Immer.«

Er fing sich wieder und trat einen Schritt zurück. »Was ich wirklich will, Szuma, ist, dass du mich nicht anlügst. Also, wenn du sagst, du bringst mich zurück zu meinen Kameraden, will ich, dass du genau das tust. Wenn du aber willst, dass ich zuvor noch etwas anderes sehe, dann sag mir das vorher klar und unmissverständlich. Weil wenn wir einander vertrauen wollen, müssen wir ehrlich zueinander sein.«

Der Groll wich aus ihrer Miene. »Gut, Raymo aus Calda. Ich will, dass du etwas sichst, danach bringe ich dich zu deinen Leuten.«

»Siehst du, es ist doch gar nicht so schwer.«

»Und du gibst jetzt zu, dass du sie sehr wohl anfassen willst.« Sie deutete mit der freien Hand auf ihre verlockend vor ihm schwebenden Brüste und reckte sie ihm entgegen.

Raymo stutzte, wusste nicht, was er erwidern sollte.

Sie machte ein spöttisches Gesicht. »Ich dachte, wir sollen ehrlich zueinander sein.«

»Du meinst, ich kann … ich soll … ich darf … einfach so …?« Er machte einen zögerlichen Schritt auf sie zu.

»Nein«, sagte sie, drehte sich um und lief wieder los. Sie lachte. »Jetzt nicht mehr. Du hattest deine Chance, und du hast sie vertan.«

Mit der fließenden Geschwindigkeit von Raubtieren auf der Jagd liefen sie durch den Wald, setzten mühelos über Felsen, rannten über umgestürzte Bäume, sprangen stellenweise gar von Ast zu Ast.

Raymo war erstaunt, wie sicher Szuma sich bewegte, wie gut sie sich auskannte. Um mit ihr mitzuhalten, musste er sich auf sie verlassen, voll und ganz, sich auf sie konzentrieren, auf ihre Schritte, ihre Tritte. Dabei fiel es seinen Augen überhaupt nicht schwer, nicht von ihr abzulassen, von ihrer animalischen Grazie, ihrer wilden Schönheit. Er erinnerte sich an die Geschichten, die ihm seine Mutter als Kind erzählt hatte. Geschichten von einem Zauberland weit jenseits des Meeres – oder manchmal auch unter den immergrünen Hügeln Caldas, im Innern der Erde. Mutter hatte es damit nie so genau genommen. Aber immer war dieses Zauberland bevölkert von wilden und überirdisch schönen Wesen, die nur zum Teil menschlich waren und im Einklang lebten mit der ungezügelten Natur. Mutter hatte sie die *Ays Shee* genannt, das Feenvolk. Raymo fand es nicht schwer, sich vorzustellen, dass es Wesen wie Szuma waren, durch die diese Geschichten ins Leben gerufen worden waren.

Sie durchliefen schmale Täler und kletterten mit Hilfe von armdicken Schlingpflanzen steile Felsklippen empor. Nur hin und wieder machten sie kurz Rast an einem Bach oder einem kleinen Weiher, um etwas zu trinken. So auch jetzt. Dieses Mal öffnete Szuma den kleinen Beutel an ihrem Gürtel und holte daraus etwas hervor, das aussah wie gedörrte Pflaumen, nur kleiner.

Sie setzte sich auf einen großen, flachen Stein am Ufer des Weihers und streckte Raymo ihre offene Hand entgegen.

»Hier«, forderte sie ihn auf. »Iss zwei davon und trink gehörig Wasser dazu.«

»Was ist das?«, fragte Raymo und setzte sich neben sie.

»Crata Gyna«, sagte sie, als würde das alles erklären. Erst als sie sah, dass Raymo noch immer zögerte, fügte sie hinzu: »Die Frucht eines besonderen Busches. Sie wächst hier überall, das ganze Jahr. Auch in der Dunkelheit.«

»Auch in der Dunkelheit?«

Szuma nickte. »Genau deshalb sind die Männer aus Eisen hier, Raymo aus Calda. Deshalb versklaven sie unser Volk. Iss.«

Raymo nahm zwei der dunklen Beeren und steckte sich eine davon in den Mund. Sie war weniger süß als Pflaumen oder Rosinen und hatte außerdem auch eine salzige Note und eine gewisse Schärfe. Der Geschmack war schon so überwältigend, aber erst als er Szumas Aufforderung folgte und einen Schluck Wasser dazu nahm, entfaltete er sich zu seiner wahren Fülle. Raymo schloss genussvoll die Augen und stieß ein wohliges Seufzen aus. Er konnte sich nicht daran erinnern, jemals etwas derart Köstliches gegessen zu haben.

Als er die Augen wieder öffnete, sah er, dass Szuma lächelte. »Gut, nicht wahr?«

»Oooh ja«, sagte Raymo und aß auch die zweite Crata. »Mehr als gut! Aber hier scheint einiges trotz der Dunkelheit zu wachsen. Ich habe Blüten gesehen.«

»Ja, es wächst vieles«, sagte sie mit einem Achselzucken, so als wäre das das Normalste der Welt, »aber von allem ist nur die Crata Gyna für uns Menschen genießbar. Und sie wächst in großen Mengen auf unseren Feldern.« Sie aß ebenfalls eine.

Raymo sah ihr fasziniert dabei zu. Wie sich ihre weichen Lippen dabei bewegten, die Muskeln in ihren Kiefern. Wie sie mit der Hand Wasser schöpfte und mit spitzem Mund trank.

»Was ist?«, fragte sie, als sie seinen Blick bemerkte. Sie lächelte neugierig und zog eine Augenbraue nach oben.

Raymo lächelte zurück. »Nichts«, sagte er.

Ihr Lächeln wurde breiter, sie schluckte ihren Bissen und schmatzte zwei Mal leise mit den Lippen, ganz absichtlich, ihn dabei amüsiert fixierend. »Natürlich nicht«, sagte sie. Dann erhob sie sich. »Wir müssen weiter. Wir sind bald da.«

Noch etwa eine Stunde waren sie unterwegs und erreichten schließlich das Ende eines langen, steilen Hangs. Während Raymo von der Anstrengung des Aufstiegs schnaufte, war Szuma völlig entspannt. Sie machte ein Zeichen, sich neben sie hinter einen Busch zu kauern.

Sie streckte einen Arm nach vorne und teilte das Gestrüpp, so dass Raymo zwischen den Zweigen hindurchsehen konnte. Sein Blick fiel in einen steilen Talkessel.

Ein Krater von einem vom Himmel gefallenen Stern.

Er kannte solche Formationen aus Calda, aber eine so große hatte er noch nie gesehen. In die beinahe lotrecht abfallenden Wände des Kraters waren inmitten der wild wuchernden Pflanzen Gebäude errichtet worden, die sich an den Fels schmiegten wie die Nester von Seeschwalben. Diese Gebäude – zumeist zweistöckige Häuser mit flachem Dach und Terrassen – waren untereinander verbunden mit Stegen und Rampen aus Holz und auch mit hängenden Brücken. Aus dem Zentrum des Kraters weit unter ihnen ragte eine Pyramide acht oder neun terrassenförmige Stockwerke hoch empor. Auf allen vier Seiten lief eine lange und steile Treppe vom Boden der Urwaldstadt bis hinauf zu einem Gebilde aus Säulen, die ein flaches Dach trugen, auf dem aus grünem Feuerstein vier Statuen errichtet waren: ein Xanoya, eine Riesenschlange, ein großer, seltsamer Vogel mit gewaltigem Adlerschnabel, aber winzigen kükenähnlichen Flügeln, und ein ausladender Busch voller beerenartiger Früchte.

Raymo hielt vor Erstaunen den Atem an. Zumal Teile der Stadt verschwenderisch hell beleuchtet waren.

»Xeljasal. Das Dach der Himmel«, flüsterte Szuma. Raymo konnte den zärtlichen Stolz hören, mit dem sie den Namen in beiden Sprachen betonte. »Meine Stadt, mein Zuhause.« Sie stockte und musste trocken schlucken, ehe sie hinzufügte: »Vielmehr mein früheres Zuhause.«

»Was ist passiert?«

»Die Männer aus Eisen sind passiert«, antwortete sie. »Die ersten, die kamen, waren noch freundlich. Sie kamen mit einem einzigen kleinen, heruntergekommenen Schiff, ausgehungert und vor Durst schon fast tot. Ein Sturm hatte sie von ihrem Kurs abgebracht und sie hierher an unsere Küste geführt. Wir haben sie in ihrer Not mit offenen Armen willkommen geheißen, sie unter unseren Dächern wohnen und an unseren Tischen sitzen lassen. Wir haben ihnen Holz gegeben und ihnen dabei geholfen, ihr Schiff zu reparieren, damit sie nach Hause zurückfahren konnten. Dann aber, nach wenigen Monden, kamen sie wieder, nun gleich mit fünf Schiffen. Sie wollten Handel treiben, haben sie gesagt und uns fein gewebte Stoffe und Töpfe aus Metall angeboten, im Tausch gegen unsere getrockneten Crata Gyna und ein paar wertlose Steine, die beim Abbau unseres Feuersteins für die Herstellung von Waffen und Werkzeugen abfallen.«

Sie wischte mit der Hand über den Boden und kramte aus der feuchten Erde einen blau schimmernden Stein hervor, den sie Raymo geringschätzig hinhielt.

»Ein Saphir«, sagte Raymo verblüfft.

»Ja, so nennen ihn auch die Männer aus Eisen«, sagte Szuma und warf den Edelstein achtlos wieder weg. »Wir haben ihnen erlaubt, einen Handelsposten zu bauen. Kurz darauf bauten sie bereits einen zweiten weiter im Norden. Ohne unsere Erlaubnis. Und dann einen dritten. Da der Handel auch für uns ein einträglicher zu werden schien, haben wir sie gewähren lassen, aber ehe wir es uns versahen, waren aus den Handelsposten Festungen geworden und aus den fünf Schiffen zwanzig.«

»Lass mich raten«, sagte Raymo. »Schon bald haben sie für die Früchte und die Steine immer weniger geboten.«

Szuma nickte. »Inzwischen nehmen sie sich, was sie wollen, mit Gewalt und zwingen unsere Männer und Frauen und sogar die Kinder, für sie auf den Feldern und in den Bergwerken zu arbeiten.«

»Was lässt dich glauben, dass ich anders bin als sie?«

»Du hast Xanoya getötet.«

»Das haben sie in der Zeit, in der sie jetzt hier sind, bestimmt auch schon getan.«

»Keiner von ihnen jemals alleine und auch keiner von meinem Volk«, erwiderte sie. »Aus der Ferne und mit vielen Speeren und Pfeilen ja, aber nie mit nur einem Messer und einer Axt. Und nicht so schlau wie du. Den umgestürzten Baum zu benutzen, um Xanoya seine Schnelligkeit zu nehmen und die höhere Position zu gewinnen …«

Raymo las die Anerkennung der Kriegerin in ihrem Blick und auch hoffnungsvolle Zuversicht. Umso schwerer fiel es ihm, den Kopf zu schütteln. »Du hast auf dem Weg hierher von einer Prophezeiung gesprochen. Von dem Gotttöter, der dein Volk befreit …«

Sie legte ihm einen Finger auf die Lippen und lächelte. »Ich mag in deinen Augen eine Wilde sein, Raymo aus Calda …«

»Das habe ich nie gesagt«, wehrte er ab.

»Lass mich ausreden«, bat sie. »Was ich sagen will, ist: Ja, es gibt diese Prophezeiung, und ja, ich glaube an sie. Vielleicht aus tiefer Verzweiflung heraus. Erst das Dunkel der Welt, dann die Männer aus Eisen, da ist es nicht schwer, sich hilflos an eine Hoffnung zu klammern … an eine höhere Macht. Aber ich bin nicht naiv, Raymo. Ich will dir sagen, woher ich weiß, dass du uns helfen kannst. Weil du anders bist als sie. Ich folge dir und deinen Männern, seit ihr an Land gekommen seid. Ich habe gesehen, wie du sie zu ihrem eigenen Schutz daran gehindert hast, Nal'La anzugreifen.«

»Nal'La?«

»Die große Schlange mit den Federn am Kopf«, erklärte Szuma. »Sie ist ebenfalls eine unserer Gottheiten. Dann habe ich beobachtet, wie du die Wasserstelle hast sichern lassen. Ebenfalls zur Sicherheit deiner Männer. Anschließend, als ihr von Xanoya angegriffen wurdet, warst du bereit, dein Leben zu opfern für einen deiner Kameraden. All das habe ich schon vor deinem Kampf mit Xanoya gesehen, Raymo aus Calda. Lange bevor ich mich dir gezeigt habe. Und gerade eben hast du etwas getan, was kein Mann aus Eisen jemals getan hätte.«

»Was denn?«, fragte Raymo.

»Nachdem ich dir den Stein, den Saphir gezeigt und ihn wieder weggeworfen habe, hast du ihn einfach liegen lassen. Das heißt, auch wenn du so gut wie nichts über mich weißt, weiß ich doch schon so vieles über dich: Du bist klug und achtest auf deine Leute, du bist sogar bereit, dich für sie zu opfern, behältst selbst in größter Gefahr einen klaren Kopf, und du bist nicht gierig.«

»Und ich habe deine Brust nicht angefasst«, sagte Raymo feixend. »Das zählt doch bestimmt auch etwas, oder?«

Eben noch völlig ernst, musste Szuma lachen. »Ganz im Gegenteil«, sagte sie mit einem Lächeln, das ihre weißen Zähne aufblitzen ließ. »Das ist das Einzige, was mich vielleicht doch noch skeptisch macht, dass du der Auserwählte bist.«

»Ich kann das nachholen.« Raymo grinste.

Ihr Lachen wurde zu einem verführerischen Zwinkern. »Du kannst davon träumen, Raymo aus Calda.«

»Oh, das werde ich, Szuma aus Xeljasal«, versicherte er ihr. »Das werde ich ganz bestimmt!« Dann aber deutete er auf die Stadt im Krater. »Eins verstehe ich nicht. Wie kann ein Volk, das dazu in der Lage ist, eine so gewaltige Stadt zu errichten, sich von einigen wenigen Milaresen in die Knie zwingen lassen? Und wie konntet ihr sie überhaupt erst bauen? Mit Werkzeugen aus Feuerstein sicher nicht.«

»Was du siehst, sind nur noch Schatten der Vergangenheit«, antwortete Szuma wehmütig. »Xeljasal ist alt. Uralt. Man sagt, älter sogar als die Zeit selbst. Niemand weiß heute mehr, wer sie ursprünglich einmal errichtet hat. Eine der vielen Legenden besagt, ein Seevolk vom anderen Ende der Welt habe sie erbaut und dem Land die Zivilisation gebracht. Als die Männer aus Eisen kamen, waren sogar einige meines Volkes der Ansicht, sie wären die Erben dieser Gründer und unter anderem deswegen so freundlich zu ihnen. Manche denken sogar jetzt noch, die Männer aus Eisen seien die Nachkommen von Göttern. Unsinn! Wären sie hier gelandet, als unsere Kultur noch in Blüte stand …«

»Was ist passiert?«

Szuma zuckte mit den Schultern. »Man weiß es nicht. Es liegt schon viele Jahrhunderte zurück. Davor hatte allein Xeljasal mehrere zehntausend Bewohner …«

»Zehntausend?«

Sie nickte. »Mehrere zehntausend«, betonte sie noch einmal. »Und sie war nur eine der vielen Städte eines jahrtausendealten Reiches. Der Name des Reiches war Xbal'Nahpu, was so viel heißt wie ›von der Sonne bis zum Mond‹, weil es sich von dieser Küste erstreckte bis hin zum Meer auf der anderen Seite unserer Welt.«

»Wie weit ist es bis dahin?«

»Die Reise zu Fuß würde mehrere Monde dauern«, antwortete sie. »Manche sagen, es gab schreckliche Kriege, andere sprechen von einer Revolution, bei der die herrschende Klasse gestürzt wurde. Wieder andere glauben, es gab eine Krankheit, und andere erzählen, dass es schon einmal einen Weltendonner gab, dem außer der Dunkelheit eine große und lang anhaltende Dürre folgte. Schau genau hin«, sagte sie und zeigte auf die Stadt, »dann siehst du, dass es zwar viele Gebäude, aber sehr viel weniger Brücken und Stege gibt. Wir bewohnen nur noch wenige, winzige Teile der ursprünglichen Stadt, weil wir selbst nur noch wenige sind. Deshalb sind wir den Männern aus Eisen ausgeliefert. Deshalb brauchen wir deine Hilfe und die deiner Kameraden.«

»Ich kann dich verstehen, Szuma«, sagte er. »Wirklich. Aber ich bin nicht den ganzen weiten Weg hierhergekommen, um schon wieder kämpfen zu müssen. Ich …«

»Ich weiß«, unterbrach sie ihn. »Das hast du vorhin schon einmal gesagt, wenn auch mit anderen Worten. Aber die Freiheit, die du suchst … das neue Leben, das du dir hier in meinem Land erhoffst … du wirst dafür kämpfen *müssen*. So wie mein Volk hätte kämpfen müssen. Die Männer aus Eisen lassen dir keine andere Wahl. Es werden von Mond zu Mond mehr von ihnen. Es kommen immer mehr Schiffe. Sie werden sich hier ausbreiten wie die Heuschrecken. Sie sind eine Plage. Aus drei Festungen werden fünf, dann zehn. Sie werden unsere Städte besetzen und für sich selbst neu aufbauen. Auch wenn du dich mit deinen Leuten weit ins Landesinnere zurückziehst und dort versteckst, irgendwann in nicht allzu ferner Zukunft werden sie euch auch dort finden. Du weißt, dass es so kommen wird.«

Raymo musste kein Prophet sein, um zu erkennen, dass die Vision, die Szuma von der Zukunft malte, sich bewahrheiten würde. Die zunehmende Hungersnot in der alten Welt würde immer mehr Menschen nach Kutera treiben, wo es mit der Crata Gyna eine Frucht gab, die selbst trotz der ewigen Dunkelheit wuchs und die nicht nur Menschen, sondern auch Jagdwild ernährte.

»Jetzt können wir noch etwas dagegen tun, Raymo aus Calda«, sagte Szuma drängend und legte die Hand auf seinen Arm. »Hilf uns, sie abzuwehren, ehe es zu spät ist.«

»Ich verstehe nicht, wozu ihr meine Hilfe braucht, Szuma. Was kann ich tun, was ihr nicht selbst tun könnt?«

»Soweit ich das sehe, eine ganze Menge«, antwortete sie. »Zum einen kennst du die Männer aus Eisen und weißt, wie sie denken und kämpfen ...«

»Das wisst ihr ganz bestimmt inzwischen auch.«

Ihr Gesicht verfinsterte sich. »Wir wissen, wie man durch ihre Hand stirbt. Nicht, wie man sich gegen sie wehrt. Die wenigen Versuche, ihnen die Stirn zu bieten, wurden im Keim erstickt. Unsere Völker und Stämme haben verlernt, wie man kämpft.«

»Wie das?«

»Oh, früher, als Xbal'Nahpu noch ein mächtiges Reich war – vor seinem Zerfall –, gab es viele Kriege. Die Bilder in unseren Tempeln erzählen davon. Es waren große, schreckliche Kriege. Wie ich schon sagte, manche glauben, dass es diese Kriege waren und nicht Krankheiten oder Dürre, die unsere Kultur und den Großteil unseres Volkes vernichtet haben. Wie auch immer, seit damals sind wir nur noch wenige ... in einem weiten Land, in dem es Raum gibt für alle und Nahrung im Überfluss, selbst jetzt in der ewigen Dunkelheit. Deswegen haben wir verlernt zu kämpfen, weil es keinen Grund mehr dafür gab.«

»Aber du bist Kriegerin …«

»Eine von wenigen«, sagte sie. »Jede Stadt hat ein paar. Um die Felder gegen Diebe und Wild zu bewachen und um herumstreunende Räuberbanden in Schach zu halten.«

Sie zog das kurze, aber breite Schwert aus der Scheide an ihrem Gürtel. Die Klinge war aus poliertem grünem Feuerstein wie die Spitze ihres Speers. »Unsere Waffen waren stets gut genug dafür, aber gegen die Männer aus Eisen taugen sie nicht das Geringste. Sie zersplittern an ihren Rüstungen. Du und deine Kameraden aber, ihr könnt uns lehren, wie man wirkungsvollere Waffen herstellt und wie man mit ihnen kämpft.«

Raymo nickte. »Ja, das könnten wir.«

»Und dann ist da noch die Prophezeiung.«

Raymo schnaubte abwertend. »Der Gotttöter, der euer Volk von der Unterdrückung befreit …«

»Sie mag für dich ohne Belang sein«, sagte sie, »aber sie könnte noch sehr viel entscheidender sein als die Information über unseren gemeinsamen Feind und die Herstellung von Waffen. Entscheidender vielleicht sogar als das Wissen, wie man Schlachten schlägt.«

»Wie könnte eine uralte Prophezeiung …?«

»Warum, denkst du, halten wir uns hier oben außerhalb der Stadt versteckt?«, fragte sie, ihn unterbrechend.

»Keine Ahnung«, gab er zu.

»Weil die meisten Menschen in Xeljasal längst alle Hoffnung aufgegeben haben«, sagte sie. »Und weil sie selbst sie aufgegeben haben, machen sie sich und anderen vor, die Ankunft der Männer aus Eisen sei ein Segen und kein Fluch. Sie arbeiten bereitwillig für sie und spionieren sogar für sie, weil es ihnen dadurch ein klein wenig besser geht als den anderen. Sie würden uns auf der Stelle ausliefern.«

Raymo kannte solche Überläufer nur zu gut aus seinem früheren Leben im Hochland Caldas unter twyddyanischer Besatzung. Caldäer, die ihre Heimat verkauft hatten für ein klein wenig Profit. Sein Vater hatte immer gesagt, dass Twyddyn bei der Eroberung Caldas bei all seiner Brutalität keine wirkliche Chance gehabt hätte ohne diese Verräter.

»Wir müssen sie zurückgewinnen, diese Überläufer«, fuhr Szuma fort. »Das können wir aber nur, indem wir ihnen die Hoffnung wiedergeben. Mit Hilfe der Prophezeiung. Doch dafür müssen wir zunächst alle anderen, die wie ich gegen die Männer aus Eisen stehen, einen. Ebenfalls mit der Prophezeiung. Du siehst also, wie wichtig sie ist, ganz gleich ob du an sie glaubst oder nicht.«

Raymo sah sie lange an, sah ihre Wildheit und ihre Leidenschaft, ihre Heimat nicht kampflos aufzugeben. Eine Leidenschaft, die er als Caldäer nur zu gut nachvollziehen konnte. Außerdem sah er im Blick ihrer fast schwarzen Augen Hoffnung. Hoffnung, die sie seinetwegen schöpfte.

Was würde aus dieser Hoffnung werden, wenn er ihre Bitte um Hilfe ablehnte? Würde sie weiterbrennen, oder würde Szuma aufgeben? Und was, wenn sie aufgab?

Raymo malte sich aus, was die Milaresen mit einer Frau wie ihr anstellen würden … vielleicht gerade mit Dutzenden ihrer Schwestern anstellten in ihren Palisadenfestungen, auf ihren Schiffen.

Das gab den Ausschlag. »In Ordnung«, sagte er. »Bring mich zu eurem Anführer.«

Szumas Gesicht hellte sich auf, wurde zu einem strahlenden Lächeln, und Raymo spürte plötzlich, dass er allein für dieses Lächeln durchs Feuer gehen würde. Das war ein gutes Gefühl – und zugleich eine schreckliche Vorahnung.

Der heimliche Weg in das Innere des Kraters führte über seine steilste Seite nach unten. Hier waren keine der zahlreichen in die Klippe gebauten Häuser und Hütten mehr bewohnt. Jetzt aus der Nähe sah Raymo, wie zerfallen sie waren. Bei den meisten waren die aus Balken, Lehm und Stroh bestehenden Flachdächer eingebrochen; die Rampen, Stege und Brücken zwischen ihnen waren vermodert und verrottet. Das Klettern war so anstrengend wie gefährlich, und an nicht wenigen Stellen mussten er und Szuma sich mit aus Pflanzenranken gedrehten Seilen behelfen, die sie in Verstecken fanden, die Szuma und die wenigen, die diesen Weg kannten, extra dafür angelegt hatten.

Nach über einer Stunde Abstieg sah Raymo, dass sie noch nicht einmal ein Drittel der gesamten Strecke zurückgelegt hatten. Szuma fand einen kleinen Fleck ebener Fläche, setzte sich und holte ein paar der getrockneten Crata Gyna aus dem Beutel an ihrem Gürtel. Sie reichte die Hälfte davon Raymo, und sie aßen schweigend, tranken dabei immer wieder aus Szumas Feldflasche Wasser in kleinen Schlucken. Raymo blickte in den Krater hinunter. Im Licht der Pilze, Fackeln und Feuer sah er sie jetzt sehr viel deutlicher als vorhin durch das Gestrüpp hindurch. Natürlich konnte er das nicht mit Gewissheit sagen, weil er Dunuum nie wie jetzt Xeljasal von oben gesehen hatte, aber er hatte das sichere Gefühl, dass die Stadt im Krater um einiges größer war als die Hauptstadt Twyddyns. Die Vorstellung, dass sie einmal vor vielen Jahrhunderten bis in den kleinsten Winkel bewohnt war, zu einer Zeit, in der Raymos Vorfahren gerade einmal in Hütten wohnten und Dunuum nicht sehr viel mehr war als ein größeres Dorf am Fluss, erfüllte ihn mit Ehrfurcht … und mit einer tiefen Melancholie. Xeljasal war der lebende oder vielmehr sterbende Beweis dafür, dass selbst Großartiges früher oder später dem Verfall anheimging.

Er wollte verflucht sein, wenn die Milaresen auch noch den letzten Rest davon für immer vom Gesicht der Erde tilgten.

»Irgendwann musst du mir von dieser Stadt erzählen«, sagte er leise.

»Das werde ich, Raymo aus Calda.«

Sie leerten die Feldflasche und kletterten weiter. Zwei ganze Stunden, an deren Ende Raymo Krämpfe in den Armen hatte und in den Fingerspitzen. Szuma führte sie an einen halb zerfallenen und beinahe vollständig mit Ranken zugewachsenen Brunnen, an dem sie tranken und Szuma ihre Feldflasche auffüllte.

»Du wartest hier«, sagte sie. »Wir dürfen nicht riskieren, dass du entdeckt wirst. Ich bin bald mit meinem Vater zurück.«

»Dein Vater?«

»Ja, Trimanu, der Häuptling von Xeljasal.« Ohne ein weiteres Wort war sie im Dickicht verschwunden. Raymo blieb nichts anderes übrig, als zu warten. Er suchte sich in der Nähe des Brunnens im dunklen Winkel einer eingestürzten Mauer ein Plätzchen mit weichem Boden, legte sich hin und streckte die Beine aus. Es roch ein wenig streng, aber das Liegen war eine Wohltat nach der anstrengenden Kletterpartie, und gleich darauf war er eingeschlafen.

Er erwachte mit Szumas flüsternder Stimme im Ohr – und einer zweiten, die von weiter weg geringschätzig grollte: »Das also soll der prophezeite Befreier sein? Jemand, der nicht einmal merkt, dass er sich in einem Haufen Rattenköttel zum Schlafen legt?«

Raymo war sofort hellwach, sprang auf, um sich den Dreck von den Klamotten zu klopfen, und rammte dabei mit dem Schädel voll gegen einen alten niedrigen Balken. Er stieß einen unterdrückten Fluch aus.

»Besonders helle scheint er mir nicht zu sein, dein Auserwählter«, sagte die fremde Stimme. »Und auch nicht gerade geschickt. Wie sicher bist du dir, Tochter, dass du mit eigenen Augen gesehen hast, dass er Xanoya getötet hat?«

»Vater!«, begehrte Szuma mit trotzigem Unterton auf.

Raymo drehte sich zu dem Mann um. Häuptling Trimanu war noch einmal zwei Köpfe größer als seine Tochter und somit auch größer als Raymo. Raymo hatte sich ihn älter vorgestellt. Seine Haut war etwas dunkler als die Szumas, aber auch er hatte die auffälligen Zeichnungen auf dem nur von einem Lendenschurz bedeckten Körper. Sein langes, glattes Haar war schwarz wie Pech und statt mit Perlen und Federn mit kleinen, feinen Knochenarbeiten geschmückt. Er musterte Raymo ebenso wie der ihn von Kopf bis Fuß. Seine Mundwinkel waren nach unten gezogen. Etwas an ihm erinnerte Raymo an seinen eigenen Vater.

»Setzen wir uns«, sagte der Häuptling und deutete auf einen Platz weiter weg von dem Winkel, in dem Raymo geschlafen hatte.

»Häuptling …«, begann Raymo.

»Trimanu«, sagte der Mann, ehe Raymo weitersprechen konnte. »Ich bin schon lange nicht mehr der Häuptling unseres Stammes, auch wenn Szuma sich weigert, das zu akzeptieren. Mein Bruder Oxla ist den Männern aus Eisen gefügiger. Er ist jetzt Häuptling.«

»Unser Stamm wählt den Häuptling«, sagte Szuma, und da war er wieder, der tochterhafte Trotz. »Nicht die Männer aus Eisen.«

»Die alten Regeln und Gesetze sind ebenso tot und leer wie die Häuser um dich herum«, sagte Trimanu leise.

»Schon bald werden sie wieder in Kraft treten«, erwiderte Szuma, »wenn wir die Fremden vertrieben haben mit der Hilfe von Raymo aus Calda und seinen Kameraden.«

Trimanu senkte den Blick und schüttelte müde den Kopf. »Die Welt hat sich verändert, Szuma, und Vergangenes bleibt vergangen.«

Raymo hatte in Calda in der Zeit vor dem Weltendonner ähnliche Stimmen gehört, ähnliche Blicke gesehen; Männer und Frauen, die sich schweren Herzens mit der Besatzung durch Twyddyn abgefunden hatten – wie seine eigene Mutter. Er wusste sofort, was Szuma sich offenbar nicht eingestehen wollte: Ihr Vater hatte aufgegeben. Er glaubte weder an die Prophezeiung noch daran, dass den Männern aus Eisen die Stirn zu bieten war.

»Vater«, sagte sie, »wenn wir erst einmal …«

»Szuma«, unterbrach Raymo sie. Er wusste, was jetzt kommen würde; auch das kannte er aus Calda. Sie würde leidenschaftlich predigen, dass ihr Volk für seine Freiheit kämpfen solle, ihr Vater würde dagegenhalten, wie viele Menschen dafür sterben müssten und dass das Opfer zu groß sei; sie würde erwidern, dass kein Preis zu hoch sei für die Freiheit, und er würde all ihre Hoffnung zerstören, indem er ihr sagen würde, dass es Freiheit nicht gibt und dass, auch wenn es ihnen gelänge, die Männer aus Eisen zu besiegen, neue kämen und so weiter, und so weiter, und so weiter. Er wollte ihr diese Enttäuschung ersparen, jetzt, da sie so sicher war, den prophezeiten Befreier gefunden zu haben. Vor allem aber wollte er ihr ersparen, dass aus der Enttäuschung Hass wurde; Hass auf den eigenen Vater. »Wenn du erlaubst, würde ich gerne mit deinem Vater alleine reden.«

Szuma sah ihn verdutzt an.

»Bitte«, sagte er. Auch Trimanu nickte bedächtig.

Szumas Blick wechselte noch einmal misstrauisch zwischen den beiden Männern hin und her. Zögernd erhob sie sich und ging davon.

In Trimanus Blick auf Raymo lag jetzt Respekt, wenn auch nur ein Funke.

»Du hast zugelassen, dass sie Ausschau nach dem Befreier hält, damit sie ihren Lebenswillen nicht verliert.«

Trimanu sagte kein Wort.

»Du warst dir sicher«, fuhr Raymo fort, »sie würde ihn niemals finden, aber sie würde wenigstens im Innern frei sein, solange sie nach ihm sucht. Doch jetzt hat sie ihn gefunden.«

»Du glaubst, du bist wirklich der Befreier?«

»Bin ich der Mann aus der Prophezeiung? Ich glaube nicht an Prophezeiungen. Aber was ich glaube, spielt auch keine Rolle. Wichtig ist, was Szuma glaubt.«

»Ich werde dir nicht dabei helfen, Leute meines Volks zu Hunderten in den Tod zu schicken.«

»Ich weiß«, sagte Raymo. »Aber deiner Tochter werden wir sagen, dass ich es war, der deine Hilfe ausgeschlagen hat.«

»Du willst also auch nicht gegen die Männer aus Eisen kämpfen.«

»Ganz im Gegenteil«, erwiderte Raymo. »Szuma hat mich überzeugt, dass ich gar keine andere Wahl habe. Aber was die Unterstützung durch dein Volk betrifft, werde ich ihr sagen, dass ich und meine Leute keine Zeit haben, euch erst im Kampf zu trainieren und Waffen für euch herzustellen. Dass ihr uns nur im Weg wärt. Und das wäre nicht einmal gelogen, denn ich ziehe nicht mit Männern in den Kampf, die keine Hoffnung in sich tragen und bereit sind, sich mit der Unterdrückung abzufinden.«

»Ich verstehe nicht«, gab Trimanu zu, und Raymo sah ihm an, dass er ihn mit seiner letzten Bemerkung getroffen hatte. »Du gibst dich der Hoffnung hin, die Männer aus Eisen mit der Besatzung eines einzigen Schiffes zu besiegen? Das ist Wahnsinn.«

»Natürlich wäre das Wahnsinn, wenn das mein Plan wäre, Trimanu. Aber das ist nicht mein Plan. Ich werde Folgendes tun: Ich werde mit meinen Leuten die schwächste der milaresischen Befestigungen angreifen. Wir werden entweder gewinnen oder verlieren. In jedem Fall habt ihr keine Repressalien durch sie zu befürchten, weil es Männer aus Twyddyn waren, die Männer aus Milara angegriffen haben. Ihr hattet nichts damit zu tun. Wenn wir verlieren, Pech. Aber wenn wir gewinnen, wirst du deine Leute mit Leichtigkeit davon überzeugen können, dass ich tatsächlich der Mann aus der Prophezeiung bin. Der Gotttöter, der Befreier. Dann wird die Hoffnung in ihnen aufflammen. Berechtigte Hoffnung. Wir können sie mit den Waffen ausrüsten, die wir bei unserem ersten Sieg erbeuten, und die eroberte Befestigung als unseren eigenen Stützpunkt nutzen.«

Die Skepsis in Trimanus Blick wich echtem Interesse.

»Meine Männer und ich tragen das volle Risiko«, sagte Raymo. »Alles, was du tun musst, sind zwei Dinge: Erstens Augen und Ohren offen halten und bereit sein, so viele deiner Leute wie möglich für unsere Sache zu gewinnen, wenn die Zeit gekommen ist. Denn dann muss es schnell gehen. Wir müssen die zweite und die dritte Festung einnehmen, ehe die Milaresen genügend Zeit haben, zu reagieren. Und wir müssen ihre Schiffe zerstören, damit sie nicht in die Heimat zurück können, um Hilfe zu holen. Außerdem muss jedes neue Schiff, das hier ankommt, zerstört werden, bis sie keine mehr schicken.«

Trimanu nickte anerkennend. »Und die zweite Sache?«

»Das könnte schwierig werden«, sagte Raymo. »Ich brauche Tran. Sehr viel Tran.«

Plötzlich lächelte Trimanu. »Ich hätte da etwas sehr viel Besseres.«

LIZIA

Miluru – Quulunuurugh

Nicht auszudenken, dass ich dich all die Jahre wie Dreck behandelt habe.« Mayra und Javri, die einzige ihrer einstmals drei Hofdamen, die sie von Cassias Hain hierher in das milaresische Kastell von Arl ak Sokay mitgebracht hatte, packten Mayras Habseligkeiten in Säcke und Truhen, um die Suite für Lizia zu räumen.

»Nicht auszudenken, dass du *jeden* all die Jahre wie Dreck behandelt hast«, erwiderte Lizia. Flankiert von zwei Soldaten des Generals wartete sie im Eingang des vorderen Raumes darauf, ihre neuen Gemächer beziehen zu können.

»Das ist die Aufgabe einer künftigen Königin«, erklärte Mayra altklug. »Wenn sie herrschen will, muss sie lernen, wie man unterdrückt.« Sie faltete eines ihrer Kleider, als hätte es ihre Verachtung verdient, dafür, dass sie ihre Habseligkeiten selbst packen musste.

»Ich glaube nicht, dass es die Aufgabe einer Königin ist, zu unterdrücken«, sagte Lizia. »Aber wie es aussieht, muss dich das ja jetzt nicht mehr kümmern.«

»Und ich bin so froh darüber, Cousine!« Mayra winkte affektiert mit beiden Händchen ab. »Ich kann dir gar nicht sagen, wie froh! Endlich ruht all die Last nicht mehr auf meinen viel zu kleinen Schultern, und ich kann endlich sein, wer ich wirklich bin.«

»Wer bist du denn wirklich, Mayra?«

»Ich? Schau mich doch an, Liziana. Ich bin ein Kind. Ein kleines Mädchen. Ich will malen und tanzen und Ball spielen, Kuchen essen mit meinen Freundinnen und über die neueste Mode an den Höfen Twyddyns und Milaras klatschen, ohne mir andauernd Sorgen darüber machen zu müssen, wer mir wohl als Nächstes nach dem Leben trachtet. Das darfst von jetzt ab ja du übernehmen.«

Lizia schaute in Mayras Augen, die so viel älter schienen als das Mädchen selbst und in denen sich nicht ein Quäntchen der sprudelnden Leichtfertigkeit finden ließ, die die kleine Cousine gerade an den Tag legte. »Ist das eine Drohung, Mayra?«

»Eine Drohung? Oh nein, nicht doch!«, wehrte Mayra ab. »Lediglich ein gut gemeinter Rat, Liziana: Pass auf dich auf, denn von nun an ist dein Leben in ständiger Gefahr.«

»Als ob es vorher frei davon gewesen wäre«, sagte Lizia. »Wenigstens wird jetzt niemand mehr versuchen, mich zu vergewaltigen. Und schon gar nicht vor Publikum.«

»Ich wollte doch nur die Dienerschaft bei Laune halten.«

»Eben wolltest du sie noch unterdrücken.«

»Zuckerbrot und Peitsche. Die Mischung macht's. Aber das lernst du schon noch. Ebenso wie du lernst, dass ak Sokay dich nur benutzt, um selbst an die Macht zu kommen.«

»Das muss ich nicht erst noch lernen«, sagte Lizia. »Das ist kein Geheimnis, sondern Teil unserer Vereinbarung. Wir werden sogar heiraten, sobald ich auf dem Thron sitze.«

Das war das erste Mal, dass Lizia Mayra sprachlos erlebte. Das Mädchen stand da wie vom Donner gerührt. Erst nach einem langen Moment fand sie die Sprache wieder: »Du kannst unsere Blutlinie nicht mit diesem Emporkömmling verderben. Seine Brut auf dem Thron Twyddyns? Das ist völlig inakzeptabel! Fyngar ak Aésbrunn, unser Großvater, würde sich im Grab umdrehen! Hunderte von Jahren hat unsere Familie seit ihrer Flucht aus der Normark unter den früheren Herrschern Twyddyns gedient und gedarbt, ehe Macht und Titel schließlich die unseren waren. Dorfadel, Landadel, freier Adel, Hochadel – das ist der lange und steinige Weg, den man zuvor zu gehen hat! Generationen von Intrigen, Attentaten, geheimen Bündnissen, Revolten und offenen Bürgerkriegen, bis der Vater deines Vaters und meiner Mutter der Tyrannei durch die degenerierten ak Meru ein für alle Mal ein Ende bereitet hat. Und jetzt soll ak Sokay, der Sohn eines heireannianischen Seeräubers, gerade einmal eine Generation nach der Erhebung seines Vaters in den Adel König werden?«

»Wenn ich recht informiert bin, hat sein Vater unserem Großvater überhaupt erst auf den Thron geholfen.«

»Und hat dafür Ländereien und Güter erhalten. Ein gerechtfertigter Preis. Aber die Königswürde? Wenn der alte Adel das erfährt, werden sie über ak Sokay herfallen wie Wölfe über einen räudigen Hund, und ganz genau so werden sie ihn auch in Stücke reißen. Und du als seine Frau … du wirst dich zurücksehnen nach einer Zeit, in der das schlimmste Schicksal, das auf dich wartete, eine Vergewaltigung war.«

RAYMO

Kutera – Zane Arkeens Flaggschiff

Du bist irre, Caldäer!« Lambes lachte so hart, dass er beinahe mit dem Stuhl nach hinten auf den Boden der Kabine des Commodore gekippt wäre. Raymo sah deutlich, dass er damit zu überspielen versuchte, was er wirklich von dem Plan hielt.

»Nur dass ich das richtig verstehe«, sagte Zane Arkeen und schenkte Raymo den zweiten Becher voll mit milaresischem Brandy. »Wenn wir mit unseren Leuten die erste Festung der Milaresen einnehmen, kommen uns die Einheimischen für die anderen beiden Garnisonen und die Patrouillenschiffe zu Hilfe?«

»So ist es verabredet«, bestätigte Raymo.

Zane Arkeen verzog das Gesicht. »Gefällt mir nicht. Gefällt mir ganz und gar nicht. Was, wenn sie uns nicht zu Hilfe kommen, die erste Attacke schiefläuft und sich dann die Milaresen von gleich allen drei Forts mit vereinter Infanterie und insgesamt sechs Patrouillenschiffen auf die Jagd nach uns machen?«

»Ich fürchte, das ist ein Risiko, das wir wohl eingehen müssen«, sagte Raymo.

»Wieso?«, fragte der Commodore mit ungläubigem Kopfschütteln. »Wieso müssen wir das eingehen? Wir können auch einfach noch ein paar Tage weiter nach Süden segeln und uns dort einen Platz suchen, an dem wir uns niederlassen können.«

»Könnten wir«, gab Raymo zu. »Aber es wäre nur eine vorübergehende Lösung. Irgendwann in nicht allzu ferner Zukunft wimmelt es hier nur so von Milaresen, und wir werden wieder fliehen müssen. Dann doch lieber ein für alle Mal dafür sorgen, dass wir uns hier in Ruhe und Frieden niederlassen können.«

»Das bringt mich zu dem zweiten Punkt, warum mir die Sache nicht gefällt«, sagte Zane Arkeen. »Nehmen wir einmal an, wir besiegen die Milaresen mit Hilfe der Einheimischen vollständig. Was hindert die hiesige Bevölkerung dann daran, uns in den Rücken zu fallen? Schließlich sind auch wir Fremde.«

»Guter Punkt«, sagte Lambes.

»Nichts hindert sie daran«, antwortete Raymo unberührt. »Auch das ist ein Risiko, das wir einfach eingehen müssen. Die Chancen, dass sie uns hier unten akzeptieren, sind wesentlich größer, wenn wir ihnen helfen, das milaresische Joch abzuwerfen. Wenn nicht, müssen wir uns künftig nicht nur vor den Milaresen in Acht nehmen, sondern auch vor den einheimischen Überläufern, die uns bei der nächstbesten Gelegenheit an die Milaresen verraten würden.«

»Verdammt«, sagte Lambes. »Es sieht ganz so aus, als gäbe es zu deinem verrückten Plan nicht eine einzige Alternative.«

»So sehe ich das«, bestätigte Raymo lakonisch.

»Moment! Nicht so schnell!«, wandte Zane Arkeen ein. »Sagen wir also, wir haben gar keine andere Wahl als den Kampf. Wir haben nur ein Schiff, und selbst bei der kleinsten, der südlichsten Milaragarnison patrouillieren zwei ihrer riesigen Galeeren. Wir haben schon gegen eine davon fast den Kürzeren gezogen.«

»Aber dabei haben wir eine wertvolle Lektion gelernt«, sagte Raymo und holte mit spitzen Fingern eine kleine rotbraune Tonflasche aus der Tasche an seinem Gürtel hervor.

»Was ist das?«, fragte Zane Arkeen.

»Ein Geschenk von Trimanu«, sagte Raymo, stellte die Flasche auf den Tisch, nahm die kupferne Waschschüssel des Commodore und füllte sie aus der Karaffe mit klarem Wasser. »Vielmehr eine kleine Kostprobe davon.«

Raymo zog den Korken von der Flasche und kippte aus ihr eine dunkle, leicht zähe Flüssigkeit in die Schüssel. Sie verteilte sich schnell auf der Wasseroberfläche.

Er nahm einen Holzspan, entzündete ihn an der nächsten Kerze und hielt die Flamme dicht über die fremdartige Flüssigkeit. Es dauerte ein wenig, aber dann plötzlich fing sie Feuer, fast schon explosionsartig. Gleich darauf brannte die ganze Wasserfläche.

»Hexenwerk!«, fluchte Lambes und sprang aus seinem Stuhl hoch, um zwei schnelle Schritte weg vom Tisch an die Wand zu machen, um so viel Entfernung wie in der Kabine nur möglich zwischen sich und das Feuer zu bringen.

Zane Arkeen pfiff anerkennend durch die Zähne, trat näher an den Tisch heran, beugte sich darüber und nahm die Flammen in Augenschein. »Was, bei allen Göttern, ist das, Caldäer?«

»Die Einheimischen nennen es Xalli«, antwortete Raymo. »Es ist so etwas wie eine Mischung aus unserem Fischtran und dem Pech, das wir aus Holz gewinnen. Und man soll es nicht für möglich halten, aber den Rohstoff dafür gewinnen sie aus völlig frei zugänglichen Teichen, die es hier überall zu geben scheint. Den destillieren sie, damit es leichter und heller brennt. Sie haben Unmengen davon. Sie beleuchten ihre ganze Stadt damit. Und Trimanu stellt uns ausreichend davon zur Verfügung.«

»Wie viel ist ausreichend?«, fragte Zane Arkeen.

»So viel wir wollen«, sagte Raymo.

»Wenn das stimmt, schalten wir ihre Galeeren im Handumdrehen aus«, erkannte Zane Arkeen.

»Und nehmen anschließend die Festung vom Schiff und vom Land aus in die Zange«, ergänzte Raymo mit einem Nicken. »Mit dem Xalli können wir sogar einen Teil der Palisaden niederbrennen. Gerade genug, um die Bastion zu stürmen.«

Lambes starrte noch immer auf die Flammen in der Schüssel. »Aber nicht zu viel, so dass wir sie danach schnell wieder aufbauen und als Basis für uns sichern können.«

»Männer«, sagte der Commodore zuversichtlich, »es sieht ganz so aus, als hätten wir einen Plan.« Er hob seinen Becher.

Auch Raymo hob den Becher. »Wenn er gelingt, haben wir ein Zuhause und unsere Freiheit.«

Lambes trat zu ihnen und stieß mit ihnen an. »Und nie wieder Hunger!«

Raymo und Zane Arkeen echoten: »Nie wieder Hunger!«

»Ich werde mit euch kämpfen, Raymo aus Calda.« Szuma hatte in der Nähe des Ufers hinter dem Waldrand auf ihn gewartet.

»Nein, das wirst du nicht«, entgegnete Raymo. »Die Milaresen dürfen nicht den leisesten Verdacht schöpfen, dass euer Volk etwas mit unserem Angriff zu tun hat. Falls wir versagen, wäre ihre Rache an euch fürchterlich.«

»Wir werden nicht versagen.«

»Dein Vertrauen in die Prophezeiung in allen Ehren ...«

»Es ist nicht die Prophezeiung, in die ich mein Vertrauen setze«, sagte sie, ehe er weitersprechen konnte. Ihre raue Stimme wurde zu einem wütenden Knurren. »Du bist es.«

»Dann vertraue auch meiner Entscheidung und halte dich aus dem direkten Kampf heraus. Uns ist sehr viel mehr damit geholfen, wenn du die Lieferung des Xalli überwachst und deinem Vater im entscheidenden Moment dabei hilfst, eure Leute zu unserer Verstärkung zu einen.«

Szumas Blick war trotzig, und Raymo sah an der Bewegung ihrer Kiefer, dass sie widersprechen wollte.

»Es ist ganz einfach, Szuma«, sagte er. »Wenn du mir nicht versprechen willst, dich aus dem Kampf herauszuhalten, werde ich ihn erst gar nicht beginnen. Und das ist mein letztes Wort in der Sache.«

Ihre Haltung entspannte sich, und sie senkte den Blick. »Das ist ungerecht. Ich könnte es nicht ertragen, wenn dir etwas passiert ... wenn du dein Leben verlierst, nur weil du es für uns riskierst ...«

Raymo trat an sie heran, legte ihr die Hand unters Kinn und hob ihr Gesicht wieder an. »Ich riskiere mein Leben nicht nur für euch, das weißt du. Sollte ich es verlieren, liegt die Schuld daran alleine bei mir. Solltest du das deine verlieren, wäre das ebenfalls meine Schuld, und das könnte *ich* nicht ertragen.«

»Die Schuld?«

»Deinen Tod.«

Ihr Blick war ruhiger geworden, nicht aber ihr Atmen. Raymo sah, dass ihre Nasenflügel sacht zu beben begonnen hatten, und fühlte an seinen Fingern, dass sie ganz leicht zitterte.

»Jetzt darfst du sie anfassen.« Ihre Stimme war leise, brüchig. Auch in ihr ein leises Zittern. Ihr Gesicht kam Raymos langsam näher. »Jetzt ist sogar der perfekte Moment dafür, Raymo aus Calda. Vielleicht der einzige, der uns bleibt.«

Raymos Hand rutschte von ihrem Kinn nach unten, aber nicht weiter als bis zu ihrem Hals. Er legte seine Finger darum. Sie drückte ihre Kehle in seine Handfläche. Ihre Haut war warm, und unter den Fingerspitzen fühlte er das Pochen ihres Blutes. Es wurde schneller. Die Wimpern ihrer dunklen Augen flatterten ganz leicht, und Raymo sah, wie sich ihre Lippen erwartungsvoll ein ganz kleines Stück öffneten.

Mit einem langsamen Schritt trat er so dicht an sie heran, dass ihre Körper sich gegeneinanderpressten. Ihre festen Brüste und deren kleiner werdende Spitzen durch den dünnen Stoff seines Hemds zu spüren, war überwältigend. Und noch immer berührten sich ihre Lippen nicht. Er atmete von ihrem Atem und sie von dem seinen. Seine Hand an ihrer Kehle packte fester, entlockte Szuma ein für ihre Stimme ungewohnt hohes Seufzen. Raymo fühlte, wie sie ihre Hände zwischen ihrer beider Körper brachte, um die Schnürung an seinem Hemd aufzureißen und gleich darauf ihre Brust an seine nackte Haut zu drücken. Seine freie Hand fasste um sie herum, packte ihre Taille. Szuma zitterte jetzt am ganzen Leib, und ihr immer schneller gehender Atem wurde fahrig. Nicht aber die Finger, mit denen sie ihm das Hemd von den Schultern strich, um gleich darauf nach unten zu wandern und seine Hose aufzunesteln.

Ihr Lendenschurz kostete ihn nur einen kräftigen Ruck mit der Faust.

Leder, Stoff und Waffen fielen zu Boden. Erst jetzt hielt keiner der beiden es länger aus. Raymos Mund fand den ihren. Sie hieß ihn hungrig willkommen. An dem Kuss vorbei atmete er Szumas berauschenden Duft und die Hitze, die ihre Haut verströmte. Er packte sie und hob sie in die Höhe, drückte sie mit dem Rücken an die Rinde des dicken Baumstammes hinter ihr. Sie stieß ein heiseres Keuchen aus und schlang ihre langen Schenkel um seine Hüften. Ihre Fingernägel gruben sich in seine Schulter und seinen Nacken.

Natur und Leben nahmen ihren Lauf …

ASH

Gutney – Havarfjord

Vom Ufer her schienen ihnen gespenstische Feuer entgegen. Sie tauchten, was von den gewaltigen Türmen, den steil aufragenden Mauern und einstmals stolzen Brücken der Festung der Hafenstadt Havarfjord und der darunter am Hang und auf der Küstenebene liegenden Häuser noch übrig war, in einen tanzenden Reigen aus rotgoldenem Licht und tiefschwarzen Schatten. Die Feuer waren überall; kleine und große. Ash fragte sich, wieso die Stadt nach all der Zeit überhaupt noch brennen konnte, doch dann bemerkte er, dass die meisten der lodernden Flammenzungen aus dem Boden selbst kamen. Die einzige Erklärung dafür war: Der Vulkan im Innern der Insel war immer noch aktiv. Was da brannte, musste Lava sein. Stellenweise schien sie sogar bis in die Türme nach oben zu steigen und über die Reste der Brücken zu fließen.

Im unheimlichen Licht dieser geisterhaft lebendigen Feuer entdeckte Ash rechts von der Stadt, die früher einmal an Größe und Pracht Aésfjord in der Normark in nichts nachgestanden hatte, seltsame Gebilde. Eine große Menge davon. Von Weitem sahen sie aus wie Statuen, die über das gesamte Ufer verteilt waren.

Ein riesiger, weitläufiger Garten voller Skulpturen aus dunkelgrauem Lavagestein.

Erst als sein Schiff näher herankam, erkannte Ash vom Bug aus, dass es Menschen waren. Hunderte von Menschen. Aber ebenso leblos wie Statuen. Sie waren mitten in ihren Bewegungen erstarrt. Die meisten von ihnen rennend, auf der Flucht. Viele am Boden liegend. Einige von ihnen hatten sich im Versuch zu schützen über andere geworfen. Nicht wenige aber waren auf den Knien, die Hände flehend erhoben im verzweifelten Gebet – zu Göttern, die am Tag des Weltendonners mit ihnen gestorben waren. Eingeholt von heißer, klebriger Lavaasche und in ihr für die Ewigkeit bewahrt.

Ash versuchte, sich diesen grauenhaften Moment, in dem sie alle – Männer, Frauen, Kinder, arm und reich, stark und schwach – auf einmal hier an diesem Strand und im Hafen daneben gestorben waren, nicht vorzustellen – und versagte kümmerlich. Er sah sie vor seinem geistigen Auge, die Panik in ihren Blicken; ja, er konnte sogar ihre flehenden Schreie hören; wie sie den letzten, davonfahrenden Schiffen zuriefen, umzudrehen und sie mitzunehmen – oder wenigstens die Kinder …

Ash zwang seinen tränenfeuchten Blick weg vom Ufer in die Höhe und an der brennenden Stadt vorbei.

Der Berg am Horizont war in der Mitte gesprengt. Die Rauchsäule, die aus dem Krater hervor in den Himmel quoll, war fast eine Meile breit und verteilte sich am oberen Ende in ein Meer aus schwarzen Wolken. Am unteren Ende war sie erfüllt von rötlich schimmerndem Licht und gekränzt von wild spuckenden Fontänen flüssigen Feuers. Luft und See bebten im unaufhörlichen Grollen des Vulkans.

»Wir haben unser Ziel erreicht.« Þóra stand neben Ash, den vor Verklärung lodernden Blick auf den Feuerberg gerichtet. »Hier werden wir die Mission Gottes erfüllen.«

Ash schaute zurück. »Über die Hälfte unserer Flotte ist auf der Strecke geblieben.« Die Erinnerung daran, wie sie auf der Überfahrt in den Stürmen ein Schiff nach dem andern verloren hatten, griff wie eine Faust aus Eis um sein Herz.

»Wir sind hier«, sagte Þóra, »das ist alles, was zählt.«

»Ist es das?« Ash klang nicht so sicher.

»Ja, das ist es«, sagte der Gott in seinem Kopf. »Um die Aufgabe, die vor euch liegt, zu erfüllen, ersetzt du die verlorenen Seewölfe mit all jenen, die hier auf Gutney festsitzen, seit das letzte Schiff die hiesigen Ufer verlassen hat. Da, sieh nur, sie kommen sogar schon freiwillig.«

Ash sah sie. Zuerst ein paar, dann Dutzende. Sie kamen zwischen den Häusern und Feuern der in Schutt liegenden Hafenstadt hervor und über die schwarzgrauen Dünen hinweg, und sie strömten den heranfahrenden Schiffen entgegen wie die Motten dem Licht.

Sie waren ausgemergelt, dem Hungertod nah. Sie winkten, krächzten aus rauen Kehlen um Hilfe. Ash sah, dass viele von ihnen vor Freude in Tränen ausbrachen.

»Sieh nur, wie sie uns willkommen heißen«, sagte Þóra. »Wie sie dich willkommen heißen, Ash, ihren Erlöser!«

Was ist die Aufgabe?, fragte Ash stumm den Gott in seinem Kopf.

»Noch ein wenig Geduld, mein Sohn. Du wirst schon sehen. Gib den Schiffen Befehl, zu landen und meine neuen Anhänger zu versorgen. Sie müssen wieder zu Kräften kommen, um mir zu dienen.«

LIZIA

Das Meer aus Licht. Lizia schwebte darin.

Sie wusste, dass es ein Traum sein musste. Ein Traum, den sie schon einmal geträumt hatte; damals in ihrer Bewusstlosigkeit, nachdem Raymo sie aus dem See gefischt hatte. Daher wusste sie jetzt auch, dass sie keine Angst davor haben brauchte, die Augen zu öffnen. Als sie es tat, war sie wieder in dem hell erleuchteten Tempel. Hallenhohe Fenster aus an den Rändern buntem Glas, voller Motive von Menschen, Tieren, Pflanzen und Fabelwesen. Gewaltige, mit Ranken beschnitzte Säulen und verzierte Kreuzbögen an der Decke. Und da war auch wieder diese überwältigend majestätische und zugleich so zärtliche Musik, die bis in den Kern des Herzens drang und ihre Augen mit Tränen füllte.

Trotz der Tränen lächelte Lizia vor Vorfreude, denn sie wusste, dass sie gleich Arme spüren würde; Arme, in denen sie lag. Die Arme der wunderschönen Frau mit dem wallend roten Haar und der Krone aus Gold und Juwelen. Die Frau, von der Lizia inzwischen wusste, dass es ihre Mutter war: Königin Ala.

»Willkommen, kleine Liziana!«

Lizia erwiderte das Lächeln, wollte »Mutter« sagen, aber mehr als das Krähen eines Säuglings brachte sie auch diesmal nicht über die Lippen. Doch im Blick der Mutter erkannte sie, sie verstand auch so, und ihr Lächeln wurde noch strahlender. Es war, als würde alle Helligkeit in der Tempelhalle von ihr ausgehen.

Lizia wandte den Kopf, und wie erwartet stand dort der Mann. Der König. Ihr Vater.

Qwntynn ak Aésbrunn. Qwntynn ak Twyddyn.

Sein Gesicht war noch ernster als in Lizias erstem Traum, und noch etwas war anders: die Krone auf seinem Kopf. Die beiden Drachen, die im Kampf miteinander verschlungen waren. Der eine schwarz, der andere silber. Sie bewegten sich tatsächlich, und der schwarze gewann mehr und mehr die Oberhand, umschlang den silbernen immer fester, drückte ihm mit dem Maul die Kehle zu.

Lizia sah, wie sich der Silberne vor Schmerzen wand und kringelte, dabei mit jedem Herzschlag immer schwächer wurde, und plötzlich spürte sie, dass auch sie keine Luft mehr bekam. Vergeblich rang sie nach Atem, doch ihre Kehle war wie zugeschnürt.

Das Licht im Tempel begann zu flackern und immer mehr an Kraft abzunehmen. Mit jedem Flackern wurde es dunkler, und die Vision von ihren Eltern wurde schwächer, das Gesicht ihrer Mutter zuerst sorgenvoll, gleich darauf panisch.

»Wach auf, Liziana!«, sagte ihr Vater. Seine Stimme war so tief und so kraftvoll, wie sie es sich vorgestellt hatte. Doch Lizia wollte nicht aufwachen, sie wollte bei ihren Eltern bleiben. Für immer.

»Du musst jetzt aufwachen, Liziana!«, drängte ihr Vater noch einmal. Lauter nun. »Sonst wirst du sterben.«

»Wenn ich sterbe, kann ich bei euch bleiben«, dachte Lizia, ohne es aussprechen zu können.

»Du kannst nicht bei uns bleiben«, sagte ihre Mutter, die sie scheinbar trotzdem irgendwie gehört hatte. »Noch nicht. Du hast noch so vieles zu tun … dein Schicksal zu erfüllen.«

»Mein Schicksal?«

Die Mutter nickte.

»Unser Land retten«, fügte ihr Vater hinzu. »Die Welt. Das Licht. Wach auf, Liziana!«

Mit einem Mal spürte Lizia, dass ihre Kehle nicht von selbst wie zugeschnürt war. Sie spürte Hände, Finger, die sich in das Fleisch ihrer Kehle gruben. Etwas oder jemand hockte auf ihr und würgte sie!

Sie schlug die Augen auf.

Es war Javri! Im Licht der Kerzen auf der Kommode neben dem Bett erkannte Lizia das Gesicht der Hofdame Mayras. Es war verzerrt von der Anstrengung, mit der sie Lizia würgte. Die tanzenden Flammen spiegelten sich in ihren vor Mordlust dunklen Augen.

Lizia bäumte sich sofort instinktiv zu einer hohen Brücke auf, um sie abzuwerfen, doch obwohl Javri klein und knabenhaft war, gelang es ihr nicht. Javri saß zu fest, und Lizia war durch den Verlust an Atemluft bereits zu geschwächt.

Panisch sah Lizia sich um. Der Leuchter mit den Kerzen! Fahrig griff sie in seine Richtung, erwischte ihn jedoch falsch und stieß ihn um. Die Kerzen fielen zu Boden und erloschen. Das einzige Licht im Raum kam jetzt von der ersterbenden Glut im Kamin.

Lizias Finger tasteten hastig weiter, fanden den Fuß des umgekippten Leuchters. Noch einmal rutschte er weg und auch noch ein drittes Mal. Aber dann, gerade als es vor Lizias Augen in dunkler werdendem Rot zu flackern begann, erwischte sie ihn mit den Spitzen ihrer Finger, zog ihn näher, bekam ihn zu fassen, packte ihn. Unter Aufbietung ihrer letzten Kräfte holte sie aus und schlug zu.

Ein Arm des Leuchters erwischte Javri am Jochbein, der Kerzendorn riss der jungen Angreiferin das linke Auge aus dem Sockel. Javri schrie auf und hielt die Hände vor das blutverschmierte Gesicht.

Mit einem lauten Japsen holte Lizia Luft. Ihr war schwindlig, und ihr Körper wollte ihr kaum noch gehorchen. Sie schlug ein zweites Mal zu, und wieder schrie Javri auf, jetzt aber vor rasender Wut. Sie krallte wieder nach Lizia.

Lizia warf sich herum. Der Schwung schleuderte Javri von ihr herunter und vom Bett. Lizia rollte hinter ihr her, spürte, wie sie mit dem Knie in der Bauchgrube Javris landete.

Lizia merkte, dass sie noch immer den Kerzenleuchter in der Hand hielt. Sie schlug im Dunkeln zu. Einmal, zweimal, dreimal. Javris Schreie wurden schwächer, gurgelnder; die Treffer zunehmend nasser, klatschender und zugleich knirschend, als würde man ein Frühstücksei aufschlagen, nur sehr viel lauter.

Lizia konnte nicht aufhören, zuzuschlagen. Der Sturm aus Angst und Wut riss sie mit sich, und selbst als der Körper unter ihr aufgehört hatte, sich zu winden und zu zucken, schlug sie weiter, bis sie keine Kraft mehr im Arm hatte.

Sie spürte, dass jemand sie von hinten packte, wollte herumwirbeln und trotz der Kraftlosigkeit noch einmal zuschlagen. Doch die Hände, die sie gefasst hatten, waren zu stark. Der Kerzenleuchter wurde ihr aus den Fingern gerissen und zur Seite geworfen, sie selbst nach oben gezogen und auf die Füße gestellt. Sie trat zu. Ihr nackter Fuß machte schmerzvoll Kontakt mit hartem Metall.

»Beruhigt Euch, Hoheit!« Es war die Stimme von Arl ak Sokay. Gleich darauf wurde es zunehmend heller im Raum. Zwei Wachen mit Fackeln stürmten herein. Lizia konnte die zornige Besorgnis im Gesicht des Generals lesen, als er den Männern befahl: »Entzündet die Kerzen und das Feuer im Kamin!«

Er wandte sich wieder Lizia zu. Sein von Sorge erfüllter Blick fiel forschend auf ihren blutverschmierten Arm. »Seid Ihr verletzt?«

Lizia schüttelte den Kopf und rieb sich die Kehle. »Das ist nicht mein Blut«, krächzte sie heiser. »Mir tut nur der Hals weh.«

Der Arl eilte zum Tisch, füllte Wasser aus einem Krug in einen Becher. Während er zurückkam, schaute Lizia auf den Boden zu ihren Füßen. Im um sie herum immer stärker werdenden Licht sah sie, was von Javri übrig war. Ihr Kopf war eine nicht mehr zu erkennende Masse aus Schädelknochen, Hirn, Haar und Blut.

»Wer war das?«, fragte Arl ak Sokay und reichte ihr den Becher.

»Javri«, sagte Lizia und trank. Große Schlucke. »Die Hofdame meiner Cousine Mayra.« Noch immer konnte sie die krallenden Hände an ihrem Hals fühlen. Die blanke Wut kochte in ihr, angefacht durch den Schock und die Angst. »Ich will Mayras K…«

»Nein«, unterbrach Arl ak Sokay sie. »Mayra und ihr Vater bleiben am Leben.«

Lizia machte einen Schritt zurück, weg von ak Sokay. »Ich verstehe. Sie dürfen nicht sterben, damit Euch immer eine Alternative bleibt. Falls mir etwas zustoßen sollte … oder ich mich als zu widerspenstig erweise oder unseren Vertrag missachte.«

Er nickte und betrachtete sie vollkommen emotionslos. »So sind nun einmal die Regeln des Spiels, kleine Königin. Aber ich kann Euch bei meiner Ehre versichern: Ich werde dafür sorgen, dass die beiden Euch nicht mehr schaden können, und außerdem von jetzt ab immer zwei Wachen vor der Tür zu Euren Gemächern aufstellen. Vier weitere, die Euch im Wechsel als Leibwache überallhin begleiten. Solange Ihr Euch meinem Schutz anvertraut, werdet Ihr künftig sicher sein. Das schwöre ich!«

Lizia war sich nicht im Klaren darüber, ob sie sich dadurch nun besser oder noch mehr wie eine Gefangene fühlte.

Arl ak Sokay verneigte sich knapp, machte auf dem Absatz kehrt und verließ eilig die Suite, während seine beiden Soldaten sich daranmachten, Javris Leiche wegzuschaffen.

Kurz darauf kamen zwei Dienerinnen mit Bottichen voll heißem Wasser und Lauge herbeigewuselt, um die Sauerei wegzuschrubben. Die blutbefleckte Bettwäsche kam in den brennenden Kamin, und sie tauschten sogar die Matratzen aus.

Noch während sie bei der Arbeit waren, hörte Lizia Lärm vom Burghof heraufdringen.

Sie trat ans Fenster und schaute nach unten. Sie sah, wie ein Dutzend von General ak Sokays Männern Arl ak Wards früheren Hauptmann Rykk Lormant und seine beiden Söhne Gek und Aiosh in den Hof zerrten. Die drei waren nur spärlich bekleidet; offenbar hatte man sie aus dem Schlaf gerissen.

»Was hat das zu bedeuten?«, rief Rykk Lormant aufgebracht. »Wir haben Arl ak Sokay die Treue geschworen!«

Keiner der Männer des Generals reagierte darauf. Sie fesselten die Lormants mit den Armen nach oben an drei aufrecht stehende Balken und knebelten sie.

Arl ak Sokay betrat ebenfalls den Hof, gefolgt von vier Wachen, die Arl ak Ward und Mayra in ihrer Mitte führten.

»Soeben wurde ein heimtückisches Attentat auf Königin Liziana verübt«, proklamierte Arl ak Sokay, so dass es für alle zu hören war. Er wandte sich an ak Wards Tochter. »Und ich muss Euch enttäuschen, Lady Mayra: Es ist fehlgeschlagen. Königin Liziana lebt noch und ist wohlauf.«

»Ich habe nichts damit zu tun«, behauptete Mayra hoch erhobenen Hauptes, aber selbst von ihrem Fenster im zweiten Stock aus konnte Lizia sehen, dass ihre Cousine log.

Ihr Vater stellte sich schützend vor sie. »Sie ist ein Kind, ak Sokay. Ihr glaubt doch nicht allen Ernstes, dass sie dazu in der Lage wäre, einen Meuchelmord in Auftrag zu geben …«

»Es war ihre Hofdame Javri«, unterbrach der General ihn, »die versucht hat, die Königin zu erwürgen. Ich frage mich, wieso sie kein Messer benutzt hat. Vermutlich sollte es wie ein Unfall aussehen. Und wer hätte von einem solchen Unfall wohl profitiert? Niemand anderes als Ihr und Eure Tochter.«

»Dann beschuldigt mich«, sagte Arl ak Ward. »Richtet mich. Nicht meine Tochter.«

»Wahrhaft nobel von Euch, aber keiner von Euch beiden wird heute Nacht gerichtet«, sagte der General. »Ihr seid zu wertvoll.« Nach einer kleinen Pause fügte er hinzu: »Zumindest seid Ihr das zurzeit noch. Aber ich warne Euch: Sollte auch nur noch einmal irgendjemand versuchen, Königin Liziana etwas anzutun, werde ich Euch beide zuallererst zur Rechenschaft ziehen, ganz gleich ob Ihr dann dahintersteckt oder nicht. Und ich will, dass Ihr wisst, was dann mit Euch geschehen wird. Seht her, was mein Vater N'Gus mich über den Umgang mit Verrätern gelehrt hat.«

Er zog ein Messer und trat zu Rykk Lormant. Er riss ihm das dünne Hemd auf, setzte die Spitze der Klinge unterhalb des Brustkorbs an und stach zu. Allerdings nicht sehr tief, vielleicht gerade zwei Fingerbreit. Dann begann er, vorsichtig und gewissenhaft zu schneiden.

Trotz des Knebels in seinem Mund schrie der ehemalige Hauptmann so laut, dass es von den Burghofwänden widerhallte. Seine Söhne rissen in wütender Verzweiflung an ihren Stricken, aber die saßen zu fest.

Als General ak Sokay mit der Länge des Schnitts zufrieden war, wischte er das blutige Messer am Hemd des immer noch Schreienden ab.

»Ihr müsst verstehen, Hauptmann«, sagte er, »dass ich nach den Ereignissen dieser Nacht keinem Mitglied des Haushaltes ak Ward mehr trauen kann, auch wenn Ihr mir Eure Treue geschworen habt. Das Risiko will ich nicht eingehen.« Er führte die Fingerspitzen seiner rechten Hand an den Schnitt unterhalb der Brust, und mit einem Ruck stieß er die ganze Hand hinein, mit der Handfläche nach oben. Der Hauptmann schrie jetzt noch lauter. Ak Sokay aber suchte Mayras Blick. Sie schaute zu Boden.

»Seht her, Lady Mayra!«, befahl der General und bedeutete einem seiner Soldaten mit einem Nicken, sie dazu zu zwingen. Der Soldat fasste den Kopf des Mädchens mit beiden Händen und richtete ihren Blick auf ak Sokay und den Hauptmann, der noch immer bei vollem Bewusstsein war, aber jetzt nicht mehr schrie. Stattdessen gab er ein seltsames, fast schweineähnliches Quieken von sich, das Lizia als noch sehr viel schlimmer empfand als die Schreie. Erst als der General sicher war, dass Mayra auch zuschaute, machte er mit der Hand, die in der Brust des

Hauptmanns steckte, eine Bewegung … und riss sie dann mit einem harten Ruck wieder heraus. In seiner Faust hielt er das Herz. Aus den Adern und den beiden Lungenflügeln, die noch daran hingen, lief das Blut auf den Boden zu seinen Füßen. Der Hauptmann bäumte sich auf vor Schmerzen, stieß noch ein paar äußerst fremdartige Laute aus, während Blut auch aus seinem Mund und dem Loch im Bauch floss, und sackte dann zappelnd in seinen Fesseln zusammen.

Lizia kannte sich gut genug mit dem Schlachten aus, um zu wissen, dass er noch eine ganze Weile zappeln würde, ehe der letzte Lebensfunke erloschen war.

»Lady Mayra«, sagte Arl ak Sokay, während er zu ihr trat und ihr das Herz vors Gesicht hielt. »Wenn Ihr das nächste Mal daran denkt, meiner Königin etwas anzutun, dann stellt Euch vor, das hier wäre das Eure. Hier, haltet es! Mit beiden Händen!«

Lizias Beine zitterten, und Übelkeit stieg in ihr auf. Sie trat vom Fenster zurück und wankte zum Tisch. Dort nahm sie den Krug und trank das Wasser direkt daraus. Doch es war zu spät. Ehe sie schlucken konnte, musste sie sich schon übergeben. Eine der beiden Dienerinnen kam zu ihr geeilt und stützte sie. Die andere begann sogleich zu wischen.

Aus dem Hof kamen jetzt erneut Schreie. Lizia wusste nicht, ob von Gek oder von Aiosh. Sie versuchte, Genugtuung zu empfinden. Aber da war nur Mitgefühl … und Grauen.

RAYMO

Kutera

Sie hatten Stränge von Seetang und Algen vom Strand gesammelt und auf ein altes Fischernetz geknüpft. Jetzt benutzten Raymo und Lambes es als Tarnung und trieben darunter im Wasser in der Nähe der milaresischen Befestigung, um sie auszukundschaften.

»Ich weiß nicht, was schlimmer stinkt«, beschwerte sich Lambes. »Der verfaulte Tang oder die vergammelten Fischreste im Netz.«

»Ich würde sagen, *du* stinkst schlimmer«, meinte Raymo mit einem Grinsen. »War allerhöchste Zeit für ein Bad.«

Der Palisadenstützpunkt war wie alle drei, die sie auf ihrer Fahrt hierher in den Süden gesehen hatten, auf die Spitze einer Landzunge gebaut, so dass er vom Wasser her durch die milaresischen Galeeren auf einfache Weise erreicht und verteidigt werden konnte und ein Angriff vom Land her nur über einen recht schmalen und vom Tor aus leicht unter Beschuss zu nehmenden Pfad stattfinden konnte.

Die Anlage war in einem geringfügig schiefen Rechteck gebaut. Jede der vier Ecken bestand aus einem Turm mit Plattform und Zinnen für die Bogenschützen und Speerkatapulte. Das Tor zum Land hin war noch einmal mit zwei gesonderten Türmen gesichert, so auch das Tor zur See, von dem aus ein breiter Steg aufs Wasser hinaus führte. Von jeder Ecke bis zur nächsten war ein zehn bis zwölf Fuß hoher Palisadenzaun errichtet; Stamm an Stamm, oben zugespitzt. Von ihrem Tarnversteck im Wasser aus konnte man es nicht sehen, aber Raymo wusste, dass hinter jedem der Zäune in der oberen Hälfte ein Wehrgang verlief.

»Das wird eine harte Nuss«, stellte Lambes das Offensichtliche fest.

Raymo nickte. »Aber noch schwerer wird es, die beiden Patrouillenschiffe auszuschalten. Sie rudern immer in entgegengesetzter Richtung. Wir müssen sie an dem Punkt erwischen, an dem sich ihre Wege kreuzen.«

Lambes verzog das vernarbte Gesicht zu einem finsteren Lächeln und zwinkerte mit seinem verbliebenen Auge. »Na ja, wenn es einfach wäre, würde man es wohl auch nicht Festung nennen.«

Sie blieben so lange im Wasser, bis sie das Kreuzen der Galeeren drei Mal beobachtet hatten, dann schwammen sie langsam in einem weiten Bogen zum Ufer zurück, wo sie im Schutz einiger großer Felsen zurück an Land kletterten.

»Sie kreuzen sich jedes Mal an derselben Stelle«, sagte Raymo. »Mit Absicht, um ihren Takt und ihre Routen einzuhalten. Dort müssen wir zuschlagen.«

»Hast du schon einen Plan, wie wir das anstellen wollen, ohne dass sie uns kommen sehen?«

»Ja. Das wirst du übernehmen. Zusammen mit zwei Dutzend unserer besten Schwimmer.«

»Und der Angriff vom Land her?«

»Die Festung zu knacken, wird ein Kinderspiel«, sagte Raymo. »Haarig wird es, wenn wir drin sind.«

Sie schlichen sich in gebückter Haltung über den Strand bis zum Uferwald, wo sie Decken zum Abtrocknen, ihre Kleidung und Waffen versteckt hatten. Nachdem sie ein paar der Crata Gyna gegessen hatten, um sich zu stärken, schlugen sie im Schutz der Bäume und Sträucher den Weg nach Süden ein, um sich nach etwas mehr als einer Stunde Fußmarsch am vereinbarten Punkt mit Zane Arkeen, Szuma und Trimanu zu treffen.

Raymo berichtete, was sie beobachtet hatten.

»Dir ist klar, dass keiner der Milaresen entkommen darf«, sagte Zane Arkeen.

»Ja«, sagte Raymo. »Die anderen beiden Forts dürfen nicht gewarnt werden.«

»Und wir sind zu wenige, um Gefangene zu bewachen.« Zane Arkeen musste nicht auch noch hinzufügen, was das bedeutete.

Raymo nickte grimmig.

»Ich würde anbieten, sie durch meine Leute bewachen zu lassen«, schaltete sich Trimanu ein. »Aber zu viele unter ihnen sind den Männern aus Eisen freundlich gesonnen.«

»Das Risiko ist zu groß«, sagte Szuma. Raymo las in ihren Augen, dass auch sie damit kämpfte, zu akzeptieren, was getan werden musste.

»Dann ist es entschieden«, schloss Raymo. »Nicht ein einziger Milarese darf überleben.«

»Moment«, wandte Lambes ein.

»Du weißt, dass wir keine andere Wahl haben«, fiel Raymo ihm ins Wort, ehe er weiterreden konnte.

»Ja, das weiß ich«, sagte Lambes. »Was ich sagen will, ist: Wie verhindern wir, dass welche von Trimanus Volk, die den Milaresen gerne dienen, die anderen beiden Festungen warnen?«

»Darum werde ich mich kümmern«, sagte Szuma.

»Zusammen mit mir«, fügte Trimanu hinzu.

»Gut«, sagte Raymo. »Nun zum Xalli. Wir brauchen mindestens einhundert Ziegenlederschläuche davon.«

»Die sind noch heute Nacht fertig«, versprach Trimanu.

Die Vorbereitungen waren getroffen und sämtliche Einheiten mit der Strategie vertraut gemacht worden. Raymo zog sich mit Szuma in die Tiefe des Waldes zurück. Sie liebten sich, als gäbe es kein Morgen. Leidenschaftlich und wild, zärtlich und innig. Mit ihren Körpern sagten sie alles, was noch gesagt werden musste; alles, was sie einander gesagt hätten, wenn sie sich schon ein Leben lang gekannt hätten. Und zugleich versprachen sie ohne Worte, dass es noch so viel gab, das sie sich zu sagen haben würden, wenn es doch ein Morgen gäbe … eine Zukunft.

Danach lag Szuma schwer atmend in Raymos Armen. Sie legte ihm die warme Hand auf die breite Brust. »Nun schlaf, Raymo aus Calda.«

»Ich will nicht schlafen«, sagte er leise und streichelte ihr weiches Haar. »Ich will dich betrachten die ganze Nacht.«

Sie lächelte. »Du brauchst morgen deine Kräfte.«

»Aus deinem Anblick trinke ich so viel mehr Kraft, als ich es aus Schlaf jemals könnte.«

Sie wollte etwas entgegnen, sah Raymo, aber stattdessen bebten ihre Lippen nur, und ihre großen dunklen Augen wurden feucht.

»Nicht weinen, Szuma«, flüsterte er und küsste zärtlich ihre Stirn. »Alles wird gut.«

»Das sind keine Tränen der Angst oder der Trauer, Raymo aus Calda«, sprach sie leise gegen seine Haut und umklammerte ihn mit aller Kraft. »Alles ist bereits gut.«

Es war so weit. Lambes und seine Schwimmer waren im Wasser. Jeder der zwei Dutzend Männer schwamm unter einem Tarnnetz aus Seetang und Algen und führte drei an Stricken verbundene Ziegenlederschläuche voller Xalli mit sich. Dadurch, dass sie auf der Oberfläche trieben, waren sie leicht zu handhaben, aber wegen der Netze kamen die Schwimmer nur langsam voran.

Sie schwammen mit der Strömung, damit es von der Festung und von den Patrouillenschiffen im Schutz des Halbdunkels aus so aussah, als würde ein kleiner harmloser Algenteppich über das Wasser treiben. Ihr Ziel war der Punkt, an dem sich die Wege der beiden milaresischen Galeeren kreuzen würden.

Zane Arkeen stand am Bug seines Flaggschiffes und blickte ungeduldig gen Norden. Er durfte seine Mannschaft nicht in Bewegung setzen, ehe er von dort den Schein der Feuer sah. Für das Krähennest hatte er seine beiden zuverlässigsten Seemänner ausgesucht, damit sie ihm sofort Bescheid gaben, wenn es so weit war. Alle Mann waren auf ihren Posten, alle Waffen und Rüstungen überprüft.

Doch die Zeit schien still zu stehen.

Wie Lambes war auch Raymo mit einigen Schwimmern im Wasser, jedoch nahe bei der Festung, an der Seite der Landzunge. Im Schutz der Dunkelheit brachten sie die restlichen zwei Dutzend Schläuche mit dem Xalli zu den beiden Wachtürmen an den Seiten des Tores und leerten ihren Inhalt am Fuß der geschälten Holzstämme aus.

Dann schwammen sie zurück und schlichen sich in den Wald, zu der Hundertschaft Infanterie, die Zane Arkeen unter Raymos Befehl gestellt hatte. Sie mussten auf Lambes warten.

»Der Landweg nach Norden ist von einem Trupp mir treu Ergebener gesichert«, teilte Trimanu seiner Tochter mit, die von der Hügelspitze aus nervös in Richtung Küste schaute. »Auch die Trampelpfade sind besetzt.«

»Haben sie den Befehl, nur die allernötigste Gewalt einzusetzen, um die Überläufer am Verrat zu hindern, wie wir es besprochen haben?«

Trimanu räusperte sich. »Für den Fall, dass Raymo aus Calda siegt, ja.«

Szuma wandte sich irritiert zu ihrem Vater um. »Wie meinst du das?«

»Wenn er unterliegt …«

»Er wird nicht unterliegen, Vater!«

»Wenn er unterliegt, wissen die Überläufer, die wir aufhalten mussten, dass wir gemeinsame Sache mit ihm gemacht haben. Sie würden uns im Nachhinein an die Männer aus Eisen verraten. Das darf nicht geschehen.«

»Sie sind unser eigenes Volk.«

»Vielleicht werden sie es wieder sein«, entgegnete er, »wenn sie neue Hoffnung schöpfen. Im Moment sind sie unsere Feinde, genau wie die Männer aus Eisen. Wenn Raymo verliert, müssen sie sterben.«

Szuma blickte zurück zur Küste. »Dann mache ich mir keine Sorgen um sie.« Die Lüge war mehr für sie selbst gedacht als für den Vater.

Lambes und seine Männer hatten ihr Ziel erreicht. Von Norden und von Süden kommend, waren die beiden Patrouillenschiffe der Milaresen noch je dreihundert Schritt entfernt. Gleich würden sie an den Punkt kommen, von dem aus es zu spät wäre, noch den Kurs zu ändern.

»Macht den Teppich klar und verschwindet«, befahl Lambes seinen Männern. Sie trieben in einem Kreis von gut hundert Schritt Durchmesser. Wie verabredet, schnitt jetzt jeder von ihnen nur einen seiner je drei Schläuche auf. Das Xalli verteilte sich auf der Wasseroberfläche. Die noch unversehrten Säcke und die jetzt getränkten Tarnnetze trieben darin.

»So, seht zu, dass ihr verschwindet«, sagte Lambes.

Die Männer schwammen zum Land zurück und in einem Bogen um die Festung, der weit genug war, dass sie von dort aus nicht mit Pfeilen beschossen werden konnten. Dass sie vielleicht entdeckt würden, spielte jetzt keine Rolle mehr.

Lambes war allein zurückgeblieben. Neben einem seiner Schläuche schwamm ein großes Bündel. Es war in ein xalligetränktes Tuch eingeschlagen, um es wasserdicht zu machen. Lambes durchschnitt die Schnur, mit der das Tuch verzurrt war, mit seinem Dolch und wickelte es vorsichtig aus. Im Innern des Bündels befand sich ein hölzernes Kistchen auf einem Brett. Auch das Holz der Schatulle war sorgfältig mit Xalli imprägniert und der Deckel noch einmal zusätzlich rundum mit Wachs versiegelt. Lambes entfernte das Wachs mit der Spitze seiner Klinge und klappte den Deckel auf.

In der kleinen Kiste lagen zwei Feuersteine und knochentrockener Zunder.

Lambes wartete, bis er völlig sicher war, dass die beiden Schiffe endlich nah genug waren. Dann musste alles ganz schnell gehen. Er hob die beiden Feuersteine über den Zunder und schlug zu.

Raymo sah aus der Deckung des Waldes heraus an der Festung vorüber auf das Meer, wo er die dunklen Schemen der milaresischen Galeeren aufeinander zu fahren sah.

»Jetzt!«, flüsterte er zu sich selbst. Drängend. Ungeduldig. »Verdammt, Lambes, worauf wartest du?«

Raymos Männer waren bereit zum Angriff. Aber sie konnten nichts tun, solange Lambes seinen Auftrag noch nicht erfüllt hatte.

»Mach schon, du einäugiger Bastard!«, knurrte Raymo in sich hinein. »Jetzt oder nie!«

Da endlich geschah es! Ein kleines Licht zuerst, rötlich flackernd. Dann schien die See zu explodieren, Flammen breiteten sich aus, schossen in die Höhe, ein noch geschlossener Schlauch nach dem anderen fing Feuer und zerplatzte – und die milaresischen Galeeren fuhren mitten hinein in dieses Inferno! Die Ruder, eingetaucht in das ölige Xalli, brannten zuerst – wie Fackeln. Die Feuerzungen fraßen sich an ihnen und an den Rümpfen empor. Gleich darauf waren die ersten Schreie zu hören.

»Los!«, rief Raymo. Er und drei weitere Bogenschützen rannten gebückt voran in Richtung der Festung, begleitet von zwei Soldaten mit Feldflaschen voller Xalli und einer Schüssel aus Kupfer. Sie spurteten mit kleinen, aber schnellen Schritten auf die Landzunge und bis auf Schussweite an das Tor heran. Die beiden Begleitmänner setzten eilig die Schüssel auf den Boden, füllten sie mit dem Xalli und entzündeten es mit Hilfe von Feuersteinen und Zunder. Raymo und die Bogenschützen wickelten währenddessen schon Bündel mit vorbereiteten Pfeilen aus. Jeder einzelne von ihnen war hinter dem Kopf mit einem Streifen des mit dem Brennstoff getränkten Tuchs umwickelt. Sie legten die ersten davon auf die Sehnen und tauchten die Spitzen in die brennende Schüssel.

»Feuer frei«, befahl Raymo. Jeder der Schützen hatte die Order, so viele Brandpfeile so schnell wie möglich dorthin zu schießen, wo sie das Xalli am Fuß der Tortürme verteilt hatten.

Alles war so schnell gegangen, dass erst jetzt aus dem Innern der Festung der schallende Klang der Alarmhörner zu hören war. Die ersten brennenden Geschosse waren bereits in der Luft. Gleich darauf die zweite Salve und dann die dritte. Raymo sah über das Fort hinweg das Licht der immer stärker in Brand geratenden Galeeren.

Mehr als zwei Dutzend Brandgeschosse trafen ihr Ziel. Der untere Teil der Türme hatte Feuer gefangen. Genährt von dem Xalli fraßen sich die heißen Flammen unbarmherzig an den Palisaden in die Höhe und griffen gierig auf das Tor über.

Es würde eine Weile dauern, bis das Feuer das Tor ausreichend geschwächt haben würde. Für den Moment befahl Raymo seinen Männern: »Zurück!«

Zane Arkeen sah den ersten Feuerschein am dunklen Horizont noch einen Herzschlag, ehe die Männer aus dem Ausguck riefen: »Das Signal!«

»Volle Kraft voraus!«, brüllte er, und sofort erschollen aus dem Bauch seines Schiffes das Schlagen der Trommeln und das Knallen der Peitschen. »Bereit machen zum Angriff!«

Die Ruder setzten sich in Bewegung, und das Schiff ruckte so stark, dass der Commodore sich an der Reling festhalten musste, um das Gleichgewicht zu bewahren.

Die Langsamkeit, mit der die Galeere Fahrt aufnahm, riss an seinen Nerven. Doch allmählich kam das Schiff in Schwung.

Trotzdem konnte Zane Arkeen nicht anders und brüllte: »Schneller, ihr Hunde!«

Trommeln und Ruder beschleunigten den Takt.

»Schneller!«

Von ihrem Platz auf dem Hügel über der Bucht aus sah Szuma, wie das auf dem Wasser brennende Xalli sich hungrig hinauf auf die beiden Galeeren fraß, in die Ruder und das Holz der Wände und des Decks hinein, bis hoch zu den Masten und den eingerollten Segeln. Von hier aus sah es beinahe aus wie ein Sonnenaufgang, und ihr fiel auf, wie sehr sie diesen vermisste. Sie konnte sich noch ganz genau an ihren letzten erinnern:

Sie war damals noch in der Nacht aufgestanden, um sich zusammen mit einer Gruppe Jäger auf die Jagd nach einem der großen Schweine zu machen.

»Wie gerne würde ich euch begleiten«, hatte ihr Vater mit Sehnsucht im Blick gesagt.

»Komm einfach mit«, hatte Szuma vorgeschlagen. »Unser Stamm kommt ganz bestimmt auch mal zwei oder drei Tage ohne Häuptling aus.«

Er hatte wehmütig gelächelt und gesagt: »Oh wie sehr wünschte ich, du hättest recht. Glaub mir, ich vermisse die Zeit, als ich noch frei von der Bürde war, Häuptling sein zu müssen. Den ganzen Tag jagen und fischen und nach Perlen tauchen, nachts dann Feste feiern, tanzen und deiner Mutter den Hof machen.«

Szuma hatte gelacht. »Wenn man den alten Geschichten glauben darf, hast du bei Weitem nicht nur meiner Mutter den Hof gemacht.«

Trimanu hatte in ihr Lachen eingestimmt. »Ja, das mag wohl sein. Aber sie war die Einzige, die geduldig gewartet hat, bis ich mir die Hörner abgestoßen hatte.«

»Ich vermisse sie.«

»Mir fehlt sie auch sehr.«

In dem Moment hatte ihr Vater so verloren ausgesehen, dass Szuma ihn am liebsten in die Arme genommen hätte.

»Weißt du was?«, hatte sie gesagt. »Vergessen wir die Jagd und das Häuptlingsein. Gehen wir stattdessen lieber zu ihrem Grab und betrachten mit ihr zusammen den Beginn des neuen Tages.«

»Du meinst …?«

»Ja«, hatte sie gesagt. »Proviant habe ich genug für uns beide dabei.« Und so waren sie zu zweit hoch auf den Rand des Kraters gestiegen, wo Szumas Mutter vor drei Jahren beim Kräutersammeln über eine Wurzel gestrauchelt und über einen Abhang in die Tiefe gestürzt war. Trimanu hatte sie unter einem kleinen Hügel aus Steinen begraben. Szuma und ihr Vater hatten sich daneben gesetzt und schweigend gen Osten geschaut, wo der erste Schimmer der Sonne in den Horizont hinaufgeklettert war. Sie hatten gelauscht, wie der Urwald um sie herum erwachte und der Gesang der Vögel immer mehr an Kraft zunahm. Doch dann war da plötzlich ein seltsames Grollen gewesen, tief in der Erde unter ihnen, ein tiefes Geräusch, so tief, dass Szuma es weniger gehört als vielmehr als Vibrieren in der Brust gespürt hatte. Und im gleichen Moment hatten die Vögel schlagartig aufgehört zu singen. Kurz darauf war der gerade heller werdende Himmel wieder dunkel geworden, als hätte jemand eine Xallilampe entzündet und wieder ausgepustet. Schwarze, quellende Wolken hatten sich vom Osten her ausgebreitet … und seitdem hatte keiner von ihnen die Sonne jemals wiedergesehen.

Szuma schüttelte die Erinnerung ab und konzentrierte sich wieder auf die Szenerie vor ihr.

Das Feuer, mit dem Raymo und seine Leute die Wachtürme des Tors zum Land hin in Brand gesteckt hatten, leistete ganze Arbeit. Szuma erkannte, wie Raymo abseits der Reichweite selbst der großen Speerkatapulte seine Infanterie am Anfang der Landzunge in drei Reihen aus Schilden und Speeren aufstellte, um die Männer aus Eisen an einem möglichen panischen Ausfall zu hindern.

Angreifen würde er erst, wenn Zane Arkeens Schiff ankam.

Sie richtete den Blick gen Süden und betete zu den Göttern ihrer Stadt Xeljasal. Zu Xanoya der großen Katze, Nal'La der Würgerin, Joka'Urami dem Donnervogel und zu Crata Gyna dem Ewigen Baum, der ihr Volk trotz der Dunkelheit speiste. Aber sie betete auch zu den alten Göttern, den Göttern aus der Zeit, als das Reich Xbal'Nahpu noch jung war. Zu Ixos, der Mondenverschlingerin, und Borrulko, dem Achtarmigen aus der Tiefe, zu Stklaos, dem Herrn des Feuers, und zu dem größten von allen: Da'Aghdha, dem Sonnengott, Vater aller Götter. Auf dass sein Schlaf nicht ewig währen mochte.

Raymo ließ seinen Blick hin- und herwandern zwischen dem brennenden Festungstor und dem Südufer zu seiner Rechten, wo er das Auftauchen von Zane Arkeens Flaggschiff erwartete. Zwischendurch sah er immer wieder zum Strand, aber auch wenn Lambes' Männer schon seit geraumer Zeit zurück waren und sich bereit machten, sich in die Reihen der Infanterie einzugliedern, war von Lambes selbst noch immer keine Spur zu sehen.

Oben auf den Wehrgängen zu beiden Seiten des Tores hatten die Milaresen bereits jeden Versuch aufgegeben, die brennenden Türme zu löschen. Raymo wusste, dass sie sich jetzt gerade versammelten, um aus der Festung auszufallen. Wenn sie das mit der vollen Garnison und koordiniert taten, ehe Zane Arkeen hier war, hätten Raymo und seine etwas mehr als hundert Männer keine allzu große Chance.

Raymo hörte ein lautes Krachen. Der rechte Torflügel brach zusammen. Raymo unterdrückte einen Fluch. Das Xalli brannte noch sehr viel besser, als er gehofft hatte. Die Zeit lief ihnen davon. Und noch immer kein Zeichen von Zane Arkeen.

Doch die Milaresen zögerten damit auszufallen. Die einzige Erklärung, die Raymo dafür hatte, war, dass sie trotz des Feuers nicht weit genug sehen konnten, um beurteilen zu können, mit wie vielen Männern Raymo den Strand gesichert hatte. Vielleicht zögerten sie auch, weil sie nicht einschätzen konnten, wer oder was ihre Patrouillenschiffe zerstört hatte, und mit einem Angriff von der See aus rechneten.

Auf jeden Fall zögerten sie lange genug. Denn gerade stürzte auch der zweite Torflügel brennend ein, als endlich Zane Arkeens Galeere im Schein der beiden Feuer in Sicht kam. Mit vollem Tempo ruderte sie heran wie ein Leviathan aus uralter Zeit.

»Angriff!«, rief Raymo donnernd. Die drei Reihen setzten sich in Bewegung. Ein Schritt nach dem anderen, die Schilde Rand an Rand.

Zane Arkeen stieß einen Schrei des Jubels aus, als er die brennenden Schiffe der Milaresen sah und das hoch lodernde Feuer auf der Landseite der Festung zu seiner Linken.

»Vier Grad Backbord!«, rief er dem Mann am Steuer zu. »Ruder einziehen!«

Die Galeere kurvte im Schwung ihrer Anfahrt nach links, direkt auf die Landungsbrücke auf der Seeseite der Festung zu.

»Bogenschützen bereithalten!«, befahl der Commodore seinen Leuten. »Pflückt alles von der Palisade und den Türmen, was seine Nase hervorstreckt! Macht die Rampe und den Rammbock klar! Taumannschaften bereit zum Festzurren!«

Flankiert von Eivin und Shuyak Dole führte Raymo seine Männer an, den Blick unbeirrt nach vorne gerichtet. Sein Herz raste in Erwartung der bevorstehenden Schlacht Mann gegen Mann. Schritt für Schritt rückten sie vor. Sehr viel geduldiger, als er sich fühlte. Er musste sich zwingen, sie und sich zurückzuhalten, um die Ordnung der Schilde zu bewahren. Mehr als einmal war er in Calda Zeuge davon geworden, wie ein ungeordnetes Stürmen vom Hagel gegnerischer Pfeile von einem heldenhaft wirkenden Akt in ein blutiges und vor allem völlig wirkungsloses Debakel verwandelt werden konnte. Und dass es gleich Pfeile hageln würde, war sicher. Nur geordnete Schildwälle würden ihnen dann zumindest einen gewissen Schutz bieten.

Durch die vom Feuer hell beschienene Lücke der beiden eingestürzten und noch immer brennenden Torflügel hindurch erkannte Raymo, dass im Innern der Garnison aufgebrachtes Chaos herrschte. Die milaresischen Soldaten hatten die Ankunft von Zane Arkeens Schiff bemerkt und mussten sich nun neu aufteilen, um zu versuchen, die Festung nach beiden Seiten hin zu sichern.

Ein vom Katapult geschleuderter Speer, so lang und dick wie ein kleiner Baum, schoss dicht an Raymo vorbei und krachte in die Männer hinter ihm. Raymo hörte Metall, Holz und Knochen splittern und Schreie gellen. Er rief: »Reihen schließen!«

Ein zweiter und ein dritter Speer kamen mit unglaublicher Wucht herangeflogen. Doch nur einer von ihnen traf in die Reihen hinter Raymo, der andere war zu hoch gezielt. Raymo gab erneut den Befehl, die Reihen wieder zu schließen, und dankte stumm den Göttern, dass es so lange dauerte, die riesigen Speerbögen der Ballisten wieder zu spannen und zu beladen.

»Voran!«, rief er, beschleunigte seine Schritte und damit auch die der Männer hinter ihm.

Jetzt kamen sie in die Reichweite der milaresischen Bogenschützen. Raymo konnte das Peitschen der Sehnen hören und das Rauschen der Pfeilfedern.

»Schilde hoch!«, brüllte er. »Deckung!«

Dutzende von Pfeilen prasselten auf sie herab wie ein Sturmgewitter aus Eisen und Holz. Raymo fing zwei davon mit seinem Schild ab und war froh, dass er diesmal nur wenige Schreie hinter sich hörte.

In geduckter Haltung wartete er die zweite Salve ab und auch die dritte. Erst dann rief er: »Weiter!«

Unaufhaltsam rückten sie näher.

Szuma sah von ihrem Platz auf dem Hügel aus den koordinierten Angriff Raymos und seiner Leute, Zane Arkeens und seiner Mannschaft. Die Bogenschützen auf der Galeere nahmen von der Reling, vom Heckturm und vom Quermast aus die Festung mit Pfeilen unter Beschuss, während das Schiff an der Landungsbrücke anlegte und festmachte. Sofort warfen sie eine Rampe vom Deck hinab. Trotz des Schlachtlärms konnte Szuma bis hier oben hin hören, wie das Holz auf die Planken krachte. Männer mit Schilden machten den Anfang, gleich dahinter kam eine Einheit mit einem Rammbock, dicht gefolgt von weiterer Infanterie. Die Hälfte der Schützen blieb an Bord, um den Vormarsch ihrer Kameraden zu decken.

Sie sah, dass Raymo in der Zwischenzeit mit seinen Fußsoldaten das eingefallene Tor auf der Landseite erreicht hatte. Die Männer aus Eisen versuchten jetzt viel zu spät, sich neu zu ordnen und zu seiner Seite hin auszufallen. Sie mussten erkannt haben, dass die Festung verloren war, und wollten fliehen. Raymo aber bildete aus drei breiten Reihen mit einem einzigen Befehl neun schmale und führte sie zusammen mit Eivin und Shuyak Dole an. Wie eine Speerspitze trieb er sie durchs Tor, wo er sie in enger und dichter Formation hielt.

Szuma kam nicht umhin, die dunkle, blutige Schönheit zu bewundern, mit der diese Männer ihre Schlacht schlugen. Sie wusste von Raymos Erzählungen, dass er und Commodore Zane Arkeen anfänglich einmal Todfeinde gewesen waren, jetzt aber kämpften sie mit einer mörderischen Harmonie, ganz als wären sie Brüder.

Das Seetor der Festung war nicht gebaut für eine Attacke mit einem Rammbock. Ganz offenbar hatten die Männer aus Eisen ihre Bastion im Hinblick auf mögliche Übergriffe der Einheimischen gebaut, mit einer massiven Attacke von Soldaten aus der alten Heimat hatten sie nicht gerechnet.

Ihr Fehler, dachte Szuma und lächelte grimmig. *Jetzt bezahlen sie endlich für all die Grausamkeiten und Schandtaten, die sie an meinem Volk verübt haben. Für die Demütigungen und das Leid.*

Noch während sie das dachte, sah sie plötzlich im Schein der Feuer, wie sich links von der Festung etwas im Wasser bewegte. Sie kniff die Augen gegen das Licht zusammen, und dann erkannte sie, was es war. Ein kleines Boot! Darin saßen zwei Männer aus Eisen. Unbemerkt von Raymo oder Zane Arkeen ruderten sie Richtung Norden.

Szuma stieß einen heiseren Fluch aus und sprintete los, ohne auch nur einen Moment zu zögern.

Statt direkt auf das Ufer zu, lief sie nach links, in den Urwald hinein. Sie musste dem Boot und den Männern darin den Weg abschneiden; sie durften auf keinen Fall entkommen, um ihre Landsleute in der nächsten Festung zu warnen.

Raymo aus Calda hatte ihr gesagt, sie müsse sich unbedingt aus dem Kampf heraushalten, und sie hatte ihm versprochen, sich seinem Wunsch zu fügen. Doch welche Wahl hatte sie jetzt? Keine. Sie hatte nicht die Möglichkeit, Raymo und seine Leute zu warnen, sie auf die beiden Flüchtigen aufmerksam zu machen.

Blätter und Zweige peitschten ihr ins Gesicht, klatschten ihr gegen den Leib. Sie bewegte sich sehr viel lauter durch das Dickicht als sonst, aber sie musste auch schneller sein als sonst. Und sie war schneller; schnell wie Xanoya auf der Jagd. Die Feuer von der Uferseite her und die Pilze spendeten ihr ausreichend Licht, und sie wurde eins mit dem Wald. Ihrem Wald, in dem sie aufgewachsen war und den sie kannte wie die Fläche ihrer Hand. Sie sprang über Felsen hinweg, über Büsche und umgestürzte, dick mit Moos bewachsene Baumstämme, duckte sich unter tief hängenden Ästen hindurch. So legte sie einen großen Teil der Strecke nach Norden hin schneller zurück als die beiden Männer aus Eisen in ihrem Boot. Sie brauchte den Vorsprung. Jeder Schritt zählte.

Ihr Weg führte sie über einen Kamm von Hügeln, allmählich immer mehr nach rechts, zur Küste hin. Ihr Herz pumpte, ihr

Atem ging tief und gleichmäßig, ein dünner Film aus Schweiß legte sich über ihre Haut. Schließlich hatte sie ihr Ziel erreicht, den etwa hundert Fuß hohen Kopf einer Klippe. Sie hielt inne, spähte über die See, und gleich darauf hatte sie im Schein der brennenden Galeeren das Boot ausgemacht: ein kleiner dunkler Fleck auf der schwarzgold leuchtenden Wasseroberfläche. Sie ließ den Speer fallen, zog das Messer – und sprang.

Kopfüber jagte sie nach unten zur See, die Fäuste nach vorn gestreckt, die im Sturz entgegenpeitschende Luft ihr den Atem raubend. Wie oft war sie hier als Kind schon hinuntergesprungen, als ihre Welt noch frei war von den Männern aus Eisen, noch hell und warm von den Strahlen der Sonne …

Szuma tauchte ein, und der Schwung trieb sie weit unter Wasser. Statt ihn zu bremsen, nutzte sie ihn, um in der Tiefe nach vorn zu kurven, dann erst nach oben. Sie schwamm, so schnell sie konnte. Dabei tauchte sie immer nur gerade lang genug auf, um Luft zu schnappen und sich zu orientieren. Die Männer durften sie weder sehen noch hören.

Die Kälte der Schwarzen See raubte ihr Kraft, und es fühlte sich an wie eine Ewigkeit, bis sie schließlich das Boot ganz nah vor sich sah. Die beiden Männer standen mit dem Rücken zu ihr.

Gerade weit genug mit dem Kopf aus dem Wasser, um sehen zu können, näherte Szuma sich mit leichten Schwimmbewegungen. Lautlos. Tödlich.

Sie nahm die Klinge des Messers zwischen die Zähne. Dann war das Boot zum Greifen nah. Sie musste schnell sein, griff den Bootsrand, zog sich hoch und schwang sich an Bord, direkt hinter den ersten der zwei Ruderer. Noch ehe der reagieren konnte, hatte sie seinen Kopf gepackt, ihn nach hinten gerissen und zog ihm die rasiermesserscharfe Feuersteinklinge ihres Messers quer durch die Kehle. Im Reflex sprang er auf und stieß Szuma dabei von den Füßen. Sie fielen zusammen nach hintenüber in den Bug des Bootes, Szuma unter dem sich im

Todeskampf wälzenden Mann mit der schweren Rüstung begraben.

Sie versuchte sich frei zu kämpfen, doch da war der zweite Mann schon bei ihr. Er hatte sein Ruder in beiden Händen und stieß damit wie mit einem Speer zu, das breite Blatt nach unten. Szuma warf den Kopf gerade noch weit genug zur Seite. Aber schon gleich darauf stieß er wieder zu. Das Blatt traf sie hart an der Schulter. Der stechende Schmerz ließ sie aufschreien, und ihre Verzweiflung wuchs, aber das Boot war zu eng, um so einfach unter dem auf ihr Liegenden hervorzukriechen. Sie warf ihr Messer, es zersplitterte am eisernen Harnisch des Mannes wie Glas.

Er holte ein drittes Mal aus, diesmal mit mehr Ruhe, um besser zielen zu können. Szuma erkannte, dass sie keine Chance mehr hatte. Sie schloss die Augen. Der Schmerz darüber, dass durch diesen einen Überlebenden alles zunichtegemacht werden würde, war größer als der in ihrer Schulter.

Sie wartete auf den Schlag. Doch der kam nicht. Stattdessen hörte sie ein Poltern, ein gurgelndes Röcheln, und etwas Warmes spritzte ihr ins Gesicht. Sie schlug die Augen wieder auf. Der Mann stand noch immer über ihr, seine Kehle weit geöffnet. Das Warme in Szumas Gesicht war sein Blut. Das Ruder fiel ihm aus den kraftlos zuckenden Händen, und dann sackte er selbst in die Knie und kippte zur Seite um. An seiner Stelle sah Szuma jetzt einen anderen Mann.

Es war Lambes, der einäugige Freund Raymos. Sein Haar war völlig weggebrannt, und die ohnehin vernarbte Gesichtshälfte schimmerte rötlich.

Er zwinkerte ihr zu. »Da bin ich wohl gerade noch rechtzeitig gekommen, Prinzessin.«

Raymo hackte und stach seinen blutigen Pfad durch die Festung der Milaresen. Eivin und Shuyak Dole waren ständig an seiner Seite. Im Zentrum trafen sie auf Zane Arkeen und seinen Trupp. Schwerter und Äxte glänzten im Schein der noch immer hoch lodernden Feuer. Die Schlacht war heftig, brutal und unerbittlich. Noch mehr als eine Stunde dauerte sie, dann war alles vorüber. Nicht ein Milarese war mehr am Leben.

Die beiden Galeeren waren inzwischen spurlos in der Tiefe der See verschwunden und mit ihnen die Flammen, die sie vernichtet hatten. Die gesamte Seite des Forts zum Land hin war abgebrannt. Sie löschten das Feuer, ehe es noch mehr zerstören konnte, und entsorgten die Leichen der Milaresen über die Landungsbrücke in der See, nachdem sie sie ihrer Rüstungen und Waffen entledigt hatten.

Raymo half gerade Eivin dabei, einen der toten Körper ins Wasser zu werfen, als er das Boot sah. Eilig griff er nach einem am Boden liegenden Speer. Doch dann erkannte er die Insassen.

»Wie bei allen Göttern …?«, fragte er.

»Lange Geschichte«, rief Lambes. »Hilf uns an Land.«

Er warf ihnen ein Tau zu, und kurz darauf stand Szuma vor ihm. Ihr Gesicht war müde vor Erschöpfung, aber sie lächelte. »Alles ist gut«, sagte sie, als Raymo sie erleichtert in die Arme schloss.

»Verzeiht die Unterbrechung, aber das müsst ihr euch ansehen.« Zane Arkeen stand neben ihnen und deutete durch das offene Seetor durch die Festung auf die gegenüberliegende Seite.

Raymo sah hinüber und erkannte Trimanu. Hinter ihm standen die Männer seines Volkes. Hunderte.

Raymo ging ihnen entgegen. Kurz bevor er sie erreichte, machte Trimanu einen Kniefall und senkte den Blick. Seine Leute taten es ihm gleich. Offenbar war er wieder ihr Häuptling. Raymo trat zu ihm hin, fasste ihn an den Schultern und zog ihn zurück auf die Füße.

»Erhebt euch, Männer von Xeljasal!«, rief er auch den anderen zu. »Ihr sollt nie wieder vor irgendjemandem knien!«

Einer nach dem anderen hob das Gesicht, schaute ihn zweifelnd an.

»Ihr seid frei!«, rief Raymo.

Sie standen auf. Jubel brach aus.

LIZIA

Milara – Qualanuaragh

»Ihr seid also ein Bündnis mit dem König von Milara eingegangen?« Lizia lehnte sich im Arm ak Sokays zurück und wunderte sich über seine Kraft, die es ihm gestattete, sie zu halten, als wöge sie nichts.

»Konzentriert Euch auf Eure Schritte«, sagte er, ohne eine Miene zu verziehen. Wie sicher und elegant er sich im Takt der Musik des kleinen Orchesters bewegte, konnte einen leicht vergessen lassen, dass sein eigentliches Parkett das Schlachtfeld war. »Ihr müsst lernen, zu tanzen wie eine Königin.«

»Ich kann mich besser konzentrieren, wenn ich mich nicht konzentriere«, gab sie zurück. »Also, das Bündnis mit Milara. Sieht so Eure Vorstellung von einem freien Twyddyn aus?«

»Ich habe nie gesagt, dass ich Twyddyn befreien will, Hoheit. Ich will, dass es wieder stark wird. Und wie ich Euch schon auf der Fahrt hierher erklärt habe: Durch Kutera verfügt Milara über Ressourcen, von denen wir nur träumen können. Sie haben dort sogar eine Frucht entdeckt, die selbst im Dunkeln wächst und außerordentlich nahrhaft ist. Ganz zu schweigen davon, dass König Vas'Ko unser Vorhaben, Euch auf den Thron zu setzen, mit Schiffen und Truppen unterstützen wird.«

»Dafür, dass Ihr und ich dann seine Marionetten sein werden«, stellte Lizia fest.

Arl ak Sokay schmunzelte. Ein seltener Anblick. »Ich denke, wir werden Euren Unterricht in Diplomatie ein wenig verschärfen müssen, Euer Hoheit, damit Ihr lernt, Eure Gedanken nicht immer derart ungefiltert mit der Welt zu teilen. Das könnte sonst am Hof in Dunuum extrem gefährlich werden.«

»Ich nehme an, das bedeutet ›Ja‹«, sagte sie.

»Ja«, gab er zu. »Wir werden einige Verbindlichkeiten eingehen müssen. Vereinbart sind Steuern und militärische Unterstützung in wahrscheinlich aufkommenden militärischen Konflikten mit anderen Ländern, die Milara über kurz oder lang ganz gewiss den alleinigen Anspruch auf Kutera streitig machen werden.«

»Aber nur für eine gewisse Zeit, nicht wahr?«

»Was meint Ihr?«

»Das Bündnis mit Milara. Ihr erweckt nicht den Eindruck, Euch irgendjemandem unterordnen zu können.«

»Mein Vater hat mir das einst als Schwäche vorgeworfen. Als Makel. Ich hingegen betrachte es als Stärke. Unsere Kinder und Kindeskinder werden über ein wiedererstarktes Twyddyn herrschen. Über ein mächtiges. Und über Milara … und Kutera.«

»Meine Schwester Rielle hatte recht, als sie sagte, Eure Ambitionen kennen keine Grenzen.«

»Ihre genauen Worte waren: ›Macht Euch um der Götter willen doch nicht immer wieder dermaßen lächerlich, General. Selbst Eure Ambitionen müssen Grenzen haben.‹« Der Zug um seine Mundwinkel verriet seine Verbitterung. »Aber es sind nicht bloß Ambitionen. Es sind ganz klare Ziele. Im Grunde genommen war das der Moment, in dem Rielle ihr Schicksal endgültig besiegelt hat. Bis dahin hatte ich mir das Spiel nach beiden Seiten hin offengehalten. Hätte sie meinen Antrag angenommen, hätte ich Mayra nicht gebraucht. Aber so ist es noch besser gekommen. Dank Euch.«

»Weil Ihr mit Rielle niemals so ein leichtes Spiel gehabt hättet wie mit mir.«

»Ganz genau.«

»Erzählt mir von ihr.«

»Von Rielle?«

»Ja.«

»Eure Eltern, König Qwntynn und Königin Ala, hatten drei Kinder: Rielle, die Älteste, Edwn, Euren Bruder, und Euch, die Jüngste. Dank der Tatsache, dass sein Vater mit Hilfe meines Vaters Volk und Adel von der Gewaltherrschaft der ak Meru befreit hatte, war Qwntynn ein sehr beliebter Herrscher. Der beliebteste seit Generationen. Aber er hat einen entscheidenden Fehler gemacht: Er hat Rielle öffentlich zu seiner Thronfolgerin erklärt.«

»Wieso war das ein Fehler?«, fragte Lizia, ohne dabei aus dem Takt zu kommen. »Weil Rielle so grausam ist?«

»Damals war Rielle noch nicht grausam«, erwiderte ak Sokay. »Ganz im Gegenteil. Sie war ein sanftes und beeindruckend kluges Mädchen. Witzig, charmant, schlagfertig. Euer Vater hatte allen Grund anzunehmen, sie wäre eine würdige Nachfolgerin auf dem Thron.«

»Wieso war es dann ein Fehler, sie zur Erbin zu bestimmen?«

»Weil es in der Geschichte Twyddyns vor ihr noch nie eine weibliche Herrscherin gegeben hat.«

Lizia verstand nicht. »Meine Mutter Ala war doch auch Königin.«

»Das ist nicht dasselbe«, sagte ak Sokay. »Die Königinnen vor Rielle waren allesamt lediglich Gattinnen der eigentlichen Herrscher. Die wahren Könige waren allesamt Männer. Qwntynn war der Meinung, er wäre mächtig und beliebt genug, um mit dieser Tradition zu brechen. In Wahrheit aber erweckte er damit sowohl beim Pöbel als auch innerhalb des Hochadels die alte Furcht vor einer Willkürherrschaft, in der sich ein Tyrann einfach über Gesetze und Traditionen hinwegsetzt. Daher wurden er und Eure Mutter ermordet und an Qwntynns Stelle Euer Bruder Edwn auf den Thron gesetzt. Das war kurz nach Eurer Geburt. Auch Rielle hat man versucht zu ermorden, doch sie konnte fliehen. Im ganzen Land hat man sie gesucht, ohne auch nur eine Spur von ihr zu finden; dabei hatte sie sich, wie sich sehr viel später herausstellen sollte, in den Gewölbekellern und den Höhlen unter dem Palast versteckt. Fast ein ganzes Jahr hat sie dort unten verbracht und kam erst wieder hervor, nachdem ihr kleiner Bruder ihr ein Generalpardon versprach, wenn sie bereit war, ihm die Treue zu schwören und auf ihren Anspruch auf den Thron zu verzichten. Edwn hat sie dazu gezwungen, durch den ganzen Thronsaal vom Eingang bis zu seinem Thron auf dem Bauch zu kriechen und ihm dort die kleinen Füße zu küssen, um vor aller Welt einzugestehen, dass eine Frau nicht das Recht hat, die Königswürde zu erben. Danach herrschte Friede – oder zumindest sah es danach aus. Rielle schwor Edwn ihre ewige Schwesterliebe und war noch einmal fast ein ganzes Jahr seine demütige Dienerin, die ihn abends sogar fütterte und ins Bett brachte. Bis zur Blutnacht. In Wahrheit hatte sie nämlich die ganze Zeit – sowohl das Jahr in den Gewölben als auch das nach ihrem Schwur – damit verbracht, all die treuen Freunde und Anhänger ihres Vaters für sich und ihre Sache zu gewinnen und den blutigen Umsturz vorzubereiten.«

»Welche Rolle habt Ihr dabei gespielt, General?«, fragte Lizia.

»Die größte«, sagte er völlig uneitel. »Ich war es, der ihr geholfen hat, sich in den Kellern und Höhlen versteckt zu halten. Ich habe herausgefunden, wer alles hinter der Ermordung Qwntynns und Alas steckte. Ich habe Edwn in mühevoller Arbeit dazu überredet, Rielle das Pardon anzubieten. Und ich war es, der durch das Land gereist ist, um den Landadel für unsere Sache zu gewinnen, mit Versprechen von Macht und Titeln.«

»Und Ihr habt in jener blutigen Nacht auch die Truppen angeführt, die mordend durch den Palast gezogen sind.« Es war nicht geraten. Irgendwie wusste Lizia es.

Arl ak Sokay nickte. »Ich habe den Mord an Euren Eltern gerächt und alle vernichtet, die sich gegen eine Frau auf dem Thron gestellt haben.«

»Wieso habt Ihr dann später heimlich mit Arl ak Ward und Mayra an Rielles Sturz gearbeitet?«

Sein Gesicht versteinerte, und er schwieg.

Aber Lizia kannte die Antwort: »Ihr wart verliebt in sie. Deshalb habt Ihr sie versteckt und ihr geholfen.«

Sein Blick war an Lizia vorüber in die Ferne gerichtet. »Sie war einst ein so bezauberndes Mädchen.«

»Und Ihr habt damit gerechnet, dass sie erkennt, was Ihr alles für sie tut; für sie riskiert. Dass auch sie sich in Euch verliebt. Und dass sie Euch aus Dankbarkeit dafür zum Mann nimmt. Dass sie den Thron, den Ihr für sie gewonnen habt, mit Euch teilt.«

»Ja, auch ich war einmal naiv«, sagte er. Seine Kiefer mahlten. »Genau genommen war ich es sogar zweimal. Jahre später gab es wieder eine Frau. Kaecee aus dem Haus ak Aeton. Ihr Vater, dem ich auf seinen Feldzügen ebenso treu gedient habe wie Rielle, hatte mir ihre Hand versprochen – und sie dann dem Sohn eines caldäischen Fürsten gegeben, um Frieden mit Calda herzustellen.«

»Deshalb habt Ihr mich den Vertrag unterschreiben lassen«, sagte Lizia. »Weil Ihr Euch nicht mehr auf eine vage Hoffnung oder ein bloßes Wort verlassen wollt.«

Plötzlich hielt er mitten im Tanz inne und sah sie an. Sein Blick war milder, als sie es jemals zuvor an ihm gesehen hatte. »Ich werde Euch ein guter Mann sein, Liziana. Das schwöre ich. Und ein guter König. Auch das schwöre ich. Aber kommt niemals auf die Idee, mich zu verraten. Niemals, versteht Ihr?«

Sie fühlte in ihrer Brust ein Ringen zwischen tiefem Mitgefühl und Angst. Sie nickte.

ASH

Gutney

Ash stand auf einem Vorsprung im Hang des Vulkans und schaute herab auf die lange Schlange von Menschen, die den gewundenen Bergpfad emporkrochen, auf dem er auf Anweisung seines Gottes hin vorangestiegen war. Mehr als fünfhundert Seewölfe und Fischer und noch einmal doppelt so viele Seelen aus Gutney, die sich ihnen nach ihrer Landung angeschlossen hatten und die bereit waren, für etwas Nahrung das, was von ihrem Leben noch übrig war, in den Dienst Ashs und seines Gottes zu stellen. Vornehmlich waren es Alte und Krüppel und kleine Kinder – die Schwachen und Langsamen, die am Tag des Weltendonners das panische Wettrennen um die letzten, davonfahrenden Schiffe verloren hatten. Ihre schmutzigen Gesichter waren ausgemergelt und müde, aber in ihren vor kurzem noch matten Blicken lag neue Hoffnung. Ash wunderte sich darüber, wie schnell Hoffnung doch gerade aus absoluter Verzweiflung wachsen konnte. Kaum einer von ihnen hatte Schuhe, ihre mageren Füße waren blutig vom scharfen Gestein des Bergs. Viele von ihnen gingen an Stöcken aus Treibholz und sogar an Krücken, doch sie alle trugen Schaufeln, Abbruchstangen und Spitzhacken, ganz so wie Gott es Ash befohlen hatte; alles, was sie in den Trümmerresten ihrer einstmals stolzen Hafenstadt und der umliegenden Dörfer hatten finden können. Sie würden die Werkzeuge brauchen, um die Aufgabe zu erfüllen, die Ash immer noch nicht kannte.

Ihr Weg durch die verbrannte Landschaft hatte sie außer an weiteren der gespenstisch starren Aschestatuen an erschreckend vielen Gräbern vorübergeführt. Viele von ihnen winzig. Einige davon ganz frisch, und Ash wünschte sich, sie wären früher hier angelangt.

»Wir werden sie maximal zwei, vielleicht drei Wochen lang ernähren können«, sagte Dulf Einhand, der neben Ash stand. »Dann sind unsere Vorräte erschöpft. Das meiste davon ist mit den Transportschiffen in den Stürmen auf dem Weg verlorengegangen.«

»Wir werden Boote aussenden, um Fische zu fangen und Seehunde zu jagen«, sagte Þóra.

»Wenn wir in dieser ascheverdreckten See etwas finden«, gab der alte Seewolf zu bedenken.

»Werden wir«, erwiderte Þóra voller Zuversicht. »Gott wird uns speisen. Hab Vertrauen, Dulf Einhand.«

»Natürlich wird er das«, lenkte Dulf Einhand rasch ein und blickte nervös zum Himmel, um sicherzugehen, dass da kein Blitz kam, der ihn für seine Bedenken bestrafte.

Sie kletterten langsam weiter, so nah an dem Asche und Feuer spuckenden Krater entlang, dass Ash mehr als einmal Sorge hatte, einer der herabfallenden Lavabrocken könnte seine Leute treffen. Doch wie durch ein Wunder kam niemand zu Schaden.

»Kein Wunder, mein Sohn«, sagte der Gott in seinem Kopf. »Alles ganz allein mein Werk.«

»Aber ist das nicht dasselbe, Herr?«, fragte Ash. »Sind nicht alle Werke, die du tust, Wunder, und ist nicht jedes Wunder dein Werk?«

»Du denkst zu viel, Ash Hanson«, sagte sein Gott und lachte amüsiert. »Aber manchmal gefällt mir, wie du denkst. Ja, du hast recht: Alles, was ich wirke, ist ein Wunder.«

Ash öffnete seine Kutte. Ihm war warm. So warm wie schon seit Jahren nicht mehr. Er konnte sich nicht daran erinnern, wann er das letzte Mal im Freien an der frischen Luft geschwitzt hatte. Doch die Luft war alles andere als frisch; sie schmeckte bitter und war in sich selbst so warm, dass es Mühe bereitete, sie einzuatmen. Ashs Kehle war ausgetrocknet und seine Lippen spröde. Seine Augen brannten und tränten.

»Siehst du den Spalt da vorne?«, fragte sein Gott.

Ash kniff die Lider zusammen und strengte seinen Blick an, um das schlierige Flimmern der Luft vor ihm zu durchdringen, aber ehe er antworten konnte, sagte Þóra: »Ja, Herr, ich sehe ihn. Klar und deutlich.«

»Dort führst du mein Volk hinein, Ash.«

»Mitten in den Krater, Herr?«

»Mitten in den Krater.«

Ash hatte ein mulmiges Gefühl in der Magengegend, aber Þóra ging, ohne zu zögern und hoch erhobenen Hauptes, voran.

Ash folgte ihr. Und Gottes Volk folgte Ash. Mitten hinein ins Herz des Vulkans.

Der Spalt war schmal, gerade mal zwei Mann breit. Er führte zu einer Plattform. Ash trat an den Rand heran und blickte nach unten. Der Kratertrichter fiel steil ab in die Tiefe, mehrere hundert Schritt. In seinem Fuß war ein gewaltiger See voller sprudelnder und spritzender Lava. Wenn man von den durch die enorme Hitze verursachten Schlieren in der Luft absah, war der Blick darauf klar. Die riesige Rauchsäule, die den Himmel mit schwarzen Wolken nährte, musste aus anderen Öffnungen im Berg stammen.

»Sieh nach rechts«, sagte Gott. »Dort findest du den Abstieg.«

Ash tat wie ihm geheißen und entdeckte am rechten Rand der Plattform einen Pfad, der an der Innenwand des Trichters spiralförmig steil nach unten führte.

Für einen Augenblick fragte sich Ash, ob Gott vielleicht vorhatte, ihn und seine Anhänger direkt nach unten in die brennende Lava zu führen, aber warum hätte er sie dann Werkzeuge mitbringen lassen?

»Kommt, Ash, mein Gebieter!« Þóras Augen glühten, und Ash sah, dass es mehr war als der Widerschein des Feuers, es war heilige Ekstase. Er beneidete sie um ihr blindes Vertrauen und schalt sich selbst für all die immer wieder an ihm nagenden Fragen und Zweifel. Aber die Wahrheit war: Er hatte sehr viel mehr Angst vor der unbarmherzigen Macht seines Gottes als Vertrauen in seine Absichten.

»Das eine ist mir so recht wie das andere, mein Sohn«, sagte die Stimme in seinem Kopf. »Mir genügt, dass du mir dienst. Deine Beweggründe dafür spielen keine Rolle.«

Der Abstieg über den steilen und schmalen Pfad war anstrengender, als der Aufstieg an der Außenseite des Vulkans es gewesen war. Ein Schrei ließ Ash herumfahren. Es war der Schrei eines Jungen. Er war von der Kante des Pfades abgerutscht und versuchte vergeblich, sich mit krallenden Fingern in der steilen Felswand festzuhalten. Doch außerhalb des Pfades war sie durch das Feuer so glatt wie Glas. Hilflos sah Ash mit an, wie der Junge immer schneller nach unten glitt. Er sah die sehr viel weiter unten liegende Schleife des Spiralpfads und hoffte, dass der Junge dort seinen Fall bremsen konnte, statt darüber hinweg in das sprudelnd brennende Inferno des Lavasees zu stürzen. Ashs Hoffnung bewahrheitete sich. Doch die Geschwindigkeit war viel zu groß. Der Junge klatschte auf den Pfad wie ein überreifer Kürbis.

Ash schloss für einen Moment verzagt die Augen. Dann rief er nach hinten: »Haltet euch nah bei der Felswand!« Dennoch stürzten während des Abstiegs noch weitere in die Tiefe. Ash zählte insgesamt sieben, ehe sie bei der zerschmetterten Leiche des ersten Jungen ankamen.

Immer größer wurde die Hitze, so dass Ash bald bedauerte, sich jemals über Kälte beschwert zu haben. Er hatte das Gefühl, dass es nicht mehr lange dauern würde, bis sein Blut zu kochen begann. Der Schweiß floss ihm in Bächen unter der Kutte über den Leib, und sein Kopf begann so stark zu schmerzen, dass er fürchtete, er würde gleich platzen. Der Gedanke kam auf, das alles zu beenden, mit einem schnellen Sprung in das Feuer hinab, und mit jedem weiteren Schritt wurde der Gedanke zu einer echten Versuchung.

»Es ist nicht mehr weit, mein Sohn«, sagte Gott. »Halte noch ein wenig durch. Bald seid ihr da, und dann dauert es nicht mehr lange, und das Ziel deiner Mission wird erreicht sein.«

Ash wunderte sich über die tröstende Qualität in der Stimme.

Du scheinst mich wirklich sehr dringend zu brauchen, sagte Ash stumm, *sonst würdest du mich nicht trösten wollen, sondern mir drohen, mich zu töten.*

»Natürlich brauche ich dich, Ash Hanson«, antwortete Gott. »Das weißt du von Anfang an.«

Nein, sagte Ash. *Am Anfang hast du noch so getan, als wäre ich ganz leicht ersetzbar.*

»Jeder ist ersetzbar«, sagte Gott. »Menschen insbesondere.«

Ash trat an den Rand des Pfads. *Du lügst. Wäre ich ersetzbar, würdest du mir jetzt damit drohen, mich zu erschlagen, wenn ich nicht weitergehe und einfach Schluss mache mit allem.*

»So ein Unsinn«, sagte Gott. »Welchen Sinn ergibt es, dir mit dem Tod zu drohen, weil du dir überlegst, dir das Leben zu nehmen? Nicht sehr viel, habe ich recht?«

Mich beschäftigt mehr die Frage, warum du mich überhaupt tröstest und ermunterst oder dir jetzt gar die Mühe machst, mit mir zu diskutieren. Warum tauschst du mich nicht einfach aus? Þóra zum Beispiel wäre mehr als willens, deine Auserwählte zu sein.

»Geh einfach weiter, Ash«, sagte Gott. »Wie ich schon sagte, es ist nicht mehr weit.«

Beantworte erst meine Frage.

»Geh weiter, Ash!« Jetzt war Gott zornig.

Ich springe.

»Dann vernichte ich jeden Einzelnen«, drohte Gott. »Þóra, Dulf Einhand, die Seewölfe und all die Leute Gutneys.«

Ash lachte, und zum ersten Mal seit langem fühlte er sich frei. *Dass du dann alle anderen töten würdest, statt mich zu ersetzen, beweist nur, dass stimmt, was ich gesagt habe. Wenn ich springe, funktioniert dein Plan nicht mehr. Ganz gleich, was das für ein Plan ist, du brauchst mich dafür.*

»Du hältst dich für ausgesprochen schlau, kleiner Mensch.« Gottes Stimme war jetzt bedrohlich leise. »Aber du hast nicht zu Ende gedacht. Das tut ihr Menschen nie.«

Was meinst du?

»Na, gehen wir doch einfach davon aus, dass du wirklich recht hast und ich dich brauche. Ganz speziell dich.«

Du gibst es also zu, unterbrach Ash ihn.

»Ich sagte, gehen wir einmal davon aus«, zischte Gott scharf. »Dann haben wir jetzt mehrere Möglichkeiten: Erstens, du springst, und ich vernichte alle, die dich hierher begleitet haben, weil, wie du sagst, mein Plan ohne dich ohnehin nicht mehr aufgehen würde. Zweitens, du springst, und außer dass du damit das Leben all der anderen verwirkst, verhinderst du auch, dass ich der Welt das Licht zurückbringe. Willst du das? Willst du, dass die Welt dunkel bleibt und allmählich verreckt? Nein, warte, antworte nicht. Es gibt noch eine dritte Möglichkeit. Eine, die dich von all diesen müßigen philosophischen Überlegungen befreit: Ich erschlage jetzt einfach einen nach dem anderen, so lange, bis du Vernunft annimmst und endlich weitergehst. Wie wäre das? Soll ich mit dem Einarmigen anfangen oder mit deiner geliebten Þóra, Ash?«

Ash zögerte.

»Komm schon«, sagte Gott. »Überleg schneller. Ich zähle bis drei. Eins, zwei …«

Ash trat vom Abgrund zurück und senkte den Kopf. »Du hast gewonnen.«

»Ich gewinne immer. Ich bin Gott.«

Jetzt wusste Ash, dass er recht hatte – und auch, dass dieses Wissen ihm nicht das Geringste nutzte. Im Gegenteil, es warf zusätzliche Fragen auf, die wichtigste davon: Was war es, das ihn so speziell machte, dass Gott ausgerechnet ihn brauchte?

Þóra kam an seine Seite, hakte sich bei ihm unter und schmiegte sich im Gehen an ihn. »Danke, mein Gebieter«, sagte sie leise.

Ash war sich nicht sicher, ob sie sich damit dafür bedanken wollte, dass er ihr Leben verschont hatte, oder dafür, dass er möglicherweise das Licht zurückbrachte, oder einfach nur dafür, dass er sich entschieden hatte, den Willen des Gottes zu vollstrecken, den sie so glühend verehrte.

Näher und näher kamen sie dem See aus Lava. Gerade als Ash sicher war, dass sie unmöglich noch tiefer gehen konnten, ohne von der Hitze bei lebendigem Leib gekocht zu werden, entdeckte er in der Wand ein Loch. Es war ein großes, beinahe kreisrundes Loch, im Durchmesser mehr als zehn Mann hoch. Ash erkannte, warum er es von weiter oben nicht gesehen hatte:

Die Wände des Lochs waren ebenso glatt und verspiegelt wie der übrige Fels im Trichter, das rotgoldene Licht der Lava hatte es verborgen. Es sah so aus, als hätte sich das Feuer einen weiteren Weg gegraben, aber statt nach oben an dieser Stelle in seitlicher Richtung.

»Hier entlang«, sagte Gott.

Ash und Þóra betraten den Tunnel. Schon nach wenigen Schritten wurde die Hitze erträglicher, wenn auch die Luft nicht bemerkenswert besser wurde. Außerdem wurde es zunehmend dunkler, so dass sie schließlich Fackeln entzünden mussten.

Sie erreichten das Ende des Tunnels. Es sah aus, als wäre er eingestürzt. Er war bis zur Decke voll mit Geröll und Felsen.

»Endlich!«, sagte Gott. Er klang erleichtert. »Fangt an zu graben!«

RAYMO

Kutera

Mit Hilfe der Verstärkung durch beinahe dreihundert Einheimische unter der Führung von Trimanu und Szuma waren die Einnahme der zweiten Palisadenfestung, trotz heftiger Gegenwehr seitens der milaresischen Soldaten, und die Zerstörung der beiden vor dem Fort patrouillierenden Galeeren geradezu ein Kinderspiel.

Szuma stand neben Raymo am Strand, als er dabei zusah, wie die beiden brennenden Schiffe in der Schwarzen See versanken und die nackten Leichen der Milaresen aus der Festung geschafft und über die Landungsbrücke ins Meer geworfen wurden.

»Wir sollten ein Fest feiern, Raymo aus Calda.« Ihr vom Feuer beschienenes und mit dem Blut der von ihr erschlagenen Feinde bespritztes Gesicht strahlte im Rausch des hinter ihnen liegenden Kampfes. »Ein großes Fest. Es ist zu lange her, dass mein Volk Grund zu feiern hatte. Viel zu lange.«

»Wir werden erst Grund zum Feiern haben, wenn wir auch die dritte Festung einnehmen«, sagte er ernst. »Bis dahin bleibt die Gefahr noch immer viel zu groß, dass die übrigen Milaresen doch noch entdecken, was hier geschieht.«

»Gut«, sagte sie, in seinen Ernst einstimmend. »Aber dann. Dann feiern wir ein Fest.«

»Einverstanden.« Raymo lächelte. »Und danach werde ich eine Woche lang schlafen.«

Sie trat vor ihn hin, drückte Brust und Schoß an ihn und legte die Arme um seine Schultern. Ihre Augen glühten verheißungsvoll.

»Du meinst wirklich, ich lasse dich dann so lange am Stück zum Schlafen kommen?« Sie lachte und küsste ihn so leidenschaftlich, dass es ihm den Atem verschlug und er sie am liebsten gleich jetzt und hier am Strand genommen hätte.

»Verzeiht, dass ich euch Turteltauben unterbrechen muss, aber es gibt noch jede Menge Arbeit zu tun.« Lambes klopfte Raymo hart auf die Schulter. Sein durch das Feuer völlig enthaarter Kopf sah durch die Narbe in seinem halbseitig geröteten Gesicht und die Höhle des fehlenden Auges völlig bizarr aus. »Wir müssen Rüstungen und Waffen sortieren und unter Szumas Volk verteilen.«

»Die Einheimischen sind meiner Meinung nach bereits stark genug bewaffnet«, wandte Zane Arkeen ein, der von der Festung her auf sie zugestiefelt kam. »Ich sage, wir verstauen die heute gewonnene Ausrüstung in meinem Flaggschiff.«

»Du traust uns immer noch nicht über den Weg, Commodore?«, fragte Szuma und löste sich von Raymo. Der Blick, mit dem sie Zane Arkeen bedachte, war argwöhnisch. Sie deutete auf das teilweise noch brennende Fort und die beiden nicht weit davon sinkenden Schiffe. »War dir das nicht Beweis genug, dass wir alle auf einer Seite stehen und ihr von nun an zu uns gehört wie Brüder?«

Der Commodore erwiderte ihren Blick, ohne zu blinzeln. »Prinzessin, alles, was ich sage, ist: Warum sollen wir ein unnötiges Risiko eingehen? Mit meinen Leuten und euren stehen jetzt schon ausreichend Männer unter Waffen für die letzte Festung. Und zugleich sind damit gerade einmal so viele Xeljasali mit milaresischen Waffen ausgerüstet, dass meine Leute noch eine Chance hätten, solltet ihr euch plötzlich doch entscheiden, dass ihr auch uns loswerden wollt.«

»Warum sollten sie das tun, Commodore?«, fragte Raymo mit einem Achselzucken. »Wir haben sie schließlich von ihren Unterdrückern befreit. Wir sollten uns davor hüten, unseren Neuanfang hier mit Misstrauen zu beginnen.«

»Ich nenne es kluge Vorsicht und simple Vernunft«, erwiderte Zane Arkeen.

»Ganz gleich, wie du es nennen magst«, sagte Raymo, »es sät unnötige Zweifel.«

»Ja«, stimmte Szuma zu. »Man könnte fast meinen, dass du vielleicht planst, den Platz der Männer aus Eisen einzunehmen und an ihrer Stelle mein Volk auszubeuten.«

»Sie hat recht«, sagte Raymo. »Ein Ungleichgewicht der Kräfte würde die durch die Milaresen gepflanzte Angst auf uns übertragen und Feindseligkeiten fast schon zwingend heraufbeschwören. Verteile die Waffen, Lambes.«

»Noch bin ich hier der Commodore!« Zane Arkeen legte die Hand auf den Griff seines Säbels.

Raymo machte einen schnellen Schritt zu ihm hin, so dicht, dass sich ihre Gesichter beinahe berührten. »Und ich der Gotttöter. Bist du sicher, dass du deine Klinge gegen mich ziehen willst?«

Sie funkelten einander an, so lange, dass es Raymo fast erschien, als würde die Zeit stehenbleiben.

»He, Jungs!«, schaltete sich Lambes ein. »Macht keinen Unsinn. Wegen genau solcher Machtspielchen haben wir doch die alte Heimat hinter uns gelassen.«

Zane Arkeen entspannte sich und nahm die Hand vom Säbel. »Er hat recht. Du hast recht, Caldäer. Verzeiht.« Er trat einen Schritt zurück und wandte sich an Szuma. »Auch dich bitte ich um Vergebung, Szuma. Mir stecken all die Intrigenspiele Twyddyns und die Verrätereien noch zu tief in den Knochen. Bitte seht es mir nach.«

»Natürlich, Commodore«, sagte sie. »Und glaub mir, du wirst dein Vertrauen nicht bereuen. Ihr habt hier ein neues Zuhause gefunden. Ihr könnt eine eigene Siedlung bauen oder in unsere Stadt ziehen. Platz gibt es dort wahrlich genug. Dann werdet ihr Frauen finden und Familien gründen und eure Kinder werden gemeinsam mit den unseren aufwachsen. Und kein Mann aus Eisen wird je wieder Macht erlangen über euch oder uns.«

»Das ist ein schöner Gedanke«, sagte Zane Arkeen, und sein schorfiges Gesicht war jetzt sanft.

»Ja, das ist es, nicht wahr?«, sagte Szuma. »Und wer weiß, vielleicht kehrt die Sonne bald wieder zurück, und dann solltest du deine neue Heimat erst einmal sehen. Die Farbenpracht, die Wärme, der Reichtum an Früchten und Wild. Und du wirst ewig und voller Frieden im Herzen an diesen Moment zurückdenken. Den Moment, in dem du dich entschieden hast, zu vertrauen.«

Jetzt lächelte der Commodore sogar. »Gut, dann verteilen wir die Waffen jetzt an deine Leute.« Er nickte zum Abschied, winkte Lambes zu, und die beiden gingen zurück zur Festung.

Während Trimanu sich mit einem Trupp Arbeiter aus seinem Stamm um die Reparatur der an der zweiten Festung entstandenen Schäden kümmerte, ruhten Raymos Leute und die Krieger aus Szumas Volk sich aus, um Kräfte zu sammeln für den bevorstehenden letzten Kampf. Raymo selbst, Zane Arkeen, Szuma und Lambes begaben sich nach Norden, um die dritte Festung auszuspähen.

Den größten Teil der Strecke legten sie in der Galeere zurück. Dann gingen sie an Land. Das letzte Fort war genau so aufgebaut wie die beiden anderen. Auch die zwei Patrouillenschiffe bewegten sich gleich.

»Gut«, sagte Raymo. »Wir können also bei derselben Taktik bleiben. Sobald unsere Leute nachgerückt sind, greifen wir an.« Wegen der Größe ihrer mittlerweile fast schon kleinen Armee waren sie nicht dazu in der Lage, sie alle mit dem Schiff hierherzubringen, und hatten sich daher entschieden, den ganzen Tross über den Landweg ziehen zu lassen, um ihn nicht durch Aufteilung zu schwächen, für den Fall, dass die Milaresen doch noch von ihrem Vorhaben Wind bekamen und mit ihren beiden Schiffen und ihrer Infanterie in die Offensive gingen.

»Das Warten ist immer das Schlimmste an einem Krieg«, sagte Lambes, strafte seine Worte aber Lügen, indem er sich genussvoll lächelnd unter einem Baum ins Moos streckte und mit einem Seufzer das wimpernlose Auge schloss.

Zane Arkeen zückte eine Flasche milaresischen Brandy aus seiner Umhängetasche. »Die letzte«, sagte er. »Himmel, werde ich das Zeug vermissen! Ich wünschte, es gäbe einen anderen Weg, als die Galeeren zu versenken. Gehe jede Wette ein, dass in ihren Rümpfen noch Dutzende davon lagern.«

»Ich und meine Leute können danach tauchen«, sagte Szuma. »Wenn sie nicht alle bei den Bränden vernichtet wurden, bergen wir sie.«

»Das könntet ihr?«, fragte der Commodore begeistert.

»Natürlich«, sagte Szuma. »Ob wir nun nach unseren Perlen tauchen oder nach eurem Brandy. Wenn er dir so viel bedeutet, werden wir sehen, ob wir nicht noch welchen finden.«

»Und wir sollten unseren eigenen brennen«, sinnierte Raymo. »Aus den Crata Gyna.«

Zane Arkeen machte ein Gesicht, als hätte man ihm gerade ein Königreich versprochen. »Du weißt, wie das geht, Caldäer?«

Raymo grinste. »Wir in Calda pflegen eine lange Tradition, unseren Schnaps selbst zu machen. Wenn man es vergären kann, kann man es auch brennen. Die wahre Kunst ist die Lagerung. Also, je früher wir damit anfangen, umso früher haben wir das fertige Produkt.«

Zane Arkeen stimmte in sein Grinsen ein. »Wäre morgen, gleich im Anschluss an die Eroberung der Festung, zu früh?«

»Da ist er schon verplant«, sagte Szuma. »Für eine ganze Woche. Er will schlafen. Hat er zumindest vor.«

Zane Arkeen nahm einen Schluck aus der Flasche und reichte sie Raymo. Sein Gesicht hatte einen feierlichen Ausdruck angenommen. »Ich möchte mich bei dir entschuldigen, Caldäer.«

Raymo nahm die Flasche entgegen, zuckte mit den Schultern und trank einen Schluck. »Das hast du bereits getan, Commodore.«

»Ich meine für alles. Den ganzen Mist. Seit Dunuum. Ich verdanke dir mehr als nur mein Leben. Ich verdanke dir das hier.« Er deutete mit der Hand im Halbkreis. »Das alles.«

»Jetzt werdet mal nicht gleich melancholisch, ihr zwei«, meinte Lambes, ohne das Auge zu öffnen. »Reicht lieber den Sprit rüber.«

Szuma lachte, nahm Raymo die Flasche aus der Hand und brachte sie zu Lambes, der ebenfalls einen großen Schluck nahm. »Bei den Göttern, so lässt es sich leben«, sagte er und gab Szuma den Brandy zurück. »Sag, du Wunderbare. Du hast nicht zufällig eine Schwester, die genau so schön ist wie du? Dann wäre das Leben perfekt.«

Szuma lachte ein zweites Mal. »Nein, Lambes, eine Schwester habe ich nicht. Aber ich kann dich beruhigen: In meinem Stamm gibt es viele Frauen, die sehr, sehr viel schöner sind als ich.«

»Das kann nicht sein«, sagte Lambes. »Das kann unmöglich sein. Aber falls doch, also ich meine, falls auch nur eine dabei ist, die wenigstens annähernd so schön ist wie du und nicht gleich wegläuft, wenn sie mich sieht, dann kriegen mich keine zehn Pferde mehr von hier weg. Das könnt ihr mir glauben. Ich schwör'!«

Am nächsten Morgen rückten ihre Truppen an. Trimanu führte sie. Sie hatten mehr als ausreichend Xalli dabei. Die Tarnnetze waren vorbereitet. Raymo befahl den Männern eine letzte Rast. Danach begann sie die finale Schlacht um die dritte Festung der Milaresen.

Lambes ließ es sich nicht nehmen, auch diesmal den Trupp von Schwimmern anzuführen. »Warum um alles in der Welt soll noch jemand all seine Haare verlieren?«

Raymo bereitete das Xalli für die Wachtürme am Landtor vor, und Zane Arkeen war auf die Galeere zurückgekehrt, um unsichtbar im Süden auf das Zeichen zu warten.

Alles verlief genau nach Plan: Lambes und seine Männer verteilten den Teppich aus Xalli am Kreuzpunkt der beiden Patrouillenschiffe, die schon bald darauf in hellen Flammen standen, woraufhin Raymo die Tortürme in Brand steckte und Zane Arkeens Galeere von Süden her herangerudert kam, um den Angriff über die Landungsbrücke zu führen.

Wie Raubvögel fielen Raymo, Zane Arkeen und Häuptling Trimanu mit ihren Leuten über die Milaresen her, und auch dieses Mal durften sie nicht einen einzigen Mann am Leben lassen. Die Schlacht war kurz und unerbittlich, und schon bald stand Raymo mit Szuma an seiner Seite in einem Feld niedergemähter Gegner. Er warf die blutverschmierten Fäuste in die Höhe, mit denen er noch immer Schwert und Axt fest umklammert hielt, und stieß einen Schrei des Triumphs aus gegen den dunklen Himmel.

»Frei!«, rief er. »Endlich frei!« Er ließ die Waffen fallen und riss Szuma in seine Arme. Ihr Kuss schmeckte nach Schweiß und Salz und nach dem Versprechen einer ganz besonderen Siegesfeier.

»Caldäer!«, hörte er plötzlich Zane Arkeen rufen, und die Stimme verhieß nichts Gutes.

Raymo löste sich von Szuma. Eilig blickte er sich um und sah den Commodore ganz in der Nähe stehen. Er zeigte mit dem Arm durch das Seetor hinaus an seinem eigenen Flaggschiff vorüber aufs Meer. »Dort! Hinter den brennenden Galeeren!«

Raymo kniff die Augen zusammen gegen die Helligkeit des Feuers. Für einen Moment konnte er nichts erkennen, doch dann sah er es:

Ein drittes Schiff!

Eine milaresische Galeere!

»Sie wendet!«, rief Zane Arkeen. »Oh, ihr Götter sollt verflucht sein! Sie wendet!«

Szumas Blick war voller Entsetzen. »Es stimmt. Sie wendet vollständig.« Sie fasste Raymo drängend am Arm. »Ihr müsst sie aufhalten. Sie darf nicht zurück nach Milara. Wenn sie Meldung macht von unserem Überfall auf das Fort, schicken die Männer aus Eisen eine ganze Flotte, und das werden keine Transportschiffe sein.«

»Wir können die Galeere nicht aufhalten«, sagte Zane Arkeen. »Sie ist größer, stärker, schneller und wendiger als wir. Wir sind einer wie ihr schon einmal nur mit knapper Not entkommen.«

»Szuma hat recht«, sagte Raymo. »Wir müssen sie aufhalten um jeden Preis.«

»Hast du nicht gehört, Caldäer?«, fragte Zane Arkeen. »Wir können nichts gegen sie ausrichten, selbst wenn wir sie einholen. Das Beste wird sein, wir hauen von hier ab und fahren so weit nach Süden, dass sie uns nicht finden, wenn sie zurückkommen. Wir haben ein paar Wochen Vorsprung. Das müsste reichen.«

»Du willst Szumas Volk sich selbst und der Rache Milaras überlassen?«, fragte Raymo ungläubig. »Das kann nicht dein Ernst sein, Commodore.«

»Sie sind doch jetzt bewaffnet«, erwiderte Zane Arkeen. »Sollen sie selbst für ihre Freiheit kämpfen.«

»Wir müssen es versuchen«, beharrte Raymo. »Und ich glaube, ich habe auch eine Idee, wie es uns gelingen könnte.«

»Wie?«, fragte der Commodore.

Raymo wandte sich an die umstehenden Männer, darunter Trimanu. »Schafft alles Xalli, das noch übrig ist, auf das Flaggschiff!«, rief er. »Montiert außerdem vier der Speerkatapulte von den Palisaden und bringt sie auf das Schiff! Schnell!«

Zu Szuma sagte er: »Wir brauchen außerdem Proviant und Wasser. So viel du mit deinen Leuten in der nächsten halben Stunde organisieren kannst, weil länger können wir nicht warten.«

Zane Arkeen schüttelte den Kopf. »Du bist irre, Caldäer!«

»Wieso nur höre ich das öfter?« Raymo lächelte finster. »Du weißt, dass es funktionieren kann. Außerdem haben die Milaresen vermutlich nicht genug Proviant und Trinkwasser für die Rückreise an Bord, da wir ihnen jetzt die Möglichkeit genommen haben, ihre Vorräte aufzufrischen. Wir können sie kriegen, Commodore.«

Zane Arkeen zögerte einen Moment. Dann nickte er. »Ihr habt ihn gehört, ihr faulen Hunde!«, brüllte er seine Soldaten und Seeleute an. »Schafft diese verdammten Speerkatapulte und das Xalli an Bord!«

Weniger als eine Stunde später waren sie zum Ablegen bereit. Die meisten ihrer Leute waren bereits an Bord, bis auf Raymo und Lambes; sie standen noch bei Szuma auf der Landungsbrücke, während eine Leine nach der anderen losgemacht wurde.

»Ich komme mit«, sagte Szuma. Der Griff um den Schaft ihres Speers war so fest, dass ihre Knöchel hell hervortraten.

»Nein«, sagte Raymo.

»Raymo …«

»Ich sagte ›Nein‹. Die Männer wären durch eine Frau an Bord zu sehr abgelenkt. Aber mach dir keine Sorgen, wir sind bald wieder zurück. Und falls nicht …«

»Du wirst zu mir zurückkommen«, sagte sie bestimmt.

»Falls nicht«, wiederholte er geduldig, »bring deine Leute weit von hier fort in die Berge. Wenn es uns nicht gelingt, die Milaresen aufzuhalten …«

»Ich weiß«, unterbrach sie ihn.

»Ich bleibe ebenfalls hier«, sagte Lambes. »Falls ihr versagt, werden Trimanus Leute Hilfe beim Bau von Befestigungen brauchen.«

»Bist du sicher?«, fragte Raymo. »Das könnte bedeuten, dass du die Heimat nie wiedersiehst.«

»Das ist doch ohnehin der Plan«, sagte Lambes, »ob ihr nun zurückkommt oder nicht.« Er klopfte Raymo auf den Rücken und ging in Richtung der Festung davon.

»Und ich kann dich wirklich nicht überreden, mich mit dir zu nehmen?«, fragte Szuma.

Raymo schüttelte den Kopf. »Dein Volk braucht dich dringender. Und ich werde …«

»Zurückkommen. Ja, ich weiß.«

Sie küssten einander innig. Obwohl er wusste, dass die Zeit drängte, fiel es Raymo schwer loszulassen. Schließlich war es Szuma, die sich ihm entzog, ein besorgtes Lächeln auf den Lippen.

»Du musst los«, sagte sie mit belegter Stimme.

Raymo konnte nicht anders. Er musste sie noch einmal küssen. Dann eilte er über die Rampe an Bord.

Die Galeere war vom Rumpf bis zu den Mastspitzen von den beiden Feuern in einen rötlichen Schimmer gehüllt und setzte sich, gezogen von vier zu Wasser gelassenen Ruderbooten, mit zäher Langsamkeit in Bewegung. Nur noch einen einzigen

Blick warf Raymo auf die Landungsbrücke, wo Szuma stand, bewegungslos wie die Statue einer Kriegsgöttin aus uralter Zeit. Er winkte ihr zu und wandte sich ab, denn er wusste: Wenn er auch nur einen Herzschlag länger zu ihr geschaut hätte, wäre er wieder von Bord gesprungen, um an ihrer Seite zu bleiben. Er eilte nach vorne zum Bug, um die Befestigung der vier Speerkatapulte zu überwachen.

Er hatte je zwei von ihnen links und rechts vom Bugsprit positionieren lassen. Sie waren auf Füßen aus dicken, gekreuzten Balken befestigt und über eine Achse trotz ihres enormen Gewichts ohne großen Kraftaufwand wenigstens ein paar Grad in beide Richtungen schwenkbar. Der Bogen eines jeden Katapults war so lang wie drei Männer. Die mehrfach aus Tierleder und Hanf gedrehte Sehne musste über einen Mechanismus aus Zahnrädern, Flaschenzügen und Kurbeln von vier Männern gespannt werden; zwei auf jeder Seite. Die Speere dazu waren doppelt so groß wie gewöhnliche Speere. Dick wie der Oberschenkel eines Mannes, versehen mit einer Spitze aus gehärtetem Eisen, die so lang war wie Raymos Schwert und am unteren Ende so breit wie eine Axt. Sie hatten alle mitgenommen, die sie in der Festung finden konnten. Insgesamt zwei Dutzend.

Ganz in der Nähe lagen mehr als doppelt so viele Schläuche voller Xalli. Wenn Raymos Plan aufging, war es kein Problem, die milaresische Galeere zu stoppen. Das Problem war, sie zu finden und sie einzuholen.

Sobald das Flaggschiff weit genug von der Landungsbrücke weg war, um die eigenen Riemen einzusetzen, wurden die Ruderboote mit ihren Mannschaften an Bord zurückgeholt, und gleich darauf begannen die Trommeln den Takt zu schlagen.

»Stoppt die Trommeln!«, befahl Raymo.

»Die Ruderer brauchen einen Takt«, rief Zane Arkeen von der Mitte des Schiffes her.

»Finde einen anderen Weg, ihnen den zu geben«, entgegnete Raymo. »Die Milaresen dürfen uns nicht hören. Sie dürfen nicht wissen, dass wir sie verfolgen. Löscht daher auch alle Lichter.«

Der Commodore nickte und gab die entsprechenden Befehle. Kurz darauf hatten sie das Licht der Schlachtfeuer hinter sich gelassen und bewegten sich nahezu lautlos durch die Dunkelheit wie ein gewaltiger Hai auf Jagd. Das einzige Geräusch stammte von den Rudern.

Zane Arkeen trat zu Raymo an den Bug. Auf ihren Rüstungen war das Blut der hinter ihnen liegenden Schlacht noch nicht völlig getrocknet. Raymo deutete nach vorn, wo inmitten des schwarzen Horizonts kleine Lichter tanzten.

Der Commodore warf einen Blick auf den Kompass. »Sie nehmen tatsächlich Kurs Nordost. Direkt zurück nach Milara«, flüsterte er. »An ihrer Stelle hätte ich zunächst überprüft, wie die Lage in den anderen beiden Festungen ist.«

Raymo schüttelte den Kopf. »Vermutlich war dem Kapitän das Risiko zu groß. Er muss unser Schiff gesehen haben, wusste also, dass die Zerstörung der Festung kein bloßer Aufstand der Einheimischen war. Damit musste er gleichzeitig davon ausgehen, dass die Festungen im Süden bereits verloren sind.«

Zane Arkeen nickte. »Weil er sicher sein konnte, dass wir uns niemals der Gefahr aussetzen würden, auch nur versehentlich in die Zange zu geraten zwischen ihrer Transportroute und den Forts im Süden.«

»Ja«, sagte Raymo. »Um ganz sichergehen zu können, hätte er weitere drei, vier Tage ohnehin knappen Proviant riskiert.«

»Du wärst ein guter Seemann geworden«, sagte der Commodore.

Raymo verzog die vom salzigen Wind jetzt schon trocknen Lippen zu einem Schmunzeln. »Ich *bin* ein guter Seemann.«

Zane Arkeen legte ihm kurz die Hand auf die Schulter und ging dann zurück zur Mitte des Decks, um seine Leute anzuweisen, Segel zu setzen.

Raymo blieb auf seinem Platz am Bug, den Blick auf die winzigen Lichter gerichtet. Für ihn waren es Sterne der Hoffnung. Hoffnung, die neue Heimat, die er gerade für sich und seine Kameraden gefunden hatte, nicht schon bald wieder zu verlieren.

Die Hoffnung rückte mit jedem neuen Tag, mit jeder neuen Nacht immer weiter in die dunkle Ferne, zusammen mit den Lichtern der flüchtenden milaresischen Galeere.

Raymo wagte fast nicht, wenigstens hin und wieder die Augen für bestenfalls ein kleines bisschen Schlaf zu schließen, aus Angst, dass, wenn er sie wieder öffnete, die Lichter ganz verschwunden sein würden. Nur der Blick auf die Seekarte des Commodore beruhigte ihn. Der Kurs, den die Milaresen fuhren, war nach wie vor klar Nordost. Eine schnurgerade Linie.

Raymo und Zane Arkeen hatten inzwischen auch fast alle Soldaten und Seeleute zu Ruderern gemacht und drei Schichten eingeteilt, damit immer mit voller Kraft gerudert werden konnte. Die Männer bekamen alle reichlich zu essen und zu trinken, Vorräte hatten sie genug an Bord, auch für die erhoffte Heimkehr.

»Irgendwann müssen sie langsamer werden«, sagte Raymo und wusste nicht, ob er noch daran glaubte oder ob er sich selbst etwas vormachte. »Ihre Vorräte müssen zur Neige gehen, und dann werden ihre Ruderer schwach vor Hunger und vor Durst.«

Zane Arkeen nickte stumm, aber seine Miene verriet, dass er selbst das mehr hoffte als glaubte.

Schließlich waren die Lichter der Milaresen verschwunden. Von jetzt auf gleich. Einfach weg.

»Wir bleiben auf Kurs«, sagte Raymo. »Wie weit noch bis Milara?«

»Fünf, höchstens sechs Tagesreisen«, antwortete Zane Arkeen. »Vielleicht sollten wir umkehren und die Befestigung Kuteras organisieren.«

»Selbst wenn wir alle drei Festungen mit ausreichend Männern besetzen und jeden einzelnen davon mit den erbeuteten Waffen ausrüsten könnten, Szumas Volk versteht zu wenig von Belagerungskämpfen, um einem massiven Angriff der Milaresen standzuhalten«, sagte Raymo und wiederholte: »Wir bleiben auf Kurs.«

Von jetzt an machte Raymo kein Auge mehr zu. Unermüdlich von einer Mischung aus Verzweiflung und Sturheit hielt er den Blick nach vorne gerichtet. Doch da war kein Licht. Dafür aber hörte er plötzlich etwas. Erst wollte er seinen Sinnen nicht trauen, befürchtete, dass sie ihm etwas vorgaukelten oder dass das, was er hörte, lediglich der Schlag seines eigenen Herzens war. Doch je länger er lauschte, desto sicherer war er.

»Ihre Trommeln«, flüsterte er. »Sie sind uns gar nicht davongefahren. Ihnen ist der Tran für die Lampen ausgegangen.«

»Und dem Takt ihrer Trommeln nach zu urteilen, auch der Proviant«, sagte Zane Arkeen. »Hörst du, wie langsam er ist?«

Raymo nickte. »Lass die Männer sich bereit machen und ihre Positionen einnehmen. Aber sie sollen leise sein. Sie dürfen erst wissen, dass wir da sind, wenn wir sie eingeholt haben.«

Von jetzt an zogen sich die Stunden zäh dahin. Nur allmählich war das Schlagen der milaresischen Trommeln über die Wellen der Schwarzen See hinweg deutlicher zu hören. Aber sie kamen näher, und das war alles, was zählte.

Raymo lächelte bei dem Gedanken, dass er Szuma wiedersehen würde. Dass er sie schon bald wieder in seine Arme schließen konnte. Zum ersten Mal, seit er den Kampf gegen die Milaresen aufgenommen hatte, malte er sich aus, ob er sich wohl eines der Häuser in Xeljasal nehmen oder lieber in einer der Festungen wohnen wollte, mit direktem Zugang zur See, um zu fischen. Gleichzeitig reizte ihn der Gedanke, einen Hof tief im Herzen des Urwalds zu bauen, wo er weit weg sein würde vom Trubel und Tag für Tag auf die Jagd gehen konnte. Aber im

Grunde war es ihm egal, wo er sich niederließ, Hauptsache, Szuma war an seiner Seite.

Vielleicht ein Häuschen in der Stadt, eine Hütte am Strand und *ein Hof im Urwald*, dachte er. *Man ist ja bescheiden.*

Zum bestimmt zehnten Mal ging er die vier Speerkatapulte und ihre Besatzungen ab, um zu prüfen, ob auch alles vorbereitet war.

Sie waren den Trommeln jetzt so nah, dass jeden Moment die Silhouette des gegnerischen Schiffes vor ihnen in der Dunkelheit auftauchen musste.

LIZIA

Milara – Qualanuaragh

Lizia wurde durch den Klang von Trommeln geweckt. Verschlafen rieb sie sich die Augen und richtete sich in ihrem weichen Lager auf. Die Trommeln waren noch ein gutes Stück entfernt. Sie schlug die Decken und Felle zur Seite, kletterte aus dem Bett und eilte auf nackten Füßen zum Außenfenster des Turmgemachs.

Da waren Hunderte von Fackeln. Helle, flackernde Zünglein in der Dunkelheit. Eine ganze Armee, die sich im strammen Takt der Trommeln auf das Kastell zubewegte.

Die Tür ging auf, und Arl ak Sokay betrat die Suite. Im Licht des Kaminfeuers sah Lizia sein Gesicht in freudiger Erwartung glühen, seine Augen strahlen. Zum ersten Mal seit langem trug er wieder seine vollständige Rüstung. Das Schwert mit dem Knochengriff an der Hüfte, den Helm mit der Dämonenfratze unter dem Arm.

»Macht Euch fertig für die Reise, Hoheit«, sagte er und trat neben sie. »Unsere milaresischen Verbündeten sind da! Endlich!« Er klatschte in die Hände, und außer Lizias beiden Mägden, der jungen Milaresin Oriela und der Twyddyanerin Dobba kamen vier Männer des Generals herein. Sie trugen Kisten aus poliertem Holz. »Ein Präsent für Euch, Majestät«, sagte Arl ak Sokay. »Zur Feier dieses ganz besonderen Tages.«

»Ein einziges Präsent in gleich mehreren Kisten?«, fragte Lizia freudig gespannt.

»Ihr werdet sehen.« Ak Sokay befahl, alle Kerzen anzuzünden und die Kisten zu Lizias Füßen zu platzieren. »Öffnet zuerst die große.« Seine Stimme war voller Begeisterung.

Lizia beugte sich hinab und hob den Deckel. Gleich darauf warf etwas in der Kiste den hellen Schein der Kerzen zurück, so dass sie für einen kleinen Moment geblendet war. Dann erkannte sie, worum es sich handelte.

»Ein Harnisch?«, fragte sie verwundert und von der Schönheit des Panzers fast des Atems beraubt.

»Feinster milaresischer Stahl«, pries der Arl mit der Leidenschaft eines Kriegers für schöne Waffen. »Und schaut Euch die Verzierungen und die Einlegearbeiten an.«

Lizia nahm den Harnisch in beide Hände und hob ihn vom Samt, auf den er gebettet war. Er war überraschend leicht und in der Form eines weiblichen Oberkörpers geschmiedet, mitsamt Brüsten und schmaler Taille. Er glänzte hell wie blank poliertes Gold, und auf der Brust waren zwei Drachen eingearbeitet, wie sie sie von der Krone ihres Vaters Qwntynn her kannte. Einer silbrig hell, der andere schwarz.

»Das Wappen Eurer Familie.«

»Er ist wunderschön, General!«, rief Lizia aus.

»Nicht wahr? Ihr werdet in die Heimat zurückkehren als die stolze Eroberin, die Ihr seid. Ihr werdet in die Heldenlieder unseres Volkes eingehen als die Befreierin von der blutigen

Tyrannei Eurer Schwester.« Er griff nun selbst in die Kiste und holte den passenden Helm hervor. Ganz im Gegensatz zu seinem eigenen war er überhaupt nicht erschreckend. Das Visier war in überraschender Treue ihrem eigenen Gesicht nachempfunden. Der Teil dahinter war geschmiedet, so dass er aussah wie ihr Haar, wenn sie es hochsteckte; mit Kupfer überzogen und mit Edelsteinen besetzt. Oben auf dem Kopf war eine Krone angebracht, sehr viel feiner als die ihres Vaters. Auch auf ihr waren die beiden Drachen in ihrem Kampf abgebildet.

»Öffnet jetzt die beiden mittelgroßen.«

In ihnen befanden sich die Schienenplatten für die Arme und Beine, Handschuhe und Stiefel aus mit Stahl besetztem Leder, ein Kettenhemd und ein blutroter Umhang, ebenfalls mit ihrem Wappen versehen.

»Legt sie ihr an«, befahl Arl ak Sokay.

Lizia wollte einwenden, dass sie sich noch nicht einmal gewaschen hatte und ihr Haar noch ungebürstet war, aber sie sah die fast schon kindliche Euphorie im Blick des Generals und schwieg, um ihm den Moment, auf den er sich ganz offenbar schon seit langem freute, nicht zu verderben.

Die Männer und die Mägde legten ihr die Rüstung an. Noch einmal fiel Lizia auf, wie leicht sie war und wie gut sie sich darin bewegen konnte. Arl ak Sokay ließ den großen Spiegel aus ihrem Ankleidezimmer bringen und vor sie stellen.

Lizia erkannte sich selbst nicht wieder. Die Sklavin von einst stand jetzt als mächtige Kriegerin vor ihr. Ihr Herz sang vor Freude und Stolz.

»Und zum Schluss das Beste«, sagte Arl ak Sokay, nahm die letzte der Kisten und hielt sie ihr entgegen.

Lizia öffnete sie – und jetzt verschlug es ihr tatsächlich den Atem. Vor ihr lag ein etwa armlanges schmales Schwert, daneben eine mit Perlen und Edelsteinen besetzte Scheide aus rotem Leder. Der Griff des Schwertes war mit dem gleichen Material bezogen, die Parierstange in der Form von Drachenschwingen und der Knauf aus zwei nach außen gewandten Drachenköpfen waren aus purem Gold, die Augen der Drachen strahlend blaue Saphire.

Sie nahm es in die Hand. »Aber ich weiß überhaupt nicht, wie man damit umgeht.«

»Dafür habt Ihr mich, Hoheit«, sagte Arl ak Sokay lächelnd. »Auf der Überfahrt werde ich Euch beibringen, wie man es richtig hält, damit es wenigstens so aussieht, als wüsstet Ihr, wie man damit umgeht. Die Truppen werden Euch zu Füßen liegen!« Er nahm ihr das Schwert aus der Hand, steckte es in die Scheide und hängte sie ihr an den Hüftgurt. »Lasst uns nach unten gehen. Die Milaresen werden gleich hier sein.«

Sie stiegen die Treppen des Turms hinab und betraten gleich darauf den Burghof. Hier war die ganze Hundertschaft des Generals mit den Vorbereitungen zum Abmarsch beschäftigt. Karren und Packesel wurden beladen, Pferde gesattelt, letzte Handgriffe an Rüstungen gelegt. Gebellte Befehle, über das Kopfsteinpflaster polternde Holzfässer, das Knarren und Quietschen von Flaschenzügen – der Lärm war überwältigend. Doch in dem Moment, in dem Lizia an der Seite von Arl ak Sokay auf den Hof hinaustrat, wurde es schlagartig still. Ein Soldat nach dem anderen drehte sich zu ihr um, machte einen Kniefall und senkte das Haupt.

Als Letzter ging auch Arl ak Sokay vor ihr auf die Knie. Lizia wusste, dass das nur eine Zurschaustellung vor seinen Männern war, trotzdem trieb es ihr die Röte in die Wangen. Sie packte den Griff ihres Schwertes, riss es aus der Scheide und reckte es in die Höhe.

»Für Twyddyn!«, rief sie, so laut sie konnte.

»Für Twyddyn!«, rief auch ak Sokay.

Sofort stimmten alle ein. »Für Twyddyn!«

Lizia sah das Aufflammen im Blick ihres Generals. Sie erkannte, dass er stolz auf sie war. Zum ersten Mal sah sie jedoch noch etwas anderes in seinen Augen: Sie sah, dass er sie begehrte. Und sie spürte, dass in ihr etwas Seltsames geschah … etwas, womit sie niemals gerechnet hätte: Sie spürte deutlich und ganz ohne Zweifel, dass plötzlich auch sie ihn begehrte.

RAYMO

Die Schwarze See

Der Wind wurde stärker und es begann zu regnen. Vereinzelte Tropfen zunächst, die Raymo anfänglich noch für Gischtspritzer der um sie herum schnell größer werdenden Brecher hielt. Der Gesang der See nahm an Kraft zu, und schon bald musste Raymo sich anstrengen, die Trommeln der milaresischen Galeere zu hören, die vor ihnen in der Dunkelheit verborgen fuhr. Schließlich war es nur noch ein pochendes Flüstern im immer heftiger auf die tosenden Wogen und das Deck prasselnden Regen; wie ein schwächer und schwächer schlagendes Herz, das plötzlich gänzlich stehenblieb.

»Die Götter sollen das Gewitter holen!«, fluchte Zane Arkeen mit zusammengebissenen Zähnen. »Wenn es jetzt anfängt zu blitzen, sehen sie uns.«

»Und wir sehen sie«, erwiderte Raymo, den Blick fest in der Richtung haltend, aus der er das Trommeln das letzte Mal gehört hatte.

Schon im nächsten Moment wurden Zane Arkeens Befürchtung und Raymos Hoffnung wahr: Mit einem ohrenbetäubenden Krachen zerriss ein gewaltiger, vielfach gezackter Blitz den schwarzgrauen Himmel. Er sah aus wie das grell leuchtende Netz eines wahnsinnig gewordenen Spinnengottes.

»Da!«, rief Raymo und deutete nach vorn. Der Milarese war klar und deutlich zu erkennen; nur wenige hundert Schritt vor ihnen.

»Schlagt die Trommeln, ihr Hunde!«, brüllte Zane Arkeen, und sofort gaben die Offiziere seinen Befehl weiter nach unten zu den Ruderbänken. »Volle Kraft voraus! Schnellster Takt!«

Als hätte der erste Blitz einen Damm gebrochen, machte nun einer nach dem anderen aus der ewigen Nacht einen seltsam zuckenden Tag. Die Helligkeit tat Raymo in den Augen weh.

»Verflucht!«, knurrte der Commodore und schlug mit der Faust auf die Reling. »Was habe ich gesagt? Sie haben uns gesehen und jetzt wenden sie! Sie greifen uns tatsächlich an!«

»Gut«, sagte Raymo ruhig und entschlossen. »Dann hat die verdammte Jagd endlich ein Ende, und wir haben ein deutlich erkennbares Ziel.« Er wandte sich an die Mannschaften an den Speerkatapulten. »Alles klar machen zum Gefecht!«

Die Männer sprangen auf ihre Posten, kurbelten eilig über die Seilwinden die Sehnen der Bögen auf Spannung, während je zwei andere die schweren Speere holten und sie einlegten. Wieder andere brachten die Schläuche mit dem Xalli und befestigten sie dicht hinter den Spitzen, zwei pro Speer, fest an den Schaft gezurrt.

»Richtet die Ballisten aus! Zielt mittschiffs!«, rief Raymo. Alle vier Katapulte wurden so ausgerichtet, dass sie über den Bug hinweg auf die noch immer wendende milaresische Kriegsgaleere zeigten.

»Halt sie auf Kurs, Commodore!«, wies Raymo an. »Dreh sie! Dreh sie! Schneller!«

Zane Arkeens Aufgabe war es, das Flaggschiff so zu steuern, dass der Bug stets in Richtung des Gegners zeigte.

»Rudern einstellen!«, rief er donnernd. »Steuerbordseite bereithalten für Einzelschläge auf Kommando! Backbordseite, haltet gefälligst die Blätter aus dem Wasser!«

Die Galeere verlor im Tumult der See schnell an Fahrt.

»Steuerbord Zug!«, befahl er, und die Ruderer auf der rechten Seite schlugen. »Zug!« Ein zweites Mal, und das Flaggschiff drehte sich fast auf der Stelle um die eigene Achse Grad für Grad nach rechts.

»Zug!« Der Bug war wie die Spitze einer Kompassnadel, deren Norden der Milarese war, der bald seine Kurve beendet hatte und frontal auf sie zufuhr, mit der klaren Absicht, sie mit seinem Sporn zu rammen und auf den Grund des Meeres zu schicken.

»Beeil dich, Caldäer!«, drängte der Commodore, »ehe die Bastarde uns in Grund und Boden fahren!«

Raymo behielt die Ruhe und durch den dichten Regen hindurch den Gegner im Auge wie der Adler den Fuchs. Beide Schiffe wurden durch die inzwischen haushohen Wogen auf- und abgehoben. Er durfte jetzt nichts überstürzen und musste warten, bis der Milarese nah genug war, und dann den richtigen Moment abpassen.

»Haltet!«, rief er seinen Katapultmannschaften zu. »Niemand schießt ohne mein Kommando!«

Der wahnsinnige Spinnengott schickte immer mehr seiner grell blitzenden Netze über den Himmel.

Dann war es endlich so weit.

Aber Raymo wollte sichergehen. »Katapult eins: Feuer!«, befahl er über den Lärm des Gewitters hinweg. Das rechte Steuerbordkatapult schoss den ersten Speer ab. Noch während er in der Luft war, sah Raymo, dass er sein Ziel finden würde, und brüllte: »Zwei, drei, vier: Feuer!«

Die Speere jagten im flachen Bogen dem Milaresen entgegen. Raymo wartete nicht darauf, zu sehen, wie sie einschlugen, sondern befahl drängend: »Nachladen!«

»Verdammt, Caldäer!«, rief Zane Arkeen. »Das wird zu knapp. Lass uns abdrehen!«

»Position halten!«, überstimmte Raymo den Commodore.

Die Katapultmannschaften waren gut trainiert und hatten schon kurz darauf die zweite Ladung schussbereit.

Noch immer hielt der Milarese frontal auf sie zu, kam Schlag für Schlag näher.

»Haltet!« Es riss an Raymos Geduld, erneut den richtigen Moment abzupassen, in dem die wütenden Wogen beide Schiffe auf gleiche Höhe brachten. Dann: »Eins: Feuer! Zwei: Feuer! Drei: Feuer! Vier: Feuer!« Es war keine Zeit mehr für Probeschüsse. Die Speere mit den Säcken voller Xalli fanden ihr Ziel.

»Nachladen!«, rief Raymo. »Jetzt die Zünder!« Er hätte sicherheitshalber gerne noch eine Salve Schläuche geschossen, aber der Milarese kam viel zu schnell viel zu nah. Die Zünder waren Speere, die hinter der Spitze mit in Xalli getränktem Tuch und Wolle umwickelt waren.

»Beeilt euch, ihr Hunde!« Raymo hörte den Anflug von Panik in Zane Arkeens Stimme.

Während die Zünder geholt wurden, brachten andere Männer Eisenwannen herbei. Sie waren gegen den Regen mit einem aus einem Schild gefertigten Dach versehen. In den Wannen brannte Kohle, auf die jetzt zwei, drei Becher Xalli gegossen wurden.

Sobald die Zünderspeere auflagen, rief Raymo: »Erst dann zünden, wenn ich den Befehl zum Feuern gebe, und dann so schnell wie möglich los mit dem Speer! Wir dürfen nicht riskieren, unser eigenes Schiff in Brand zu setzen.«

Raymo wartete auf den perfekten Moment. Jetzt musste er die Zeit mit einkalkulieren, die die Männer zum Anzünden brauchten.

»Sie kommen zu nah, Raymo!«, rief Zane Arkeen. »Du musst feuern lassen!«

Raymo schüttelte den Kopf, ohne die riesige gegnerische Galeere aus den Augen zu lassen. »Halte du die Ruderer bereit, Commodore, für ›Volle Kraft zurück‹.«

Zane Arkeen schnaubte, gab aber den Befehl. Unten im Rumpf würden die Ruderer sich jetzt umsetzen, mit dem Rücken zum Heck, und die Blätter ihrer Ruder eintauchen, um auf Kommando das Schiff sofort rückwärts zu bewegen.

Raymo wartete noch immer. Wenn er verfehlte, würde der Milarese sie im Licht des Gewitters einholen, und alles war verloren. Seine Nerven waren zum Zerreißen gespannt. Er fühlte das Wogen der See unter seinen Füßen, suchte den Takt, in dem die beiden Schiffe sich senkten und hoben.

»Schieß, verdammt!«, forderte Zane Arkeen.

»Gleich!« Raymo zählte weiter. Dann hatte er ihn gefunden, den perfekten Moment.

»Eins: Feuer!«, rief er. »Zwei: Feuer! Drei: Feuer! Vier: Feuer!«

Je zwei Männer pro Katapult entzündeten Fackeln in den Flammenwannen und mit ihnen die Zünderspeere, die, sobald sie ausreichend Feuer gefangen hatten, losgeschossen wurden.

Raymo beobachtete ihren Flug und gab vorsichtshalber den Befehl: »Noch einmal mit Zündern nachladen!« Doch das war nicht mehr nötig. Die vier ersten Zünder schlugen an verschiedenen Stellen auf dem Deck des Milaresen ein, und gleich darauf fing das zuvor aus den Schläuchen geplatzte Xalli Feuer. Raymo sah, wie die Milaresen zusammenliefen und mit Eimern Wasser aus der See hievten, um die schnell um sich greifenden Brände zu löschen.

»Zünder raus!«, rief Raymo. »Mehr Schläuche!«

Die Mannschaften wechselten die Zünderspeere gegen neue mit Schläuchen.

»Alle vier: Feuer!«, rief Raymo. Der Gegner war inzwischen so nah, dass es eine Kunst gewesen wäre, die riesige Galeere zu verfehlen.

Die Speere fanden ihr Ziel und nährten das sich mehr und mehr ausbreitende Feuer.

Raymo nickte dem Commodore eilig zu.

»Volle Kraft zurück!«, befahl Zane Arkeen drängend, und ein hartes Rucken durchlief das Flaggschiff.

»Nachladen!«, rief Raymo.

Die Flammen auf dem Milaresen schlugen schnell immer höher, verteilten sich, den Spuren des ausgelaufenen Xalli folgend, wie lebendige Schlangen über das Deck, die Masten hinauf und über die Bordwände nach unten.

Das Flaggschiff kam allmählich in Bewegung, aber der auf sie zuhaltende Milarese war noch immer schnell wie ein angreifender Wal.

»Rudert, ihr Ratten! Rudert!« Zane Arkeens Stimme war kurz vorm Überschnappen.

Raymo brüllte lauter: »Alle vier Katapulte: Feuer! Feuer! Feuer!«

Wieder trafen die Speere ihr Ziel. Raymo sah, wie gegnerische Soldaten von dem aus dem platzenden Säcken spritzenden Xalli getroffen wurden und schreiend in Flammen aufgingen.

Obwohl auf dem Milaresen die Ruderer durch das sich ausbreitende Feuer aus dem Takt gerieten, kam er noch immer schneller auf sie zu, als sie sich rückwärts bewegten.

»Wir sind verloren!«, hörte Raymo einen der Männer an den Katapulten angstvoll schreien. »Sie werden uns rammen!« Er drehte sich um und rannte vom Bug weg in Richtung Heck.

Raymo trat ihm in den Weg und streckte ihn mit einem Faustschlag nieder. »Jeder bleibt auf seinem Posten«, rief er den anderen zu. »Werft das restliche Xalli nach vorn über Bord! Und stecht zuvor Löcher in die Schläuche!«

Die Mannschaften beeilten sich, seinen Befehl auszuführen, und Raymo nahm einen der Zünderspeere auf. Das Ding wog so viel wie ein kleiner Baum. Er trat damit vor an die Bugreling.

»Anzünden!«, rief er. Sogleich kamen zwei Männer mit Fackeln und setzten Tuch und Wolle hinter der Spitze in Brand. Schwarzer Rauch schlug Raymo ins Gesicht. Er wuchtete den Speer mit beiden Händen in die Höhe, holte Schwung und schleuderte ihn weit nach vorne ins Wasser, genau zwischen die treibenden Schläuche. Der Speer traf auf die Wogen und versank, ohne das Xalli zu entzünden.

»Gebt mir einen Schlauch!«, rief Raymo.

»Wir haben keinen mehr!«, antwortete Zane Arkeen. »Sie sind alle im Wasser.«

»Einen zweiten Zünderspeer!«, befahl Raymo, und die Männer reichten ihm einen. »Anzünden!«

Jetzt wartete Raymo, bis die Spitze besser brannte. Die Hitze schlug ihm entgegen, und er hatte das Gefühl, als würde sie ihm die Haut vom Gesicht schälen. Dann erst wuchtete er den Speer und schleuderte ihn mit einem wilden Schrei.

Endlich fing der Teppich auf dem Wasser Feuer … und der Milarese fuhr genau hinein.

»Rudert!«, schrie Zane Arkeen wieder. »Rudert!«

Das Flammenmeer umfing den Milaresen, hüllte ihn völlig ein. Auch das letzte Ruder wurde zusammen mit dem Mann, der daran saß, ausgeschaltet, und die jetzt lichterloh brennende Galeere wurde endlich langsamer – während das Flaggschiff endlich ausreichend schnelle Fahrt aufnahm.

Zane Arkeens Mannschaft jubelte. Schlag um Schlag entfernten sie sich von dem brennend sterbenden Riesen.

Raymo roch in dem Rauch, der ihnen über das Meer entgegenwehte, das beißende Aroma verbrannten Fleischs.

Erst als sie weit genug weg waren, ließ der Commodore das Rudern einstellen, und Raymo sah dabei zu, wie der Milarese zuerst von den Flammen und kurze Zeit darauf von den Wogen geschluckt wurde.

Plötzlich bemerkte Raymo aus dem Augenwinkel, wie etwas von der Seite her auf ihn zuraste. Reaktionsschnell wirbelte er herum und sah, dass es der Schaft eines Speeres war. Eines normalen Speeres, im weit ausholenden Schlag geführt von einem der Soldaten Zane Arkeens. Raymo versuchte noch, sich unter dem Schlag wegzudrehen, aber das eisenharte Holz streifte ihn an der Schläfe, so fest, dass er aus dem Gleichgewicht gebracht wurde. Vor seinen Augen explodierten Dutzende roter Funken und Sterne, aber Raymo nutzte den stolpernden Schwung, um sich um die eigene Achse zu drehen, sein Schwert aus der

Scheide zu reißen und es in einem weiten Bogen knapp über dem Deck zu sensen. Die Klinge fraß sich durch Beinschiene, Muskeln und Knochen, und der Angreifer stolperte zur Seite. Schon im nächsten Moment war Raymo über ihm und trieb seine Klinge von oben herab mit der Spitze durch den Nacken des Mannes tief in seinen Leib. Fast im gleichen Moment traf ihn ein zweiter Schlag am Hinterkopf.

Raymo machte einen Ausfallschritt nach vorne und verlor den Griff seines Schwerts, das noch immer in dem ersten Angreifer steckte, der in einem bizarren Tanz seinem Tod entgegenzuckte. Die ohnehin dunkle Welt um Raymo wurde noch dunkler. Er sackte auf die Knie und zog seine Axt.

»Ich will ihn lebend!«

Durch den schnell dichter werdenden Nebel seiner Sinne erkannte Raymo Zane Arkeens Stimme. Raymo schüttelte den Kopf wie ein wütender Bär, um ihn wieder frei zu machen, und hechtete gerade noch rechtzeitig zur Seite, um dem nächsten Schlag mit dem Speerschaft auszuweichen. Er rollte ab, wechselte sofort die Richtung und sprang dem Soldaten entgegen, der schon wieder ausholte. Raymo war schneller, kam dem Hieb entgegen, blockte ihn mit dem freien Arm und hackte mit dem anderen die Axt in den Hals des Mannes. Noch während der röchelnd zusammenbrach, riss Raymo ihm den Speer aus den kraftlosen Fingern und warf sich herum.

Ein ganzes Dutzend Soldaten hatte einen Kreis um ihn gebildet. Schilde oben, die Speere nach vorne auf ihn gerichtet.

Weiter hinten stand Zane Arkeen, die Hand auf dem Griff seines Säbels. »Sieht ganz so aus, Caldäer, als endete unsere Freundschaft hier!«

LIZIA

Milara – Qualanuaragh

Arl ak Sokay ließ es sich nicht nehmen, Lizia höchstpersönlich auf ihr Pferd zu helfen. Eine schlanke, fahlweiße Stute mit sanften Augen und einer schwarzen Mähne. In der Rüstung hätte Lizia das niemals alleine geschafft. Er reichte ihr die Zügel und legte ihren Umhang zurecht, so dass er hinter ihr über den Sattel floss, ehe er auf sein eigenes Ross stieg. Trotz seiner sehr viel schwereren Rüstung und obwohl sein pechschwarzer Rappe fast eine Armlänge höher war als Lizias Stute, benötigte er dazu keine Hilfe. Auch die übrigen Männer saßen auf. Arl ak Ward und Mayra waren auf einem Karren am Ende des Trosses untergebracht. Die Männer am Tor zogen das Fallgitter nach oben und ließen die Zugbrücke herab.

Mit einer elegant höfischen Geste und ausgesprochen feierlicher Miene lud Arl ak Sokay Lizia dazu ein, das mit Fackeln beleuchtete Tor als Erste zu durchqueren, noch vor ihm. Sie verneigte sich mit einem Lächeln und trieb ihr Pferd voran. Ak Sokay schloss sogleich seitlich hinter ihr auf, und gemeinsam ritten sie im langsamen Schritt aus dem Burghof, Lizia stets eine halbe Pferdelänge voran. Die Hufe auf dem Kopfsteinpflaster schallten verheißungsvoll. Lizia bekam einen Vorgeschmack davon, was es hieß, Königin zu sein, wenn auch nur dem Titel nach. Es war ein äußerst angenehmer Geschmack. In einem Anflug von Erhabenheit schwoll ihr mit einem tiefen Atemzug die Brust an. Was für einen Weg sie hinter sich hatte! Was alles geschehen war seit jenem Tag in Cassias Hain, als Raymo sie aus dem See gerettet hatte! Und wohin er geführt hatte, dieser Weg! Unglaublich! Ihr fiel auf, dass sie schon lange nicht mehr an Raymo gedacht hatte, und sie fragte sich, wie es ihm wohl seit ihrer letzten Begegnung ergangen war, als er in Ketten vor dem Palast gestanden hatte. Sie nahm sich vor, sich nach ihm zu erkundigen, sobald sie wieder in Dunuum waren. Sie würde ihren neugewonnenen Einfluss geltend machen, falls er noch am Leben war, und ihn reich beschenken dafür, dass er verhindert hatte, dass sie sich das Leben nahm.

Bei dem Gedanken an ein Wiedersehen musste sie schmunzeln. Wie er wohl darauf reagieren würde, dass sie fortan Königin wäre? Sie war auf jeden Fall gespannt auf sein Gesicht, wenn sie es ihm sagen würde.

Die berittenen Soldaten hinter ihnen setzten sich in Viererreihen in Bewegung. Dann erst kamen die Fußsoldaten und am Ende die Karren und die Packtiere.

Es war ein feierlicher Zug.

Die milaresischen Truppen standen draußen jenseits der Zugbrücke in schnurgerader Ordnung Spalier. Fünf Hundertschaften gerüsteter Reiter auf jeder Seite des hier noch gepflasterten Wegs. Fünf Reihen tief. Jeder zweite von ihnen trug eine Fackel. Jeder zehnte die Flagge Milaras: ein rotes, durch ein Schwert zweigeteiltes Feld, auf der linken Seite ein Wehrturm, auf der rechten eine Galeere.

Am Ende des Spaliers warteten der milaresische Kommandant und sein Stab auf ihren Pferden. Soweit Lizia von hier aus erkennen konnte, waren es etwa zwanzig Personen.

Lizia hatte noch nie zuvor so viele Soldaten auf einem Fleck gesehen, und sie war beeindruckt, ja eingeschüchtert. Zugleich aber stellte sie sich eine Frage, die sie auch leise an Arl ak Sokay richtete: »Können wir den Umsturz mit nur tausend Mann bewältigen?«

»Im Hafen von Sanbao warten noch zwei Mal so viele bei den Schiffen, die uns ebenfalls von König Vas'Ko zur Verfügung gestellt werden«, sagte Arl ak Sokay mit einem Ausdruck zuversichtlichen Stolzes. »Und der Hauptteil unserer eigenen Truppen hat sich während unserer Abwesenheit auf der anderen Seite der See in Twyddyn versammelt. Dort halten sie sich versteckt bis zu unserer Ankunft. Noch einmal mindestens dreitausend Reiter und mehr als fünftausend Mann Infanterie. Dazu etwa viertausend Hilfstruppen, bestehend aus den Bauern der Ländereien der mit uns verbündeten Arls. Ganz abgesehen von meinen Leuten im Palast. Keine Sorge, Hoheit, der Umsturz ist mehr oder weniger eine reine Formalität. Rielle wäre wahnsinnig, auch nur an Gegenwehr zu denken.«

»Rielle *ist* wahnsinnig.« Es schmerzte Lizia, das von ihrer eigenen Schwester zu sagen, aber es war genau das, was sie nach den bisherigen Begegnungen mit Rielle und dem, was man sich alles über sie erzählte, empfand.

»Nicht so wahnsinnig, sich uns in einem offenen Krieg entgegenzustellen«, versicherte ak Sokay. »Ihr könnt wirklich vollkommen beruhigt sein, Hoheit. Es ist alles bis ins kleinste Detail geplant. Das Einzige, was jetzt noch zwischen Euch und dem Thron liegt, ist der Weg von hier nach Dunuum.«

Sie sah die Vorfreude in seinem Gesicht, die Zufriedenheit mit sich selbst, die feste Überzeugung, das Richtige zu tun und das Ziel schon bald erreicht zu haben. Sie kam nicht umhin zuzugeben, dass diese Überzeugung ansteckend war und wie sehr sie es genoss, sich von ak Sokay und seiner Sicherheit anstecken zu lassen. Ihr ganzes Leben lang war sie sich nicht ein einziges Mal einer Sache wirklich sicher gewesen. Sie konnte sich nicht einmal erinnern, wann sie jemals auf den guten Ausgang einer Sache zu hoffen gewagt hatte. Allein schon dafür, dass er ihr dieses Gefühl gab, war sie ak Sokay zutiefst dankbar. Und dafür, dass er sich um sie kümmerte, wie sich niemals zuvor jemand um sie gekümmert hatte. Sie nahm sich fest vor, ihm eine gute Ehefrau zu sein … und seinen Kindern eine gute Mutter. Das war wahrlich kein zu hoher Preis für Sicherheit … und schon gar nicht für einen Thron.

Es dauerte, bis sie endlich alle Hundertschaften des Spaliers passiert hatten und bei der Gruppe um den Kommandanten ankamen.

»Willkommen, General Hu'Aresch!«, rief Arl ak Sokay ihm entgegen, zügelte seinen Rappen und hob die Hand zum Gruß. Lizia folgte seinem Beispiel und brachte ihr Pferd ebenfalls zum Stehen.

General Hu'Aresch war ein nicht minder imposanter Mann als Arl ak Sokay, fand Lizia. Die zwei waren etwa im gleichen Alter, beide hochgewachsen und breitschultrig. Die Rüstung des Milaresen war noch auffälliger als die ak Sokays: mehr Gold und Edelsteine, auf dem Helm ein goldener Adler mit gespreizten Flügeln. Aber Lizia mochte den Blick seiner dunklen Augen nicht. Er war feindselig. Sein Lächeln war aufgesetzt, eine einstudierte Maske.

»General«, flüsterte sie ak Sokay zu, ohne ihm den Blick zuzuwenden. »Hier stimmt etwas nicht.«

»Was meint Ihr, Hoheit?«

Sie wusste es selbst nicht. »Es ist nur so ein Gefühl«, raunte sie. »Seht Euch seine Augen an. Und warum hat er uns nicht gleich vorne am Burgtor empfangen?«

Ehe Arl ak Sokay etwas erwidern konnte, setzte ein Mann neben General Hu'Aresch ein kleines, bronzefarbenes Horn an die Lippen und blies kraftvoll hinein. Augenblicklich und erschreckend schnell schlossen sich die beiden Hundertschaften, die Lizia und ak Sokay gerade passiert hatten, hinter ihnen zusammen wie eine Mauer.

Ak Sokay reagierte sofort. »Zurück ins Kastell!«, rief er, packte Lizias Stute bei den Zügeln und riss sie herum. Vor Schreck ging sie auf die Hinterhufe. Lizia hatte Mühe, sich im Sattel zu halten.

»Das ist ein Hinterhalt!«, brüllte ak Sokay mit gewaltiger Stimme, um seine Männer zu warnen. »Zurück! Zurück!«

Doch schon waren er und Lizia von mehreren Reihen Männern mit Speeren umzingelt.

Jenseits des undurchdringlichen Zauns aus geschärftem Stahl brach jetzt der Lärm eines Kampfes aus. Klirrende Waffen.

Schreie. Gleich darauf sah Lizia von außen einen Pfeilhagel auf die Position ihrer Leute niedergehen, dicht gefolgt von einem zweiten und fliegenden Wurfspeeren.

Einem völlig irrsinnigen Instinkt folgend griff sie nach ihrem neuen Schwert. Doch da war Arl ak Sokay schon bei ihr, drückte seine Hand auf ihre und hinderte sie daran.

»Nein, Hoheit«, raunte er ihr zu. »Ihr müsst leben! Vergesst nie: Solange Ihr lebt, besteht Hoffnung!«

Lizia wollte ihn abschütteln, aber sie war nicht stark genug. So blieb ihr nichts anderes übrig, als mit tränennassen Augen dem heimtückischen Gemetzel ihrer Getreuen zuzuhören.

Sie sah den Blick ak Sokays. Verschwunden waren Stolz und Zuversicht, Überzeugung und Selbstvertrauen. Und zusammen damit auch die Sicherheit. Alles war verloren.

Eine Ewigkeit verstrich, bis endlich auch der allerletzte Todesschrei verklungen war.

RAYMO

Die Schwarze See

Du verräterischer Hund!«, brüllte Raymo Zane Arkeen entgegen und suchte eine Schwachstelle in dem Kreis, den die Soldaten um ihn gebildet hatten. Zane Arkeen sah es und ließ sogleich einen zweiten Ring darum formen, um ganz sicherzugehen, dass Raymo nicht entkommen konnte.

»Was hast du vor?«, wollte Raymo wissen, obwohl er es ahnte. Der Sturmregen war noch heftiger geworden. Ihm klebte das lange Haar am Kopf, und jedes Stück Stoff an seinem Leib war nass und kalt.

»Wir werden nach Twyddyn zurückkehren«, sagte Zane Arkeen mit erhobener Stimme über das Peitschen des Windes hinweg. »Dort werde ich mich für den Verlust meiner Flotte vor Königin Rielle rehabilitieren, indem ich ihr einen ganzen Kontinent zum Geschenk mache. Ich werde ihr von meinem Sieg über die milaresischen Befestigungen berichten, und sie wird mir endlich eine Flotte zur Verfügung stellen – für die Eroberung und Sicherung ihrer neuen Kolonie Kutera.«

»Warum tust du das?«, fragte Raymo. »Wir haben dort unten die Chance auf ein neues Leben.«

Zane Arkeen lachte spöttisch. »Ein schöner Traum. Eine Phantasie.«

»Dieser Traum kann Wirklichkeit werden!«

»Du glaubst das ernsthaft, Caldäer, nicht wahr?« Der Commodore schüttelte den Kopf. »Milara würde Kutera niemals aufgeben. Nicht solange hier im Norden die Hungersnot immer größer wird.«

»Milaras Ressourcen sind nicht unerschöpflich«, sagte Raymo. »Wir haben bereits sieben ihrer Galeeren versenkt. Acht, wenn wir die von der Hinreise mitzählen. Und wenn wir Szumas Leute noch besser ausbilden, können wir sie mit den drei Festungen und denen, die wir noch bauen werden, daran hindern, jemals wieder einen Fuß auf Kutera zu setzen. Wir können endlich frei sein.«

»Frei und wild, ja. Eine ganz wunderbare Vorstellung. Ich nehme mir ein Eingeborenenweibchen oder zwei, mache ein Dutzend kleine Arkeens und verbringe den Rest meiner Tage damit, mich im ewigen Schatten des Gotttöters mit Hilfe deines selbstgebrannten Fusels vergessen zu machen, welche Chancen ich verpasse.«

»Von welchen Chancen sprichst du, Mann?«

»Siehst du, genau deshalb ist deine Heimat von Twyddyn erobert worden, Caldäer«, erwiderte Zane Arkeen. »Ihr wolltet nichts weiter als eure Ruhe und euren Frieden. Du scheinst dir überhaupt nicht vorstellen zu können, wie langweilig das für Menschen wie mich ist, wie grausam. Wer will denn Ruhe und Frieden, wenn er Macht haben kann? Wenn es in seiner Hand liegt, die Welt zu verändern? Du musst weiterdenken, Caldäer. Größer. Rielle macht mich zum Vizekönig. Ich herrsche über Kutera. Durch Kuteras Ressourcen wächst Twyddyns Macht, und wir nehmen Milara vom Norden und vom Südwesten her in die Zange, löschen es für immer von den Karten der Welt. Twyddyn wird zum mächtigsten Reich der Erde und ich der zweitmächtigste Mann darin. Mit etwas Geschick sogar bald der mächtigste, wenn ich dank meiner Verdienste für Twyddyn an Rielles Stelle auf dem Thron sitze. Ich und meine Nachkommen werden diese Welt beherrschen, und du glaubst, ich würde all das aufgeben für … ja, für was eigentlich? Ein Hüttchen am Strand und ein Paar nackte Titten? Das kann nicht dein Ernst sein.«

»Du willst ein ganzes Volk versklaven und ein anderes auslöschen für Macht?«

»Genau das *ist* Macht.« In dem Moment zuckte wieder ein gewaltiger Blitz über den Himmel, ganz so als würden die Götter die Worte des Commodore bestätigen wollen.

Raymo konnte es nicht fassen. »Und warum, um alles in der Welt, lässt du mich dann am Leben?«

»Weil du das meine gerettet hast, indem du mich vor dem Verrat ak Sokays warntest«, sagte Zane Arkeen. »Und nicht nur das bin ich dir schuldig. Ohne dich wäre es gar nicht möglich gewesen, die Festungen der Milaresen zu vernichten. An dieser Stelle muss ich dir außerdem meinen Dank für die hervorragende Taktik aussprechen, die Speerkatapulte als feuerbringende Bordgeschütze zu verwenden.«

»Dann war es die ganze verdammte Zeit schon dein Plan, nach Twyddyn zurückzukehren?«

»Kein Plan. Zunächst nur ein Gedanke. Ich musste schließlich abwarten, ob es uns überhaupt gelingen würde, die Festungen einzunehmen. Aber als das geschafft war, habe ich entschieden, so schnell wie möglich zurück nach Twyddyn zu fahren und von dort Verstärkung zu holen. Dann aber tauchte das milaresische Schiff auf, und ich dachte, alles wäre verloren, der ganze schöne Traum dahin. Aber du hast es wieder einmal geschafft, du verdammter Hurensohn. Wir haben sie eingeholt und zerstört, und von hier aus sind es jetzt nur noch wenige Tagesreisen bis Dunuum. Damit ist der Vorsprung, den ich gegenüber Milara habe, noch sehr viel größer.«

»Und was ist mit ak Sokay?«

»Zugegeben. Das wird eine Herausforderung. Aber bin ich erst einmal bei Königin Rielle, wird es ein Leichtes, den General seines heimtückischen Verrats an der Krone zu überführen. Ich habe ein ganzes Schiff voller Zeugen, die die überlegene Größe der milaresischen Galeeren bestätigen können.«

Raymo sah vor seinem geistigen Auge, wie der Commodore mit einer ganzen Flotte twyddyanischer Kriegsschiffe nach Kutera zurückkehren würde. Wie er Szuma, ihren Vater und ihr Volk besiegen und unter sein Joch werfen würde. Er sah den zum Bau neuer Schiffe gerodeten Urwald und die Bewohner Xeljasals auf den Plantagen Crata Gyna ernten, getrieben von Männern mit Peitschen. Er sah Szumas toten Leib von Pfeilen und Speeren durchbohrt am Strand liegen, ihr Blut noch von den Wellen ins Meer geleckt, während schon die ersten Krabben sich daranmachten, über ihr Fleisch herzufallen. Was er nicht sah, war ein Weg, das zu verhindern.

Er schaute sich noch einmal um. Mehr als zweimal zehn Speere waren auf ihn gerichtet. Sie hielten ihn davon ab, Zane Arkeen zu töten. Er fragte sich: Wenn es ihm gelingen würde, den Commodore auszuschalten, hätte er dann eine Chance, die Besatzung davon zu überzeugen, dass sein Weg der bessere war? Dass sie in Kutera frei sein würden von der Machtgier und den Intrigen der alten Welt?

Da kam überraschend Hilfe!

Mit wilden Kriegsschreien auf den Lippen griffen Eivin und Shuyak Dole den Doppelring aus Speeren von der rechten Flanke her an. Eivin mit einer langen Doppelaxt, die er schwang wie eine Keule, Shuyak Dole mit einem kurzen Speer und Schild. Noch ehe die Soldaten Zane Arkeens reagieren konnten, hatten die beiden Gladiatoren bereits vier von ihnen getötet.

Ohne zu zögern, ergriff Raymo die Chance beim Schopf. Er sprang nach vorne, wo die Soldaten durch den Überfall abgelenkt waren und ihn für einen Moment aus den Augen gelassen hatten. Mit dem Speer in der Linken wischte er den Schild des ersten Soldaten beiseite und trieb die Spitze seines Schwerts mit Wucht durch seine ungeschützte Kehle. Der Stahl durchtrennte Speiseröhre und Wirbelsäule ohne Mühe. Gleichzeitig rammte Raymo den Mann neben ihm, so dass der das Gleichgewicht verlor und stolperte. Er stieß ihm beim Herausziehen des Schwerts aus dem Hals des fallenden Kameraden den Knauf so hart zwischen die Augen, dass er den Schädel dahinter brechen spürte und der Mann auf der Stelle leblos in sich zusammensackte wie ein Schwein, das man mit einem Hammer geschlachtet hatte.

Ein dritter Soldat hatte sich bereits wieder so weit gefasst, dass er zum Angriff überging und Schild voran mit dem Speer nach Raymos Beinen stach. Hätte er nach Raymos Brust gestochen, hätte er womöglich Erfolg gehabt, aber vermutlich hielt er sich noch an den Befehl des Commodore, Raymo nicht zu töten – was sein eigenes Schicksal besiegelte. Raymo sprang nach oben, über die Spitze des Speers hinweg. Der Sprung brachte ihn in eine Höhe, von der aus er über den Schildrand des anderen hinweg zustechen konnte. Schnell und hart wie eine Giftschlange. Gerade tief genug, damit die Klingenspitze die Halsschlagader seines Gegners öffnete. Eine rote Fontäne schoss hoch in die Luft.

Raymo mähte noch zwei weitere Soldaten nieder, ehe er schließlich vor Zane Arkeen stand. Der Commodore hatte Säbel und Dolch gezogen und stellte sich ihm mit einem finsteren Grinsen entgegen.

»Ich nehme an, das musste früher oder später so kommen«, sagte Zane Arkeen mit leise drohender Stimme und ging in Position.

Raymo hielt sich nicht mit Worten auf und ging mit einem wütenden Brüllen zum Angriff über. Auch Zane Arkeen stieß einen Kampfschrei aus und hechtete ihm flink entgegen. Ihre Klingen sangen wild gegen den Sturm an. Hackten, stachen, sensten, wirbelten. Angriff, Gegenangriff, Finte, Ausfallschritt, Hieb, Block. Sie kämpften schneller, als das Auge folgen konnte, und kälter als Eis.

»Du kämpfst für einen leeren Traum, Caldäer!«, rief Zane spöttisch, machte dabei blitzartig einen Ausfallschritt und stach zu. Raymo entging dem Stoß gerade noch mit einem Sprung nach hinten. Doch der Commodore setzte direkt nach. »Für einen Traum, der sich nie erfüllen wird. Einen Traum, der sich noch nie erfüllt hat. Für keinen von uns!«

Raymo ignorierte die Provokation und ging zur Gegenattacke über. Wie zwei Kriegsgötter aus uralter Zeit hieben sie mit funkenstiebenden Klingen aufeinander ein. Zane Arkeen führte seinen schweren Säbel mit derselben Leichtigkeit wie ein Milarese seinen Degen. Raymo stach mit dem Speer mal von oben zu wie ein Skorpion mit seinem Stachel, mal von der Seite, dann wieder von unten. Sein durch die Luft singendes Schwert schwang er im Takt dazu in weiten, fließenden Bögen. Mehr als einmal bewahrte der eine oder der andere Brustpanzer seinen Träger vor dem sicheren Tod.

»Schlag dich auf meine Seite, Mann!«, knurrte der Commodore. »Ich mache dich zu meiner rechten Hand. Du wirst der zweitmächtigste Mann in ganz Kutera.«

»Spar dir die Worte, verräterischer Hund!« Noch nie hatte Raymo einem dermaßen geschickten und flinken, aber vor allem auch außergewöhnlich kraftvollen Kämpfer gegenübergestanden. Er spürte jedes harte Aufeinandertreffen ihrer Waffen, wie es seine Faust von innen erschütterte. Besonders wenn Zane Arkeen den schweren Säbel von oben herabschmetterte, war es klüger, dem Hieb gänzlich mit einer Drehung auszuweichen, als zu versuchen, ihn zu blocken.

Schon bald war die Nässe in den Gesichtern der zwei Krieger nicht länger nur mehr Regen. Es war Schweiß, und er floss in Bächen. Der Kampf war unerbittlich. Jeder der beiden kämpfte für die Zukunft seiner eigenen Welt. Doch nur Raymo kämpfte nicht allein für sich, sondern für andere; für deren Freiheit. Das machte den entscheidenden Unterschied. Denn vom Anbeginn der Zeit kämpft der Mensch, wie nahezu jede Kreatur, schon immer wilder und härter und unermüdlicher, wenn er es für die tut, die er liebt und die er beschützen will. Das ist ein unumstößliches Gesetz der Natur. Und so blieb es nicht aus, dass Raymo mit Stichen und Hieben und einer Serie von kraftvoll gesprungenen Ausfallschritten und wirbelnden Drehungen schließlich Zane Arkeen immer weiter nach hinten drängte, ihn öfter zum Ausweichen zwang, als er selbst zum Ausweichen gezwungen wurde.

Raymo erkannte, dass seine Ausdauer größer war als die des Commodore. Er verlagerte seine Taktik darauf, die Hiebe mit dem Säbel abzulenken oder zu unterbrechen, ehe sie zu großen Schwung bekamen, und zwang Zane Arkeen damit Schritt für Schritt, Schlag für Schlag zur Erschöpfung. Er nahm das Drängen aus der eigenen Offensive und verleitete Zane Arkeen dazu, nun wieder selbst nach vorne zu stürmen, nur um den Takt seiner Attacken ein ums andere Mal zu unterbrechen und ihm den Atem zu rauben.

Zane Arkeen brüllte auf vor Zorn. Raymo sah in seinen Augen, dass der Commodore erkannte, dass er unterliegen würde, wenn er Raymo den Rhythmus des Duells überließ. Zane Arkeen brach die Offensive ab, sprang zwei Schritte nach hinten und stellte sich lauernd in Position, dabei heftig schnaufend.

Raymo unterdrückte ein Grinsen. Sollte Zane Arkeen doch ruhig denken, er hätte seinen Plan durchschaut.

Die Kunst des Kämpfens liegt darin, hatte Raymos Vater Llugh Ten Mayne ihn gelehrt, *dazu in der Lage zu sein, jederzeit einen neuen Plan zu schmieden. Du kannst alles tun, Sohn, nur nie das, was sie erwarten.*

Mit einem lauten Schrei machte Raymo einen Satz nach vorne, so dass Zane Arkeen noch im gleichen Augenblick die Position wechselte. Doch statt die Attacke durchzuziehen, blieb er abrupt stehen, nutzte den Schwung und schleuderte den Speer in seiner Linken, genau auf Zane Arkeens Gesicht zu. Jeden anderen Gegner hätte Raymo mit dieser Finte besiegt, nicht aber den Commodore. Trotz seiner Erschöpfung war er noch immer flink genug, den eigenen Ausfall noch im letzten Moment in eine Halbdrehung zu verwandeln, so dass der Speer zwei Fingerbreit an seinem Kopf vorbeijagte. Aber Raymo hatte die Flinkheit Zane Arkeens einkalkuliert. Seine Finte war eine Doppelfinte. Denn genau den Moment, in dem der Commodore seinen Kopf in Sicherheit drehte und Raymo für den Bruchteil eines Herzschlags aus den Augen verlor, nutzte Raymo und hechtete nach vorne, das eigene Schwert mit aller Kraft von rechts nach innen schwingend.

Für diesen Augenblick schien die Zeit stillzustehen. Raymos Klinge jagte auf den ungeschützten Nacken des Commodore zu. Zane Arkeen hatte den Schwung seiner Drehung noch nicht bremsen können. Nur den Kopf hatte er leicht gewendet und sah aus dem Augenwinkel wehrlos seinem Tod entgegen. Er riss den Mund auf, um hasserfüllt seinen eigenen Untergang mit einem letzten Schrei zu verfluchen.

Zugleich hatte der Kampf alle Aufmerksamkeit Raymos gefordert, all seine Wachsamkeit, so dass er nicht mehr sah, was um ihn herum geschah. Deshalb kam der Pfeil von der Seite überraschend. Der Schmerz im Oberarm war so stark, dass Raymo das Schwert mitten im Schwung loslassen musste. Um Haaresbreite flog es an Zane Arkeens Nacken vorbei, nur leicht seine Haut kratzend.

Nun war es Raymo, der einen Fluch herausbrüllte, während ein zweiter Pfeil ihn am Bein traf, glatt durch den Schenkel. Raymo knickte um, und gleich waren die Soldaten bei ihm, schlugen auf ihn ein. Er warf sich auf dem Boden herum, versuchte, seine Angreifer mit der Faust abzuwehren. Doch etwas Hartes traf ihn am Kopf. Die Welt um ihn herum explodierte in mörderischem Schmerz und grellroten Lichtern. Ein zweiter Schlag krachte in seinen Nacken, und die explodierende Welt wurde zusammen mit dem Schmerz von nachtschwarzer Dunkelheit geschluckt.

Alles wurde still. Bis auf ein in der Ferne immer schwächer werdendes Echo. Das Echo des befreiten und gleich darauf höhnischen Lachens von Zane Arkeen.

ASH

Gutney

Sie schufteten ununterbrochen. Die kleineren Steine sammelten sie mit den Händen auf, die Felsen hackten sie mit Pickeln und Stemmeisen zu Brocken. Den Schutt luden sie in Säcke, schafften sie aus dem Tunnel heraus und kippten sie nach unten in den See aus brodelnder Lava. Doch ganz gleich, wie lange sie sammelten, hackten, schleppten und kippten, Ash hatte das Gefühl, dass der Geröllhaufen vor ihnen nicht ein Stück kleiner wurde. Es war unmöglich, hier unten den Lauf der Zeit zu messen, zu bestimmen, wie viele Tage und Nächte die Seewölfe und die Inselbewohner sich hier schon abrackerten. Ash war sich sicher, es waren bereits Wochen.

Die Luft war schlecht, aber noch schlechter war die Versorgung, auch wenn gleich fünf Trupps zu je dreißig Mann mit der

Beschaffung von Frischwasser und Fisch aus der eisigen See beschäftigt waren. Dennoch arbeiteten sie alle hart und ohne zu murren. Zumindest die, die noch lebten. Fast einhundert Männer, Frauen und Kinder hatten sie inzwischen der letzten Ruhe im feurigen Herz des Vulkans übergeben. Die meisten waren an Unterernährung und Infektionen gestorben, einige an einem fürchterlichen, blutverklumpten Husten und wieder andere durch Geröllrutsche und herabstürzende Felsbrocken. Unter Letzteren hatten nur die wenigsten das Glück eines schnellen Todes erfahren.

Dennoch war ihre Zahl nicht kleiner geworden. Ganz im Gegenteil. Die Nachricht von ihrer Anwesenheit und ihrer Mission hatte sich herumgesprochen, und von überall auf der Insel her kamen auch jetzt noch Überlebende zu ihnen. Menschen, die bei ihnen Hoffnung suchten, ein Ende von Isolation und Verzweiflung, vor allem aber etwas zu essen.

Ash und Þóra wiesen keinen von ihnen ab, auch wenn es hier unten immer enger wurde und stickiger und Dulf Einhand sich darüber ausließ, dass der karge Fang, den seine Boote machten, schon jetzt kaum ausreichte.

Wie lange noch?, fragte Ash seinen Gott immer wieder, und immer wieder erhielt er die gleiche unbefriedigende Antwort: »Es dauert so lange, wie es eben dauert, mein Sohn. Bald habt ihr es geschafft.«

»Habt Geduld, mein Gebieter.« Þóra brachte ihm eine Holzschale mit Fischsuppe, die den Namen kaum verdiente, so wenig Fisch war darin. Er nahm sie mit vom Steineschleppen schwieligen Händen entgegen und nippte daran. Wenigstens war sie salzig und heiß. »Die Arbeit mag mühselig sein, doch dafür wird Gott uns die Sonne zurückbringen.«

Sie setzte sich neben Ash. »Erinnert Ihr Euch noch daran, wann Ihr sie das letzte Mal gesehen habt, die Sonne?«

Ash nahm einen zweiten Schluck Brühe und nickte. »Noch ganz genau«, sagte er. »Ich war mit Vater Baol und einer Gruppe meiner Brüder auf einer Sammelfahrt durch die Mark.«

»Sammelfahrt?«

»So nennen … nannten wir es, wenn wir zweimal im Jahr auf den umliegenden Höfen und in den Dörfern und Städten Almosen und milde Gaben für unsere Klostergemeinschaft gesammelt haben.«

»Ihr seid betteln gegangen?«

»Nein, nicht betteln«, entgegnete Ash. »Unser Kloster stand allzeit offen für jedermann, der Schutz suchte, Unterkunft oder auch Speisung, vor allem aber medizinische Versorgung. Unsere Gemeinschaft war auf Heilen spezialisiert, nicht nur im Kloster selbst. Einige unserer Brüder waren dauerhaft auf Wanderschaft durch die Mark, um bei Geburten zu helfen, bei Krankheiten und Unfällen. All das haben wir ohne jegliches Entgelt geleistet, aber zweimal im Jahr sind wir sammeln gegangen bei all jenen, die freiwillig gaben. Dabei haben wir auch im Kloster zubereitete Kräutertinkturen und Salben verkauft. Darunter auch einen in der ganzen Umgebung äußerst beliebten Brand.« Ash stieß ein kleines Lachen aus, als er sich erinnerte. »Eigentlich war der zum Einreiben gedacht, aber die Leute haben ihn viel lieber getrunken. Nun ja, auf jeden Fall waren wir an jenem Tag in Neta'Vi, der Hauptstadt unserer Mark, eine prächtige Handelsstadt. Zumindest einstmals.«

»Ich erinnere mich an Neta'Vi«, sagte Þóra. »Ich war als Kind einmal da. Mit Borgarh, meinem Vater, und meiner kleinen Schwester Busla.« Ein Schatten fiel auf ihr Gesicht. »Sie war das Schönste, was ich jemals gesehen habe.«

Ash war sich nicht sicher, ob sie nun die Seefahrerstadt meinte oder ihre kleine Schwester, die Gott von ihr genommen hatte. »Ja, sie war wunderschön«, sagte er daher einfach nur und legte ihr tröstend die Hand auf den Arm. »Wenn du selbst schon einmal da warst, erinnerst du dich vielleicht noch an die Anhöhe im Süden.«

Þóra nickte. »Die Wiesen mit den Apfelbäumen.«

»Genau die. Dort hatten wir bei unserer Ankunft Rast gemacht, um uns vor dem eigentlichen Gang in die Stadt noch einmal auszuruhen und zu stärken. Von dort oben hatte man einen guten Ausblick über die ganze Stadt: Die Schafsweiden vor der Mauer mit dem hohen, dicken Torturm, die prachtvollen Häuser der Händler, die Marktplätze in der Nähe des Hafens und den Hafen selbst mit all seinen großen und kleinen Schiffen; weiße Segel im Schein der hochstehenden Sonne, das Wasser der See so strahlend blau, dass es blendete.«

»Als Kind habe ich davon geträumt, irgendwann einmal in Neta'Vi zu leben«, sagte Þóra. »In einem dieser feudalen Häuser. Ich habe vom Handel mit Perlen und Bernstein geträumt, von einem gütigen, weitgereisten und klugen Mann und einer ganzen Schar wohlerzogener Kinder. Und Diener. Ich wollte immer Diener haben, die mir die Last des Alltags abnehmen, so dass ich mich um das Geschäft und die Familie kümmern kann. Oh, wie habe ich die Menschen in Neta'Vi beneidet.«

»Jetzt kann man sie nur noch betrauern«, sagte Ash. »Der Donner kam ohne jede Vorwarnung an jenem Tag. Die Erde bebte unter unseren Füßen, so stark, dass so mancher von uns sogar zu Boden stürzte und die Äpfel von den Bäumen fielen wie Regen. Der Knall war so laut, dass danach das Hören schwerfiel. Und keiner wusste, was die Ursache war. Wir schauten uns um, aber bis auf ein paar Kratzer war niemand wirklich verletzt. Es war so schnell vorüber, wie es gekommen war, dachten wir zumindest, während wir uns noch aufgebracht fragten, was überhaupt geschehen war. Wir wollten schon unsere Rast beenden und hinunter in die Stadt gehen, um nachzusehen, ob die Menschen dort unserer Hilfe bedurften. Soweit wir von dort oben erkennen konnten, war durch das Beben das eine oder andere Dach eingestürzt. Da sahen wir, wie sich weit im Nordwesten der Himmel verdunkelte.

Es war, als wenn man Tinte in ein Glas Wasser kippt, doch umgekehrt, die Dunkelheit stieg vom Horizont aus in die Höhe und verteilte sich dort in dick quellenden Wolken. Und alles ging so furchtbar schnell. Die Leichtgläubigen unter uns sprachen mit furchterfüllten Stimmen davon, dass Neta'Vi verflucht sei, weil es sich von Gott ab- und dem Gold zugewandt hatte. Und dass dies der Tag sei, an dem Svanto dafür über sie Gericht hielt. Doch keiner von uns hatte auch nur die geringste Vorstellung davon, was noch kommen sollte.«

»Die Flut«, sagte Þóra leise.

»Ja, die Flut. Sie kam aus der gleichen Richtung wie die dunklen Wolken, aber sie war schneller. Sie verschluckte die Stadt zu unseren Füßen, noch ehe der Himmel die Sonne verschluckte. Noch nie habe ich etwas so Gewaltiges, Schnelles und Gefräßiges erlebt wie diese erste heranjagende Welle. Sie war wie … wie …«

»Wie ein eigener schwarzer Horizont«, beendete Þóra den Satz. »Ich weiß. Auch ich habe sie an jenem Tag gesehen. Von der Klippe über unserem Dorf aus, wo ich mit Busla Möweneier gesucht habe. Die Springflut hat meinen Vater geholt und mit ihm alle anderen Männer, die an diesem Tag zum Fischen draußen waren. Aber je länger die Dunkelheit andauert, die uns seitdem umgibt, desto seltener erinnere ich mich an den Donner oder an die Flut oder das Gesicht meines Vaters, mit dem er sich an jenem Morgen wie jeden Morgen verabschiedet hat. Nein, mein Gebieter, das, woran ich mich am besten erinnere, ist der Moment, in dem die schwarzen Wolken die Sonne fraßen. Diesen letzten Augenblick, in dem sie zu sehen war. Hell und – wie es bis zu jenem Tag schien – unbesiegbar. Und je öfter ich diesen Moment erinnere, desto öfter erlebe ich ihn umgekehrt. Ich sehe, wie die ersten Strahlen der Sonne das Schwarz durchdringen, und dann immer mehr, und wie sie die Wolken vertreibt und der Himmel wieder strahlt, der Tag wieder hell wird. Ich weiß, dass der Gott, dem wir dienen, diesen Tag herbeibringen wird, und jeden weiteren Morgen, der danach kommt, werde ich auf meine Knie fallen und ihm mit Tränen in den Augen dafür danken.«

Ash stellte die inzwischen leere Schale beiseite und nahm Þóras Hände. »Du glaubst so fest daran, dass er sie zurückbringen kann.«

Sie lächelte und nickte. »Ja, das tue ich, Gebieter.«

»Was ich nicht verstehe«, sagte er mehr zu sich selbst als zu ihr, »ist: Wenn er so mächtig ist, wozu braucht er dann uns?«

»Ich glaube, er braucht das, was alle Götter brauchen«, sagte sie.

»Was ist das?«

»Unsere Anbetung, mein Gebieter, unseren Glauben an ihn. Vielleicht gibt ihm das erst die nötige Kraft. Vielleicht ist unser Glaube Nahrung für Götter, so wie Fisch Nahrung für uns ist. Oder nimm als Beispiel die wertvollen Dienste, die deine Brüder und du im Kloster geleistet habt; das konntet ihr nur tun, weil die Menschen, um die ihr euch gekümmert habt, euch bei euren Sammelfahrten als Dank mit Gaben beschenkt haben.«

»Das würde bedeuten«, sagte Ash, »dass Götter über uns herrschen, weil wir ihnen dienen.«

Þóra schüttelte den Kopf. »Ich denke, Götter haben Besseres zu tun, als über uns herrschen zu wollen. Ich bin der festen Überzeugung, wir sind ihnen die meiste Zeit ziemlich egal. Damit, dass wir ihnen dienen, sorgen wir nur dafür, dass sie sich wenigstens hin und wieder auch um uns kümmern statt nur um sich selbst.«

Ash hörte Gott in seinem Kopf leise lachen.

»Sieh an«, sagte Gott und Ash spürte, dass Þóra ihn diesmal nicht hören konnte. »Da erteilt die einfache Fischerin dem studierten Ordensbruder eine Lektion in Glaubensfragen.«

Hat sie recht?, fragte Ash.

»Denk nach«, sagte Gott. »Anzunehmen, wir Götter hätten bloß die Macht, über euch zu herrschen, weil ihr uns dient, wäre im Kern der Sache gleichzusetzen mit der Annahme, wir dienten euch, weil ihr uns dient. Und das ist nun wirklich ein absurder Gedanke. Ein ausgesprochen eitler sogar. Ja, wir holen Kraft aus eurem Glauben, aus eurer Anbetung, aber mit dieser Kraft tun wir, was uns gefällt, und manchmal ist das, was uns gefällt, zufälligerweise etwas, das auch euch Nutzen bringt. Und jetzt schlage ich vor, du machst dich wieder an die Arbeit, wenn du jemals deine geliebte Sonne wiedersehen willst.«

RAYMO

Etwas in Raymo sträubte sich dagegen aufzuwachen. Während seiner tiefen Bewusstlosigkeit war er in Kutera gewesen, bei Szuma. Am Strand, im hellen und warmen Schein der Sonne. Sie hatten sich im Sand geliebt und im flachen Wasser. Das Licht der Sonne hatte die Wellen saphirblau schimmern lassen und Szumas Haut golden und silbern. In der Luft hatten das süße Aroma unzähliger Blüten aus dem nahen Urwald und der köstliche Duft Szumas gelegen, vermischt mit dem belebenden Salzgeruch der See. Jetzt drang der stechende Gestank von Urin und Fäkalien und von den Gerbereien an Raymos Nase und zwang ihn mit seiner Schärfe mehr und mehr zu Bewusstsein. Er musste die Augen nicht aufmachen, um zu erkennen, wo er sich gerade befand; er erinnerte sich nur zu gut an den verpesteten Mief.

Der Fluss Rahn! Auf all seinen Reisen hatte Raymo kein Gewässer erlebt, das so sehr stank.

Raymo fror. Viel schlimmer aber waren die Schmerzen im Arm und im Bein, wo ihn die Pfeile getroffen hatten. Er spürte enge Fesseln um den Hals und um den jetzt nackten Oberkörper. Raue, kratzige Stricke, die ihn aufrecht hielten. Die Arme hatte man ihm nach oben gebunden, die gekreuzten Hände über dem Kopf. Das Atmen fiel ihm schwer. Im Rücken hatte er den dicken Mast, an den er gebunden war.

Jemand kippte ihm von vorn einen Eimer Wasser gegen Brust und Gesicht. Faulige Brühe aus dem Fluss. Raymo hustete und spuckte.

»Ja, wach auf, Caldäer!« Es war Zane Arkeens Stimme. »Wir sind gleich da.«

Raymo blinzelte die stinkende, klebrige Brühe von den Augen und spuckte noch einmal aus, als er Zane Arkeen vor sich stehen sah. Links und rechts von ihm »standen« in grotesken Haltungen Eivin und Shuyak Dole, auf zwei der dicken Speere von den Katapulten gespießt. Weit hinter ihnen sah Raymo über den Bug des Flaggschiffs hinweg die Feuer und Fackeln Dunuums.

Mit jedem Schlag der Ruder kamen sie der Hauptstadt näher.

»Warum lebe ich noch?«, fragte Raymo.

»Wie ich bereits sagte«, antwortete Zane Arkeen, »du hast mir das Leben gerettet.«

»Und versucht, es dir wieder zu nehmen.«

»Deshalb habe ich dich auch nicht auf freien Fuß gesetzt, wie ich es eigentlich vorhatte«, sagte der Commodore. »Stattdessen sollst du jetzt im Kerker verrotten.«

Raymo lachte leise und spöttisch auf. »Du willst mich wirklich leben lassen? Das ist ein Fehler, Arkeen. Wenn ich freikomme … *sobald* ich freikomme, werde ich dich finden und mit dir abrechnen.«

Zane Arkeen lächelte finster. »Ja, ich will, dass du ihn hegst und nährst, diesen Gedanken in den Wochen, Monaten und Jahren, die du im tiefsten Verlies des königlichen Palasts verbringen wirst. Du sollst an nichts anderes denken als an mich, wenn dir der Bart bis zum mageren Bauch herabwächst und dein Haar zur filzigen Matte wird, ehe es ergraut und dir dann gleich nach den Zähnen ausfallen wird. Ich will, dass du dir vorstellst, was ich mit deiner geliebten Szuma anstellen werde, wenn ich nach Kutera zurückkehre. Zu meiner ganz persönlichen Sklavin werde ich sie machen, und wenn ich ihrer überdrüssig geworden bin, wird sie meinen Soldaten überlassen. Und wenn die ihrer überdrüssig geworden sind, werfe ich das, was von ihr übrig ist, den Hunden vor.«

Raymo brüllte auf vor Wut und riss an seinen Fesseln – vergeblich. »Du Schwein! Du dreimal verfluchtes Schwein! Ich reiße dir die Eingeweide mit den bloßen Händen heraus … bei lebendigem Leib … und stopfe sie dir dann ins Maul, bis du daran erstickst!«

Zane Arkeen seufzte amüsiert. »Große Worte von einem Mann, dessen Hände nie wieder frei von Fesseln sein werden.«

Raymo zwang sich zumindest äußerlich zur Ruhe, um Kraft zu sparen. »Ich finde einen Weg, Twyddyaner«, knurrte er. »Verlass dich drauf!«

»Je länger du dich dieser Hoffnung hingibst, desto länger wirst du aushalten … und leiden. Aber jetzt verzeih, wenn ich unsere kleine Unterhaltung unterbrechen muss. Ich muss unsere glorreiche Ankunft vorbereiten.« Er drehte sich weg und gab seiner Mannschaft den Befehl, alles zur Landung bereit zu machen.

Raymo hielt den Blick auf Dunuum gerichtet. Es war bedrohlich, wie schnell sie sich der Stadt näherten. So drängend er auch sein Gehirn auf die Jagd nach einer rettenden Idee schickte, ihm wollte kein Ausweg einfallen. Die Fesseln waren zu fest, so dass er sich nicht ein Stück bewegen konnte. Er würde abwarten müssen, bis man ihn losband. Das war der Zeitpunkt, an dem er einen Weg finden musste, irgendwie von Bord zu kommen.

Plötzlich sah er etwas, was scheinbar noch keiner der anderen an Bord entdeckt hatte. Vielleicht lag es daran, dass seine Augen durch seine Zeit in den Wäldern Caldas besser an die Dunkelheit angepasst waren. Vielleicht aber auch daran, dass er gerade der Einzige war, der seine Umwelt voller Wachsamkeit nach einem Ausweg absuchte.

Er sah, dass von all den Schiffen, die im Hafen weit vor ihnen lagen, zwei losgemacht hatten und Fahrt aufnahmen. In ihre Richtung. Er sah auch, dass sie größer waren als reguläre twyddyanische Schiffe.

Raymos erster Impuls war, laut aufzulachen und mit diesem Lachen den Göttern Tribut zu zollen. Dafür, dass sie Zane Arkeens Träume von Größe und Macht unter ihren Füßen zertraten. Der zweite Impuls aber war Angst; Angst um Kutera, Angst um Szuma … und ihr Volk. Doch es war der dritte, dem er folgte.

»Commodore!«, rief er, so laut er konnte.

Zane Arkeen blickte gerade nach achtern und winkte ab. »Jetzt nicht, Caldäer.«

»Dreh dich um, du verdammter Idiot!«, brüllte Raymo. »Schau, was da auf uns zukommt!«

Zane Arkeen drehte sich um, die wütenden Augen waren auf Raymo gerichtet. »Ich habe gesagt *jetzt nicht*!«

»Du sollst nicht mich anschauen! Sieh nach vorne! Unser Empfangskomitee!«

Der Commodore wandte den Blick. Seinem blassen Gesicht entglitt jede Fassung, und für einen Moment stand sein Mund offen vor erstauntem Entsetzen. »Bei allen Göttern! Das kann nicht sein.«

»Lass kehrtmachen, du Narr!«, schrie Raymo, als er sah, dass Zane Arkeen vor Schock wie gelähmt dastand. »Jetzt! Auf der Stelle! Sonst ist es zu spät!«

Doch noch immer reagierte der Commodore nicht. Völlig bewegungslos stand er da und wirkte plötzlich einen Kopf kleiner, so sehr war er in sich zusammengesackt.

»Werft das Schiff herum!«, rief Raymo der Mannschaft zu. Aber keiner hörte auf sein Kommando.

»Zu spät«, stammelte Zane Arkeen. »Sie fahren mit der Strömung. Sie sind bei uns, ehe wir auch nur zur Hälfte gewendet haben.«

»Wir müssen es versuchen!« Raymo war außer sich vor Wut über die Resignation des Commodore.

Aber Zane Arkeen schien ihn nicht zu hören. Stattdessen murmelte er vor sich hin: »Wie kann das sein? Wie kann das bloß sein? Das kann nicht sein. Das darf nicht sein. Das ist ein Traum. Ein Albtraum.«

»Das ist kein Traum, Mann!«, schrie Raymo. »Das sind zwei verfluchte milaresische Galeeren! Und wenn ich richtig sehe, liegen im Hafen noch mindestens ein halbes Dutzend davon! Wir müssen umkehren! Jetzt!«

Aber wieder brabbelte Zane Arkeen nur: »Zu spät. Alles vorbei.«

»Himmel! Wenn du dich schon wehrlos in dein Schicksal ergibst, schneid mich wenigstens los!« Raymo riss an seinen Fesseln.

Zane Arkeen starrte ihn fassungslos an. »Du würdest mich töten, noch ehe die Milaresen heran sind.«

»Nicht wenn du mich jetzt losmachst!«

Der Commodore zog seinen Säbel. Doch statt damit Raymo loszuschneiden, ließ er ihn auf das Deck fallen, gefolgt von zweien seiner Messer. Er behielt nur einen kleinen Dolch im Gürtel. Dann öffnete er die Schnallen seines Brustharnischs und ließ auch ihn zu Boden sinken.

»Jeder Mann für sich selbst!«, rief er in die Runde, schaute noch einmal zu den beiden Milaresen, die inzwischen bis auf fünf Schiffslängen heran waren, dann noch einmal zu Raymo hin und sprang gleich darauf kopfüber in den Fluss.

»Macht mich los, ihr Hunde!«, brüllte Raymo. Doch um ihn herum folgte die Mannschaft dem feigen Vorbild ihres Commodore. Sie befreiten sich von den Rüstungen und den schwersten Waffen und sprangen hinab in den stinkenden Fluss.

Als die milaresischen Galeeren das Flaggschiff erreichten und ihre Enterhaken warfen, war nur noch Raymo an Deck. Raymo und seine beiden toten Kameraden Eivin und Shuyak Dole.

ASH

Gutney

Und schon wieder übergaben sie drei Leichen dem lodernden Herzen des schier unersättlichen Vulkans. Eine war die eines Seewolfs aus der Mannschaft Dulf Einhands, dem ein herabstürzender Fels trotz des Helms, den er trug, den Schädel zertrümmert hatte. Die zweite war die eines alten Mannes, der nach seiner kurzen Rast einfach nicht mehr aus dem Schlaf aufgewacht war, und die dritte die seiner Tochter, die ihn gefunden und sich daraufhin selbst die Adern in beiden Armen mit einem scharfen Stein geöffnet hatte, ehe es jemand hätte verhindern können.

Der Preis, den du forderst, ist zu hoch!, warf Ash seinem Gott stumm vor.

Die Tränen in seinen Augen stammten nicht von der Hitze des Lavasees unter ihm. Seine Kutte war verklebt von salzigem Schweiß und der Asche, die hier noch sehr viel dichter in der Luft hing als draußen im Freien. Das Haar hing ihm in fettigen und verfilzten Zotteln vom Kopf, und sein Bart stank nach darin schlecht gewordenen Fischresten und dem Staub unzähliger geklopfter Steine. Trinkwasser war zu knapp, um sich damit zu waschen. Auch Þóra an seiner Seite hatte durch die Beschwerden der mühsamen Arbeit und den Dreck enorm an Glanz verloren. Ihre müden Augen lagen in tiefen, dunkel umrandeten Höhlen, und ihre einstmals vollen und schönen Lippen waren trocken und rissig. Ihr Gesicht war grau vor Dreck und Ruß, ihre Fingernägel schwarz und gesplittert. Doch die Hingabe an Gott war ungebrochen.

»Kein Preis ist zu hoch für die Rückkehr des Lichts, mein Gebieter«, widersprach sie Ash. »Wenn erst die Sonne wieder scheint, ist bald all die Mühsal vergessen.«

»Zusammen mit all den Toten«, sagte Ash leise, während die letzte der Leichen in den Feuerschlund hinabgeworfen wurde.

»Ihr Opfer für unsere Sache wird auf ewig unvergessen bleiben«, erwiderte Þóra.

»Auch das deiner Schwester Busla?«, fragte Ash. Er wusste nicht, warum er Þóra Schmerzen zufügen wollte. Vielleicht war es die dünne Hoffnung, sich damit von dem eigenen abzulenken. Er fühlte sich verantwortlich für jeden Einzelnen, der für seine Mission gestorben war, seit er das Kloster Sonnengarten verlassen hatte. Nicht ein Gesicht darunter, an das er sich nicht Tag für Tag erinnerte.

»Ganz besonders meine Schwester Busla«, antwortete Þóra mehr sanft als trotzig. »Sie starb zwar viel zu früh, doch ihr Tod war ein geringer Preis für das Leben all jener, die schon bald wieder den Schein der Sonne spüren dürfen.«

»Herr!« Ein schallender Ruf aus der Tiefe des Tunnels. Es war Dulf Einhand. Ash hörte eine beinahe schon panische Note in der Stimme des alten Seewolfs. »Herr! Kommt schnell! Wir haben etwas gefunden!«

Þóra lief schon los, ehe Ash überhaupt reagierte. Er selbst war einfach viel zu müde, um sich zu beeilen. Mit langsamen Schritten schlurfte er hinter ihr her und wunderte sich über den Ausdruck in Dulf Einhands Gesicht. Er las fassungsloses Entsetzen in seinen Zügen.

»Was ist es, Dulf?«, fragte er ihn, als er schließlich bei ihm angekommen war.

»Das müsst Ihr mit eigenen Augen sehen, Herr«, antwortete der Seewolf und deutete in den Tunnel nach hinten, blieb jedoch selbst stehen, wo er war, während Ash weiterging.

Ash fiel auf, wie still es in dem Tunnel vor ihm geworden war. Da war kein Hämmern mehr und kein Hacken. Niemand kam ihm mehr mit Säcken voller Geröllschutt entgegen.

Als er näher kam, sah er im Schein der Fackeln, dass keiner der Leute sich vom Fleck rührte. Einzig Þóra bewegte sich etwa ein Dutzend Schritte vor ihm und wurde dabei immer schneller. Schließlich erreichte sie die Wand aus Geröll und blieb stehen.

Ash sah, wie sie augenblicklich auf ihre Knie fiel, beide Arme nach oben ausstreckte und sich nach vorne verneigte, bis ihr Gesicht den Felsboden berührte.

Jetzt konnte auch Ash nicht mehr an sich halten und beschleunigte seine Schritte. Gleich darauf stand er neben Þóra, aber im ersten Moment sah er nichts außer einer seltsamen Rauchsäule, die vom unteren Drittel des Geröllhangs aufstieg.

»Tritt näher, mein Sohn«, sagte Gott. Doch diesmal kam die Stimme anders als bisher nicht aus Ashs Kopf. Sie kam von außen, direkt aus dem Geröll! Vom Innern der Rauchsäule!

Ash trat nach vorn und betrachtete die Rauchsäule genauer. Sie trat wallend aus einem Loch hervor. Einem Loch, das sich, wie Ash jetzt erkannte, ganz leicht bewegte, so als hätte es einen eigenen Puls. Da fiel ihm auf, dass in ebenjenem Puls auch der Rauch emporquoll. Und dann hörte er ein Geräusch; es klang wie langsamer, schwerfälliger Atem – in ganz genau demselben Takt wie der quellende Puls. Das Loch schien irgendwie lebendig zu sein, und Ash schaute genauer hin. Es war von etwas umgeben, das aussah wie Haut – wie dunkle, ledrige und mit Schuppen besetzte Haut.

Nun erst erkannte Ash, dass auch ein Teil des Geröllhaufens oberhalb des Loches aus dieser Haut zu bestehen schien. Sein Blick wanderte weiter nach oben – und im nächsten Moment machte er einen erschrockenen Satz zurück.

Etwas in dem Haufen hatte sich geöffnet.

Etwas Großes.

Beinahe so hoch wie ein Mann und zweimal so breit.

Ein Auge!

Ein gewaltiges Auge. Es hatte die Farbe von flüssigem Bernstein und war durchzogen von roten Adern, in denen es zu brennen schien. In der Mitte war es schwarz gespalten wie das Auge einer Schlange.

»Hallo, mein Sohn!«, sagte der Drache, und der Geröllhaufen um ihn herum erbebte von der tiefen Macht seiner Stimme.

Ash rang nach Atem und nach Worten.

»D-du b-bist nicht S-S-S-vanto!«, stotterte er schließlich. Mehr als die Hälfte des riesigen, geschuppten und mit Blut verklebten Kopfes steckte noch unter dem Berg aus Steinen. Vom Rest des Leibes war noch gar nichts zu sehen, aber Ash konnte allein an der Größe des Auges erkennen, wie gewaltig die Kreatur sein musste.

»Nein, Ash Hanson«, antwortete der Drache. »Das bin ich nicht.«

»Wer bist du dann?«

»Oh, ich bin sicher, du hast ganz bestimmt schon von mir gehört, mein Sohn. Mein Name ist Tagdh!«

LIZIA

Es brauchte drei Männer, um Lizia festzuhalten und ihr die Ledermaske anzulegen. Sie schlug und trat um sich, aber es war vergeblich, sie war nicht stark genug, und schließlich fühlte sie, wie der metallene Kragen der Maske um ihren Hals herum mit einem Schloss verriegelt wurde. So scharf, wie das Leder stank, war Lizia nicht die Erste, die sie trug. Das Ding hatte zwei Löcher für ihre Augen und ein größeres, das den unteren Rand der Nase und den Mund frei ließ, damit sie atmen und essen konnte.

»Niemand wird jemals wieder dein hübsches Gesicht sehen, kleine Schwester.« Rielle stand neben ihr. Alle anderen hatten den kleinen Raum verlassen. Die Stimme der Königin klang durch das Leder um Lizias Kopf gedämpft, aber Lizia konnte die Müdigkeit und die Resignation hören. »Ich behalte dich ohnehin nur für den Fall am Leben, dass ich von meinem neuen Gatten keine Kinder empfangen kann. Dann wirst du herhalten müssen, damit der Thron wenigstens in der Familie bleibt, wenn ich ihn schon teilen muss.«

Lizia konnte die grausame Kaltschnäuzigkeit ihrer älteren Schwester nicht fassen.

»Hast du bei unserer letzten Begegnung nicht gesagt, du wirst deine Macht niemals mit einem Mann teilen?«, fragte sie. Ihr Herz raste noch immer von der Anstrengung des sinnlosen Kampfes.

»Welche Wahl hatte ich denn nach dem Verrat ak Sokays?«, antwortete die Königin mit einer Gegenfrage. »Nachdem er mit dir verschwunden war, war klar, was er vorhatte. Auch dass er sich mit Milara verbündet hatte. Meine Position war ohne Gegenmaßnahme unhaltbar geworden.«

Lizia wunderte sich. »Wieso war dir klar, dass er sich mit Milara verbündet hatte?«

»Ganz einfach«, antwortete Rielle. »Ak Sokay hätte nicht all seine Güter aufgegeben, wenn er sich seines Sieges nicht absolut sicher gewesen wäre. Und der einzig sichere Weg, mich mit deiner Hilfe vom Thron zu stürzen, war ein Bündnis mit Milara. Dasselbe Bündnis war nun umgekehrt auch für mich der einzige Weg, ak Sokays Rebellion zu begegnen, ja sie zu verhindern; im Keim zu ersticken. Also habe ich König Vas'Ko das gegeben, was er wollte: einen Teil meines Throns. Durch unsere Heirat ist Vas'Kos Macht über Twyddyn jetzt sogar noch größer, als sie es bei einem Bündnis mit ak Sokay gewesen wäre, und das Leben vieler milaresischer, aber auch twyddyanischer Soldaten blieb verschont. Und das Allerwichtigste ist: Ich sitze nach wie vor auf dem Thron. Nicht du, kleine Schwester, und auch nicht Cousine Mayra. Ich, Rielle, die einzig rechtmäßige

Erbin unseres Vaters. So wie er es in seinem Letzten Willen bestimmt hat.«

»Wäre es nicht viel einfacher gewesen, ak Sokays Antrag anzunehmen, um die Rebellion zu verhindern? Er hätte alles für dich getan; so wie er in der Vergangenheit alles für dich getan hat. War er es nicht, der dir überhaupt erst auf den Thron geholfen hat?«

»Ich bin sicher, dass er das glaubt.« Rielle lachte leise, traurig. »Männer denken gerne, dass das, was wir Frauen erreichen, überhaupt nur dank ihnen möglich geworden ist.

Außerdem: Harwee ak Sokay tut alles für dich, solange du tust, was er will; solange es seinen Zwecken dient. Aber wie wir gerade am eigenen Leib erfahren, lässt er dich in dem Moment, in dem er nicht mehr bekommt, was er will, fallen, ohne auch nur einen Herzschlag lang zu zögern.

Und wenn ich schon einen Kompromiss eingehen und meine Macht teilen muss, indem ich heirate, Liziana, dann heirate ich keinen General, sondern einen König. Durch die Ehe mit ak Sokay hätte ich lediglich behalten, was ohnehin schon das meine war, und hätte es mit ihm teilen müssen. Durch die Ehe mit Vas'Ko jedoch bin ich jetzt auch noch zusätzlich Königin von Milara. Das heißt, in dem Fall habe ich durch das Teilen meine Macht in Wahrheit mindestens verdoppelt, und obendrein habe ich durch das Bündnis mit Milara Twyddyn von der ewigen Hungersnot befreit. Das heißt, du musst dir hier oben keine Sorgen machen; solange du lebst, wirst du auch zu essen haben.«

»Sag, womit habe ich deinen Hass verdient, Rielle? Was habe ich dir je getan, dass du mich so behandelst?«

Die Königin sah ihr tief in die Augen. »Ich hasse dich nicht, Liziana. Ganz im Gegenteil, ich habe dich einmal sehr geliebt, aber daran kannst du dich nicht mehr erinnern. Du warst damals noch so klein. Als man mir seinerzeit die Nachricht von deinem Tod überbracht hat, habe ich einen ganzen Tag und eine ganze Nacht lang geweint. Und ich habe sehr lange um dich getrauert, aber irgendwann habe ich mich mit deinem Tod abgefunden und auch damit, dass ich die Letzte unserer Familie bin. Als du dann wieder aufgetaucht bist, warst du nicht mehr die kleine Schwester, die ich verloren und beweint hatte; du warst jetzt lediglich nur noch eine Bedrohung für meine Macht. Mehr als eine Bedrohung; in den Händen derer, die mich vom Thron stürzen wollten, warst du eine echte Gefahr. Nicht nur für meinen Thron, auch für mein Leben. So wie Edwn damals. Ak Sokay hat die Wahrheit meiner Befürchtungen bewiesen, und du hast sein Spiel gleich und nur zu bereitwillig mitgespielt.«

»Wundert dich das?«, fragte Lizia aufgebracht. »So wie du mich behandelt hast, noch ehe ich wusste, wer ich wirklich bin? Hättest du mich nicht als wiedergefundene Schwester mit offenen Armen begrüßen können, statt mich in einen Turm zu sperren und mich zu einem Leben als Brutmutter für deinen Nachwuchs zu verdammen?«

»Wie gesagt: In meinen Augen und in meinem Herzen warst du schon zu lange tot, und ich sitze schon zu lange auf dem Thron, um mir Sentimentalitäten leisten zu können. Edwn hat nur zu gut bewiesen, wie wenig Blutsbande bedeuten, als er zuließ, dass man monatelang Jagd auf mich machte, ehe er mir dann das Generalpardon angeboten hat. Stell dir das vor: Er hat mir ein Pardon angeboten, so als hätte ich ein Verbrechen begangen.«

»Hast du ihn wirklich mit eigener Hand ermordet?«

»Ermordet? Ich habe ihm die gerechte Strafe zukommen lassen, dafür, dass er mich durch den gesamten Thronsaal auf meinem Bauch hat kriechen lassen, Liziana. Vor dem versammelten Hof. Mich, die rechtmäßige Königin!«

»Er hat dich aus kindlicher Dummheit heraus gedemütigt und wahrscheinlich, weil es ihm irgendwer eingeflüstert hat, und du stichst ihm eine Gabel in den Kopf? Das nennst du gerechte Strafe, Rielle? Und mich nennst du eine Gefahr, nur weil mich irgendjemand dazu benutzen könnte, dir den Thron abzunehmen?«

Rielles Blick war jetzt eiskalt. »Du warst nie Königin, Liziana, und du wirst nie Königin sein! Daher wirst du nie verstehen!« Damit drehte sie sich um und rauschte davon. Jemand schloss die Tür aus dicken Eichenbohlen von außen und schob einen schweren Riegel vor.

Erst jetzt hatte Lizia Zeit und Gelegenheit, sich in ihrem neuen Gefängnis umzuschauen. Sie fragte sich, ihr wievieltes Gefängnis es mittlerweile war. Im Grunde genommen konnte sie mit Cassias Hain beginnen, danach Wenda Weemans Palast der Perlen, der Palast von Arl ak Enwyggen, ihr erstes Mal bei Rielle, dann das Schiff auf der Fahrt nach Milara, und eigentlich war auch ak Sokays Kastell auf der Hochebene von Qualanuaragh, trotz all der Freiheiten, die sie dort genossen, und dem Respekt, den er ihr dort meistens entgegengebracht hatte, ein Gefängnis gewesen. Dann die milaresische Galeere auf dem Weg zurück nach Dunuum und nun schon wieder der königliche Palast.

Die Kammer war winzig, etwa vier mal fünf Schritte groß. Eine Pritsche mit dünner Strohmatratze, darunter ein Nachttopf. Ein kleiner Tisch und ein Hocker. Nicht einmal ein Kamin. Entsprechend kalt war es. Das vergitterte kleine Fenster war so weit oben in der Wand aus nacktem Stein eingelassen, dass sie von hier aus nicht nach draußen sehen konnte.

Lizia tastete den eisernen Kragen ihrer Ledermaske mit den Fingerspitzen ab. Er saß eng, das Schloss war dick und rührte sich kein Stück.

Sie ging zu dem kleinen Tisch, schob ihn unter das Fenster und stellte den Hocker darauf. Sie kletterte auf die wacklige Konstruktion, fasste die Gitterstäbe mit beiden Händen und reckte den Kopf nach vorn. Sie befand sich in einem Turm, in der zweiten oder dritten Etage. Das kleine Fenster gab den Blick frei auf einen kargen, mit nur wenigen Fackeln erleuchteten Gefängnishof.

Da unten war jemand. Lizia brauchte einen Moment, um ihn zu erkennen: Arl Harwee ak Sokay! Es war Tage her, dass sie ihn zum letzten Mal gesehen hatte; bei dem Hinterhalt der Milaresen vor dem Kastell.

Jetzt stand er auf einer gezimmerten Plattform. Nackt. An einem Pfahl, die ausgestreckten Arme über einen Querbalken gefesselt. Sein sonst so wohlgepflegtes Haar hing ihm in schmutzigen Strähnen über das zu Boden gewandte Gesicht. Sein Körper war übersät von blutigen Peitschenstriemen, Schnitten und blauen Flecken, wo man ihn wohl hart mit Knüppeln oder anderen Werkzeugen geschlagen hatte. Er atmete nur noch flach und rührte sich sonst nicht.

Lizia empfand es als äußerst erschreckend, wie menschlich und wie schwach der einstmals so mächtige Kriegsherr jetzt war. Wehrlos. Geschunden.

Lizia betrachtete ihn lange, und immer wieder schob sich der gleiche Gedanke in ihrem Kopf in den Vordergrund. Es war ein Gedanke, den sie schon einmal gehabt hatte und der nun wieder einmal bestätigt war:

Hoffnung ist nicht mehr als blinder Glaube an einen toten Gott.

Sie überlegte, ob sie ak Sokay rufen sollte, um ihn wissen zu lassen, dass sie ganz in der Nähe war. Doch ehe sie es tun konnte, hörte sie plötzlich, wie die Holztür des Hofes von außen aufgeschlossen wurde. Lizia zog den Kopf ein Stück zurück, damit man sie von unten nicht sofort sehen konnte, und linste gespannt über den Rand des Fensters. Schickte Rielle ihre Schergen, um ak Sokay weiter malträtieren zu lassen? Lizia wunderte sich ohnehin, dass er noch am Leben war, und vermutete, dass ihre Schwester ihn für seinen Verrat noch einige Zeit quälen würde, ehe sie ihn hinrichten ließ.

Es waren zwei Soldaten, die den Hof durch die kleine Tür betraten, und sie brachten einen weiteren Gefangenen.

Auch der war nackt und beinahe bewusstlos, so dass die Soldaten ihn mehr schleppten, als ihn einfach nur zu führen. Das lange verdreckte Haar hing so dicht über seinem gebeugten

Kopf, dass Lizia sein Gesicht nicht sehen konnte. Aber etwas an ihm schien ihr merkwürdig vertraut, sie wusste nur nicht, woher.

Sie sah, dass man ihm an einem Arm und einem Bein einen Verband angelegt hatte.

Er wurde auf die Plattform hinaufgeschleppt und gegenüber von Arl ak Sokay ebenfalls an einen Pfahl gefesselt, die Arme gleichermaßen über dem Querbalken.

Die Soldaten verließen den Hof schweigend wieder und schlossen die Tür hinter sich ab.

Lizia reckte sich wieder höher, um besser sehen zu können.

Auch ak Sokay schien neugierig geworden zu sein. Erschöpft hob er den Kopf, um den Neuankömmling in Augenschein zu nehmen.

»Zeig dein Gesicht, Fremder«, sagte er mit matter und von Durst kratziger Stimme, »damit ich sehen kann, mit wem ich meine luftige Kammer teile.«

Der andere reagierte zunächst nicht, hob dann aber den Kopf und schüttelte das zottige Haar beiseite.

Lizias Herz setzte einen Schlag aus, als sie erkannte, wer der Mann war.

Doch es war der Arl, der seinen Namen aussprach: »Raymo Ten Mayne!« Sein Gesicht verfinsterte sich.

»Harwee ak Sokay«, hörte Lizia Raymo sagen. »Kennt der abartige Humor der Götter denn gar keine Grenzen?«

Die beiden fixierten einander mit hasserfüllten Blicken.

Lizia war mehr als überrascht, dass die beiden einander kannten, und sie war sich sicher: Wären sie nicht gefesselt, würden sie einander augenblicklich an die Gurgel gehen. Doch dann geschah etwas, womit sie auf gar keinen Fall gerechnet hatte:

Raymos Miene entspannte sich. Er stieß ein seltsames Schnaufen aus. Dann noch eins. So als wollte er irgendetwas unterdrücken. Aber es gelang ihm nicht. Er schnaufte ein drittes Mal, und Lizia war der festen Überzeugung, er würde aufgrund der Aussichtslosigkeit seiner Situation jeden Moment trotz angestrengter Gegenwehr in Tränen ausbrechen. Aber das war weit gefehlt.

Denn stattdessen begann Raymo mit einem Mal zu lachen. Lauthals. Und nachdem der Damm gebrochen war, hemmungslos. Er lachte so frei und so laut, dass es von den Wänden des Hofes widerhallte.

Hatte er den Verstand verloren?

Zu Lizias großer Verblüffung fiel plötzlich aber auch Arl ak Sokay in das Lachen ein. Ebenso lauthals und hemmungslos.

Lizia begriff nicht, was hier vor sich ging. Hatte die Verzweiflung die beiden in den Wahnsinn getrieben?

»Ja«, hörte sie ak Sokay lachend sagen. »Die Götter haben wirklich einen beschissenen Humor. Verflucht sollen sie sein!«

»Dreimal verflucht«, stimmte Raymo zu.

Lizia merkte, dass sie irgendwann in den letzten Momenten selbst angefangen hatte zu lächeln, ohne zu wissen, warum. Die merkwürdige Laune der beiden hatte sie angesteckt. Sie musste sich zusammenreißen, um nicht ebenfalls loszulachen. Das war vollkommen absurd.

»Wer hätte jemals gedacht, dass wir einmal Seite an Seite sterben werden, Caldäer?«

»Niemand«, gab Raymo zurück. »Auf dem Schlachtfeld als Gegner, ja. Aber so? Nein. Warum bist *du* hier, General?«

Ak Sokay lachte schon wieder los. Nur unter Anstrengung brachte er hervor: »Hochverrat.«

Darüber musste nun auch Raymo wieder laut auflachen. »Hochverrat? Ausgerechnet du?«

Ak Sokay nickte. »Abstrus, nicht wahr? Und du, warum bist du hier?«

Ohne mit dem Lachen aufhören zu können, zuckte Raymo mit den breiten Schultern. »Ich habe keine Ahnung. Nicht die geringste. Man könnte es eine Aneinanderreihung unglücklicher Umstände nennen.«

Wieder schnappte das Lachen der beiden über.

»Ist es das nicht immer?«, fragte ak Sokay prustend. »Eine gottverdammte Aneinanderreihung unglücklicher Umstände?«

»Könnte in meinem Fall aber auch durchaus etwas damit zu tun haben«, fuhr Raymo nach zweimaligem Luftholen fort, »dass ich die drei milaresischen Festungen in Kutera zerstört habe und Königin Rielle jetzt mit König Vas'Ko verheiratet ist.«

Ak Sokay wurde von einem weiteren Lachanfall geschüttelt. »Ja, das könnte durchaus ein Grund sein. Könige reagieren äußerst allergisch darauf, wenn man ihre Festungen kaputtmacht. Wirklich? Gleich alle drei?«

Raymo nickte. »Alle drei. Mit nur einem Schiff.«

»Nur ein Schiff?«, fragte ak Sokay ungläubig.

Raymo nickte. »So wahr ich hier stehe!«

»Hochachtung!«

»Danke.«

»Warum?«

»Warum was?«

»Warum hast du die milaresischen Festungen zerstört?«

»Lange Geschichte.«

»Wir haben gerade nicht viel Besseres zu tun.«

»Gut, die Kurzfassung: Ich wollte meine Ruhe. Mir da unten ein neues Leben aufbauen.«

Lizia hörte die schwärmerische Note in seiner Stimme und konnte nicht anders, als plötzlich zu rufen: »Ist es schön da unten?«

Beide Männer richteten ihre überraschten Blicke nach oben zu ihr.

»Lizia?«, fragte Raymo ungläubig.

»Hoheit?«, fragte ak Sokay.

Raymos Blick zuckte zurück zu ak Sokay. »Hoheit?«

»Ebenfalls lange Geschichte«, sagte ak Sokay. »Ihr beide kennt euch?«

»Beantworte meine Frage, Raymo«, rief Lizia. »Ist es wirklich so schön da unten?«

»Der perfekte Ort für ein neues Leben«, antwortete er, und Lizia konnte seine Begeisterung hören; seine Sehnsucht. »Weit weg von all dem hier. Wenn du willst, nehme ich dich mit.«

»Das würdest du tun?«, fragte sie unsicher.

»Na klar!«

Ak Sokay lachte wieder, jetzt aber zynisch. »Dazu müsstest du erst einmal hier herauskommen, Mann.«

»Das ist mein Plan«, sagte Raymo gelassen. »Nun ja, eigentlich ist es weniger ein echter Plan. Ein Freund hat mal gesagt, ich habe es nicht so mit konkreten Plänen. Aber auf jeden Fall ist es ein erklärtes Ziel.«

Ak Sokays Lachen versiegte wie auch der Zynismus in seinem Blick, und er betrachtete Raymo eindringlich und forschend. »Du meinst das ernst, nicht wahr?«

Raymo nickte entschlossen. »Absolut! Ich finde einen Weg … oder ich schaffe einen!«

Ak Sokay schüttelte den Kopf, aber Lizia erkannte an seinem Blick, dass er Raymo durchaus zutraute, einen Weg hier herauszufinden. Dennoch sagte er: »Du bist irre, Caldäer!«

Mit dem unverschämtesten Grinsen, das Lizia je bei einem Mann gesehen hatte und das sie als erfrischend jungenhaft und verschlagen empfand, antwortete Raymo: »Irre? Ja, das bin ich wohl!«

ANHANG

Aés Oberster Gott der Normark.

Aésfjord Hauptstadt der Normark.

Aiosh Lormant Soldat im Dienst der Familie ak Ward.Sohn von Hauptmann Rykk Lormant und Bruder von Gek.

Alaak Aésbrunn Königliche Gemahlin des früheren Königs von Twyddyn Qwntynn ak Aésbrunn. Mutter von Königin Rielle. Ermordet bei einem Staatsstreich.

Ak Meru Königliche Familie Twyddyns vor der Machtübernahme durch Qwntynns Vater Fyngar ak Aésbrunn.

Arl ak Aeton Früherer General Twyddyns und Vater von Kaecee ak Aeton. Maßgeblich verantwortlich für die Eroberung Caldas. Mentor von Arl Harwee ak Sokay. Gestorben am Tag des Weltendonners.

Arl ak Drahon Fürst Twyddyns. Geliebter von Wenda Weeman und Vater ihres Sohnes Urtis. Von Wenda mitsamt seiner ganzen Familie in der Blutnacht ermordet.

Arl ak Enwyggen Fürst Twyddyns. Letzter seines Geschlechts.

Arl ak Sokay Fürst und General Twyddyns. Nachfolger von General ak Aeton. Engster Vertrauter von Königin Rielle.

Arl ak Ward Fürst Twyddyns. Onkel von Rielle. Vater von Mayra ak Ward. Lebt mit ihr seit der Blutnacht auf dem Gut »Cassias Hain« an der Grenze zwischen Twyddyn und Calda. Seine in der Blutnacht ermordete Frau Cassia war die Schwester von König Qwntynn.

Ash Hanson Einziger überlebender Mönch aus dem Kloster »Sonnengarten« in Bo'Meran.

Attla Gladiator aus dem Camp Barknar Olliks.

Ays Shee Feenvolk.

***B**aol* Abt im Kloster »Sonnengarten«.

Barknar Ollik Kampfveranstalter in den Gruben der Kupferberg-Höhlen.

Blutnacht Blutiger Staatsstreich, bei dem Rielle ihren kleinen Bruder Edwn entmachtet und zusammen mit seinen Anhängern ermordet hat.

Bo'Meran Land weit östlich von Twyddyn. Hauptstadt: Neta'Vi.

Borgarth Vater Þóras.

Bugo Stallbursche in »Cassias Hain«.

Busla Schwester Þóras.

***C**alda* Hochland im Norden des Inselreichs Prtwyn.

Cassia ak Ward Schwester von König Qwntynn. Gattin des Arl ak Ward. Mutter von Mayra. Ermordet in der Blutnacht.

Cassias Hain Landgut der Familie ak Ward an der Grenze zwischen Twyddyn und Calda.

Crata Gyna Frucht aus Kutera. Wächst auch im Dunkeln.

***D**a'Aghdha* Oberster Gott des alten Reiches Xbal'Nahpu. Sonnengott.

Dasha Eines der Mädchen in »Wenda Weemans Palast der Perlen«.

Doff Nela Haushofmeister von Arl ak Enwyggen.

Þóra (Dhora) Fischerin aus dem Westen Bo'Merans.

Dra'Sul Heiliger Baum der alten Götter des Hochlands.

Þrun (Dhrun) Gott der Normark. Bruder des Aés.

Dulf Einhand Seewolf.

Dunuum Hauptstadt Twyddyns.

***E**dwn ak Aésbrunn* Vormals König von Twyddyn. Sohn von Qwntynn, Enkel von Fyngar, Bruder von Rielle. Ermordet in der Blutnacht.

Eivin Gladiator aus dem Camp Barknar Olliks.

***F**ini* Eines der Mädchen in »Wenda Weemans Palast der Perlen«.

Fyngar ak Aésbrunn Vormals König von Twyddyn. Großvater von Königin Rielle. Vater von Qwntynn und Cassia. Hat die Tyrannei der Familie ak Meru beendet.

***G**ek Lormant* Soldat im Dienst der Familie ak Ward. Sohn von Hauptmann Rykk Lormant. Bruder von Aiosh.

Gutney Insel nordwestlich von Prtwyn.

***H**aschima* Land weit im einstmals sonnigen Süden.

Havarfjord Hauptstadt Gutneys.

Heireann Insel westlich von Prtwyn. Seit der Machtübernahme Fyngars zum Königreich Twyddyn gehörig.

Hu'Aresch Milaresischer General.

***J**avri* Eine der Hofdamen Mayras.

Jogra Heilerin in Barknar Olliks Gladiatorencamp.

***K**alla* Eines der Mädchen in »Wenda Weemans Palast der Perlen«.

Kaecee ak Aeton Tochter von Arl ak Aeton. Verlobte von Raymo Ten Mayne. Gestorben am Tag des Weltendonners.

Kutera Kontinent weit im Südwesten, jenseits der Schwarzen See.

Kupferberg-Höhlen Ehemaliges Minensystem unterhalb Dunuums.

***L**ambes* Hauptmann der Wache von Barknar Ollik.

Lele Eine der Hofdamen Mayras.

Lizia Dienerin auf dem Gut der Familie ak Ward.

Llugh Ten Mayne Fürst Caldas. Vater von Raymo Ten Mayne.

Loyhim Seefahrervolk aus alter Zeit. Brachte die Zivilisation nach Twyddyn und Milara.

***M**ayra ak Ward* Tochter von Arl Stu ak Ward und seiner Frau Cassia. Enkelin von König Fyngar und Cousine von Königin Rielle.

Milara Königreich auf dem Festland südwestlich von Prtwyn.

Mor Prtwyn Meer zwischen Prtwyn und dem Festland, Nordöstlich von Twyddyn.

***N**ai'Ci* Land weit im Osten.

Neta'Vi Hauptstadt Bo'Merans.

N'Gus ak Sokay Pirat aus Heireann. Vater von Arl Harwee ak Sokay.

Nykht Drache. Gott der Nacht.

Normark Land nordöstlich von Calda, nordwestlich von Bo'Meran, südöstlich von Gutney.

***P**rtwyn* Inselreich, bestehend aus den beiden Staaten Twyddyn und Calda. Nordöstlich von Milara, südöstlich von Gutney, südwestlich von der Normark, westlich von Bo'Meran.

***Q**ualanuaragh* Hochland im Norden Milaras.

Qwntynn al Aésbrunn Vormals König von Twyddyn. Sohn von Fyngar. Mann von Ala. Vater von Edwn und Rielle. Bruder von Cassia. Onkel von Mayra.

***R**aymo Ten Mayne* Sohn des caldäischen Fürsten Llugh Ten Mayne und dessen Frau Rytta.

Rielle ak Twyddyn Rielle ak Aésbrunn. Königin von Twyddyn. Tochter von Qwntynn und Ala, Schwester von Edwn, Cousine von Mayra.

Rykk Lormant Hauptmann der Wache im Haushalt der Familie ak Ward.

Rytta Ten Mayne Oberste Schamanin der Hochlandklans Caldas. Gemahlin von Llugh Ten Mayne. Mutter von Raymo.

S*anbao* Hafenstadt im Norden Milaras.
Schwarze See Ozean zwischen Twyddyn, Milara und dem neu entdeckten Kontinent Kutera weit im Südwesten.
Seewölfe Volk von plündernden Seefahrern.
Shuyak Dole Gladiator aus dem Camp Barknar Olliks.
Siàland Kleine Insel auf dem Weg von Bo'Meran nach Normark.
Sonnengarten Kloster des Svanto in Bo'Meran.
Svanto »Der Viergesichtige«. Oberster Gott Bo'Merans.
Szuma Kriegerin aus Xeljasal auf Kutera.

T*agdh* Drache. Gott des Tages.
Tonia Blinde Zofe Lizias in Rielles Palast.
Twyddyn Königreich im Süden Prtwyns.
Trimanu Ehemaliger Häuptling von Xeljasal.

U*rtis Weeman* Sohn von Arl ak Drahon und Wenda Weeman.

V*as'Ko* König von Milara.
Veigh Burrell Mordomo (Haushofmeister) der Familie ak Ward auf dem Gut »Cassias Hain«.

W*eltendonner* Katastrophe. Der Tag, an dem sich die Himmel verdunkelten.
Wenda Weeman Vormals Mätresse von Arl ak Drahon. Inhaberin von »Wenda Weemans Palast der Perlen«. Mutter von Urtis.
Wolfshöhe Burgfestung des Klans Ten Mayne in Calda.

X*alli* Brennstoff.
Xanoya Riesige Echsenkatze. Von den Bewohnern Xeljasals als einer ihrer Götter verehrt.
Xbal'Nahpu Riesiges Reich auf Kutera. Gründe für Untergang unbekannt.
Xeljasal Stadt auf Kutera.

Y*nglingson* Rēfa der Seewölfe auf Siàland.

Z*ane Arkeen* Commodore unter Befehl von Arl ak Sokay.
Ziana Eine der Hofdamen Mayras.